PLAZA & JANES
P&J
EXITOS

MICHAEL CRICHTON

ACOSO

PLAZA & JANES EDITORES, S.A.

Título original:

DESCLOSURE

Traducción de

GEMMA ROVIRA ORTEGA

Portada de

PARAFOLIO

Primera edición: **Febrero, 1994**

Enric Granados, 86-88. 08008 Barcelona

Printed in Spain — Impreso en España

ISBN: 84-01-32548-X — Depósito Legal: B. 2.271 - 1994
Impreso en Printer Industria Gráfica, sa
Sant Vicenç dels Horts (Barcelona)

A Douglas Crichton

Se considerará práctica ilegal por parte de un empresario: 1) negarse a contratar o despedir a un individuo, o discriminarlo respecto de su remuneración, plazos, condiciones o privilegios de contratación, a causa de su raza, color, religión, sexo o nacionalidad; así como 2) limitar, segregar o clasificar a sus empleados o aspirantes a empleo de una forma que prive o tienda a privar a cualquier individuo de oportunidades de empleo, o bien perjudicar a un empleado debido a su raza, color, religión, sexo o nacionalidad.

TÍTULO VII, ACTA DE LOS DERECHOS CIVILES, 1964

El poder no es ni masculino ni femenino.

KATHARINE GRAHAM

LUNES

DE: DC/M
Arthur Kahn
Twinkle/Kuala Lumpur/Malasia

A: DC/S
Tom Sanders
Seattle (domicilio particular)

Tom:
A causa de la fusión, me pareció conveniente mandarte este fax a casa en lugar de a tu despacho.
Pese a todos nuestros esfuerzos, las cadenas de producción de Twinkle están trabajando al 29% de su capacidad. Seguimos sin averiguar el origen de las anomalías detectadas en las unidades; no podemos bajar de 120-140 milésimas de segundo. Además las pantallas todavía parpadean, probablemente debido a un problema en las bisagras, pese a las modificaciones realizadas la semana pasada. Creo que este problema todavía no está solucionado.
¿Cómo va la fusión? ¿Seremos ricos y famosos?
Felicidades anticipadas por tu ascenso.

Arthur

Tom Sanders no pensó que el lunes 15 de junio llegaría tarde al trabajo. A las 7.30 de la mañana se metió en la ducha de su casa de Bainbridge Island. Sabía que tenía diez minutos para afeitarse, vestirse y salir de casa si quería coger el ferry de las 7.50 y llegar a la oficina a las 8.30, a tiempo de repasar los puntos pendientes con Stephanie Kaplan antes de entrar en la reunión con los abogados de Conley-White. Le esperaba un día ajetreado en el despacho, y el fax que acababa de recibir de Malasia no hacía más que empeorar las cosas.

Sanders era jefe de sección de la Digital Communications Technology de Seattle. Desde hacía una semana había mucho jaleo en la empresa porque DigiCom iba a ser adquirida por Conley-White, un grupo editorial de Nueva York. La fusión permitiría a Conley adquirir tecnología importante para la edición y la difusión de información en el futuro.

Pero las últimas noticias recibidas de Malasia no eran buenas, y Arthur había acertado enviándole aquel fax a su casa. No iba a resultarle fácil explicárselas a los de Conley-White porque ellos no...

–¿Tom? ¿Dónde estás? ¡Tom!

Susan, su mujer, le llamaba desde el dormitorio. Tom apartó la cabeza del chorro de la ducha.

–¡Estoy en el baño! ¿Qué quieres?

Ella contestó algo, pero Tom no la oyó. Salió de la ducha y cogió una toalla.

–¿Qué dices?

–Que si puedes dar el desayuno a los niños.

Su mujer, que era abogada, trabajaba cuatro días a la semana en un bufete del centro de la ciudad. Los lunes no iba a trabajar para pasar más tiempo con los niños, pero la rutina doméstica se le escapaba de las manos. En consecuencia, los lunes por la mañana solía haber crisis en la casa.

–Tom, ¿puedes darles el desayuno?

–No puedo, Sue. –El reloj del cuarto de baño marcaba las 7.34–. Llego tarde.

Abrió el grifo del lavabo para afeitarse y se enjabonó la cara. Era un hombre bastante guapo y atlético. Se tocó el cardenal que tenía en el costado, producto del partido de fútbol americano del sábado. Mark Lewyn le había hecho un placaje; Lewyn era rápido pero torpe. Y Sanders se estaba haciendo mayor para jugar a fútbol americano. Conservaba una buena figura, y sólo pesaba dos kilos más que cuando iba a la universidad, pero al pasarse la mano por el cabello húmedo vio algunas canas. Le había llegado el momento de reconocer sus limitaciones y pasarse al tenis.

Susan entró en el cuarto de baño, todavía con la bata puesta. Su mujer siempre estaba guapa por la mañana, recién salida de la cama. Tenía ese tipo de belleza que no requiere maquillaje.

–¿Seguro que no puedes darles el desayuno? –insistió–. Bonito cardenal. Muy macho. –Le dio un beso y puso una cafetera recién hecha en la mesita–. Tengo que llevar a Matthew al pediatra a las ocho y cuarto, y ninguno de los dos ha comido nada todavía. Y yo aún tengo que vestirme. ¿No puedes darles el desayuno, por favor? Te lo pido por favor. –Se tocó el cabello, provocativa, y la bata se le abrió. Sin cubrirse, sonrió y añadió–: Te deberé una...

–No puedo, Susan. –La besó en la frente–. Tengo una reunión y no puedo llegar tarde.

Susan aspiró.

–Está bien. –Y salió fingiendo pucheros.

Sanders empezó a afeitarse.

Poco después oyó a su mujer: «¡Vámonos, niños! Ponte los zapatos, Eliza...» Eliza, de cuatro años, empezó a gimotear. No le gustaba llevar zapatos. Cuando estaba a punto de terminar el afeitado, Sanders oyó: «¡Eliza, ponte los zapatos y llévate a tu hermano abajo ahora mismo!» Eliza dijo algo ininteligible, y Susan insistió: «¡Eliza Ann, estoy hablando contigo!» Luego Susan empezó a cerrar cajones del armario de la ropa blanca. Los niños se echaron a llorar.

Eliza, que era muy sensible, entró en el cuarto de baño con lágrimas en los ojos.

–Papi... –sollozó.

Sanders la abrazó con una mano mientras seguía afeitándose con la otra.

–¡Ya tiene edad para ayudar un poco! –gritó Susan desde el pasillo.

–Mami… –gimió Eliza, agarrada a la pierna de Sanders.

–¡Eliza, *basta ya*!

Eliza lloró con más fuerza. Susan, en el pasillo, golpeó el suelo con el pie.

Sanders no soportaba ver llorar a su hija.

–Está bien, Sue, ya les doy el desayuno. –Cerró el grifo y cogió a su hija en brazos–. Vamos, Lize –dijo, enjugándole las lágrimas–. A desayunar.

Salió al pasillo.

Susan suspiró, aliviada, y dijo:

–Sólo necesito diez minutos. Consuelo se está retrasando otra vez. No sé qué demonios le pasa.

Sanders no contestó. Su hijo Matt, de nueve meses, estaba sentado en medio del pasillo agitando su sonajero y llorando. Sanders lo cogió con el otro brazo.

–Vamos, niños. A comer.

Al coger a Matt, la toalla que llevaba alrededor de la cintura resbaló al suelo.

Eliza se echó a reír:

–Se te ve el pene, papi. –Empezó a agitar el pie, golpeándole el miembro a su padre.

–Eso no se hace –la reprendió Sanders. Se inclinó para recuperar la toalla, se la volvió a atar a la cintura y siguió su camino.

Susan le gritó:

–No olvides poner vitaminas en la papilla de Matt. Una cucharada. Y no le des la de arroz, porque la vomita. Ahora le gusta la de trigo. –Se metió en el cuarto de baño y cerró de un portazo.

Eliza miró a su padre, muy seria:

–¿Hoy es uno de esos días, papi?

–Me temo que sí.

Bajó la escalera mientras pensaba que perdería el ferry y que llegaría tarde a la primera reunión del día. No muy tarde, sólo unos minutos, pero eso significaba que no tendría ocasión de repasar el orden del día con Stephanie; aunque podía llamarla desde el transbordador, y entonces...

–¿Yo tengo pene, papá?

–No, Lize.

–¿Por qué?

–Porque las niñas no lo tienen, cariño.

–Los niños tienen pene y las niñas tienen vagina –dijo con solemnidad.

–Exacto.

–¿Por qué?

–Porque sí. –Sentó a su hija en una silla de la cocina, acercó la silla del niño a la mesa y colocó en ella a Matt–. ¿Qué quieres desayunar, Lize? ¿Krispies o Chex?

–Chex.

Matt empezó a golpear su silla con la cuchara. Sanders cogió el paquete de Chex y un cuenco del armario, y luego el paquete de cereales y un cuenco más pequeño para Matt. Abrió la nevera para coger la leche. Eliza, que no le quitaba los ojos de encima, dijo:

–Papi...

–¿Qué?

–Yo quiero que mamá sea feliz.

–Yo también, cariño.

Preparó la papilla para Matt y la dejó delante del niño. Luego puso el cuenco de Eliza en la mesa y lo llenó de Chex. La miró:

–¿Así está bien?

–Sí –contestó la niña.

A continuación añadió la leche.

–*¡No!* –gritó su hija, rompiendo a llorar de nuevo–. ¡La leche quería ponerla yo!

–Lo siento, Lize...

–Sácala. Saca la leche. –Estaba completamente histérica.

–Lo siento mucho, Lize, pero ahora...

–*¡La leche quería ponerla yo!* –Bajó de la silla y se echó al suelo, pataleando–. ¡Sácala! ¡Saca la leche!

Su hija hacía cosas así varias veces al día. A Sanders le habían asegurado que no era más que una fase. Aconsejaban a los padres que actuaran con firmeza.

–Lo siento –insistió Sanders–. Tendrás que comértelo, Lize. –Se sentó junto a Matt para darle la papilla. El niño metió la mano en el cuenco y luego se restregó los ojos. Se echó a llorar.

Sanders cogió una servilleta para limpiarle la cara. El reloj de la cocina marcaba las ocho menos cinco. Pensó que sería mejor llamar al despacho y avisar que iba a llegar tarde. Pero primero tendría que tranquilizar a Eliza: la niña seguía en el suelo, pataleando y gritando.

–Está bien, Eliza, no te preocupes. –Cogió otro cuenco, puso más cereales y le dio a Eliza el cartón de leche para que se sirviera ella sola–. Ten.

Eliza se cruzó de brazos:

–No quiero.

–Eliza, ponte la leche *ahora mismo.*

Su hija se levantó y se sentó en la silla:

–Bueno.

Sanders se sentó, le limpió la cara a Matt y empezó a darle la papilla. El niño dejó de llorar instantáneamente y se puso a comer con avidez. El pobre tenía hambre. Eliza se puso de pie en la silla, levantó el cartón de leche y la derramó en la mesa.

–¡Oh! –exclamó.

–No importa –dijo Sanders. Con una mano limpió la mesa con la servilleta, mientras con la otra continuaba dando de comer a Matt.

Eliza cogió el paquete de cereales y se quedó contemplando el dibujo de *Goofy*, y empezó a comer. A su lado, Matt comía a buen ritmo. Por un momento hubo tranquilidad en la cocina.

Sanders miró por encima del hombro: eran casi las ocho. Tenía que llamar a la oficina. En ese momento entró Susan, con tejanos y un suéter beige. Parecía más tranquila.

–Lo siento. Gracias por echarme una mano. –Besó a su marido en la mejilla.

–¿Eres feliz, mami? –preguntó Eliza.

–Claro que sí, cariño. –Susan sonrió a su hija, y luego miró a

Tom–. Déjalo, ya me ocupo yo. No quiero que llegues tarde. Hoy es el gran día, ¿no? ¿Crees que anunciarán tu ascenso?

–Eso espero.

–Llámame en cuanto sepas algo.

–Lo haré.

Sanders se levantó, se anudó la toalla a la cintura y subió a vestirse. A aquella hora siempre había mucho tráfico. Si quería coger el ferry tenía que darse prisa.

Aparcó en su sitio, detrás de la gasolinera de Ricky, y se dirigió rápidamente hacia el ferry por la acera cubierta. Subió a bordo momentos antes de que retiraran la rampa. Sintió el rugido de los motores bajo sus pies, y salió a la cubierta principal.

–Hola, Tom.

Sanders se volvió. Dave Benedict subía detrás de él. Benedict era un abogado de un bufete que se encargaba de varias compañías de alta tecnología.

–Veo que tú también has perdido el de las ocho menos diez –comentó Benedict.

–Sí. Ha sido una mañana de locos.

–No me hables. Tenía que estar en la oficina hace una hora. Pero como se ha acabado el colegio, Jenny no sabe qué hacer con los niños hasta que se van al campamento.

–Ya.

–Mi casa parece un manicomio –añadió Benedict, meneando la cabeza.

Hubo una pausa. Sanders tenía la impresión de que Benedict y él habían tenido una mañana parecida, pero no hablaron más de aquel tema. Sanders solía preguntarse por qué las mujeres hablaban de los detalles más íntimos de su matrimonio con sus amigas, mientras los hombres guardaban un discreto silencio con sus amigos.

–En fin –dijo Benedict–. ¿Cómo está Susan?

–Muy bien.

Benedict sonrió.

–Entonces, ¿por qué cojeas?

–El sábado pasado jugué a fútbol americano con mis compañeros de trabajo. Nos pasamos un poco.

–Eso te ocurre por jugar con niños –dijo Benedict. DigiCom era famosa por la juventud de sus empleados.

–Oye –objetó Sanders–, yo marqué.

–¿Ah, sí?

–Sí señor. Hice un *touchdown* ganador. Crucé la línea a toda mecha. Y entonces me dieron.

Se pusieron en la cola de la cafetería de la cubierta principal.

–En realidad imaginaba que hoy llegarías al trabajo pronto y radiante –continuó Benedict–. ¿No es hoy el gran día?

Sanders cogió su café y le echó azúcar.

–¿A qué te refieres?

–¿No tenían que anunciar la fusión?

–¿Qué fusión? –disimuló Sanders. La fusión era secreta; sólo unos cuantos ejecutivos de DigiCom estaban al corriente de ella. Miró a Benedict.

–Venga, hombre –dijo el abogado–. Tengo entendido que ya estaba decidido. Y que hoy Bob Garvin iba a anunciar la reestructuración y unos cuantos ascensos. –Benedict bebió un poco de café–. Garvin se retira, ¿no?

Sanders se encogió de hombros y dijo:

–Ya veremos. –Benedict se estaba aprovechando de él, pero Susan trabajaba mucho con los abogados del bufete de Benedict; Sanders no podía ser grosero con él. Eso de que todo el mundo tuviera una esposa que trabajaba era una de las nuevas complicaciones de las relaciones de negocios.

Salieron a la cubierta y se quedaron de pie junto a la barandilla de babor, viendo pasar las casas de Bainbridge Island. Sanders señaló la casa de Wing Point, que durante muchos años había sido la residencia de verano de Warren Magnuson, cuando era senador.

–Me han dicho que han vuelto a venderla –dijo Sanders.

–¿Ah, sí? ¿Y quién la ha comprado?

–Algún gilipollas de California.

Bainbridge se deslizaba hacia la popa. Sanders y Benedict observaban las oscuras aguas del Sound. Los cafés despedían vapor a la luz de la mañana.

–¿Así que tú crees que Garvin no lo va a dejar? –insistió Benedict.

–Nadie lo sabe –contestó Sanders–. Bob levantó la empresa de la nada, hace quince años. Cuando empezó, vendía modems fabricados en Corea. Cuando nadie sabía lo que era un modem. Ahora la empresa tiene tres edificios en el centro y grandes instalaciones en California, Texas, Irlanda y Malasia. Fabrica modems de fax del tamaño de una moneda, comercializa software de fax y de *e-mail,* se ha metido en CD-ROM, y ha desarrollado unas fórmulas de patente que podrían convertirla en el proveedor más importante de los mercados de educación del siglo veintiuno. Bob ha luchado mucho para llegar a donde está. No sé si podrá dejarlo.

–¿No lo exigen los términos de la fusión?

Sanders sonrió.

–Si sabes algo de una fusión, Dave, cuéntamelo –dijo–. Porque yo no he oído nada de eso.

La verdad era que Sanders no conocía los términos de la inminente fusión. Su trabajo consistía en desarrollar reproductores de CD-ROM y bases de datos electrónicas. Aunque aquellas áreas eran vitales para el futuro de la empresa –constituían el principal motivo de que Conley-White quisiera adquirir DigiCom–, básicamente eran áreas técnicas. Y básicamente Sanders era un director técnico. No tenía información de las decisiones tomadas en los más altos niveles.

Para Sanders aquello encerraba cierta ironía. Años atrás, cuando estaba destinado en California, había intervenido directamente en las decisiones de gestión. Pero desde su llegada a Seattle, hacía ocho años, estaba más apartado de los centros de poder.

Benedict bebió un sorbo de café.

–Bueno, a mí me han dicho que Bob se retira, y que va a poner a una mujer como presidenta.

–¿Quién te ha dicho eso?

–Ya tiene a una mujer como directora financiera, ¿no?

–Sí, claro. Desde hace mucho tiempo. –Stephanie Kaplan era la directora financiera de DigiCom, pero no parecía probable que llegara a dirigir la empresa. Garvin no tenía especial predilección por ella.

–Bueno –prosiguió Benedict–, según los rumores que he oído, va a nombrar a una mujer para que lo sustituya dentro de cinco años.

–¿Dicen algo de mí los rumores?

Benedict meneó la cabeza.

–Pensé que tú lo sabrías. Al fin y al cabo, es tu empresa.

En la cubierta, a la luz del sol, sacó su teléfono portátil y marcó el número de su oficina. Cindy, su secretaria, contestó:

–Despacho de Mr. Sanders.

–Hola, soy yo.

–Hola, Tom. ¿Estás en el ferry?

–Sí. Llegaré poco antes de las nueve.

–Está bien; se lo diré. –Hizo una pausa, y Sanders tuvo la impresión de que su secretaria estaba eligiendo con cuidado sus palabras–. Esta mañana hay mucho jaleo. Mr. Garvin ha estado aquí; te estaba buscando.

Sanders frunció el ceño.

–¿A mí?

–Sí. –Otra pausa–. Le ha sorprendido un poco que no hubieras llegado.

–¿Te ha dicho qué quería?

–No, pero está entrando en todos los despachos de la planta, uno tras otro, hablando con todos. Algo pasa, Tom.

–¿Sabes de qué se trata?

–Nadie quiere decirme nada.

–¿Y Stephanie?

–Te ha llamado. Le dije que todavía no habías llegado.

–¿Algo más?

–Arthur Kahn ha llamado desde Kuala Lumpur para preguntar si habías recibido su fax.

–Sí, lo he recibido. Ya le llamaré. ¿Algo más?

–No, nada más, Tom.

–Gracias, Cindy. –Pulsó el botón END.

Benedict, que estaba de pie detrás de Sanders, señaló el teléfono:

–Estos cacharros son increíbles. Cada vez son más pequeños, ¿verdad? ¿Éste lo fabricáis vosotros?

Sanders asintió con la cabeza.

–No sé qué haría sin él. Sobre todo ahora. Es imposible recordar todos los números. Esto es más que un teléfono: es mi agenda. Mira. –Empezó a enseñarle sus funciones–. Tiene una memoria de doscientos números. Los archivos con las tres primeras letras del nombre. –Marcó KAH para acceder al número internacional de Arthur Kahn, en Malasia. Después pulsó SEND y oyó una larga secuencia de pitidos electrónicos. Con todos los prefijos, eran trece pitidos.

–Madre mía –exclamó Benedict–. ¿Adónde llamas? ¿A Marte?

–Más o menos. A Malasia. Tenemos una fábrica allí.

Las actividades de DigiCom en Malasia se habían iniciado hacía tan sólo un año; allí se fabricaban los nuevos reproductores CD-ROM, unos aparatos parecidos a un reproductor de discos compactos, pero para ordenadores. Había acuerdo unánime en que pronto toda la información sería digital, y gran parte de ella se iba a almacenar en esos discos compactos. Programas de ordenador, bases de datos, incluso libros y revistas; todo iba a fabricarse en disco.

La razón por la que no había ocurrido todavía era que los CD-ROM eran bastante lentos. Los usuarios se veían obligados a esperar ante pantallas en blanco mientras las unidades emitían zumbidos y pitidos. Y a los usuarios de ordenadores no les gustaba esperar. En una industria donde las velocidades se doblaban cada dieciocho meses, los CD-ROM apenas habían mejorado en los últimos cinco años. La nueva tecnología de DigiCom estaba intentando resolver ese problema con una nueva generación de unidades llamadas Twinkle, dos veces más rápidas que las más rápidas del mundo. El Twinkle tenía la forma de un pequeño ordenador multimedia, con su propia pantalla. Podías llevarlo en la mano y utilizarlo en el autobús o en el tren. Pero ahora la fábrica de Malasia tenía problemas para producir esas nuevas unidades.

–¿Es verdad que eres el único jefe de sección que no es ingeniero? –preguntó Benedict.

Sanders sonrió.

–Sí, es cierto. En realidad vengo de marketing.

–Eso no es muy corriente, ¿verdad?

–No. En marketing dedicábamos mucho tiempo a estudiar las características de los nuevos productos, y la mayoría no podía hablar con los ingenieros. Yo sí podía, aunque no sé por qué. Carezco de una base técnica, pero podía hablar con ellos. Sabía lo suficiente como para que no pudieran tomarme el pelo. Así que me convertí en el único que hablaba con los ingenieros. Hace ocho años Garvin me preguntó si quería dirigir una sección. Y aquí me tienes.

Sanders se llevó el teléfono al oído y consultó su reloj. En Kuala Lumpur era casi medianoche. Esperaba que Arthur Kahn todavía estuviera despierto. Se oyó un chasquido, y a continuación una voz adormilada preguntó:

–¿Quién es?

–Hola, Arthur, soy Tom.

Arthur Kahn tosió y dijo:

–Hola, Tom. ¿Has recibido mi fax?

–Sí.

–Entonces ya lo sabes. No entiendo qué está ocurriendo –dijo Kahn–. Y me he pasado el día en producción, porque Jafar se ha ido.

Mohammed Jafar era el encargado de la fábrica de Malasia, un joven muy capacitado.

–¿Que se ha ido? ¿Por qué?

Se oyeron interferencias. Kahn continuó:

–Le han echado una maldición.

–¿Cómo dices?

–Su prima le echó una maldición, y se ha ido.

–¿Pero qué dices?

–Parece increíble, pero te aseguro que es cierto. Dice que su prima, que vive en Johore, contrató a un hechicero para que le echara una maldición. Se ha ido a buscar a un brujo para que le haga un contraconjuro. Los aborígenes tienen un hospital en

Kuala Tinglit, en la selva, a unas tres horas de Kuala Lumpur. Es muy famoso. Muchos políticos van allí cuando enferman. Jafar ha ido a hacerse una cura.

–¿Cuánto tiempo estará fuera?

–No lo sé. Los obreros dicen que probablemente una semana.

–¿Y qué pasa en producción, Arthur?

–No lo sé –contestó Kahn–. No sé si la cadena funciona mal. Pero las unidades que salen son muy lentas. No hay manera de bajar de cien milésimas. No sabemos por qué. Pero aquí los ingenieros sospechan que hay un problema de compatibilidad con el chip de control que coloca el *split optic*, y con el software de la unidad de CD.

–¿Crees que los chips de control están mal? –Los chips de control se fabricaban en Singapur y se transportaban en camiones hasta la fábrica de Malasia.

–No lo sé. O están mal, o hay un fallo en el código de la unidad.

–¿Y el parpadeo de las pantallas?

Kahn tosió otra vez.

–Creo que es un problema de diseño, Tom. Las conexiones de las bisagras que transmiten la corriente a la pantalla están montadas en el interior de la pieza de plástico. Se supone que tienen que mantener el contacto eléctrico aunque muevas la pantalla. Pero hay cortes de corriente. Cuando mueves la bisagra, la pantalla se enciende y se apaga.

Sanders frunció el ceño mientras escuchaba.

–Es un diseño estándar, Arthur. Todos los ordenadores portátiles del mundo tienen el mismo diseño de bisagra. Desde hace diez años.

–Ya lo sé –admitió Kahn–. Pero los nuestros no funcionan. Me estoy volviendo loco.

–Será mejor que me mandes unas cuantas unidades.

–Ya lo he hecho. Por DHL. Las recibirás a última hora de hoy, o mañana a más tardar.

–De acuerdo –dijo Sanders. Hizo una pausa y añadió–: ¿Cuál es tu pronóstico, Arthur?

–Bueno, de momento no podremos cumplir las cuotas de

producción, y estamos sacando un producto un treinta o un cincuenta por ciento más lento de lo que debería ser. No son buenas noticias. Ésta no es una unidad de CD del otro mundo, Tom. Sólo es un poco mejor que las que Toshiba y Sony ya tienen en el mercado. Las suyas son mucho más baratas. Así que tenemos problemas graves.

–¿De qué me estás hablando? ¿De una semana? ¿De un mes?

–Si no es necesario un nuevo diseño, un mes. De lo contrario, digamos cuatro meses. Si es un chip, podría ser un año.

Sanders suspiró.

–Fantástico.

–Así están las cosas. No funciona, y no sabemos por qué.

–¿A quién más se lo has dicho? –preguntó Sanders.

–A nadie. Es una auténtica exclusiva.

–Muchas gracias.

Kahn volvió a toser y preguntó:

–¿Qué piensas hacer? ¿Lo vas a explicar o vas a esperar a que se produzca la fusión?

–No lo sé. No estoy seguro de que pueda ocultarlo.

–Bueno, en lo que a mí respecta, puedes estar tranquilo. No se lo diré a nadie. Si alguien me pregunta, no tengo ni idea. Porque es la verdad.

–De acuerdo. Gracias, Arthur. Te llamaré más tarde.

Sanders pulsó END. Twinkle suponía sin duda un problema político ante la inminente fusión con Conley-White. Sanders no estaba seguro de cómo manejar aquel asunto. Pero pronto tendría que enfrentarse a él. La sirena del transbordador sonó y Sanders vio los pilotajes negros del muelle Coleman y los rascacielos del centro de Seattle.

Digital Communications estaba situada en tres edificios diferentes alrededor de la histórica Pioneer Square, en el centro de Seattle. Pioneer Square es una plaza triangular, y en el centro hay un pequeño parque con una pérgola de hierro forjado decorada con relojes antiguos. La plaza está rodeada de edificios bajos de granito rojo construidos en los primeros años del siglo, con fachadas esculpidas y fechas cinceladas. Aquellos edificios los ocupaban ahora arquitectos de moda, empresas de diseño gráfico y un grupo de compañías de alta tecnología entre las que se encontraban Aldus, Advance HoloGraphics y DigiCom. Al principio, DigiCom ocupaba el Hazzard Building, en el lado sur de la plaza. Al ir creciendo la empresa, ocupó tres plantas del edificio adyacente, el Western Building, y más adelante la Gorham Tower de James Street. Pero las oficinas ejecutivas seguían en los tres pisos superiores de Hazzard Building, y sus ventanas daban a la plaza. El despacho de Sanders estaba situado en el cuarto piso, aunque él esperaba que al acabar la semana lo hubieran trasladado al quinto.

A las nueve en punto llegó al cuarto piso y de inmediato notó que algo iba mal. En los pasillos se oía un murmullo, y había electricidad en el aire. Los empleados se apiñaban alrededor de las impresoras láser y las cafeteras, cuchicheando; cuando lo veían pasar se giraban o dejaban de hablar.

Aquí ocurre algo, pensó.

Pero como jefe de sección, no podía pararse para preguntarle a una secretaria qué estaba pasando. Sanders siguió adelante, maldiciendo por lo bajo, contrariado por haber llegado tarde en un día tan señalado.

Vio a Mark Lewyn a través de los tabiques de cristal de la sala de reuniones del cuarto piso. Lewyn, el jefe de diseño de productos, de treinta y tres años, estaba hablando con los de Conley-White. Era una escena curiosa: Lewyn, joven, guapo e impetuoso, con tejanos negros y una camiseta negra de Armani, se paseaba arriba y abajo y hablaba animadamente con los ejecutivos de Conley-White, que llevaban traje azul oscuro y permanecían sentados rígidamente ante las maquetas que había sobre la mesa y tomaban notas.

Al ver a Sanders, Lewyn lo saludó con la mano y se asomó a la puerta de la sala de reuniones.

–Hola –dijo.

–Hola, Mark. Oye...

–Sólo quiero decirte una cosa –le interrumpió Lewyn–. Que se vayan a tomar por el culo. Garvin, Phil y la fusión. Que se vayan todos a tomar por el culo. Esto de la reestructuración es una mierda. Yo estoy contigo, tío.

–Oye, Mark, podrías…

–Estoy ocupado. –Lewyn señaló con la cabeza a los dos de Conley–. Pero quería que supieras lo que pienso. Lo que están haciendo no es justo. Ya hablaremos después, ¿de acuerdo? Ánimo, tío. No gastes pólvora en salvas. –Volvió a la sala de reuniones.

Los ejecutivos de Conley-White se quedaron mirando a Sanders a través del cristal. Sanders se dirigió a su despacho, cada vez más intranquilo. Lewyn era famoso por su tendencia a exagerar, pero aun así…

Lo que están haciendo no es justo.

Aquello sólo podía significar una cosa. Sanders no iba a ser ascendido. Mientras caminaba por el pasillo empezó a sudar y se sintió mareado. Se apoyó un momento contra la pared. Se secó la frente con la mano y parpadeó. Respiró hondo y movió la cabeza para despejarse.

No habría ascenso. Dios. Respiró hondo otra vez y reanudó su camino.

Esto de la reestructuración es una mierda.

Por lo visto, en lugar del ascenso que esperaba iba a haber algún tipo de reestructuración. Y al parecer tenía algo que ver con la fusión.

Que se vayan a tomar por el culo. Garvin, Phil y la fusión.

Hacía nueve meses, los departamentos técnicos ya habían afrontado una importante reestructuración que había alterado las líneas de comunicación, y que había molestado a todo el mundo en Seattle. Después de meses de alboroto, los equipos técnicos habían recuperado una buena estructura de trabajo. Y ahora… ¿otra reestructuración? No tenía sentido.

Pero fue la reestructuración del año anterior la que colocó a Sanders en camino para asumir la dirección de las secciones técnicas. La reestructuración había dividido el Departamento de Productos Avanzados en cuatro subdivisiones –diseño, programación, telecomunicaciones y fabricación–, todas bajo la dirección de un director general de departamento, todavía por nombrar. Pero en los últimos meses, Tom Sanders había ocupado de hecho el puesto de director general del departamento, básicamente porque como jefe de fabricación era la persona a la que más concernía el trabajo de las otras secciones.

Pero ahora, con una nueva reestructuración, ¿quién sabía qué podía pasar? A Sanders podían asignarle la coordinación de las fábricas de DigiCom. O peor aún; había habido rumores de que el cuartel general de la empresa en Cupertino iba a encargarse de las fábricas de Seattle, entregándoles su control a los jefes de producto de California. Sanders no prestó demasiada atención a aquel rumor, porque no tenía mucho sentido. Los jefes de producto ya tenían bastante trabajo con promocionar los productos, y no creía que les interesara encargarse de su fabricación.

Pero ahora se veía obligado a considerar la posibilidad de que los rumores fueran ciertos. Porque si eran ciertos, Sanders podía enfrentarse a algo más que una degradación. Podía quedarse sin empleo.

Dios mío, pensó. ¿Quedarme sin empleo?

De pronto recordó ciertas cosas que Dave Benedict le había dicho aquella mañana en el ferry. A Benedict le gustaban los rumores, y por lo visto estaba al corriente de muchos. Quizá sabía más de lo que había dicho.

¿Es verdad que eres el único jefe de sección que no es ingeniero?

Y luego, con mordacidad:

Eso no es muy corriente, ¿verdad?

Dios mío, pensó. Sanders empezó a sudar otra vez. Hizo un esfuerzo y respiró hondo.

No gastes pólvora en salvas.

Llegó al final del pasillo del cuarto piso y entró en su despacho, esperando encontrar a Stephanie Kaplan, la directora financiera. Ella podría decirle qué estaba pasando. Pero en su despacho no había nadie. Miró a su secretaria, Cindy Wolfe, que estaba ocupada con los archivadores.

–¿Dónde está Stephanie? –le preguntó.

–No vendrá.

–¿Por qué?

–Han cancelado tu reunión de las nueve y media a causa de los cambios de personal –contestó Cindy.

–¿Qué cambios? –preguntó Sanders–. ¿Qué está pasando?

–Ha habido una especie de reestructuración –explicó Cindy, esquivando su mirada y mirando la agenda que tenía encima de la mesa–. Hay un almuerzo privado con todos los jefes de sección en la sala de reuniones principal a las doce y media, y Phil Blackburn viene hacia aquí para hablar contigo. Llegará en cualquier momento... Veamos qué más... Esta tarde llegan unas unidades de Kuala Lumpur por DHL. Eric Bosak quiere verte a las diez y media. –Recorrió la página de la agenda con el dedo–. Don Cherry te ha llamado dos veces para hablarte del Corridor, y hace un momento ha llamado Eddie desde Austin.

–Ponme con él.

Eddie Larson era el supervisor de producción de la fábrica de Austin, donde se fabricaban teléfonos digitales. Cindy marcó el número; poco después Sanders reconoció la voz de Eddie, con su acento de Texas.

–Hola, Tommy.

–Hola, Eddie. ¿Qué pasa?

–Tenemos un pequeño problema en la fábrica. ¿Tienes un momento?

–Sí, claro.

–¿Tengo que felicitarte por tu nuevo puesto?

–Todavía no sé nada –contestó Sanders.

–Ya. Pero te van a ascender, ¿no?

–Todavía no sé nada, Eddie –repitió Sanders.

–¿Es verdad que van a cerrar la fábrica de Austin?

Sanders se sorprendió tanto que se echó a reír:

–*¿Qué has dicho?*

–Eso es lo que dicen por aquí, Tommy. Que Conley-White va a comprar la empresa y nos van a cerrar.

–Tonterías –replicó Sanders–. Nadie va a comprar nada y nadie va a vender nada. La fábrica de Austin es modélica, y da muy buenos beneficios.

Hubo una pausa. Luego Eddie dijo:

–Si supieras algo me lo dirías, ¿verdad, Tommy?

–Claro que sí. Pero sólo es un rumor. Así que olvídalo. Dime, ¿qué problema tienes?

–Una tontería. Las empleadas de la cadena de producción han pedido que saquemos los pósters del vestuario de hombres. Dicen que son ofensivos. La verdad, creo que es una tontería –dijo Larson–, porque las mujeres nunca entran en el vestuario de los hombres.

–¿Entonces cómo saben que hay pósters?

–En los grupos de limpieza nocturnos hay varias mujeres. Y ahora las empleadas que trabajan en la cadena de producción quieren que saquemos los pósters.

Sanders suspiró.

–No quiero que nos acusen de insensibles ante temas sexuales. Que quiten los pósters.

–¿Aunque las mujeres tengan pósters en *su* vestuario?

–No importa, Eddie, quítalos.

–Yo creo que eso es ceder a tonterías feministas.

Llamaron a la puerta. Sanders levantó la vista y vio a Phil Blackburn, el abogado de la compañía.

–Tengo que colgar, Eddie.

–De acuerdo –contestó Eddie–, pero te digo una cosa: esto sentará un precedente. Si hacemos todo lo que piden las mujeres...

–Lo siento, Eddie. Tengo que colgar. Llámame si pasa algo.

Sanders colgó. Phil Blackburn entró en el despacho. Sanders tuvo la impresión de que Blackburn sonreía demasiado abiertamente, de que estaba demasiado contento.

Aquello era mala señal.

Philip Blackburn, principal consejero legal de DigiCom, era un hombre delgado de cuarenta y seis años. Vestía un traje verde oscuro de Hugo Boss. Blackburn llevaba más de una década en DigiCom, igual que Sanders; era uno de los «veteranos», de los que habían entrado al principio. Cuando Sanders lo conoció, Blackburn era un joven e insolente abogado de Berkeley, defensor de los derechos civiles, y llevaba barba. Pero Blackburn había abandonado hacía tiempo las protestas y se había dedicado a los beneficios económicos, a los que perseguía con una dedicación obsesiva mientras fingía interesarse por los nuevos temas corporativos de diversidad e igualdad de oportunidades. En algunos sectores de la empresa se reían de él por su forma de vestir y por su pasión por la moda. Como dijera uno de los empleados, «Phil tiene el dedo gastado de tanto mojárselo para ver de dónde sopla el viento». Fue el primero con Birkenstocks, el primero con pantalones de pata de elefante, el primero en quitarse las patillas y el primero en hablar de diversidad.

Bromeaban mucho acerca de su amaneramiento. Muy escrupuloso y preocupado por las apariencias, Blackburn siempre estaba tocándose el cabello, la cara, el traje, como si quisiera eliminar toda imperfección. Eso, combinado con su desafortunada tendencia a tocarse y frotarse la nariz, era fuente de muchos chistes. Pero eran chistes bastante malévolos: la gente recelaba de Blackburn, al que veían como una especie de asesino a sueldo moralista.

Blackburn podía ser carismático en sus discursos, y en privado sabía cómo provocar una breve impresión convincente de honestidad intelectual. Pero en la empresa lo tenían por lo que era, un hombre sin convicciones propias, y por tanto la persona idónea para ejercer como verdugo de Garvin.

Sanders y Blackburn habían sido muy amigos; habían ingresado en la empresa en la misma época y también se relacionaron en su vida privada. En 1985, cuando Blackburn se divorció, pasó una temporada en el piso de soltero de Sanders, en Sunnyvale. Y un año después Blackburn fue el padrino de Sanders, que se casaba con otra abogada, Susan Handler.

Pero Blackburn se volvió a casar en 1989 y no invitó a Sanders a la boda, porque por entonces su relación se había vuelto un poco tensa. A algunos empleados de la empresa les parecía inevitable: Blackburn formaba parte del círculo de poder de Cupertino, al que Sanders, destinado en Seattle, no pertenecía. Además, tuvieron varias discusiones sobre el funcionamiento de las cadenas de producción de Irlanda y Malasia. Sanders creía que Blackburn, obcecado con los detalles legales, ignoraba las inevitables realidades de la producción en países extranjeros.

Un ejemplo típico de la actitud de Blackburn era su exigencia de que la mitad del personal de la nueva planta de Kuala Lumpur estuviese constituida por mujeres, y que se las mezclara con los hombres; los directores malayos querían que las mujeres estuvieran separadas y que sólo se les permitiera trabajar en ciertas zonas de la planta, lejos de los hombres. Phil se opuso enérgicamente.

–Son musulmanes, Phil –le decía Sanders.

–Me impora un comino –contestaba Phil–. DigiCom defiende la igualdad.

–Phil, están en su país. Y son musulmanes.

–¿Y qué? La fábrica es nuestra.

Sus desavenencias no tenían fin. El gobierno malayo no quería que se empleara a chinos como supervisores, aunque eran los más cualificados; la política del gobierno malayo consistía en preparar a los malayos para el puesto de supervisores. Phil se quejaba de que la política del gobierno era discriminatoria –y lo era–, y se negaba a entender que representaba el tipo de programa de igualdad de oportunidades para minorías que él apoyaba en América para las mujeres y los negros. Pero esos mismos programas en un país extranjero le parecían discriminatorios, y a ese respecto Phil no quería entrar en razón: sus furiosas protestas a los malayos estuvieron a punto de provocar el cierre de la fábrica. En el último momento, Sanders tuvo que viajar a Kuala Lumpur y reunirse con los sultanes de Selangor y Pahang para suavizar la situación. Sanders pensó que había salvado el proyecto. Según Phil, Sanders «se había rebajado ante los extremistas».

No era más que otra de las muchas controversias que rodeaban el manejo por parte de Sanders de la nueva fábrica de Malasia.

Sanders y Blackburn se saludaron con la prudencia típica de los antiguos amigos cuya relación lleva tiempo siendo sólo superficialmente cordial. Cuando el abogado de la compañía entró en su despacho, Sanders se levantó para estrecharle la mano.

–¿Qué está pasando, Phil?

–Hoy es un día importante –dijo Blackburn, sentándose

frente a Sanders–. Ha habido muchas sorpresas. No sé qué habrás oído.

–Me han dicho que Garvin ha tomado una decisión acerca de la reestructuración.

–Sí, eso es. Varias decisiones.

Hubo una pausa. Blackburn cambió de postura y se miró las manos.

–Bob quería ponerte al corriente de todo esto personalmente. Ha venido a verte esta mañana. Quería hablar con todos los del departamento.

–Sí, lo sé. Yo no estaba.

–Ya. La verdad es que a todos nos ha sorprendido un poco que llegaras tarde precisamente hoy.

Sanders no hizo ningún comentario y miró fijamente a Blackburn, a la expectativa.

–En fin, Tom –prosiguió Blackburn–. Te lo resumiré. Como parte de la fusión, Bob ha decidido salir de Productos Avanzados para buscar un director del departamento.

Allí estaba, por fin. Abiertamente. Sanders respiró hondo y sintió una presión en el pecho. Tenía todo el cuerpo en tensión, pero intentó que no se notara.

–Ya sé que será una conmoción –añadió Blackburn.

–Bueno –dijo Sanders encogiéndose de hombros–, había oído rumores. –Mientras hablaba, iba pensando. Ahora veía que no lo iban a ascender, que no le iban a aumentar el sueldo, que no tendría una nueva oportunidad de...

–Sí. Bueno –prosiguió Blackburn, aclarándose la garganta–. Bob ha decidido que sea Meredith Johnson quien dirija el departamento.

Sanders frunció el ceño.

–¿Meredith Johnson?

–Sí. Está en la oficina de Cupertino. Creo que la conoces.

–Sí, claro, pero... –Sanders meneó la cabeza. Aquello no tenía sentido–. Meredith es de ventas. Siempre ha estado en ventas.

–Sí, al principio sí. Pero como ya sabes, los dos últimos años Meredith ha estado en Operaciones.

–Pero aún así, Phil. El DPA es un departamento técnico.

–Tú tampoco eres técnico. Y lo has hecho bien.

–Pero yo llevo años en esto, desde que estaba en marketing. Mira, el DPA se encarga básicamente de los equipos de programación y de las plantas de fabricación de hardware. ¿Cómo va a dirigirlo Meredith?

–Bob no espera que lo dirija directamente. Ella supervisará a los jefes de sección del DPA. Su cargo oficial será vicepresidenta de Operaciones y Planning Avanzados. Bajo esta nueva estructura, eso incluye el Departamento de Productos Avanzados, el Departamento de Marketing y el Departamento de TelCom.

–Madre mía –exclamó Sanders, recostándose en su silla–. Es prácticamente todo.

Blackburn asintió con la cabeza lentamente.

Sanders hizo una pausa, pensativo. Finalmente añadió:

–Es como decir que Meredith Johnson va a dirigir la empresa.

–No tanto –dijo Blackburn–. Con este nuevo esquema no tendrá control directo sobre Ventas, Finanzas ni Distribución. Pero creo que no se puede dudar que Bob la considera su sucesora, cuando se retire en el plazo de dos años. –Blackburn cambió de postura–. Pero eso pertenece al futuro. En cuanto al presente...

–Un momento. ¿Dices que tendrá a cuatro jefes de sección de DPA bajo su mando?

–Sí.

–¿Y quiénes van a ser esos directores? ¿Lo han decidido?

–Bueno. –Phil tosió. Se pasó las manos por el pecho y se tocó el pañuelo que llevaba en el bolsillo de la americana–. Desde luego, la que tiene que nombrar a los jefes de sección es Meredith.

–Y eso significa que puedo encontrarme en la calle.

–No, Tom, nada de eso. Bob quiere que se quede todo el mundo. Incluido tú. Lamentaría mucho perderte.

–Pero es Meredith Johnson la que tiene que decidir si me quedo.

–Técnicamente sí –contestó Blackburn–. Pero son sólo formalidades.

Sanders no lo veía así. Bob Garvin habría podido nombrar

los jefes de sección al mismo tiempo que nombraba a Meredith Johnson como directora del DPA. Si Garvin quería entregarle la empresa a una mujer de ventas, allá él. Pero Garvin habría podido asegurarse de que sus jefes de sección conservaran su puesto –los jefes de sección a los que tanto debían Garvin y la empresa.

–Por Dios –dijo Sanders–. Llevo doce años en esta empresa.

–Y espero que sigas con nosotros muchos más –repuso Blackburn con amabilidad–. Mira, a todo el mundo le interesa mantener íntegros los equipos. Porque como te he dicho, ella no puede dirigirlos directamente.

–Ya.

Blackburn se estiró los puños y se atusó el cabello:

–Mira, Tom, sé que lamentas que no te hayan nombrado para ese puesto. Pero no le des demasiada importancia al hecho de que sea Meredith la que tenga que nombrar a los jefes de sección. Seamos realistas: ella no hará ningún cambio. Tu posición es segura. –Hizo una pausa, y añadió–: Tengo entendido que conoces a Meredith.

–Sí –contestó Sanders–. Salíamos juntos.

–Ya, eso me parecía recordar.

–Pero era cuando ella trabajaba para Novell, en Mountain View. Vendía tarjetas Ethernet a los pequeños empresarios de la zona. De eso hace nueve años.

Sanders recordaba a Meredith Johnson como una de las miles de guapas vendedoras que trabajaban en San José. Chicas de veinte años que acababan de terminar sus estudios, que empezaban haciendo las demostraciones de los ordenadores mientras el vendedor se encargaba de hablar con el cliente. Muchas de aquellas chicas aprendieron suficiente para realizar la venta ellas mismas. Cuando Sanders conoció a Meredith, ella había adquirido suficiente jerga para hablar sin parar de *token rings* y *10 Baset hubs*. En realidad no tenía muchos conocimientos sobre el tema, pero no los necesitaba. Era guapa, sensual e inteligente, y tenía una especie de misteriosa sangre fría. Sanders la encontró admirable. Pero nunca imaginó que tuviera la capacidad para ocupar un puesto de aquella envergadura.

Blackburn se encogió de hombros.

–Ha llovido mucho desde entonces, Tom. Meredith ya no es una ejecutiva de ventas. Volvió a estudiar, hizo un máster en administración. Trabajó en Symantic, después en Borland, y luego entró a trabajar con nosotros. Durante los dos últimos años ha estado colaborando estrechamente con Garvin. Se ha convertido en su protegida. Él está muy satisfecho de su trabajo.

Sanders meneó la cabeza:

–Y ahora va a ser mi jefe...

–¿Crees que eso puede suponer algún problema?

–No. Sólo que lo encuentro gracioso. Una antigua novia como jefe.

–Las cosas cambian. –Blackburn sonreía, pero Sanders advirtió que lo estaba evaluando–. Da la impresión de que esto te produce un poco de inquietud, Tom.

–Tendré que acostumbrarme.

–¿Tienes algún problema? ¿Te molesta tener a una mujer como superior?

–No, en absoluto. Trabajé para Eileen cuando ella era directora de HRI, y nos llevábamos muy bien. No es eso. Es que encuentro gracioso tener a Meredith Johnson como jefe.

–Es una persona excelente –dijo Phil–. ¿Os habéis seguido viendo?

–No, la verdad es que no. Cuando ella entró en la empresa, yo estaba en Seattle y ella en Cupertino. Una vez nos encontramos, en uno de mis viajes a Cupertino. Nada más.

–Pero vuestras relaciones son cordiales...

–Sí –dijo Sanders–. Por lo menos en lo que me atañe.

–Me alegro de oírlo. –Blackburn se levantó y se arregló la corbata. Se frotó la barbilla–. Creo que cuando tengas ocasión de tratar con ella otra vez quedarás muy impresionado. Dale una oportunidad, Tom.

–Desde luego.

–Todo saldrá bien, Tom. Y sigue pensando en el futuro. Dentro de un año podrías ser rico.

–¿Significa eso que van a poner a la venta las acciones del DPA?

–Sí; sin ninguna duda.

Un aspecto muy discutido de la fusión consistía en que después de que Conley-White comprara DigiCom, convertirían el Departamento de Productos Avanzados en una empresa independiente. Aquello significaría unos beneficios cuantiosos para todos los miembros del departamento, ya que todos tendrían oportunidad de comprar acciones baratas antes de que la operación se hiciera pública.

–Ahora estamos puliendo los últimos detalles –dijo Blackburn–. Pero imagino que los jefes de sección como tú empezarán con veinte mil acciones personales, y una opción inicial de doscientas mil acciones a veinticinco centavos. Y tendrán derecho a comprar otras cien mil acciones cada año, durante los próximos cinco años.

–¿Y la escisión seguirá adelante, aunque Meredith dirija las secciones?

–Confía en mí. La escisión tendrá lugar en el plazo de dieciocho meses. Es un requisito de la fusión.

–¿No hay posibilidad de que Meredith cambie de idea?

–Ninguna, Tom. –Blackburn sonrió–. Voy a revelarte un secreto. La escisión fue idea de Meredith.

Cuando acabó de hablar con Sanders, Blackburn salió del despacho y fue por el pasillo hasta un despacho vacío, desde donde llamó a Garvin, que estaba enseñando las oficinas a los ejecutivos de C-W.

–Aquí Garvin.

–He hablado con Tom Sanders.

–¿Y bien?

–Yo diría que se lo ha tomado bastante bien. Está disgustado, claro. Creo que ya había oído rumores. Pero lo ha encajado bien.

–¿Y la nueva estructura? ¿Cómo ha reaccionado a eso? –preguntó Garvin.

–Bueno, está preocupado. Ha manifestado ciertas reservas.

–¿Por qué?

–No cree que Meredith tenga suficiente experiencia técnica para dirigir el departamento.

–¿Experiencia técnica? ¿Y eso qué tiene que ver?

–Nada, ya lo sé. Pero creo que hay cierta inquietud a nivel personal. ¿Sabías que habían salido juntos?

–Sí –contestó Garvin–. Lo sé. ¿Han hablado?

–Dice que no se ven desde hace varios años.

–¿Rencores?

–No me lo ha parecido.

–¿Entonces qué le preocupa?

–Creo que le cuesta hacerse a la idea.

–Ya lo encajará.

–Creo que sí.

–Si pasa algo, dímelo –concluyó Garvin.

Blackburn, a solas en el despacho, frunció el ceño. La conversación con Garvin lo había dejado sumamente ansioso. Estaba seguro de que Tom Sanders no iba a aceptar fácilmente aquella reestructuración. Sanders era muy apreciado en Seattle y podía provocar problemas; era demasiado independiente, no era un jugador de equipo, y ahora la empresa necesitaba jugadores de equipo. Cuanto más pensaba Blackburn, más se convencía de que Sanders traería problemas.

Sanders permaneció sentado a su mesa, pensativo. Estaba intentando adaptar su recuerdo de una joven y guapa vendedora de Silicon Valley con la nueva imagen de una empresaria dirigiendo tres departamentos de una gran empresa. Pero sus pensamientos se veían interrumpidos una y otra vez por imágenes del pasado: Meredith sonriendo, con una camisa de Sanders. La cafetera de su antiguo apartamento, rota, rodando por el suelo de la cocina. Una maleta abierta. Medias y ligas blancas. Un bol de palomitas de maíz en el sofá azul del salón. El televisor sin volumen.

Y la insistente imagen de una flor de vidrio de color. Era una de aquellas trilladas imágenes *hippies* del norte de California. Sanders sabía dónde estaba: en el vidrio de la puerta de su apartamento de Sunnyvale, en la época en que conoció a Meredith. No sabía por qué la recordaba, y...

–¿Tom?

Levantó la vista. Cindy estaba en la puerta, con aire preocupado.

–¿Quieres un café, Tom?

–No, gracias.

–Don Cherry te ha llamado otra vez mientras hablabas con Phil. Quiere que vayas a ver el Corridor.

–¿Tienen problemas?

–No lo sé. Parecía un poco nervioso. ¿Quieres que te ponga con él?

–Ahora no. Voy a bajar a verlo.

–¿Quieres una pasta? –preguntó Cindy–. ¿Has desayunado?

–No te preocupes.

–¿Seguro?

–De verdad, Cindy, no te preocupes.

Cindy se marchó. Sanders miró su monitor y vio que el icono de su *e-mail* parpadeaba. Pero él estaba pensando en Meredith Johnson.

Había vivido con ella unos seis meses. Fue una relación muy intensa. Sin embargo, aunque constantemente lo asaltaban las imágenes, se dio cuenta de que en general sus recuerdos eran bastante vagos. ¿Verdaderamente había vivido seis meses con Meredith? ¿Cuándo se conocieron y cuándo rompieron su relación exactamente? A Sanders le sorprendió constatar cuánto le costaba fijar la cronología. Pensó en otros aspectos de su vida: ¿qué cargo ostentaba entonces en DigiCom? ¿Trabajaba todavía en marketing, o ya se había trasladado a los departamentos técnicos? Ahora no estaba seguro. Tendría que consultarlo en los archivos.

Pensó en Blackburn. Blackburn dejó a su mujer y se instaló en casa de Sanders cuando Sanders vivía con Meredith. ¿O fue después, cuando su relación con Meredith empezó a deteriorarse? Tal vez Phil se había instalado en su casa más tarde, cuando Sanders conoció a Susan. No estaba seguro. Se dio cuenta de que no estaba seguro de nada relacionado con aquella época.

Aquello había ocurrido hacía casi una década, en otra ciudad, en otra etapa de su vida, y sus recuerdos eran confusos. De nuevo le sorprendió aquella confusión.

Pulsó el intercomunicador:

–Cindy, quiero preguntarte una cosa.

–Dime, Tom.

–Estamos en la segunda semana de junio. ¿Qué estabas haciendo tú la segunda semana de junio, hace diez años?

Cindy no vaciló ni lo más mínimo:

–Muy fácil: me estaba graduando en la universidad.

Era cierto, sin duda.

–Ya –dijo Sanders–. ¿Y el mes de junio de hace nueve años?

–¿Hace nueve años? –Ahora su voz sonó insegura–. A ver... Junio... Hace nueve años... Junio... Ah, creo que estaba en Europa con mi novio.

–¿El mismo novio que tienes ahora?

–No, otro. Era un imbécil.

–¿Cuánto tiempo pasasteis juntos?

–Creo que un mes.

–No, me refiero a vuestra relación.

–Ah. Veamos. Creo que lo dejamos en... diciembre. Sí, creo que era diciembre. O quizá enero, después de las vacaciones. ¿Por qué?

–Por nada. Sólo estaba intentando aclarar una cosa –contestó Sanders. El tono de incertidumbre de Cindy al intentar recomponer el pasado le había aliviado–. Por cierto, ¿a qué año se remontan los archivos de la oficina? La correspondencia, las llamadas...

–Tendría que mirarlo. Aquí creo que tenemos lo de los tres últimos años.

–¿Y lo anterior?

–¿Anterior? ¿A cuánto tiempo te refieres?

–Diez años atrás.

–Uf, no lo sé. Entonces estabas en Cupertino. ¿Sabes si ellos conservan los archivos?

–No lo sé.

–¿Quieres que lo averigüe?

–Ahora no –dijo Sanders, y cortó la comunicación. No quería que Cindy consultara nada a Cupertino precisamente ahora.

Sanders se frotó los ojos con la yema de los dedos, y siguió pensando en el pasado. Volvió a ver aquella flor de cristal de colores.

Aquella estúpida flor. A Sanders siempre le había dado vergüenza. En aquella época vivía en una de las urbanizaciones de apartamentos de Merano Drive. Veinte edificios apiñados alrededor de una pequeña piscina. Todos los inquilinos trabajaban en empresas de alta tecnología. Nadie se bañaba en la piscina. Y Sanders no pasaba mucho tiempo allí. Fue cuando viajaba con Garvin a Corea dos veces al mes. Cuando todos viajaban en clase turista. Ni siquiera podían permitirse un billete de ejecutivo.

Y recordó que cuando llegaba a casa, agotado por el largo vuelo, lo primero que veía al entrar en su apartamento era aquella maldita flor de cristal de colores.

Y Meredith, en aquella época, era aficionada a las medias blancas, las ligas blancas y pequeñas flores blancas en los cierres con...

–¿Tom?

Sanders levantó la vista: otra vez Cindy.

–Si quieres ver a Don Cherry, será mejor que vayas porque tienes una reunión con Gary Bosak a las diez y media.

Sentía que su secretaria lo estaba tratando como a un inválido.

–Cindy, estoy bien, de verdad.

–Lo sé. Sólo quería recordártelo.

–Está bien. Ya voy.

Bajó la escalera hasta el tercer piso, y aquella distracción lo alivió. Cindy tenía razón obligándolo a salir de su despacho. Y Sanders sentía curiosidad por ver lo que el equipo de Cherry había hecho con el Corridor.

El Corridor era lo que en DigiCom todos llamaban AIV: el Ambiente de Información Virtual. El AIV era el compañero de Twinkle, el segundo elemento en importancia del nuevo futuro de información digital tal como lo concebía DigiCom. En el futuro, la información se almacenaría en discos, o se pondría a disposición de los usuarios en enormes bases de datos a las que se accedería mediante el teléfono. De momento, los usuarios veían la información que aparecía en pantallas planas de televisores o de ordenadores. Ésa había sido la forma tradicional de suministrar la información durante los últimos treinta años. Pero pronto habría nuevas formas de presentar la información. La más radical y emocionante estaba constituida por los ambientes virtuales. Los usuarios utilizaban gafas especiales para ver imágenes tridimensionales generadas por ordenador, que les permitían tener la sensación de que se estaban moviendo por otro mundo. Había muchas empresas de alta tecnología intentando desarrollar ambientes virtuales. Era emocionante, pero muy difícil. En DigiCom, el AIV era uno de los proyectos favoritos de Garvin: había invertido mucho dinero en él, y los programadores de Cherry llevaban dos años trabajando de sol a sol para hacerlo realidad.

Pero hasta el momento no había dado más que problemas.

En la puerta había un letrero que rezaba «AIV», y debajo «Cuando la realidad no basta». Sanders introdujo su tarjeta en la ranura y la puerta se abrió. Atravesó una antesala y oyó gritos procedentes de la sala principal. Ya en la antesala notó el nauseabundo olor que impregnaba el aire.

Al pasar por la puerta se encontró con una escena de caos absoluto. Las ventanas estaban abiertas de par en par, y había un intenso olor a fluido limpiador. La mayoría de los programadores estaban en el suelo, trabajando con equipos desmontados. Las piezas de las unidades de AIV yacían esparcidas, entre un lío de cables de colores. Hasta habían desmontado los rodetes negros que componían la plataforma, y estaban limpiando los cojinetes uno por uno. Había cables que bajaban del techo, conectados a escáners de láser que habían sido abiertos, y tableros de circuitos desmontados. Todos hablaban a la vez. Y en el centro de la habitación, como un Buda adolescente, con su camiseta azul eléctrico que rezaba «La realidad apesta», estaba Don Cherry, el jefe de programación. Cherry tenía veintidós años; todos reconocían que era indispensable, y era famoso por su impertinencia.

Al ver a Sanders gritó:

–¡Fuera! ¡Fuera! ¡Malditos directores! ¡Fuera!

–¿Qué te pasa? –preguntó Sanders–. Pensaba que querías verme.

–¡Llegas tarde! ¡Has perdido tu oportunidad! –replicó Cherry–. ¡Ahora se ha acabado!

Por un momento Sanders pensó que Cherry se refería al ascenso que no había conseguido. Pero Cherry, el más apolítico de los jefes de sección de DigiCom, se acercó hacia él, sonriendo abiertamente.

–Lo siento, Tom –dijo–. Llegas tarde. Ya lo hemos arreglado.

–¿Que lo habéis arreglado? Pues nadie lo diría. ¿Y qué es ese olor espantoso?

–Lo sé. –Cherry levantó los brazos–. Estoy harto de pedir a los chicos que limpien todos los días, pero qué quieres que haga. Son programadores. Una especie de perros.

–Cindy me ha dicho que has llamado varias veces.

–Sí –contestó Cherry–. Teníamos el Corridor montado y en marcha, y quería que lo vieras. Pero quizá sea mejor que no lo hayas visto.

Sanders examinó las piezas esparcidas por toda la habitación.

–¿Que lo tenías *montado*?

–Sí, hace un rato. Ahora lo estamos afinando. –Cherry miró a los programadores que trabajaban en el suelo, limpiando las piezas–. Anoche localizamos el error en el circuito principal. Ahora tenemos que hacer algunos ajustes. Se trata de un problema *mecánico* –añadió, desdeñoso–. Pero aun así nos encargaremos de él.

A los programadores siempre les molestaba encargarse de los problemas mecánicos. Vivían en un mundo abstracto de códigos informáticos, y creían estar muy por encima de la maquinaria física.

–¿Cuál es el problema exactamente? –preguntó Sanders.

–Mira –dijo Cherry–. Ésta es nuestra última aplicación. El usuario utiliza este casco –dijo señalando una especie de gafas de sol plateadas–. Y se monta en la plataforma.

–El ordenador, que está allí –señaló un montón de cajas apiladas en un rincón–, coge la información procedente de la base de datos y construye un ambiente virtual que se proyecta en el casco. A medida que el usuario se mueve por la plataforma, la proyección cambia, de modo que el usuario tiene la sensación de ir caminando por un pasillo cuyas paredes están cubiertas de cajones con datos. Puede detenerse en cualquier sitio, abrir un cajón archivador con la mano y examinar los datos. Una simulación completamente realista.

–¿Cuántos usuarios?

–De momento, el sistema acepta cinco a la vez.

–¿Y ése es el aspecto del pasillo? ¿Un entramado de cables?
–En las anteriores versiones, el interior del Corridor tenía un diseño esquemático en blanco y negro. Con pocas líneas el ordenador trabajaba más deprisa.

–¿Un entramado de cables? Por favor. Eso lo descartamos hace dos semanas. Ahora estamos hablando de superficies 3-D completamente dibujadas en veinticuatro colores, con mapas de textura antialias. Estamos consiguiendo superficies curvas auténticas, no polígonos. El resultado es absolutamente real.

–¿Y para qué son los escánners de láser? Pensaba que hacías la posición mediante infrarrojos. –Los cascos llevaban incorporados unos sensores infrarrojos para que el sistema pudiera detectar hacia dónde miraba el usuario, y ajustar la imagen proyectada dentro del casco de acuerdo con la dirección de la mirada.

La plataforma era una de las innovaciones de Cherry. Era del tamaño de un pequeño trampolín circular y su superficie estaba compuesta por unas bolas de goma apretadas unas contra otras. El usuario, al caminar sobre las bolas, podía moverse en cualquier dirección.

–Una vez en la plataforma –prosiguió Cherry–, el usuario marca un código para acceder a una base de datos.

–Sí, todavía lo hacemos –contestó Cherry–. El vídeo es para las caras.

–¿Las caras?

–Sí. Ahora, si caminas por el Corridor con otro usuario,

puedes girarte y ver a tu acompañante. La cámara de vídeo de la habitación lee su expresión y la dibuja en la cara virtual de la persona virtual que hay a tu lado en la habitación virtual. No puedes verle los ojos a la otra persona, claro, porque están ocultos detrás de las gafas. Pero el sistema hace sus propios ojos. Muy astuto, ¿no te parece?

–O sea que puedes ver a otros usuarios.

–Exacto. Ves sus caras, sus expresiones. Y eso no es todo. Si otros usuarios del sistema no llevan el casco virtual, también puedes verlos. El programa identifica a todos los usuarios, saca su fotografía del archivo de personal y la convierte en una imagen virtual. Un poco mala, pero en fin. –Cherry agitó una mano en el aire–. Y eso no es todo. También hemos inventado una ayuda virtual.

–¿Ayuda virtual?

–Los usuarios siempre necesitan ayuda. Así que hemos creado un ángel para ayudarlos. Va flotando a tu lado y contesta tus preguntas. –Cherry sonreía–. Habíamos pensado darle forma de hada azul, pero no queríamos herir susceptibilidades.

Sanders observó la habitación concienzudamente. Cherry le estaba relatando sus éxitos. Pero allí estaba pasando algo más: era imposible no percibir la tensión, la frenética energía de la gente mientras trabajaba.

–Oye, Don –gritó uno de los programadores–. ¿Qué *Z-refresh* hay que poner?

–Un poco más de cinco –contestó Cherry.

–Lo he puesto a cuatro con tres.

–Cuatro con tres es una mierda. Ponlo por encima de cinco, o te despido. –Volvió a dirigirse a Sanders–: Hay que animar a las tropas.

Sanders miró a Cherry:

–Muy bien –dijo por fin–. ¿Y cuál es el *verdadero* problema?

Cherry se encogió de hombros.

–Nada –contestó–. Ya te lo he dicho: lo estamos afinando.

–Don.

Cherry suspiró.

–Bueno, al subir la frecuencia de refresco nos hemos cargado el módulo de construcción. Mira, el programa crea la habitación a medida que avanza. Con una frecuencia de refresco más rápida en los sensores, tenemos que construir los objetos mucho más deprisa. Si no, la habitación se queda detrás de ti. Tienes la impresión de estar borracho. Mueves la cabeza, y la habitación oscila detrás de ti, intentando atraparte.

–¿Y?

–Y a los usuarios les entran ganas de vomitar.

Sanders suspiró.

–Fantástico.

–Tuvimos que desmontar las ruedas porque Teddy lo puso todo perdido.

–Fantástico, Don.

–¿Qué pasa? Tampoco es tan grave. Se limpia y listos. –Meneó la cabeza–. Aunque hubiera preferido que Teddy no hubiera desayunado huevos rancheros. Mala suerte. Trocitos de tortilla por todas partes...

–¿Ya sabes que mañana hay una demostración para los de C-W?

–No hay ningún problema. Estaremos preparados.

–Don, no puedo hacer vomitar a sus ejecutivos.

–Confía en mí –dijo Cherry–. Lo tendremos preparado. Les va a encantar. Esta compañía puede tener muchos problemas, pero el Corridor no será uno de ellos.

–¿Lo prometes?

–Lo garantizo.

A las diez y veinte Sanders estaba de nuevo en su despacho, sentado a su mesa, cuando Gary Bosak entró. Bosak era un hombre alto de unos veinte años; vestía tejanos, zapatillas de deporte y una camiseta de *Terminator*. Llevaba un enorme maletín de piel, como de abogado.

–Estás pálido –dijo Bosak–. Pero hoy todo el mundo está pálido. Hay un ambiente muy raro por aquí, ¿lo sabías?

–Sí, lo he notado.

–Ya, lo imagino. ¿Podemos empezar?

–Cuando quieras.

–¿Cindy? Mr. Sanders va a estar ocupado unos minutos.

Bosak cerró la puerta del despacho y echó el pestillo. Desconectó el teléfono del escritorio de Sanders, silbando alegremente, y luego desconectó el teléfono que había en el rincón, junto al sofá. Luego se acercó a la ventana y corrió las cortinas. En el rincón había un pequeño televisor. Lo encendió. Abrió su maletín, sacó una pequeña caja de plástico y apretó un interruptor lateral. Se encendió una luz intermitente, y la caja emitió un discreto sonido. Bosak la colocó en el centro de la mesa de Sanders. Bosak nunca daba ninguna información hasta que el aparato para perturbar las emisiones radiofónicas estaba en funcionamiento, pues casi todo lo que tenía que decir implicaba comportamientos ilícitos.

–Tengo buenas noticias para ti –dijo Bosak–. Tu hombre está limpio. –Sacó un dossier y lo abrió; empezó a pasarle páginas a Sanders–. Peter John Nealy, veintitrés años, empleado de DigiCom durante dieciséis meses. Ahora trabaja como programador del DPA. Bueno. Su historial del instituto y de la universidad... Su dossier personal de Data General, su anterior empleo. Todo en orden. Ahora, lo más reciente... Facturas de llamadas telefónicas efectuadas desde su apartamento... facturas de llamadas telefónicas efectuadas desde su teléfono portátil... cuentas corrientes... libretas de ahorros... extracto de tarjetas de crédito VISA y Mastercard... viajes, mensajes de *e-mail* dentro de la compañía, tickets de aparcamiento. Y ahora los argumentos decisivos: Ramada Inn de Sunnyvale, las últimas tres visitas, sus facturas de teléfono desde el hotel, los números a los que llamó... Los tres últimos alquileres de coche con kilometraje... teléfono portátil del coche de alquiler, los números marcados... Y eso es todo.

–¿Y bien?

–He repasado todos los números a que llamó. Aquí está la lista. Muchas llamadas al Seattle Silicon, pero Nealy tiene una novia allí. Es secretaria. Trabaja en ventas, o sea que no hay problema. También llama a su hermano, un programador de Boeing. Hace diseño de alas, tampoco hay problema. Sus otras llamadas son a proveedores y a vendedores, todos correctos. No hay llamadas a horas extrañas, ni a teléfonos públicos, ni al extranjero. Ningún esquema sospechoso en las llamadas. Ninguna transferencia bancaria sospechosa, ninguna compra repentina. No hay motivo para suponer que esté pensando en cambiar de empresa. Yo diría que no habla con nadie que pueda preocuparnos.

–Muy bien –dijo Sanders. Miró las hojas e hizo una pausa. Luego añadió–: Gary... aquí hay cosas de nuestra empresa. Estos informes...

–Sí. ¿Y qué?

–¿Cómo los has conseguido?

–Mira –sonrió Bosak–, si tú no me lo preguntas, yo no te lo digo.

–¿Cómo has accedido al archivo general de datos?

Bosak meneó la cabeza:

–¿No me pagas para eso?

–Sí, claro, pero...

–Oye. Tú querías ciertas comprobaciones acerca de un empleado, y aquí las tienes. Tu hombre está limpio. Sólo trabaja para ti. ¿Quieres saber algo más sobre él?

–No.

–Fantástico. Necesito dormir un poco. –Bosak recogió los papeles y los colocó de nuevo en su maletín–. Por cierto, vas a recibir una llamada de mi oficial de libertad condicional.

–Ya.

–¿Puedo contar contigo?

–Por supuesto.

–Le he dicho que trabajaba como asesor tuyo –explicó Bosak–, en seguridad de telecomunicaciones.

–Eso es lo que eres.

Bosak apagó la caja parpadeante, la devolvió al maletín y conectó los teléfonos.

–Ha sido un placer, como siempre. ¿Quieres que te dé la factura, o se la doy a Cindy?

–Dámela a mí. Hasta luego, Gary.

–Adiós. Si necesitas algo más, ya sabes dónde encontrarme.

Sanders leyó la factura de MN Profesional Services, Bellview, Washington. El nombre era una broma personal de Bosak: las letras MN eran las siglas de Mal Necesario. Las empresas de alta tecnología solían emplear a agentes de policía retirados y a detectives privados para hacer comprobaciones de aquel tipo, pero de vez en cuando utilizaban a programadores como Gary Bosak, que podían acceder a bases de datos electrónicas para obtener información sobre empleados sospechosos.

La ventaja de Bosak era que trabajaba deprisa; era capaz de hacer un informe en sólo unas horas, o en una noche. Los métodos de Bosak eran ilegales; sólo con contratarlo, Sanders había quebrantado varias leyes. Pero la investigación del historial de los empleados era una práctica aceptada en las empresas de alta tecnología, donde un solo documento o un plan de desarrollo de un producto podían venderse por cientos de miles de dólares a la competencia.

Y la investigación era crucial en el caso de Pete Nealy. Nealy estaba codificando fórmulas de compresión para introducir y extraer imágenes de vídeo en los discos láser CD-ROM. Su trabajo era vital para la nueva tecnología del Twinkle. Las imágenes digitales de alta velocidad que salían del disco iban a transformar una tecnología lenta, e iban a producir una revolución en la educación. Pero si la competencia accedía a las fórmulas de Twinkle, DigiCom vería muy reducida su ventaja, y eso significaba...

Sonó el intercomunicador:

–Tom –dijo Cindy–, son las once en punto. Tienes que bajar a la reunión del DPA. ¿Quieres echarle un vistazo al orden del día?

–Hoy no –contestó Sanders–. Creo que ya sé de qué van a hablar.

En la sala de reuniones del tercer piso, los miembros del DPA, el Departamento de Productos Avanzados, ya le estaban esperando. Era una reunión semanal en que los directores de sección hablaban de los problemas y ponían a los demás al día. Sanders solía presidir aquellas reuniones. Alrededor de la mesa se encontraban Don Cherry, el jefe de programación; Mark Lewyn, el temperamental jefe de diseño de producto, vestido de Armani negro de pies a cabeza; y Mary Anne Hunter, la jefa de desarrollo de bases de datos. Fuerte y menuda, Hunter llevaba camiseta, pantalones cortos y mallas de atletismo Nike; nunca almorzaba, pero solía correr ocho kilómetros después de la reunión semanal.

Lewyn estaba en pleno ataque:

–Es insultante para todos los miembros del departamento. No tengo ni idea de por qué le han dado este puesto. No sé qué cualificaciones puede tener para un trabajo así, pero…

Sanders entró en la habitación, y Lewyn calló. Hubo unos momentos de bochorno. Todos estaban en silencio, mirándolo, y luego apartaron la mirada.

–Me imaginaba –dijo Sanders sonriendo– de que estaríais hablando. –Todos siguieron callados.

–Esto no es un funeral –añadió Sanders mientras ocupaba su asiento.

Mark Lewyn se aclaró la garganta:

–Lo siento, Tom. Creo que esto es un atropello.

–Todo el mundo sabe que tendrían que haberte dado el cargo a ti –dijo Mary Anne Hunter.

–Todos estamos consternados, Tom –añadió Lewyn.

–Sí –bromeó Cherry, sonriendo–. Hemos hecho todo lo posible para que te despidieran, pero nunca creímos que funcionara.

–Os lo agradezco mucho –dijo Sanders–. Pero la empresa es de Garvin, y está en su derecho de hacer lo que quiera con ella. No suele equivocarse. Y yo ya soy mayorcito. Nadie me había prometido nada.

–¿No te ha alterado todo esto? –preguntó Lewyn.

–Creedme. Estoy bien.

–¿Has hablado con Garvin?

–No. He hablado con Phil.

Lewyn meneó la cabeza:

–Ese mojigato gilipollas.

–Oye –intervino Cherry–, ¿te ha dicho Phil algo sobre la escisión?

–Sí –contestó Sanders–. La escisión sigue en pie. Doce meses después de la fusión pondremos a la venta las acciones del departamento.

Sanders advirtió que sus colaboradores se sentían aliviados. Poner a la venta las acciones significaba mucho dinero para todos los que se encontraban en la sala.

–¿Y qué ha dicho Phil sobre Ms. Johnson?

–No gran cosa. Sólo que Garvin la ha elegido para dirigir el departamento técnico.

En ese momento Stephanie Kaplan, la directora financiera de DigiCom, entró en la sala de reuniones. Era una mujer alta con canas prematuras, muy discreta y silenciosa. La llamaban Stephanie *la Sigilosa*, por su costumbre de descartar calladamente proyectos que no consideraba lo bastante beneficiosos. Kaplan trabajaba en Cupertino, pero solía reunirse una vez al mes con los directores de sección de Seattle; últimamente iba más a menudo.

–Estamos intentando animar a Tom, Stephanie –dijo Lewyn.

Kaplan se sentó y dirigió una simpática sonrisa a Sanders.

–¿Tú sabías algo del nombramiento de esta Meredith Johnson?

–No –respondió Kaplan–. Ha sido una sorpresa para todos. Y no todo el mundo se ha alegrado. –Entonces, como si hubiera hablado demasiado, abrió su maletín y se puso a revisar papeles. Se situó en un segundo plano, como siempre; los otros pronto ignoraron su presencia.

–Bueno –dijo Cherry–, tengo entendido que Garvin siente algo muy especial por ella. Johnson sólo lleva cuatro años en la empresa, y durante este tiempo no ha destacado demasiado. Pero Garvin la ha tomado bajo su protección. Hace dos años empezó a promocionarla muy deprisa. Se le ha metido en la cabeza que Meredith Johnson es *fabulosa*, no sé por qué.

Lewyn preguntó:

–¿Sabes si Garvin se la tira?

–No, sólo le gusta.

–Ésa tiene que estar follándose a alguien.

–Un momento –intervino Mary Anne Hunter, incorporándose–. ¿Qué es esto? Si Garvin hubiera traído a uno de Microsoft para dirigir el departamento, nadie diría que se estaba follando a alguien.

Cherry rió y dijo:

–Eso dependería de quién fuera.

–Estoy hablando en serio. ¿Por qué siempre que una mujer consigue un ascenso tiene que estar follándose a alguien?

–Mira –dijo Lewyn–, si hubieran traído a Ellen Howard de Microsoft, no estaríamos diciendo estas cosas porque todos sabemos que Ellen es muy competente. No nos gustaría, pero lo aceptaríamos. Pero a Meredith Johnson ni siquiera la conocemos. A ver, ¿alguien la conoce?

–Yo –contestó Sanders.

Todos guardaron silencio.

–Salía con ella –añadió Sanders.

Cherry se echó a reír.

–Ah, así que es *a ti* al que se folla.

Sanders negó con la cabeza.

–De eso hace muchos años.

–¿Cómo es? –preguntó Mary Anne.

–Sí –dijo Cherry con una sonrisa lasciva–. ¿Qué tal es?

–Cállate, Don.

–Venga, Mary Anne. No seas así.

–Cuando la conocí ella trabajaba para Novell –explicó Sanders–. Tenía veinticinco años. Era inteligente y ambiciosa.

–Inteligente y ambiciosa –repitió Lewyn–. No está mal. El mundo está lleno de gente inteligente y ambiciosa. Clarence Thomas es inteligente y ambicioso. Pero la pregunta es: ¿puede dirigir un departamento técnico? ¿O estamos ante otro Freeling *el Histérico*?

Dos años atrás, Garvin puso a un director de ventas llamado Howard Freeling al mando del departamento. La idea era presentar el producto a los clientes desde muy temprano, para desarrollar nuevos productos más adecuados al creciente mercado. Freeling organizó grupos, y todos pasaban mucho tiempo observando a clientes en potencia jugando con nuevos productos tras un espejo trucado.

Pero Freeling no estaba familiarizado con los temas técnicos. Así que cuando aparecía un problema, gritaba. Era como un turista en un país extranjero que espera poder hacerse entender a base de gritos. El ejercicio de Freeling en el DPA fue un desastre. Los programadores lo odiaban; los diseñadores se rebelaban contra sus disparatadas ideas; los fallos de fabricación de las fábricas de Irlanda y Austin no se solucionaron. Finalmente, cuando la cadena de producción de Cork se quedó parada once días, Freeling viajó a Irlanda y gritó. Los directores irlandeses dimitieron, y Garvin lo despidió.

–Di, ¿se trata de eso? ¿Otra histérica?

Stephanie Kaplan, la directora financiera, se aclaró la garganta y dijo:

–Creo que Garvin aprendió la lección. No cometería otra vez el mismo error.

–Así pues, piensas que Meredith Johnson está a la altura del cargo.

–No sabría decirlo –replicó Kaplan con prudencia.

–Vaya respuesta –se quejó Lewyn.

–Pero creo que será mejor que Freeling –añadió Kaplan.

–Esto parece el premio por superar la estatura de Mickey Rooney. Puedes ganar aunque seas muy bajo.

–No –dijo Kaplan–. Creo que será mejor.

–Por lo menos será mucho más guapa, por lo que oigo –dijo Cherry.

–Sexista –se quejó Mary Anne Hunter.

–¿Qué pasa? ¿No puedo decir que es guapa?

–Estamos hablando de su competencia, no de su apariencia.

–Un momento –dijo Cherry–, cuando venía hacia aquí, me he cruzado con unas mujeres que estaban en la cafetería, ¿y de qué estaban hablando? De culos. De si Richard Gere tenía el culo más bonito que Mel Gibson. Si ellas pueden hablar de culos de tío, no veo por qué yo no puedo decir...

–Nos estamos yendo por las ramas –dijo Sanders.

–No importa lo que digáis los tíos –insistió Mary Anne–. El hecho es que esta empresa está dominada por hombres; apenas hay mujeres en los altos cargos ejecutivos, salvo Stephanie. Creo que Bob ha acertado designando a una mujer para dirigir este departamento, y yo opino que deberíamos apoyarla. –Miró a Sanders–. Todos te queremos mucho, Tom, pero ya sabes lo que quiero decir.

–Sí, todos te queremos –dijo Cherry–. Por lo menos te quisimos hasta que nos pusieron a esta monada de jefe.

–Apoyaré a Johnson –declaró Lewyn– si de verdad vale.

–No es verdad –dijo Mary Anne–. La sabotearás. Encontrarás algún motivo para librarte de ella.

–Un momento...

–No. ¿En realidad de qué estamos hablando? De que estáis todos cabreados porque ahora tendréis que pasar cuentas con una mujer.

–Mary Anne...

–Lo digo en serio.

–Tom está cabreado porque no le han dado el puesto a él –dijo Lewyn.

–Yo no estoy cabreado –le corrigió Sanders.

–Bueno, pues yo sí –dijo Cherry–, porque Meredith era novia de Tom. Así que ahora él tiene ventaja con la nueva jefa.

–Puede ser –dijo Sanders frunciendo el ceño.

–Pero a lo mejor te odia –opinó Lewyn–. A mí todas mis ex novias me odian.

–Y con razón, según tengo entendido –dijo Cherry, riéndose–. Por algo te llaman el Bart Negro.

–¿Quién me llama el Bart Negro?

–Volvamos al orden del día, si os parece –intervino Sanders.

–¿Qué orden del día?

–Twinkle.

Hubo gruñidos alrededor de la mesa.

–Otra vez no, por favor.

–Maldito Twinkle.

–¿Cómo lo tenemos?

–Todavía no han podido bajar las *seek times*, y no pueden resolver los problemas de las bisagras. La fábrica funciona al veintinueve por ciento.

–Será mejor que nos envíen unas cuantas unidades –sugirió Lewyn.

–Llegarán hoy mismo.

–Bien. ¿Lo dejamos hasta que las tengamos?

–Yo no tengo inconveniente –dijo Sanders, y miró a los demás–. ¿Alguien tiene algún problema? ¿Mary Anne?

–No, ninguno. Seguimos esperando que acaben los prototipos de las tarjetas-teléfono. Estarán dentro de un par de meses.

La nueva generación de teléfonos portátiles estaba constituida por aparatos del tamaño de una tarjeta de crédito. Para utilizarlos sólo había que desdoblarlos.

–¿Cuánto pesan?

–Ahora pesan ciento trece gramos, nada del otro mundo. Pero no está mal. El problema es la potencia. Las pilas sólo duran dos horas. Y cuando marcas, las teclas se encallan. Pero eso es asunto de Mark. De momento no vamos atrasados.

–Muy bien. –Sanders miró a Don Cherry–. ¿Y qué me dices del Corridor?

Cherry se reclinó en la silla, radiante. Cruzó las manos sobre el estómago y dijo:

–Tengo el honor de informaros que desde hace media hora el Corridor funciona a la perfección.

–¿En serio?

–Eso sí es una buena noticia.

–¿Ya no produce vómitos?

–*Por favor*. Eso pertenece a la historia.

–Un momento –dijo Mark Lewyn–. ¿Quién ha vomitado?

–No es más que un rumor.

–¿Pero han vomitado o no? –insistió Lewyn.

–Eso es pasado. Ahora estamos en el presente. Hemos eliminado el último fallo hace media hora, y ahora funciona perfectamente y en tiempo real. Los objetos son completamente autónomos y los construimos muy deprisa, en tres dimensiones y a todo color. A 14.400 BPS puedes pasearte por cualquier base de datos del mundo.

–¿Y la estabilidad?

–Es una roca.

–¿Lo has probado con usuarios novatos?

–Está a prueba de bomba.

–¿Así que estás listo para la demostración de Conley?

–Se van a quedar pasmados –dijo Cherry–. No podrán creérselo.

Al salir de la sala de reuniones, Sanders tropezó con un grupo de ejecutivos de Conley-White, a los que Bob Garvin, el presidente de DigiCom, estaba enseñando las oficinas.

Robert T. Garvin ofrecía el aspecto que cualquier directivo desearía ver retratado en las páginas de la revista *Fortune*. Tenía cincuenta y nueve años y todavía era guapo; tenía arrugas y el cabello entrecano, que siempre parecía peinado al viento, como si acabara de llegar de un viaje de pesca en Montana o un fin de semana navegando. Antiguamente llevaba tejanos y camisas *sport* en la oficina, como todo el mundo. Pero desde que se había vuelto a casar prefería los trajes azul oscuro de Caraceni. Era uno de los muchos cambios que la gente de la compañía había notado desde la muerte de su hija. Brusco y grosero en privado, Garvin era encantador en público.

–Aquí, en el tercer piso –explicó a los ejecutivos–, están las secciones técnicas y los laboratorios de productos avanzados. Hombre, Tom. –Rodeó a Sanders con el brazo–. Les presento a Tom Sanders, nuestro jefe de fabricación de Productos Avanzados. Uno de los jóvenes brillantes que ha hecho posible que nuestra empresa esté donde está. Tom, te presento a Ed Nichols, el director financiero de Conley-White...

Nichols, un hombre delgado de rostro aguileño y que rondaba los sesenta años, llevaba la cabeza inclinada hacia atrás y parecía estar apartándose de todo, como si algo oliera mal. Lo miraba todo con un aire ligeramente desaprobador. Miró a Sanders por encima de la montura de sus gafas y le estrechó la mano.

–Mucho gusto, Mr. Sanders.

–Encantado.

–Y éste es John Conley –prosiguió Garvin–, sobrino del fundador, y vicepresidente de la empresa.

Conley era un hombe robusto y atlético, de unos treinta años. Gafas de montura metálica. Traje de Armani. Fuerte apretón de manos. Expresión seria. A Sanders le pareció un hombre rico y muy decidido.

–Hola, Tom.

–Hola, John.

–Y Jim Daly, de Goldman, Sachs...

Calvo, delgado, con traje a rayas. Daly parecía distraído, y le dio la mano con un breve movimiento de la cabeza.

–Y Meredith Johnson, de Cupertino.

La encontró más guapa de lo que recordaba. Y diferente. Mayor, por supuesto, con patas de gallo y unas discretas arrugas en la frente. Pero ahora iba más erguida y aparentaba una seguridad que Sanders relacionó con el poder. Traje azul marino, cabello rubio, ojos grandes. Y aquellas increíbles pestañas. Lo había olvidado.

–Hola, Tom. Me alegro de verte –dijo con una sonrisa. Su perfume.

–Yo también, Meredith.

Meredith retiró la mano, y el grupo siguió su camino con Garvin a la cabeza.

–En el piso inferior se encuentra la Unidad AIV. Mañana la verán en funcionamiento...

Mark Lewyn salió de la sala de reuniones y dijo:

–¿Ya has conocido a los buitres?

–Sí.

–Parece mentira que esos tipos vayan a dirigir esta empresa –añadió Lewyn–. Esta mañana he estado hablando con ellos y no tienen ni idea de nada. Me da miedo.

Cuando el grupo llegó al extremo del pasillo, Meredith se dio la vuelta y miró a Sanders. «Luego te llamo», le dijo moviendo los labios. Y le dedicó una radiante sonrisa. Luego desapareció.

Lewyn suspiró:

–Veo que tienes un buen enchufe con los de arriba, Tom.

–Puede ser.

–Lo que me gustaría saber es por qué Garvin la encuentra tan fantástica.

–Bueno, la verdad es que lo parece.

–Ya veremos –dijo Lewyn–. Ya veremos.

A las doce y veinte salió de su despacho del cuarto piso y se dirigió hacia la escalera para bajar a la sala de reuniones principal, donde había un almuerzo. Se cruzó con una enfermera de uniforme blanco. Iba mirando en todos los despachos.

–¿Dónde se ha metido? Hace un momento estaba aquí –dijo la enfermera con desesperación.

–¿Quién? –preguntó Sanders.

–El profesor –contestó ella, apartándose el cabello de la frente–. No puedo dejarlo solo ni un minuto.

–¿Qué profesor? –preguntó Sanders. Pero entonces oyó las risas femeninas procedentes de una habitación y supo a quién se refería–. ¿El profesor Dorfman?

–Sí. El profesor Dorfman –dijo la enfermera, y se dirigió hacia la habitación donde se oían risas.

Sanders la siguió, divertido. Max Dorfman era un consejero alemán, ahora muy mayor. Había sido profesor visitante de las principales escuelas de ciencias empresariales de América, y se había convertido en una especie de gurú para las empresas de alta tecnología. En los ochenta fue miembro de la junta directiva de DigiCom, colaborando con su prestigio al desarrollo de la pequeña empresa de Garvin. Y durante aquel tiempo fue el mentor de Sanders. De hecho, ocho años atrás había sido Dorfman el que convenció a Sanders de que dejara Cupertino y aceptara el puesto de Seattle.

–No sabía que todavía estaba vivo –dijo Sanders.

–Y tan vivo –replicó la enfermera.

–Debe de tener noventa años.

–No sé, pero desde luego se comporta como un auténtico anciano.

Al acercarse a la habitación, Sanders vio a Mary Anne Hunter salir por la puerta. Se había cambiado: llevaba una falda y una blusa, y sonreía abiertamente, como si acabara de dejar a su amante.

–¿A que no sabes quién ha venido, Tom?

–Max.

–Exacto. Tendrías que verlo, Tom, está exactamente igual.

–Me lo imagino –dijo Sanders. Desde el pasillo olió el humo de cigarrillo.

–Haga el favor, profesor –dijo la enfermera con tono severo, y entró en la habitación. Sanders se asomó y vio una de las salas de personal. La silla de ruedas de Max Dorfman estaba junto a la mesa situada en el centro de la sala. Rodeado de guapas secretarias, Dorfman, con su melena blanca, reía feliz y fumaba con una larga boquilla.

–¿Qué está haciendo aquí? –preguntó Sanders.

–Garvin lo ha traído para que lo asesore sobre la fusión. ¿No vas a saludarle? –preguntó Hunter.

–Dios mío, ya conoces a Max. Es capaz de volver loco a cualquiera. –A Dorfman le gustaba desafiar la sabiduría convencional, pero tenía un método indirecto. Hablaba con un tono irónico, provocativo y sarcástico al mismo tiempo. Le gustaban las contradicciones, y no le importaba mentir. Si lo cogías mintiendo, te decía: «Sí, es verdad. No sé en qué estaba pensando», y seguía hablando. Nunca decía lo que realmente quería decir: tú tenías que averiguarlo. Sus discursos dejaban aturdidos y agotados a los ejecutivos.

–Pero si erais muy amigos –dijo Hunter–. Seguro que se alegrará de verte.

–Ahora está ocupado. Quizá después. –Sanders consultó su reloj–. Además vamos a llegar tarde al almuerzo.

Echó a andar por el pasillo, y Hunter lo alcanzó, frunciendo el ceño.

–Te ponía muy nervioso, ¿verdad? –preguntó Hunter.

–Ponía nervioso a todo el mundo. Era su especialidad.

Lo miró, aturdida, y encogiéndose de hombros dijo:

–A mí me da lo mismo.

–Es que no estoy de humor para una de esas conversaciones –repuso Sanders–. Quizá después, pero ahora no.

Bajaron por la escalera a la planta baja.

En DigiCom no había comedor, como en la mayoría de las empresas modernas de alta tecnología, cuyas instalaciones rendían culto a la funcionalidad y la sencillez. Las comidas y las cenas tenían lugar en restaurantes del barrio, casi siempre en Il Terrazzo. Pero la necesidad de intimidad para hablar de la fusión obligó a DigiCom a encargar una comida para la sala de reuniones de la planta baja. A las doce y media los directores de los departamentos técnicos de DigiCom, los ejecutivos de Conley-White y los banqueros de Goldman y Sachs se reunieron en la sala. En la empresa los asientos no estaban asignados, pero los directivos de C-W acabaron juntos en un lado de la mesa, alrededor de Garvin. El extremo del poder.

Sanders se sentó lejos de ellos, y le sorprendió que Stephanie Kaplan, la directora financiera, se sentara a su derecha. Kaplan solía sentarse más cerca de Garvin; Sanders estaba muy por debajo en la jerarquía. A la izquierda de Sanders estaba Bill Everts, el jefe de recursos humanos; un chico simpático y un poco tonto. Mientras los impecables camareros servían la comida, Sanders habló de la pesca en Orcas, que era la pasión de Everts. Kaplan guardó silencio durante gran parte del almuerzo, como de costumbre, como si estuviera abstraída en sus cosas.

Finalmente, Sanders tuvo la impresión de que estaba quedando mal con ella. Hacia el final del almuerzo, se dirigió a Kaplan:

–Veo que últimamente vienes a Seattle muy a menudo, Stephanie. ¿Se debe a la fusión?

–No –contestó ella, sonriendo–. Mi hijo va a la universidad y me gusta venir a verlo.

–¿Qué estudia?

–Química. Quiere especializarse en química de materiales. Por lo visto va a ser un campo muy importante.

–Sin duda.

–No entiendo ni la mitad de las cosas que me dice. Es curioso que tu hijo sepa más que tú.

Sanders asintió con la cabeza, intentando pensar en algo más que preguntarle. No era fácil: llevaba años asistiendo a reuniones con Kaplan, pero no sabía gran cosa sobre su vida privada. Estaba casada con un catedrático de la Universidad de San José, un tipo jovial y de bigote que daba clases de economía. Cuando estaban juntos, él hablaba y Stephanie guardaba silencio. Stephanie era una mujer alta, huesuda y un poco torpe que parecía resignada con su carencia de encantos sociales. Decían que jugaba muy bien a golf, por lo menos lo suficientemente bien como para que Garvin no quisiera jugar más con ella. Ninguno de sus conocidos se sorprendía de que hubiera cometido el error de llevarle la contraria a Garvin demasiado a menudo; los bromistas decían que no la ascendían porque no tenía mentalidad de perdedora.

A Garvin no le caía muy bien, pero nunca se le ocurriría dejarla marchar. Sosa, sin sentido del humor, infatigable; su dedicación a la empresa era legendaria. Trabajaba hasta altas horas de la noche, e iba a la oficina casi todos los fines de semana. Pocos años atrás había tenido cáncer, y ni siquiera se tomó un día libre. Por lo visto la habían curado; al menos Sanders no había vuelto a oír hablar de ello. Pero aquel episodio había intensificado la implacable concentración de Kaplan en su dominio impersonal, las cifras y los libros de cuentas, y había afianzado su natural inclinación a trabajar en un segundo plano. Muchos directores habían llegado a la oficina una mañana y se habían enterado de que Stephanie *la Sigilosa* había aniquilado su proyecto estrella, sin dejar huellas de cómo o por qué había ocurrido. Así que su tendencia a no destacar en las reuniones no era sólo un reflejo de su propia incomodidad, sino también un recordatorio del poder que tenía en la empresa y de cómo lo empleaba. Era misteriosa y potencialmente peligrosa.

Mientras Sanders buscaba algo que decir, Kaplan cambió de postura, bajó la voz y le dijo con tono confidencial:

–Esta mañana, en la reunión, no me pareció oportuno decir nada, Tom... Pero espero que no estés muy preocupado. Por lo de la reorganización.

Sanders disimuló su sorpresa. Stephanie jamás le había dicho nada tan personal en doce años. Se preguntó por qué lo hacía ahora. Sanders decidió ser prudente.

–Bueno, la verdad es que ha sido una conmoción –dijo.

Ella lo miró fijamente.

–Ha sido una conmoción para muchos de nosotros. En Cupertino se ha organizado un gran alboroto. Mucha gente ha cuestionado la decisión de Garvin.

Sanders frunció el ceño. Kaplan nunca decía nada tan crítico de Garvin. Nunca. Y ahora decía esto. ¿Lo estaba poniendo a prueba? Guardó silencio y jugueteó con la comida.

–Imagino que estarás inquieto a causa del nombramiento...

–Sólo porque ha sido inesperado. Muy repentino.

Kaplan lo miró con cierto disgusto. Luego asintió con la cabeza:

–Sí, con las fusiones siempre pasa lo mismo. –Hablaba con un tono menos confidencial, más relajado–. Yo trabajaba en CompuSoft cuando se fusionó con Symantec, y pasó exactamente lo mismo: anuncios de última hora, cambios en los organigramas. Empleos prometidos, empleos perdidos. Todo el mundo pendiente de un hilo durante semanas. No resulta fácil unir dos organizaciones, sobre todo estas dos. Son culturas empresariales muy diferentes. Garvin tiene que hacer que se sientan cómodos. –Señaló hacia el extremo de la mesa, donde estaba Garvin–. Míralos –prosiguió–, todos los de Conley llevan traje. En nuestra empresa nadie lleva traje, salvo los abogados.

–Son del Este –dijo Sanders.

–Pero no se trata de eso. A Conley-White le gusta dar una imagen de empresa de comunicaciones diversificada, pero en realidad no es tan fabulosa. Su principal negocio son los libros de texto. Es un negocio lucrativo, pero venden a colegios de Texas, Ohio y Tennessee. La mayoría son muy conservadores. Así que Conley es conservadora, por instinto y por experiencia. Quieren esta fusión, porque necesitan adquirir la alta tecnología que dominará el siglo que viene. Pero no se acostumbran a la idea de una empresa joven, donde los empleados trabajan en camiseta y tejanos y todo el mundo se tutea. Están desconcertados. Además –añadió bajando de nuevo la voz–, en Conley-White hay divisiones internas. Garvin también tiene que encargarse de eso.

–¿Qué divisiones internas?

Kaplan señaló la cabecera de la mesa.

–Habrás notado que su director general no ha venido. El gran jefe no nos ha honrado con su presencia. No aparecerá hasta finales de semana. De momento sólo ha enviado a sus secuaces. El oficial de rango más alto es Ed Nichols, el director financiero.

Sanders miró a Nichols, el hombre de aspecto desconfiado que había conocido poco antes. Kaplan continuó:

–Nichols no quiere comprar esta empresa. Cree que pedimos demasiado dinero y que no tenemos tanto poder como decimos. El año pasado intentó firmar una alianza estratégica con Microsoft, pero Gates lo rechazó. Entonces, Nichols intentó comprar InterDisk, pero no lo consiguió: demasiadas complicaciones, e InterDisk tenía aquel problema de imagen a causa del empleado que despidieron. Así que lo intentó con nosotros. Pero Ed no está satisfecho con la operación.

–La verdad es que no parece muy contento –reconoció Sanders.

–El motivo principal es que no soporta el retoño.

El joven abogado John Conley estaba sentado junto a Nichols Conley, y era mucho más joven que el resto de sus colegas; hablaba enérgicamente con Nichols, esgrimiendo su tenedor.

–Ed Nichols cree que Conley es un gilipollas.

–Pero Conley sólo es vicepresidente –dijo Sanders–. No creo que tenga tanto poder.

–No te olvides de que es el heredero –dijo Kaplan.

–¿Y qué? ¿Eso qué significa? ¿Que tienen el cuadro de su abuelo colgado en la pared de algún despacho?

–Conley es el propietario del cuatro por ciento de las acciones de C-W, y controla otro veintiséis por ciento que todavía pertenece a la familia. John Conley es el mayor accionista de Conley-White.

–¿Y John Conley está a favor de la fusión?

–Sí –contestó Kaplan–. Conley eligió nuestra empresa. Y va muy deprisa, con la ayuda de amigos como Jim Daly de Goldman y Sachs. Daly es muy inteligente, pero los banqueros siempre se juegan mucho en una fusión. Harán lo que tengan que hacer, no lo dudo. Pero a estas alturas les costaría mucho dinero cancelar la fusión.

–Ya.

–Así que Nichols cree que ha perdido el control de la adquisición, y se ve obligado a firmar un trato con el que no está de acuerdo. Nichols no entiende por qué C-W tiene que hacernos ricos. Si pudiera se retiraría de las negociaciones, aunque sólo fuera para joder a Conley.

–Pero Conley es el que dirige esta operación.

–Sí. Y Conley es implacable. Le encanta soltar discursos sobre las virtudes de los jóvenes, la era digital, una visión joven del futuro. Nichols se pone furioso. Ed Nichols considera que la empresa está donde está gracias a él, y ahora ese imbécil quiere darle lecciones.

–¿Y qué pinta Meredith en todo esto?

Kaplan dudó un momento; luego dijo:

–Meredith encaja.

–¿Qué quieres decir?

–Es del Este. Se crió en Connecticut y estudió en Vassar. A los de Conley eso les gusta. Se sienten cómodos.

–¿Y ya está? ¿Encaja porque tiene el acento adecuado?

–No se lo digas a nadie –replicó Kaplan–, pero creo que también la consideran débil. Creen que una vez se haya llevado a cabo la fusión, podrán controlar a Meredith.

–¿Y Garvin está de acuerdo con eso?

Kaplan se encogió de hombros:

–Bob es realista –dijo–. Necesita capitalización. Él ha construido esta empresa muy hábilmente, pero para la próxima fase vamos a necesitar mucho dinero, cuando tengamos que competir con Sony y Phillips. El mercado de libros de texto de Conley-White es un filón. Bob sólo piensa en el dinero, y está dispuesto a hacer lo que sea para conseguirlo.

–Y a Bob le gusta Meredith, claro.

–Sí. Es verdad. Le gusta.

Sanders tuvo la impresión de que a Kaplan no le gustaba. Calló un momento y luego dijo:

–¿Y tú, Stephanie? ¿Qué opinas de ella?

–Es lista –contestó encogiéndose de hombros.

–¿Lista pero débil?

–No. Meredith tiene capacidad. No se trata de eso. Pero me preocupa su inexperiencia. No está lo suficientemente madura. La han puesto al frente de cuatro departamentos técnicos que van a crecer muy deprisa. Espero que esté a la altura de las circunstancias.

Garvin golpeó su copa con una cucharilla y se puso en pie.

–Aunque todavía estéis con el postre –dijo–, vamos a empezar, para que podamos irnos a las dos. Voy a recordaros el programa. Si todo va como está previsto, haremos el anuncio formal de la adquisición en una rueda de prensa aquí, el viernes a mediodía. Y ahora voy a presentaros a nuestros nuevos socios de Conley-White.

Garvin fue nombrando a los ejecutivos de C-W, que se levantaron de sus asientos; Kaplan le susurró a Tom:

–Pamplinas. La verdadera protagonista de este almuerzo es la que tú ya sabes.

–... y por último –prosiguió Garvin–, os presento a una mujer que muchos conocéis, pero otros no: la nueva vicepresidenta de Operaciones y Planning Avanzados, Meredith Johnson.

Hubo un breve aplauso; Meredith se puso en pie y se dirigió a una tarima. Con un traje azul marino, parecía el modelo de la corrección empresarial, pero seguía siendo sumamente guapa. Ya en la tarima, se puso las gafas de montura de concha. Las luces de la sala disminuyeron de intensidad.

–Bob me ha pedido que haga un repaso de cómo funcionará la nueva estructura –empezó–. Y que diga algo sobre lo que va a ocurrir en los próximos meses. –Se acercó al ordenador que habían colocado en la tarima–. A ver si consigo poner esto en marcha...

Don Cherry, aprovechando la penumbra de la sala, miró a Sanders, meneó la cabeza, y dijo moviendo los labios: «Qué bombón.»

–Bien, ya está –dijo Meredith. La pantalla que había detrás se iluminó. Las imágenes animadas generadas por el ordenador se proyectaron. La primera imagen era un corazón rojo, que se rompió en cuatro trozos–. El Departamento de Productos Avanzados siempre ha sido el corazón de DigiCom; lo forman cuatro secciones, como vemos aquí. Pero a medida que en todo el mundo la información se digitalice, estas secciones tendrán que unirse inevitablemente. –En la pantalla, los trozos de corazón se reunieron y se convirtieron en una esfera–. Para los clientes del futuro inmediato, armados de teléfono portátil, fax, ordenador portátil y modem, cada vez será más irrelevante dónde se encuentren, y de dónde proceda la información. Estamos hablando de una verdadera globalización de la información, y eso supone una serie de nuevos productos para nuestros mercados empresariales y educativos. La educación, en particular, será un objetivo primordial para esta compañía a medida que la tecnología pase de las presentaciones impresas a las digitales y de ahí a los ambientes virtuales. Ahora veamos lo que esto significa realmente, y a dónde nos conducirá.

Y procedió a hacer su demostración: hipermedia, vídeos empotrados, sistemas de autoría, estructuras de trabajo en equipo, fuentes académicas, aceptación de productos. Luego pasó a las estructuras de costes: esbozos de investigación e ingresos, beneficios de los próximos cinco años, variables a largo plazo. Y finalmente a los retos de producción de los productos: control de calidad, servicio posventa, ciclos de desarrollo más cortos.

La intervención de Meredith Johnson era impecable: las imágenes se sucedían sin interrupción en la pantalla, y su voz, segura, no dejaba entrever la mínima vacilación. La audiencia guardaba silencio, en una atmósfera respetuosa.

–Aunque éste no es el mejor momento para entrar en detalles técnicos –dijo–, quiero mencionar que la nueva unidad de CD, con un *seek times* por debajo de las cien milésimas de segundo, combinada con las nuevas fórmulas de compresión, podría suponer una revolución del vídeo CD. Estamos hablando de procesadores RISC independientes de la plataforma, con matriz activa de colores de 32 bits, e impresora portátil de 1.200 DPI, y con redes inalámbricas LAN y WAN. Si combinamos eso con un acceso a base de datos virtual (con agentes de software ROM para definición y clasificación de objetos), creo que podemos afirmar que nos acercamos a un futuro muy emocionante.

Sanders advirtió que Don Cherry se había quedado boquiabierto. Se acercó a Kaplan:

–Aparentemente sabe de qué habla.

–Sí –concedió Kaplan–. Es la reina de las demostraciones. Empezó haciendo demostraciones. Las apariencias siempre han sido su punto fuerte. –El desagrado de Kaplan era obvio. Sanders la miró; ella apartó la mirada.

Cuando el discurso terminó, hubo una ovación y se encendieron las luces. Meredith volvió a su asiento. La gente empezó a recoger sus cosas. Meredih dejó a Garvin, y se dirigió hacia Don Cherry para decirle algo. Cherry sonrió. A continuación Meredith cruzó la sala y fue a hablar con Mary Anne, y luego con Mark Lewyn.

–Es inteligente –dijo Kaplan mientras la observaba–. Ahora quiere congraciarse con todos los jefes de sección. Sobre todo porque no los ha nombrado en su discurso.

Sanders frunció el ceño:

–¿Crees que eso significa algo?

–Sólo si tiene previsto hacer cambios.

–Phil dice que no los va a hacer.

–Pero nunca se sabe, ¿no? –dijo Kaplan. Se levantó y dejó la servilleta sobre la mesa–. Tengo que irme. Y me parece que ahora te toca a ti.

Kaplan desapareció discretamente, y Meredith llegó a donde se encontraba Sanders. Sonrió.

–Quería pedirte disculpas, Tom –dijo Meredith–, por no mencionar tu nombre y el de los otros jefes de sección. No quiero que nadie se haga una idea equivocada. Es que Bob me pidió que fuera breve.

–Bueno, por lo visto has convencido a todos. La reacción ha sido muy favorable.

–Eso espero. Oye –dijo Meredith, y apoyó una mano en el brazo de Sanders–, mañana tenemos mucho trabajo. He pedido a todos los jefes de sección que se reúnan conmigo hoy. ¿Puedes venir a mi despacho a última hora? Podemos repasar un par de cosas, tomar una copa y quizá hablar de los viejos tiempos.

–Sí, claro –contestó Sanders. Sintió el calor de la mano de Meredith.

–Me han dado un despacho en el quinto piso, y con un poco de suerte esta misma tarde me traerán los muebles. ¿Te va bien a las seis?

–Perfecto.

Meredith sonrió:

–¿Todavía te gusta el chardonnay?

A Sanders le halagó que aún lo recordara.

–Desde luego –contestó sonriendo.

–Veré si puedo conseguir una botella. Repasaremos algunos problemas apremiantes, como esa unidad de cien milésimas.

–De acuerdo. A propósito de la unidad...

–Lo sé –dijo Meredith bajando la voz–. Ya hablaremos de eso. –Los ejecutivos de Conley-White se estaban levantando–. Esta noche.

–Muy bien.

–Hasta luego, Tom.

–Adiós.

Cuando todos se habían levantando, Mark Lewyn se acercó a Sanders:

–¿Qué te ha dicho?

–¿Quién? ¿Meredith?

–No, me refiero a la sigilosa. Kaplan. Ha pasado todo el almuerzo hablándote al oído. ¿Qué ocurre?

Sanders se encogió de hombros y dijo:

–Nada, estábamos charlando.

–Anda ya. Stephanie no charla. No sabe charlar. Y hoy Stephanie te ha hablado más de lo que la he visto hablar en años.

A Sanders le sorprendió lo nervioso que estaba Lewyn.

–La verdad –dijo–, hemos estado hablando de su hijo. Va a la universidad.

Lewyn no se lo tragaba. Frunció el ceño y dijo:

–Se trae algo entre manos, ¿verdad? Nunca habla sin motivo. ¿Te ha dicho algo de mí? Sé que tiene varias quejas del grupo de diseño. Cree que malgastamos el dinero. Ya le he dicho mil veces que no es verdad…

–Mark –interrumpió Sanders–. No hemos mencionado tu nombre. En serio.

–Es igual, tiene algo escondido en la manga.

–No lo creo.

–Es muy astuta. Con Stephanie nunca notas que te han clavado un cuchillo. No lo notas hasta que lo remueve.

Para cambiar de tema, Sanders dijo:

–¿Qué te ha parecido Meredith? ¿Te ha gustado su presentación?

–Sí. Muy impresionante. Sólo hay una cosa que me preocupa –dijo Lewyn. Seguía frunciendo el ceño, inquieto–. ¿No se suponía que Meredith Johnson era una decisión de última hora, impuesta por los directivos de Conley?

–Sí, eso tengo entendido. ¿Por qué?

–Por la presentación. Hacen falta dos semanas, como mínimo, para realizar una presentación gráfica como ésa –explicó Lewyn–. Cuando nosotros tenemos que diseñar una cosa así, mis diseñadores empiezan a trabajar con un mes de antelación, luego lo repasamos juntos, luego hay otra semana de revisiones y cambios, y otra para transferirlo a una unidad. Y eso en mi equipo interno, y trabajando deprisa. A un ejecutivo le llevaría más tiempo. Se lo encargan a algún ayudante que hace lo que puede. Luego el ejecutivo lo ve, y lo cambia todo. Y tardan mucho más. Así pues, a juzgar por su presentación yo diría que sabe lo de su nuevo cargo desde hace meses.

Sanders frunció el ceño.

–Como siempre –añadió Lewyn–, los desgraciados de las trincheras son los últimos en enterarse. Me pregunto *qué más* no sabemos todavía.

A las 2.15 Sanders volvió a su despacho. Llamó a su mujer para decirle que llegaría tarde porque tenía una reunión a las seis.

–¿Qué está pasando? –preguntó Susan–. Me ha llamado Adele, la mujer de Mark. Dice que Garvin está fastidiando a todo el mundo y que están cambiando todo el organigrama.

–Todavía no sé nada –dijo Sanders, cauteloso. Cindy acababa de entrar en el despacho.

–¿Te darán el ascenso?

–En principio no.

–Vaya –dijo Susan–. Lo siento, Tom. ¿Estás bien? ¿Estás muy disgustado?

–Sí, básicamente sí.

–¿No puedes hablar?

–Exacto.

–De acuerdo. Te dejaré algo hecho. Nos vemos en casa.

Cindy dejó un montón de dossiers en su escritorio. Cuando Sanders colgó, la secretaria dijo:

–¿Ya lo sabía?

–Lo sospechaba.

Cindy asintió con la cabeza.

–Ha llamado a la hora de comer –dijo–. Me lo imaginaba. Supongo que vuestras esposas han hablado.

–Estoy seguro de que todo el mundo habla.

Cindy se dirigió hacia la puerta; una vez allí, se detuvo y preguntó:

–¿Cómo ha ido el almuerzo?

–Han presentado a Meredith como la nueva directora de todas las secciones técnicas. Hizo una presentación. Dice que va a conservar a todos los jefes de sección bajo su mando.

–Entonces, ¿no nos afectan los cambios?

–De momento no. Por lo menos eso es lo que me han dicho. ¿Qué has oído tú?

–Lo mismo.

Sanders sonrió.

–Entonces debe de ser verdad.

–¿Crees que debo seguir adelante con lo del apartamento?

Cindy llevaba un tiempo planeando la compra de un apartamento en St. Anne's Hill para ella y su hija.

–¿Cuándo tienes que decidirlo?

–Tengo quince días más. A finales de mes.

–Pues espera un poco. Sólo para asegurarte.

Cindy asintió y salió del despacho. Volvió al cabo de un instante:

–Me olvidaba. Acaban de llamar del despacho de Mark Lewyn. Han llegado las unidades Twinkle de Kuala Lumpur. Los diseñadores las están examinando. ¿Quieres ir a verlas?

–Ahora mismo voy.

El departamento de diseño ocupaba todo el segundo piso del Western Building. La atmósfera era caótica, como de costumbre: todos los teléfonos sonaban a la vez, pero no había ninguna recepcionista en la sala de espera, situada junto a los ascensores y decorada con pósters viejos de una exposición de la Bauhaus en Berlín, en 1929, y de una película antigua de ciencia ficción, *The Forbing Project*. Había dos visitantes japoneses sentados al lado de la destartalada máquina de refrescos, hablando muy deprisa. Sanders los saludó con una inclinación de la cabeza, abrió la puerta con su tarjeta y entró.

El interior del departamento era una amplísima sala con extrañas reparticiones hechas con paneles. Había sillas y mesas –metálicas, incómodas– repartidas desordenadamente. Se oía música de rock a todo volumen. Todo el mundo vestía desenfadadamente; la mayoría de los diseñadores llevaban pantalones cortos y camiseta. No cabía duda de que se trataba de un departamento creativo.

Sanders se dirigió a lo que llamaban Foamland, una pequeña exposición de los últimos diseños realizados por el equipo. Había modelos de unidades CD-ROM y teléfonos portátiles en miniatura. El equipo de Lewyn era el encargado de crear los diseños del futuro, y muchos de ellos parecían absurdamente pequeños. Había un teléfono portátil del tamaño de un lápiz, y otro que parecía una versión posmoderna de la radio de pulsera de Dick Tracy, de color verde pálido y gris. Y un microrreproductor de CD con pantalla incorporada que cabía en la palma de una mano.

Todos aquellos objetos eran sorprendentemente pequeños, pero Sanders ya se había acostumbrado a la idea de que los diseños estarían en el mercado en un plazo máximo de dos años. El hardware era cada vez más pequeño; le costaba recordar que cuando él empezó a trabajar en DigiCom un «ordenador portátil» era del tamaño de un maletín y pesaba trece kilos, y que los teléfonos portátiles ni siquiera existían. Los primeros teléfonos portátiles fabricados por DigiCom eran unos aparatos de siete kilos que se llevaban colgados del hombro. Cuando aparecieron, se los consideró un milagro. Ahora los clientes se quejaban si sus teléfonos pesaban más de medio kilo.

Sanders pasó por delante de la cortadora de espuma, un lío de tubos y cuchillos tras pantallas de plexiglás, y encontró a Mark Lewyn y a su equipo examinando tres reproductores CD-ROM recibidos de Malasia. Una de las unidades estaba ya desmontada sobre la mesa; los diseñadores, bajo unas potentes lámparas halógenas, manipulaban el interior del aparato con sus diminutos destornilladores.

–¿Qué habéis encontrado? –preguntó Sanders.

–Ah, eres tú –dijo Lewyn con gesto de desesperación–. Esto no me gusta, Tom. No me gusta nada.

–Cuenta.

Lewyn señaló la mesa y dijo:

–Dentro de la bisagra hay una varilla metálica. Estas pinzas mantienen el contacto con la varilla cuando abres la caja: así es cómo se transmite la corriente a la pantalla.

–Ya...

–Pero la corriente es intermitente. Por lo visto las varillas son demasiado pequeñas. Tendrían que ser de 54 milímetros, pero éstas apenas llegan a 52 o 53 milímetros.

La lúgubre expresión de Lewyn sugería las peores consecuencias. Las varillas tenían un defecto de un milímetro, y por lo visto aquello significaba el fin del mundo. Sanders comprendió que Lewyn necesitaba que lo tranquilizaran un poco. No era la primera vez que tenía que hacerlo.

–Eso tiene solución, Mark. Hay que abrir todas las unidades y cambiar las varillas, pero podemos hacerlo.

–Sí, claro –repuso Lewyn–. Pero quedan las pinzas. Las nuestras son de acero inoxidable 16/10; es la tensión adecuada para que las pinzas sean flexibles y mantengan el contacto con la varilla. Pero éstas son diferentes. Quizá de 16/4. Demasiado rígidas. Cuando abres la caja, las pinzas se doblan, pero luego no recuperan la posición inicial.

–De acuerdo, también hay que cambiar las pinzas. Podemos hacerlo cuando cambiemos las varillas.

–No es tan fácil como parece. Las pinzas están introducidas a presión en el armazón.

–Mierda.

–Sí. Forman parte del armazón de la unidad.

–¿Me estás diciendo que tenemos que hacer armazones nuevos por culpa de las pinzas?

–Exacto.

Sanders meneó la cabeza.

–Pero si ya tenemos miles. Cuatro mil, si no me equivoco.

–Pues mira, hay que hacerlos de nuevo.

–Y por lo demás, ¿qué me dices de la unidad?

–Es lenta –contestó Lewyn–. De eso no cabe duda. Pero no estoy seguro del motivo. Podrían ser problemas de potencia. O podría tratarse del chip de control.

–Si es el chip de control...

–La hemos cagado. Si es un problema primario de diseño, tendremos que volver a la mesa de dibujo. Si es sólo un problema de fabricación, habrá que cambiar las cadenas de producción y quizá rehacer las plantillas. Pero en cualquier caso, nos llevará meses.

–¿Cuándo lo sabremos?

–He enviado una unidad a los chicos de Diagnóstico –respondió Lewyn–. Espero que tengan listo el informe sobre las cinco. Te lo pasaré. ¿Está Meredith al corriente de esto?

–Tengo que hablar con ella a las seis.

–Bien. ¿Me llamarás después?

–De acuerdo.

–En cierto modo, todo esto es bueno.

–¿Qué quieres decir?

–Que vamos a plantear a Meredith un problema grave, de buenas a primeras. A ver cómo responde.

Sanders se encaminó hacia la puerta. Lewyn lo siguió.

–Por cierto –dijo–. ¿Estás enfadado porque no te han dado el puesto, o no?

–Disgustado –dijo Sanders–. Enfadado no. No tiene sentido enfadarse.

–Francamente, pienso que Garvin te ha hecho una putada. Tú has dedicado tu tiempo a esto, y has demostrado que puedes dirigir el departamento. Y él va y coloca a otra persona.

Sanders se encogió de hombros.

–La empresa es suya.

Lewyn rodeó los hombros de Sanders y lo abrazó con fuerza.

–¿Sabes una cosa, Tom? A veces eres demasiado sensato.

–No sabía que la sensatez fuera un defecto –objetó Sanders.

–Ser demasiado sensato puede ser contraproducente –sentenció Lewyn–. Siempre acaban dejándote de lado.

–Lo único que pretendo es mantenerme donde estoy –dijo Sanders–. Quiero estar aquí cuando pongan a la venta el departamento.

–Sí, es verdad. Tienes que quedarte. –Llegaron al final del pasillo, donde estaba la puerta. Lewyn añadió–: ¿Crees que le han dado el cargo por ser mujer?

–Quién sabe –respondió Sanders.

–Estoy harto de esta fiebre por contratar mujeres. Mira, en el departamento de diseño tenemos un cuarenta por ciento de mujeres. Más que en cualquier otro departamento. Y todavía quieren que haya más. Cuantas más mujeres, mejor.

–Mark, el mundo ha cambiado.

–Pero no para mejor. Todos salen perjudicados. Mira, cuando yo entré en DigiCom sólo te preguntaban si valías. Si valías te contrataban. Ahora la aptitud no es más que un requisito secundario. También has de tener el sexo y el color de piel que encajen con el perfil del departamento de recursos humanos de la empresa. Y si resulta que eres un incompetente, no pueden despedirte. Y luego vienen las chapuzas, como la del Twinkle. Porque no hay nadie que se haga responsable de nada. No puedes crear productos basándote en una *teoría*, porque el producto que creas es real. Y si es una mierda, es una mierda. Y nadie lo compra.

Sanders abrió la puerta de acceso a la cuarta planta con su tarjeta electrónica y se dirigía hacia su despacho por el pasillo. La conversación que acababa de mantener con Lewyn le daba vueltas en la cabeza. Lo que más le preocupaba era que Lewyn opinara de él que era resignado y se estaba dejando avasallar por Garvin.

Pero Sanders no lo veía así. Cuando decía que la empresa era de Garvin, hablaba en serio. Bob era el jefe y podía hacer lo que le viniera en gana. A Sanders le había disgustado que no le dieran el cargo, pero nadie se lo había prometido. Nunca. Desde hacía varias semanas, Sanders, como muchos otros de los departamentos de Seattle, suponía que el puesto sería para él. Pero Garvin nunca lo había mencionado. Y Phil Blackburn tampoco.

De modo que Sanders no creía tener ningún motivo para ofenderse. Era el cuento de la lechera.

Y en cuanto a la resignación, ¿qué esperaba Lewyn que hiciera? ¿Que montara un numerito? ¿Que se pusiera a gritar? Eso no serviría de nada. Porque le gustara o no a Sanders, Meredith Johnson había conseguido ese puesto. ¿Dimitir? Eso no solucionaría nada. Porque si dimitía no podría beneficiarse de la venta del departamento. Eso sería un verdadero desastre.

Así pues, lo único que podía hacer era aceptar a Meredith y adaptarse a las nuevas circunstancias. Supuso que si Lewyn se encontrara en su situación haría exactamente lo mismo: aguantarse.

Pero el verdadero problema era el Twinkle. El equipo de Lewyn había desmontado tres unidades aquella tarde, y seguía sin saber cuál era el fallo. Habían encontrado unos componentes defectuosos en las bisagras, cuyo origen Sanders tendría que averiguar. No tardaría en descubrir por qué estaban trabajando con materiales defectuosos. Pero el verdadero problema, la lentitud de las unidades, seguía siendo un misterio del que no tenían ninguna pista, y eso significaba que iba a tener que...

–¿Tom? Se te ha caído la tarjeta.

–¿Qué? –Sanders levantó la vista, absorto. Una secretaria lo miraba con el ceño fruncido, señalando el extremo del pasillo.

–Se te ha caído la tarjeta.

–Ah. –Vio la tarjeta en el suelo–. Gracias.

Fue a recogerla. Por lo visto estaba más trastornado de lo que imaginaba. Sin tarjeta era imposible moverse por las oficinas de DigiCom. Sanders se la metió en el bolsillo.

Entonces se dio cuenta de que ya tenía la suya. Sacó las dos tarjetas y las examinó. La que acababa de recoger no era la suya, y ahora no distinguía cuál de las dos lo era. Las tarjetas no tenían rasgos distintivos, sólo el logotipo azul de DigiCom, un número de serie y una cinta magnética en el dorso.

Sanders no recordaba el número de su tarjeta. Se dirigió hacia su despacho para buscarlo en el ordenador. Consultó su reloj. Eran las cuatro en punto; faltaban dos horas para la reunión con Meredith Johnson. Todavía tenía que hacer muchas cosas para preparar esa reunión. Siguió caminando, con el ceño fruncido y la vista clavada en la moqueta. Tenía que pedir los informes de producción, y quizá también los de diseño. No estaba seguro de que Meredith los entendiera, pero de todos modos tenía que enseñárselos. ¿Qué más? No quería presentarse en la primera reunión habiendo olvidado algo.

Las imágenes del pasado volvieron a interrumpir sus pensamientos. Una maleta abierta. El cuenco de palomitas de maíz. La vidriera de la puerta.

–¿Qué pasa? –dijo una voz que le resultó familiar–. ¿Ya no saludas a tus viejos amigos?

Sanders levantó la vista. Estaba frente a la sala de reuniones, con paredes de cristal. Dentro había una figura solitaria, sentada en una silla de ruedas, de espaldas a Sanders, que observaba el paisaje urbano de Seattle.

–Hola, Max –dijo Sanders.

Max Dorfman siguió mirando por la ventana.

–Hola, Thomas.

–¿Cómo has sabido que era yo?

Dorfman soltó una risa sarcástica.

Luego, dijo:

–Magia. ¿Qué te parece? Thomas: te veo.

–¿Cómo? ¿Tienes ojos en la nuca?

–No, Thomas. Tengo un reflejo delante de mis narices. Te estoy viendo en el cristal. Caminando cabizbajo, como un desgraciado.

Dorfman volvió a reír y dio la vuelta a su silla de ruedas. Tenía una mirada intensa, brillante, sarcástica.

–Eras un joven muy prometedor. Y ahora vas por ahí con la cabeza gacha.

Sanders no estaba para sermones.

–Digamos que no ha sido el día más maravilloso de mi vida, Max.

–¿Y quieres que se entere todo el mundo? ¿Quieres que te compadezcan?

–No, Max. –Dorfman siempre criticaba el concepto de compasión; decía que el ejecutivo que buscaba compasión no era un ejecutivo sino una esponja que absorbía algo inútil–. Estaba pensando.

–Ah, *pensando*. A mí me agrada pensar. Pensar es bueno. ¿Y en qué estabas pensando, Thomas? ¿En la vidriera de tu apartamento?

Sanders se quedó atónito.

–¿Cómo lo sabes?

–A lo mejor también es cosa de magia –contestó Dorfman–. O quizá es que puedo leer la mente. ¿Crees que sé leer la mente, Thomas? ¿Eres tan estúpido como para creer eso?

–Max, no estoy de humor.

–Bien, entonces será mejor que pare. Si no estás de humor tendré que parar. Ante todo tenemos que proteger tu humor. –Golpeó el brazo de la silla, irritado–. Me lo dijiste tú, Thomas, Por eso sé en qué estabas pensando.

–¿Que te lo dije yo? ¿Cuándo?

–Hace unos nueve o diez años.

–¿Qué te dije?

–Ah, ¿no lo recuerdas? No me extraña que tengas problemas. Será mejor que contemples el suelo un rato más. A lo mejor te sirve de algo. Sí, creo que sí. Sigue contemplando el suelo, Thomas.

–Por el amor de Dios, Max.

Dorfman sonrió.

–¿Te pongo nervioso?

–Siempre me pones nervioso.

–Bien. Entonces quizá haya alguna esperanza. No para ti, claro. Para mí. Ya soy viejo, Thomas. A mi edad la esperanza tiene un significado diferente. No lo comprenderías. Ahora ni siquiera puedo moverme por mí mismo. Tienen que empujarme. A ser posible, una chica guapa, pero normalmente no les gusta hacer estas cosas. Y aquí me tienes, sin ninguna chica guapa dispuesta a empujarme. No como tú.

Sanders suspiró:

–¿Por qué no podemos mantener una conversación normal, Max?

–Me parece una idea excelente –dijo Dorfman–. Me encantaría. ¿Qué es una conversación normal?

–No sé, podríamos hablar como la gente normal.

–Sí. Si no te aburres, sí. Pero estoy preocupado. Ya sabes que a la gente mayor le preocupa resultar aburrida.

–Max. ¿A qué te referías con lo de la vidriera?

Dorfman se encogió de hombros:

–A Meredith, por supuesto. ¿A qué iba a referirme?

–¿Cómo que a Meredith?

–Qué sé yo –dijo Dorfman, enojado–. Lo único que sé es lo que tú me contaste. Que te ibas de viaje, a Corea o a Japón y, que cuando volvías, Meredith...

–Perdona que te interrumpa, Tom –dijo Cindy asomándose a la puerta de la sala de reuniones.

–No te preocupes –dijo Max–. ¿Quién es esta preciosa criatura, Thomas?

–Me llamo Cindy Wolfe, profesor Dorfman –contestó Cindy–. Trabajo para Tom.

–¡Vaya! Es un hombre afortunado...

Cindy se dirigió de nuevo a Sanders:

–Lo siento Tom, pero uno de los ejecutivos de Conley-White está en tu despacho, y pensé que querrías...

–Sí, sí –intervino Dorfman–. Tiene que irse. Conley-White. Suena *muy* importante.

–Voy en seguida –dijo Sanders–. Max y yo estábamos hablando de algo importante.

–No, Thomas. Sólo hablábamos de los viejos tiempos. Será mejor que te marches.

–Max...

–Si quieres que sigamos hablando, ven a verme. Estoy en el hotel Four Seasons. Ya lo conoces. Tiene un vestíbulo *fabuloso*, con techos muy altos. Es excelente, sobre todo para los viejos como yo. Ahora vete, Thomas. –Entrecerró los ojos y agregó–: Ya me encargo yo de Cindy.

Sanders vaciló un momento:

–Ten cuidado –dijo finalmente–. Es un viejo verde.

–Y tan verde –corroboró Dorfman.

Sanders se encaminó hacia su despacho. Al salir de la sala de reuniones oyó decir a Dorfman: «Cindy, por favor, llévame a la entrada. Un coche me espera. Y te agradecería que por el camino me contestaras algunas preguntas. Seguro que no te importará complacer a un anciano como yo. En esta empresa están pasando cosas muy interesantes. Y las secretarias siempre lo saben todo, ¿verdad?»

En cuanto Sanders entró en el despacho, Jim Daly se levantó y dijo:

–Me alegro de que lo hayan encontrado, Mr. Sanders.

Se estrecharon la mano. Sanders invitó a Daly a tomar asiento al tiempo que se sentaba al otro lado de la mesa. Sanders no estaba sorprendido: llevaba varios días esperando la visita de Daly o de algún otro banquero. Los miembros de Goldman y Sachs habían hablado individualmente con gente de varios departamentos para comentar aspectos de la fusión. La mayoría de las veces pedían información complementaria, pues ninguno de los banqueros entendía demasiado bien la alta tecnología. Sanders se imaginaba que Daly le preguntaría acerca de la unidad Twinkle, y tal vez del Corridor.

–Agradezco mucho que me dedique un poco de su tiempo –dijo Daly mientras se mesaba el cabello. Era un hombre muy alto y delgado, y sentado todavía parecía más alto. Parecía todo rodillas y codos–. Quería preguntarle unas cuantas cosas... oficiosamente.

–Me parece muy bien –repuso Sanders.

–Tiene que ver con Meredith Johnson –continuó Daly con tono diplomático–. Si no le importa, me gustaría que esta conversación fuese confidencial.

–De acuerdo –dijo Sanders.

–Tengo entendido que usted participó directamente en la instalación de las fábricas de Irlanda y Malasia. Y que en la empresa hubo cierta controversia sobre la forma en que se hizo.

–Bueno –dijo Sanders encogiéndose de hombros–, Phil Blackburn y yo no siempre tenemos la misma opinión.

–Lo cual, desde mi punto de vista, dice mucho en favor de usted –dijo Daly, escueto–. Pero si no me equivoco, en esas disputas usted representa la experiencia técnica, y los otros representan... otro tipo de cuestiones. ¿No es así?

–Sí, más o menos. –¿Adónde quería llegar?

–Bien, por eso me interesa conocer sus opiniones. Bob Garvin acaba de asignar un cargo a Ms. Johnson; en Conley-White hay mucha gente que ha aplaudido esa gestión. Y sería injusto, desde luego, juzgar de antemano cómo desarrollará Ms. Johnson su función en la empresa. Sin embargo, también sería incorrecto por mi parte que no me preocupara por saber lo que ha hecho hasta ahora. ¿Me sigue?

–Me temo que no del todo –admitió Sanders.

–Me pregunto –insistió Daly– qué opina usted acerca de la actitud de Ms. Johnson respecto a las anteriores operaciones técnicas de la empresa. Y de su intervención en las operaciones de DigiCom en el extranjero, concretamente.

Sanders frunció el ceño e intentó recordar.

–Que yo sepa, ella nunca ha participado directamente –dijo–.

Hace dos años tuvimos problemas con los obreros de Cork. Ella formaba parte del equipo que enviaron a negociar un acuerdo. También estuvo en Washington negociando. Y también sé que encabezó el equipo de revisión de Cupertino, que aprobó los planes para la nueva fábrica de Kuala Lumpur.

–Sí, exactamente.

–Pero creo que su intervención se limita a lo que le he dicho.

–Ya. Bien. Quizá no me hayan informado bien –dijo Daly, cambiando de postura.

–¿Qué le han contado?

–No quiero entrar en detalles, pero le diré que alguien ha puesto en duda su aptitud.

–Entiendo –dijo Sanders. ¿Quién podía haber hablado de Meredith a Daly? Ni Garvin ni Blackburn, por descontado. ¿Kaplan? No había forma de saberlo. Pero Daly sólo se había entrevistado con los directivos.

–Me gustaría saber –añadió Daly– qué opinión le merece a usted su aptitud técnica. Oficiosamente hablando, por supuesto.

En ese momento el ordenador de Sanders emitió tres pitidos. En la pantalla apareció el siguiente mensaje:

UN MINUTO PARA CONEXIÓN DE VÍDEO: DCS/KL.
DE: A. KAHN
A: T. SANDERS.

–¿Algún problema? –preguntó Daly.

–No. Por lo visto voy a recibir una comunicación por vídeo desde Malasia.

–Entonces seré breve; no quiero molestarlo más. ¿Preocupa en su departamento que Meredith Johnson no esté preparada para ocupar ese puesto?

Sanders se encogió de hombros:

–Es la nueva jefa. Ya sabe lo que pasa en las empresas. Siempre hay cierta preocupación con respecto a los nuevos jefes.

–Es usted muy diplomático. Pero dígame, ¿preocupa su inexperiencia? Al fin y al cabo, es muy joven. Tendrá que mudarse y vivir en otra ciudad. Nuevas caras, nuevos compañeros de trabajo, nuevos problemas. Y aquí no estará tan bien protegida por Bob Garvin.

–No sé qué decir –repuso Sanders–. Tendremos que esperar.

–Y creo que en el pasado ya tuvieron problemas con una persona que dirigió el departamento sin ser técnico... Un tal... ¿Freeling *el Histérico*?

–Sí. No funcionó.

–¿Y no temen que ocurra algo parecido con Meredith?

–Me consta que el temor existe.

–¿Y sus medidas fiscales, esos planes de contención de costes? Ése es el tema crucial, ¿no?

¿Qué planes de contención de costes?, se preguntó Sanders.

La pantalla volvió a emitir un pitido.

UN MINUTO PARA CONEXIÓN DE VÍDEO: DCS/KL.

–Su ordenador lo reclama –dijo Daly, levantándose de la silla–. Gracias por atenderme, Mr. Sanders.

–De nada, Mr. Daly.

Se dieron la mano. Daly salió del despacho. El ordenador de Sanders volvió a pitar:

15 SEGUNDOS PARA CONEXIÓN DE VÍDEO: DECS/KL.

Se sentó frente al monitor y cambió de sitio la lámpara de mesa, de forma que le iluminara la cara. El ordenador había iniciado la cuenta atrás. Sanders consultó su reloj. Eran las cinco, las nueve en Malasia. Seguramente Arthur llamaba desde la fábrica.

En el centro de la pantalla apareció un pequeño rectángulo que fue creciendo progresivamente. Sanders vio la cara de Arthur y, detrás de él, la bien iluminada cadena de montaje. Era una modélica fábrica moderna: limpia y silenciosa, los trabajadores vestidos de calle, situados ordenadamente a ambos lados de la cinta transportadora verde. En cada banco de trabajo había una potente lámpara fluorescente.

Kahn se aclaró la garganta y se frotó la barbilla.

–Hola, Tom. ¿Cómo estás? –dijo, y su imagen se desdibujó ligeramente. Su voz estaba un poco desincronizada, pues la señal de vídeo vía satélite iba un poco retrasada, mientras que la voz llegaba inmediatamente. La falta de sincronía te distraía bastante los primeros segundos; hacía que la conexión pareciera irreal. Era como hablar con alguien bajo el agua. Luego te acostumbrabas.

–Bien, Arthur –contestó Sanders.

–Me alegro. Lamento lo de la nueva organización. No hace falta que te diga lo que pienso.

–Gracias, Arthur. –Sanders se preguntó cómo era posible que Kahn ya se hubiera enterado. Pero los cotilleos viajan deprisa, en todas las empresas.

–Bueno. Mira, Tom, estoy en la fábrica, ya lo ves –dijo Kahn señalando la planta que tenía a sus espaldas–. Y todavía vamos muy atrasados. Y los *spot checks* no han mejorado. ¿Qué dicen los diseñadores? ¿Han recibido ya las unidades?

–Han llegado hoy. Todavía no tengo ningún resultado. Siguen trabajando.

–Bien. ¿Han mandado las unidades a Diagnóstico? –preguntó Kahn.

–Sí, creo que acaban de enviarlas.

–Pues hemos recibido un mensaje de Diagnóstico. Quieren que les enviemos otras diez unidades en bolsas de plástico selladas. Y han especificado que las selláramos dentro de la fábrica cuando acabaran de salir de la cadena. ¿Sabes algo de eso?

–No, acabo de enterarme. Déjame preguntarlo y volveré a llamarte.

–A mí me ha parecido muy raro. Diez unidades son muchas unidades. Si las mandamos de golpe, los de aduanas pondrán problemas. Y no entiendo eso del sello. Siempre las mandamos envueltas en plástico, pero no selladas. ¿Para qué quieren que las sellemos, Tom? –Kahn parecía preocupado.

–No lo sé. Ya te llamaré. Lo único que puedo decirte es que aquí todo el mundo quiere saber por qué demonios no funcionan esas unidades.

–Igual que nosotros –dijo Kahn–. Créeme. Nos estamos volviendo locos.

–¿Cuándo las enviarás?

–Primero tengo que encontrar una máquina para sellarlas. Supongo que podré enviarlas el miércoles y las recibiréis el viernes.

–Demasiado tarde –dijo Sanders–. Tendrías que mandarlas hoy o mañana. ¿Quieres que yo consiga la máquina? Seguramente Apple me dejará una. –Apple tenía una fábrica en Kuala Lumpur.

–Muy buena idea. Llamaré yo, a ver si Ron puede prestarme una.

–De acuerdo. ¿Qué pasa con Jafar?

–No me lo recuerdes. Acabo de hablar con el hospital. Por lo visto tiene retortijones y vómitos. No come nada. Los médicos dicen que ha sido víctima de una maldición.

–¿Creen en las maldiciones?

–Claro que sí –contestó Kahn–. Aquí tienen leyes contra la brujería. Puedes llevar a la gente a juicio.

–¿Y no sabes cuándo volverá?

–No, no lo sé. Por lo visto está muy enfermo.

–Está bien, Arthur. ¿Algo más?

–No. Buscaré la máquina para sellar. Y si te enteras de algo, dímelo.

–Lo haré –repuso Sanders, y puso fin a la transmisión. Kahn se despidió con un ademán, y la pantalla se quedó en blanco.

¿QUIERE GRABAR ESTA TRANSMISIÓN EN DISCO O EN DAT?

Sanders pulsó DAT y la transmisión quedó grabada en cinta digital. Se levantó. No sabía qué estaba pasando, pero sería mejor que se informara antes de la reunión con Meredith, a las seis. Se dirigió a la mesa de Cindy.

Cindy estaba de espaldas, hablando por teléfono y riéndose. Al darse la vuelta y ver a Sanders, dejó de reír

–Tengo que dejarte –dijo.

–¿Puedes buscarme los informes de producción del Twinkle de los últimos dos meses? –pidió Sanders–. Mejor dicho, todo lo que haya.

–Enseguida.

–Y llama a Don Cherry. Necesito saber qué está haciendo su grupo de diagnóstico con las unidades.

Volvió a su despacho. Vio que el cursor del *e-mail* parpadeaba y pulsó una tecla para leer los mensajes. Mientras esperaba, examinó los tres faxes que había encima de su mesa. Dos eran de Irlanda, informes de producción rutinarios. El tercero era una petición para reparar un techo de la planta de Austin; se había quedado estancada en Operaciones, en Cupertino, y Murphy se lo enviaba para ver si Sanders podía hacer algo.

La pantalla parpadeó. Sanders leyó el primer mensaje:

HA VENIDO UN CONTABLE DE OPERACIONES. ESTÁ REVISANDO LOS LIBROS Y VOLVIENDO LOCO A TODO EL MUNDO. Y DICEN QUE MAÑANA VIENEN MÁS. LOS RUMORES SE SUCEDEN Y LA CADENA CADA DÍA VA MÁS LENTA. ¿QUÉ TENGO QUE DECIRLES? ¿VAN A VENDER ESTA EMPRESA O NO?

EDDIE

Sanders no vaciló. No podía explicar a Eddie lo que estaba pasando. Escribió su respuesta:

LA SEMANA PASADA LOS CONTABLES ESTUVIERON EN IRLANDA. GARVIN HA ORDENADO UN ANÁLISIS GENERAL DE LA EMPRESA, Y ESTÁN METIENDO LAS NARICES EN TODAS PARTES. DI A TU GENTE QUE NO HAGA CASO Y QUE SE PONGA A TRABAJAR.

TOM

Apretó la tecla SEND. El mensaje desapareció.

–¿Me has llamado? –Don Cherry entró en el despacho y se dejó caer en una butaca–. Madre mía, vaya día. Llevo toda la tarde sofocando incendios.

–Cuéntame.

–Me han mandado a unos inútiles de Conley que llevan todo

el día preguntando a mis chicos qué diferencia hay entre RAM y ROM. Como si tuvieran tiempo para esas cosas. Oye, son gente con talento, y su talento no puede malgastarse con clases particulares para abogados. ¿No puedes hacer nada?

–Nadie puede hacer nada.

–A lo mejor Meredith sí –dijo Cherry, sonriendo.

Sanders se encogió de hombros y repuso:

–Ella es la que manda.

–Ya. Bueno. ¿Qué querías?

–Tu grupo de Diagnóstico está trabajando con las unidades Twinkle.

–Cierto. Es decir, estamos trabajando con lo que ha quedado después de que los *artistas* de Lewyn las tocaran. ¿Por qué las mandaron primero a diseño? No dejes que un diseñador se acerque a un equipo electrónico, Tom. *Nunca.* A los diseñadores sólo tendría que permitírseles hacer dibujos en hojas de papel. Y habría que darles las hojas de una en una.

–¿Qué habéis averiguado de las unidades? –preguntó Sanders.

–Nada, todavía. Pero estamos considerando algunas ideas.

–¿Y por eso le has pedido a Arthur Kahn que te mandara diez unidades selladas?

–Sí.

–A Kahn le ha parecido extraño.

–¿Y qué? Que se extrañe. Le hará bien. Así tendrá algo con que distraerse.

–Yo tampoco lo entiendo.

–Mira –explicó Cherry–, a lo mejor nuestras ideas no nos conducen a ninguna parte. De momento lo único que nos han dejado los payasos de Lewyn es un chip sospechoso. Y no es gran cosa.

–¿El chip es defectuoso?

–No, al chip no le pasa nada.

–¿Entonces dónde está la sospecha?

–Ya hay demasiados rumores por ahí –prosiguió Cherry–. Lo único que puedo decir es que estamos trabajando en ello y que todavía no sabemos nada. Nada más. Las unidades selladas llegarán mañana o el miércoles, y una hora más tarde sabremos algo. ¿De acuerdo?

–¿Pero qué crees? ¿Se trata de un problema grave o no? Tengo que saberlo –insistió Sanders–. El tema saldrá en las reuniones de mañana.

–De momento no lo sabemos. Podría ser cualquier cosa. Estamos trabajando en ello.

–Arthur opina que puede ser grave.

–Quizá tenga razón. Pero lo resolveremos. Es lo único que puedo decirte.

–Don...

–Ya sé que quieres una respuesta –dijo Cherry–. Pero no la tengo. ¿Entendido?

Sanders lo miró fijamente y dijo:

–Habrías podido llamarme. ¿Por qué has subido?

–Ya que lo preguntas, es que tengo un pequeño problema. Es un poco delicado. Acoso sexual.

–¿Otro? Por lo visto se está poniendo de moda.

–No somos los únicos –comentó Cherry–. Me han dicho que en UniCom hay catorce juicios en curso. En Digital Graphics hay todavía más. Y en MicroSys ni te cuento; son todos unos cerdos. Pero me gustaría que le dedicaras un poco de atención a este caso.

–De acuerdo –accedió Sanders, suspirando.

–Es en uno de mis grupos de programación. Son todos bastante mayores: entre veinticinco y veintinueve años. La supervisora del equipo de modems de fax llevaba tiempo detrás de uno de los chicos. Lo encuentra guapo. Él rechazaba todas las invitaciones. Hoy ha vuelto a insistir en el aparcamiento, a la hora de comer; él le ha dicho que no. La tía se mete en su coche, lo estampa contra el de él y se marcha. No ha habido heridos y él no quiere presentar queja, pero está preocupado, cree que la tía se está pasando. Y me ha pedido consejo. ¿Qué puedo hacer?

Sanders frunció el ceño.

–¿Crees que sólo ha sido eso? ¿Que ella está mosqueada con él porque la ha rechazado? ¿Seguro que él no ha hecho nada para provocar esta situación?

–Él asegura que no. Es un tipo bastante formal. Un poco basto, ya me entiendes.

–¿Y la chica?

–Tiene mal genio, de eso no hay duda. A veces grita a sus compañeros. He tenido que llamarle la atención más de una vez.

–¿Qué dice ella del incidente del aparcamiento?

–No lo sé. El chico me ha pedido que no hable con ella. Dice que prefiere que no se arme mucho jaleo.

Sanders se encogió de hombros.

–Así pues, los dos están ofendidos, pero ninguno quiere hablar... No lo sé, Don. Si una mujer le ha dañado el coche, supongo que tendría que hacer algo. Probablemente se ha acostado con ella una vez y no ha querido volver a verla, y por eso ella está enfadada.

–Sí, yo he pensado lo mismo –dijo Cherry–, pero a lo mejor nos equivocamos.

–¿Y los daños del coche?

–Nada importante. Un intermitente roto. Él dice que no quiere que la cosa vaya a más. ¿Qué hago? ¿Lo dejo correr?

–Si él no quiere presentar una queja, yo lo dejaría correr.

–¿Crees que debería hablar con ella en plan informal?

–Mejor que no. Si la acusas de incorrección, aunque sea informalmente, te arriesgas a tener problemas. Nadie te apoyará. Porque lo más probable es que el chico hiciera algo para provocarla.

–Aunque él lo niegue.

Sanders suspiró:

–Mira, Don, siempre lo niegan. Nunca he oído a nadie que dijera: «Me lo merezco.» Eso no pasa nunca.

–Así que lo dejo correr.

–Redacta un informe de lo que te ha contado el chico, asegúrate de que escribes el incidente tal como él te lo ha contado, y olvídalo.

Cherry asintió y se levantó, dispuesto a marcharse. Ya en la puerta, se detuvo y se giró.

–Dime una cosa, Tom, ¿por qué estamos los dos tan convencidos de que este tío tiene que haber hecho algo?

–Es lo más probable, sencillamente –contestó Sanders–. Ahora ve y arregla esa maldita unidad.

A las seis en punto se despidió de Cindy y se llevó los informes del Twinkle al despacho de Meredith, en el quinto piso. El sol todavía entraba por las ventanas. Parecía más temprano de lo que era.

A Meredith le habían asignado el despacho de la esquina, que había pertenecido a Ron Goldman. Meredith también tenía una nueva secretaria. Sanders se imaginó que Meredith se la había llevado con ella de Cupertino.

–Soy Tom Sanders. Tengo una cita con Ms. Johnson.

–Hola, Mr. Sanders. Soy Betsy Ross, de Cupertino –dijo la secretaria–. No diga nada.

–De acuerdo.

–Todo el mundo hace algún comentario sobre mi nombre. Estoy harta.

–De acuerdo.

–Toda la vida.

–Está bien.

–Voy a avisar a Ms. Johnson.

–Hola, Tom. –Meredith lo saludó con un ademán; con la otra mano sostenía el auricular del teléfono–. Entra y siéntate.

Desde el despacho, orientado hacia el norte, se veía todo el centro de Seattle: el Space Needle, las Arly Towers, el edificio Sodo. A la luz del sol de la tarde, la ciudad estaba preciosa.

–Acabo enseguida. –Siguió hablando por el auricular–: Sí, Ed, Tom acaba de llegar y vamos a hablar de eso. Sí, ha traído la documentación.

Sanders levantó el dossier que contenía los informes sobre el Twinkle. Ella señaló su maletín, que estaba abierto en un extremo de la mesa, y le indicó que lo metiera dentro.

–Sí, Ed –prosiguió–, creo que todo seguirá según lo previsto, y te aseguro que nadie tiene intención de parar ningún proyecto. No, no... Bueno, si quieres podemos hacerlo a primera hora de la mañana.

Sanders metió su dossier en el maletín.

–Así es, Ed. Sin ninguna duda –añadió Meredith. Se acercó a Tom y se sentó en un canto de la mesa; su falda azul marino dejó al descubierto un muslo. No llevaba medias–. Todo el mundo está de acuerdo en que esto es importante, Ed. Sí. –Balanceó el pie, con el zapato de tacón colgando de los dedos. Sonrió a Sanders, que se sintió incómodo y se volvió un poco–. Te lo prometo, Ed. Sí. Puedes estar seguro.

Meredith colgó el teléfono inclinándose sobre la mesa y dejando entrever sus pechos bajo la blusa de seda.

–Ya está –dijo. Se incorporó y suspiró–. Los de Conley han oído que hay problemas con el Twinkle. Era Ed Nichols; está un poco nervioso. Es la tercera llamada que recibo con respecto al Twinkle esta tarde. Como si eso fuera lo único que tiene esta empresa. ¿Qué te parece el despacho?

–Muy bonito. Tiene muy buena vista.

–Sí, la ciudad es preciosa. –Meredith se apoyó en un brazo y cruzó las piernas. Vio que Sanders lo notaba, y dijo–: No me gusta llevar medias en verano. Cuando hace tanto calor me gusta llevar las piernas desnudas.

–Este calor durará hasta finales del verano –comentó Sanders.

–La verdad es que odio este clima –dijo ella–. Después de California... –Descruzó las piernas y volvió sonreír–. Pero a ti te gusta, ¿verdad? Pareces feliz.

–Sí. –Se encogió de hombros–. Acabas acostumbrándote a la lluvia. –Señaló el maletín–. ¿Quieres que hablemos del Twinkle?

–Sí, desde luego. –Meredith bajó de la mesa y se acercó a él. Lo miró fijamente y añadió–: Pero espero que no te importe que primero abuse un poco de ti. Sólo un poco, ¿de acuerdo?

–Como quieras.

Se apartó de él y dijo:

–Sirve el vino, ¿quieres?

–Bien.

–Asegúrate de que está bastante frío. –Sanders se acercó a la mesa auxiliar, donde estaba la botella–. Antes te gustaba muy frío.

–Ya –repuso Sanders, removiendo la botella en el hielo. Ahora no le gustaba tan frío, pero en aquella época sí.

–Nos lo pasamos muy bien.

–Sí –reconoció Sanders.

–En serio –insistió ella–. A veces pienso que cuando éramos jóvenes y empezábamos a vivir..., pienso que fue la mejor época de mi vida.

Sanders vaciló, sin saber qué decir, ni con qué tono. Sirvió el vino.

–Sí –dijo Meredith–. Nos lo pasamos bien. Lo pienso muchas veces.

Yo no, pensó Sanders.

–¿Y tú, Tom? ¿Piensas en aquella época?

–Claro. –Cruzó la habitación con las copas de vino; le dio una a Meredith y brindaron–. Claro que sí. Todos los hombres casados piensan en los viejos tiempos. Ya sabes que estoy casado, ¿no?

–Sí. Muy casado, según dicen. ¿Cuántos hijos tienes? ¿Tres?

–No; dos. –Sonrió–. A veces es como si fueran tres.

–Y tu esposa es abogada, ¿verdad?

–Exacto. –Hablar de su esposa y sus hijos le hacía sentirse más seguro.

–No entiendo cómo la gente soporta estar casada –dijo Meredith–. Yo lo intenté. Cuatro meses más de pensión a ese hijo de puta y seré libre.

–¿Con quién te casaste?

–Con un ejecutivo de cuentas de CoStar. Era guapo y gracioso. Pero resultó un tacaño de miedo. Llevo tres años manteniéndolo. Y además era un desastre en la cama. –Hizo un ademán despectivo para cambiar de tema. Consultó su reloj y añadió–: Ahora siéntate y cuéntame qué pasa con el Twinkle.

–¿Quieres el expediente? Lo he puesto en tu maletín.

–No. –Meredith dio unas palmadas en el sofá–. Cuéntamelo tú.

Sanders se sentó a su lado.

–Tienes muy buen aspecto, Tom. –Se recostó y se quitó los zapatos; movió los dedos de los pies–. Uf, qué día tan pesado.

–¿Mucha tensión?

Meredith bebió un poco de vino y se apartó un mechón de la cara.

–Demasiados asuntos por resolver. Me alegro de que trabajemos juntos, Tom. Tengo la impresión de que eres el único amigo con que puedo contar en todo esto.

–Gracias. Lo intentaré.

–A ver, ¿es muy grave?

–Verás, es difícil decirlo. –Sanders sintió que no tenía más remedio que contárselo todo. Prosiguió–: Hemos fabricado unos prototipos muy buenos, pero las unidades que se fabrican en la planta de Kuala Lumpur no llegan a las cien milésimas de segundo.

Meredith suspiró y meneó la cabeza.

–¿Y sabemos por qué?

–Todavía no. Tenemos algunas pistas y estamos trabajando...

–Esa fábrica es nueva, ¿verdad?

–Sí, hace dos meses que funciona.

Meredith se encogió de hombros.

–Entonces será que tenemos problemas con una fábrica nueva. No parece tan alarmante.

–Pero el caso es que Conley-White va a comprar esta empresa por nuestra tecnología, y especialmente por la unidad de CD-ROM. Tal como están las cosas ahora mismo, es posible que no podamos cumplir nuestras promesas.

–¿Y piensas decírselo?

–Me temo que tarde o temprano se enterarán por sí mismos.

–Puede que sí y puede que no. –Meredith se recostó en el sofá–. Tenemos que mantener el contacto con la realidad. Tom, todos hemos visto serios problemas de producción desvanecerse de la noche a la mañana. Ésta podría ser una de esas situaciones. Estamos desplegando la línea Twinkle. Hemos detectado ciertos problemas. No pasa nada.

–Quizá no. Pero no lo sabemos. Podría haber un problema

con los chips de control, lo cual significaría cambiar nuestro proveedor de Singapur. Y podría haber un problema todavía más fundamental. Un problema de diseño originado aquí.

–Puede –dijo Meredith–. Pero como dices, no lo sabemos. Y no veo ningún motivo para especular en un momento tan crítico.

–Pero para ser franco...

–No es una cuestión de franqueza –interrumpió Meredith–. Es una cuestión de la realidad subyacente. Vamos a repasarlo punto por punto. Les hemos dicho que tenemos una unidad Twinkle.

–Sí.

–Hemos fabricado un prototipo y lo hemos examinado hasta el mínimo detalle.

–Sí.

–Y el prototipo es una maravilla. Es dos veces más rápido que los más avanzados fabricados en Japón.

–Sí.

–Les hemos dicho que estamos desarrollando la unidad.

Sanders asintió.

–Pues entonces, Tom, les hemos contado lo que sabemos hasta ahora. Yo diría que estamos actuando de buena fe.

–Es posible, pero no sé si podemos...

–Tom. –Meredith puso la mano sobre el brazo de Sanders–. Siempre he admirado tu franqueza. Quiero que sepas lo mucho que aprecio tu experiencia, y la sinceridad con que abordas los problemas. Por eso estoy convencida de que lo del Twinkle se resolverá. Sabemos que básicamente es un buen producto que hace lo que esperábamos. Yo confío plenamente en él, y en tu capacidad para hacerlo funcionar según lo planeado. Y no tengo ningún inconveniente en decirlo en la reunión de mañana. –Hizo una pausa y lo miró atentamente–. ¿Y tú?

Su cara estaba muy cerca de la de Sanders; tenía la boca entreabierta.

–¿Yo qué? –dijo Sanders.

–Si tienes algún inconveniente en decirlo en la reunión.

Sus ojos eran azul claro, casi gris. Sanders lo había olvidado, y también había olvidado lo largas que eran sus pestañas. Su cabello lacio enmarcaba suavemente el rostro. Los labios carnosos. La expresión soñadora de sus ojos.

–No –contestó Sanders–. No tengo inconveniente.

–Muy bien. Entonces, por lo menos eso está decidido. –Sonrió y alzó su copa–: ¿Me sirves un poco más?

Sanders se levantó del sofá para coger la botella de vino. Sin quitarle los ojos de encima, Meredith dijo:

–Me alegro de ver que te cuidas. ¿Haces gimnasia?

–Dos veces por semana. ¿Y tú?

–Siempre has tenido un culo muy bonito.

Sanders se volvió:

–Meredith...

Ella rió y dijo:

–Lo siento. No puedo evitarlo. Somos viejos amigos, ¿no? –Lo miró, y añadió–: No te habré ofendido, ¿verdad?

–No.

–Supongo que no te habrás vuelto puritano.

–No, no.

–Tú no, por favor. –Se rió–. ¿Te acuerdas de la noche que rompimos la cama?

–No la rompimos exactamente –dijo Sanders mientras servía el vino.

–¿Cómo que no? Yo estaba montada en el pie de la cama, y la cama se desplomó; pero como tú no querías parar nos cambiamos de sitio, y cuando yo me estaba agarrando a la cabecera se desmontó del todo...

–Sí, lo recuerdo –dijo Sanders, que quería interrumpir aquella conversación–. Fueron tiempos fabulosos. Oye, Meredith...

–... y entonces llamó la vecina, ¿te acuerdas? Aquella anciana lituana. Quería saber si había habido algún accidente.

–Sí, ya. Oye, hablando del Twinkle...

Meredith cogió la copa.

–Ya veo que te estoy abochornando. No habrás pensado que pretendo ponerte en un aprieto, ¿no?

–No, no. Nada de eso.

–Me alegro, porque no es mi intención. Te lo prometo. –Lo miró, divertida, y luego echó la cabeza hacia atrás, mostrando su largo cuello, y se bebió el vino–. De hecho, yo... ¡Au! –exclamó de pronto.

–¿Qué te pasa? –preguntó Sanders inclinándose hacia delante.

–El cuello. Me ha dado un calambre. Aquí, aquí... –Señaló la base del cuello, con los ojos todavía cerrados por el dolor.

–¿Qué puedo hacer?

–Frótame un poco... Aquí...

Sanders dejó la copa y le masajeó el hombro:

–¿Por aquí?

–Sí... ah... un poco más fuerte.

Sanders sintió cómo los músculos del hombro se relajaban. Meredith suspiró, movió la cabeza a uno y otro lado y luego abrió los ojos.

–Mucho mejor. Pero no pares.

Sanders siguió masajeándole la zona.

–Gracias. Ya me ha pasado. Es que tengo un nervio mal. Me pellizca no sé qué, y cuando me duele... –Volvió a mover la cabeza, haciendo comprobaciones–. Lo has hecho muy bien. Siempre has tenido buenas manos, Tom.

Sanders seguía frotándole el cuello y el hombro. Quería parar. Todo aquello era un error. Estaba sentado demasiado cerca de ella, y no quería tocarla. Pero también era agradable tocarla. Sentía curiosidad.

–Qué manos –dijo Meredith–. Cuando estaba casada, siempre pensaba en ti.

–¿Ah, sí?

–En serio. Ya te lo he dicho, él era un desastre en la cama. No soporto a los hombres que no saben qué hacer con una mujer. –Cerró los ojos–. Ése nunca ha sido tu caso.

Meredith suspiró, cada vez más relajada, y entonces Sanders tuvo la impresión de que se caía sobre él, sobre sus manos. Era una sensación inconfundible. Inmediatamente, le dio un último y amistoso apretón en el hombro y apartó la mano.

Meredith abrió los ojos y sonrió:

–Oye –dijo–, no te preocupes.

Sanders se volvió y cogió su copa:

–No estoy preocupado.

–Me refiero al Twinkle. Si resulta que al final tenemos problemas y necesitamos apoyo de más arriba, lo conseguiremos. Pero no nos adelantemos a los acontecimientos.

–De acuerdo. Me parece sensato. –Lo alivió hablar de nuevo del Twinkle. Volvía a territorio seguro–. ¿Con quién hablarías? ¿Directamente con Garvin?

–Sí, creo que sí. Prefiero hacer las cosas de manera informal. –Lo miró–. Has cambiado mucho.

–¿Yo? No, sigo siendo el mismo.

–Yo creo que has cambiado. –Sonrió–. Antes no habrías dejado de frotarme.

–Meredith –dijo Sanders–, ahora es diferente. Tú diriges el departamento. Trabajo para ti.

–No seas tonto.

–Es la verdad.

–Somos colegas –dijo Meredith haciendo pucheros–. Nadie me considera superior a ti. Sólo me han dado el trabajo administrativo. Somos colegas, Tom. Y lo único que quiero es que tengamos una relación abierta y amistosa.

–Yo también.

–Me alegro. –Se inclinó hacia él repentinamente y le dio un beso en los labios–. ¿Qué? ¿Tan terrible ha sido?

–No, en absoluto.

–¿Quién sabe? A lo mejor tenemos que ir a Malasia juntos para examinar las cadenas de montaje. En Malasia hay playas fabulosas. ¿No has estado en Kuantan?

–No.

–Te encantaría.

–Seguro que sí.

–Ya te llevaré. Podríamos coger un par de días extra. Descansar un poco, tomar el sol...

–Oye, Meredith...

–No tiene por qué enterarse nadie, Tom.

–Estoy casado.

–Pero eres un hombre.

–¿Qué significa eso?

–Vamos, Tom –repuso ella, fingiendo severidad–. No pretenderás que me crea que nunca dejas a tu esposa al margen. No olvides que te conozco.

–Me conociste hace mucho tiempo, Meredith.

–La gente no cambia. Al menos en eso.

–Yo creo que sí.

–Venga, Tom. Ya que vamos a trabajar juntos, podríamos divertirnos un poco.

A Sanders no le gustaba el cariz que tomaba la situación. Se sentía arrastrado hacia posiciones incómodas.

–Ahora estoy casado –repitió, y se sintió mojigato y anticuado.

–A mí no me interesa tu vida privada. Sólo me preocupa tu rendimiento profesional. Tanto trabajo y tan poca diversión, Tom... Puede ser malo para ti. No debes descuidar el ocio. –Se inclinó hacia él–. Venga, sólo un beso...

Sonó el intercomunicador:

–Meredith –dijo la secretaria.

Ella se incorporó, irritada.

–Te he dicho que no me pasaras llamadas.

–Lo siento. Es Mr. Garvin.

–Está bien. –Meredith se levantó del sofá y se dirigió hacia su mesa–. Pero no me pases ninguna más, Betsy.

–De acuerdo. Pensaba irme dentro de diez minutos, si no te importa. Tengo que hablar con el propietario de mi nuevo apartamento.

–Sí, puedes irte. ¿Me has traído el paquete?

–Lo tengo aquí.

–Tráemelo y luego puedes marcharte.

–Gracias. Te paso a Mr. Garvin por la dos.

Meredith cogió el auricular y sirvió más vino.

–Hola, Bob. ¿Qué ocurre? –Resultaba imposible pasar por alto la familiaridad con que hablaba.

Meredith estaba de espaldas a Tom, hablando con Garvin. Él, sentado en el sofá, se sentía desamparado, pasivo e inútil. La secretaria entró en el despacho con una pequeña bolsa de papel marrón que entregó a Meredith.

–Claro que sí, Bob –decía Meredith–. Estoy de acuerdo. Nos encargaremos de eso.

Mientras esperaba para despedirse de Meredith, la secretaria sonrió a Tom. Él se sintió incómodo, así que se levantó, se dirigió hacia la ventana, cogió su teléfono portátil y marcó el número de Mark Lewyn. Al fin y al cabo, había prometido a Mark que lo llamaría.

–Me parece muy buena idea, Bob –continuó Meredith–. Creo que tendríamos que guiarnos por eso.

Tom oyó un contestador automático. Una voz masculina dijo: «Deja tu mensaje después de oír la señal.» Luego oyó un pitido electrónico.

–Mark –dijo–, soy Tom Sanders. He hablado con Meredith sobre el Twinkle. Ella opina que estamos en una etapa temprana de producción y que estamos probando las cadenas. Dice que no podemos asegurar que haya problemas importantes, y que mañana en la reunión deberíamos dar a entender a los inversores y a Conley-White que la situación es normal...

La secretaria salió del despacho, sonriendo a Tom al pasar por su lado.

–... y que si más adelante tenemos problemas con la unidad y hay que acudir a dirección, ya lo arreglaremos. Le he transmitido tus opiniones y ahora está hablando con Bob, de modo que supongo que acudiremos a la reunión con esa postura...

La secretaria llegó a la puerta. Se detuvo un momento para echar el pestillo; luego salió y cerró la puerta.

Sanders frunció el ceño: había cerrado la puerta con pestillo antes de salir. No se trataba de que lo hubiera hecho, sino de que parecía haberlo hecho según un acuerdo; todo el mundo sabía lo que estaba pasando, excepto él...

–... En fin, Mark, si hay algún cambio te llamaré antes de la reunión de mañana, y...

–Deja ese teléfono –dijo Meredith de pronto; estaba a su lado, cogiéndole la mano y apretando su cuerpo contra el de él. Lo besó en los labios. Tom dejó el teléfono sobre la mesa mientras se besaban, y Meredith lo llevó hasta el sofá.

–Espera un momento...

–Oh, Tom, llevo todo el día deseándote –dijo ella, apasionada.

Lo besó de nuevo y se colocó encima de él, inmovilizándolo

con una pierna. Sanders estaba en una posición bastante incómoda, pero aun así respondió involuntariamente. Lo primero que pensó fue que podía entrar alguien. Se vio echado boca arriba en el sofá con su jefa encima de él, con su elegante traje azul marino, y le preocupó lo que pudiera pensar la persona que los viera. Pero estaba participando.

Ella lo notó, y eso la encendió aún más. Se apartó un poco para tomar aliento:

–Me gustas, Tom. Oh, lo sabes tan bien. No soporto que ese cerdo me toque. Esas ridículas gafas. ¡Oh! Estoy *tan* caliente. Hace años que no pego un polvo como Dios manda... –No terminó la frase; se abalanzó de nuevo sobre él, besándolo con fiereza. Sanders sintió la lengua de Meredith en su boca. Olió su perfume, y eso le trajo recuerdos.

Meredith cambió de postura para poder tocar a Tom, y cuando le palpó la entrepierna se puso a gemir. Buscó la cremallera. Sanders se vio acosado por imágenes contradictorias: Meredith y el deseo que sentía por ella, su mujer y sus hijos, los recuerdos del pasado, el apartamento de Sunnyvale, la cama rota. Imágenes de su mujer.

–Espera, Meredith...

–No, por favor, no digas nada. –Respiraba entrecortadamente. Tom recordó que siempre lo hacía. Acababa de recordarlo. Sintió su cálido aliento en la cara, vio sus ruborizadas mejillas. Meredith le desabrochó el pantalón y le cogió el miembro con su cálida mano.

–Dios mío –suspiró Meredith, acariciándolo; se deslizó por su cuerpo.

–Oye, Meredith...

–Déjame hacer –dijo ella con voz ronca–. Sólo un momento.

Se llevó el miembro a la boca. Lo hacía muy bien. Las imágenes volvieron a invadir a Sanders. Recordaba que a ella le gustaba hacerlo en situaciones peligrosas: mientras él conducía por la autopista; en el lavabo de caballeros de una feria; en la playa de Napili, por la noche. Aquella secreta naturaleza impulsiva, aquel secreto calor... Cuando se la presentaron, el ejecutivo de ConTech le dijo: *Es especialista en mamadas.*

Al sentir cómo Meredith le chupaba el miembro, al sentir que su espalda se arqueaba a medida que la excitación le recorría el cuerpo, tuvo una inquietante sensación de placer y peligro. Habían pasado tantas cosas aquel día, había habido tantos cambios, todo era tan repentino. Se sintió dominado y en peligro. Echado de espaldas, tuvo la impresión de que estaba aceptando una situación que no acababa de comprender, que no acababa de reconocer. Luego tendría problemas. No quería ir a Malasia con ella. No quería tener una aventura con su jefa. Ni siquiera quería tener un lío de una noche. Porque siempre pasaba lo mismo: la gente se enteraba, todo el mundo cotilleaba y te lanzaban miradas sagaces por el pasillo. Y tarde o temprano las esposas se enteraban. Siempre pasaba lo mismo. Portazos, abogados, discusiones sobre la custodia de los niños...

Y no quería nada de eso. Ahora llevaba una vida ordenada. Tenía compromisos. Aquella mujer que regresaba de su pasado no lo entendía. Ella era libre. Él no. Se movió.

–Meredith...

–Oh, Tom, sabes tan bien.

–Meredith...

Ella le cerró los labios con un dedo:

–Shhh. Ya sé que te gusta.

–Sí, me gusta mucho. Pero...

–Pues déjame hacer.

Mientras seguía chupándole, empezó a desabrocharle la camisa, pellizcándole las tetillas. Se sentó a horcajadas sobre él; tenía la blusa abierta y los pechos colgando. Buscó las manos de Sanders y se las puso en los pechos.

Todavía conservaba unos pechos perfectos; le tocó los pezones, que se endurecieron. Meredith gimió y se retorció. Sanders sintió su calor. Empezó a oír un zumbido que le invadía la cabeza y anulaba el resto de los ruidos. La habitación parecía distante, y sólo había aquella mujer y aquel cuerpo, y su deseo.

Entonces sintió un arrebato de ira, una especie de furia masculina por estar atrapado, dominado por ella, y quiso tomar las riendas, tomarla a ella. Se incorporó y la cogió del cabello bruscamente, levantándole la cabeza y haciendo girar su cuerpo. Ella lo miró a los ojos y comprendió.

–¡Sí! –exclamó Meredith, poniéndose a un lado para que él pudiera moverse. Sanders deslizó la mano entre sus piernas. Sintió su calor y las bragas de encaje. Tiró de ellas. Meredith se movió para ayudarlo, y él le bajó las bragas hasta las rodillas; ella acabó de quitárselas. Empezó a acariciarle el cabello a Sanders, con los labios pegados a su oreja–. Sí... –suspiró intensamente–. ¡Sí!

Tenía la falda alrededor de la cintura. Él la besó con avidez, abriéndole la blusa, apretando sus pechos contra su torso desnudo. Sintió su calor por todo el cuerpo. Movió los dedos, explorando sus labios. Ella jadeaba y asentía con la cabeza. Finalmente metió los dedos dentro.

Al principio se sorprendió: Meredith no estaba muy mojada, pero entonces recordó también eso. Siempre empezaba así, con mucha pasión, pero su sexo tardaba en responder, y no se excitaba del todo hasta que no lo hacía él. Lo que más la excitaba era el deseo de él, y siempre se corría después de él. A veces pocos segundos después, pero a veces él tenía que luchar para conservar la erección mientras ella se retorcía hasta conseguir el orgasmo, perdida en su propio mundo mientras él se desvanecía. Sanders siempre se sentía solo y utilizado. Aquellos recuerdos lo distrajeron, y ella notó su vacilación; lo cogió bruscamente, luchando con su cinturón, gimiendo, lamiéndole la oreja con su ardiente lengua.

Pero la desgana se estaba apoderando de él, su furioso ardor se estaba desvaneciendo, y un pensamiento cruzó por su mente: *No vale la pena.*

Ahora tenía una sensación que le resultaba familiar. Quedar con una antigua novia, sentirse atraído por ella en la cena, liarse otra vez, sentir deseo y de pronto, en el momento culminante, acordarse de todo lo que no había funcionado en aquella relación, sentir los antiguos conflictos y la irritación, y desear no haber empezado nunca. Pensar, de pronto, en cómo salir de allí, cómo parar lo que había empezado. Pero generalmente no había forma de escapar.

Todavía tenía los dedos dentro de ella, que movía su cuerpo contra la mano, para que él tocase los puntos más sensibles. Estaba más húmeda, y sus labios se estaban hinchando. Abrió más las piernas. Respiraba hondo y lo acariciaba.

–Me gustas, Tom. Me encanta cómo me tocas.

Generalmente no había forma de escapar.

Sanders tenía el cuerpo en tensión; estaba preparado. Meredith le acariciaba el torso con sus duros pezones, y el miembro con los dedos. Le dio un breve lametón en el lóbulo de la oreja, y repentinamente Sanders sintió su propio deseo, ardiente y furioso, más intenso por el hecho de que en realidad él no quería estar allí, y porque se sentía manipulado. Se la iba a follar. Quería follársela.

Ella notó el cambio y gimió; ya no lo besaba, y se recostó en el sofá, expectante. Lo observó con los ojos entreabiertos, sin dejar de asentir con la cabeza. Él seguía tocándola, deprisa, repetidamente, haciéndola jadear; se dio la vuelta y la tendió boca arriba. Le subió la falda y le abrió las piernas. Se colocó encima de ella y Meredith sonrió. Era una sonrisa victoriosa. Le enfureció ver que en cierto modo ella había ganado y se sentía superior, y de pronto quiso hacerla sentir tan dominada como se sentía él, borrar aquella mirada de superioridad de su rostro. Le abrió los labios, pero no la penetró; se contuvo, sobándola con los dedos.

Ella arqueó la espalda, incitándolo y diciendo:

–No, no... por favor...

Pero él esperó, mirándola. Su rabia estaba desapareciendo tan deprisa como había llegado, y se estaba distrayendo otra vez. Tuvo un momento de lucidez, y se vio en el despacho, jadeando, un hombre casado con los pantalones por las rodillas, encima de una mujer en el sofá de un despacho. ¿Qué demonios estaba haciendo?

La miró y vio el estropeado maquillaje de los ojos, de la boca.

Ella lo había cogido por los hombros y tiraba de él:

–Oh, por favor... No, no... –Entonces apartó la cabeza y tosió.

Algo se rompió dentro de Sanders. Se sentó y dijo:

–Tienes razón. –Se levantó del sofá y se subió los pantalones–. Esto no está bien.

Ella se incorporó:

–¿Pero qué haces? –Parecía desconcertada–. Lo deseas tanto como yo. Lo sabes perfectamente.

–No. Esto no está bien, Meredith. –Se estaba abrochando el cinturón.

Ella lo miró fijamente, incrédula, como quien acaba de despertar.

–No lo dices en serio...

–No me parece buena idea. No me siento bien.

Meredith se enfureció:

–Asqueroso hijo de puta.

Se levantó rápidamente del sofá, se abalanzó sobre él y empezó a golpearlo con los puños apretados.

–¡Bastardo! ¡Capullo! ¡Cabronazo! –Sanders intentaba abrocharse la camisa mientras esquivaba los golpes–. ¡Eres un cerdo! ¡Hijo de puta!

Sanders se dio la vuelta y ella fue tras él, tirando de su camisa para impedir que la abrochara.

–¡No puedes hacerme esto!

Le arrancó varios botones. Lo arañó, dejándole unas marcas rojas en el pecho. Él se dio la vuelta otra vez, esquivándola. Lo único que quería era marcharse de allí. Vestirse y largarse. Ella le golpeó en la espalda.

–¡Malnacido! ¡No puedes dejarme así!

–Basta ya, Meredith. Se acabó.

–¡Vete a la mierda!

Lo agarró por el cabello y tiró con fuerza sorprendente, mientras le mordía la oreja. Sanders sintió un intenso dolor y la apartó de un empujón. Ella se tambaleó y acabó cayendo sobre la mesilla de cristal. Se quedó sentada en el suelo, jadeando.

–Maldito hijo de puta.

–Déjame en paz, Meredith. –Siguió abrochándose la camisa. Sólo podía pensar una cosa: *Tengo que largarme. Recojo mis cosas y me largo*. Cogió la chaqueta y reparó en su teléfono portátil, todavía en el alféizar de la ventana.

Rodeó el sofá y cogió el teléfono. Una copa de vino se estrelló contra la ventana, cerca de su cabeza. Meredith estaba de pie en el centro del despacho, buscando algo más que lanzarle.

–¡Te mataré! –gritó–. ¡Te mataré, lo juro!

–Basta, Meredith.

–Vete a la mierda. –Le arrojó una bolsa de papel que chocó contra la ventana y cayó al suelo. Dentro había una caja de preservativos.

–Me voy a casa. –Sanders se dirigió hacia la puerta.

–Eso es. Vete a tu casa con tu mujer y tu maldita familia.

Sanders vaciló.

–Sí –continuó Meredith, aprovechando su silencio–. Lo sé todo sobre ti, gilipollas. Como tu mujer no te folla, vienes aquí, me pones cachonda y luego te largas, so cabrón. ¿Te parece bonito tratar así a una mujer? Eres un gilipollas.

Sanders cogió el pomo de la puerta.

–¡Si me dejas así, estás acabado!

Sanders se volvió y la vio apoyada contra la mesa, tambaleándose. Está borracha, se dijo.

–Buenas noches, Meredith. –Hizo girar el pomo y recordó que la puerta estaba cerrada con pestillo. Lo retiró y abrió. Salió del despacho sin mirar atrás.

Una vez fuera, vio a una mujer de la limpieza vaciando las papeleras de las mesas de las secretarias.

–¡Te mataré por esto! –gritó Meredith.

La mujer de la limpieza la oyó, y miró a Sanders. Él apartó la mirada y se dirigió hacia el ascensor. Pulsó el botón, pero finalmente decidió bajar por la escalera.

Mientras regresaba a Winslow contempló la puesta de sol desde la cubierta del ferry. Era un anochecer apacible, sin apenas brisa; la superficie del agua estaba quieta y oscura. Volvió la vista hacia las luces de la ciudad e intentó juzgar lo que había ocurrido.

Desde cubierta veía los pisos más altos del edificio de DigiCom, que asomaban por detrás de la línea horizontal del viaducto que bordeaba la costa. Intentó distinguir la ventana del despacho de Meredith, pero ya se habían alejado demasiado.

Una vez allí, en el ferry, dirigiéndose a su casa y a su familia, volviendo a la rutina cotidiana, los acontecimientos de la última hora empezaban a adquirir un carácter irreal. Le costaba creer que hubiera ocurrido. Repasó los sucesos mentalmente, intentando averiguar dónde se había equivocado. Estaba convencido de que todo era culpa suya, de que Meredith lo había interpretado mal. De otro modo, ella jamás se le habría insinuado. Todo el episodio le resultaba bochornoso, y seguramente a ella también. Se sentía culpable y desgraciado, y muy inquieto respecto al futuro. ¿Qué iba a ocurrir ahora? ¿Qué iba a hacer Meredith?

No se lo imaginaba. Entonces se dio cuenta de que no la conocía. Habían sido amantes, pero mucho tiempo atrás. Ahora ella era una persona diferente, con nuevas responsabilidades. Para él era una extraña.

Sintió frío, aunque la noche era templada. Se sentó dentro y cogió su teléfono para llamar a Susan. Pulsó los dígitos, pero la luz no se encendió. La batería se había agotado. No lo entendía: la batería tenía que durar un día entero. Pero se había terminado.

El final perfecto para un día desastroso.

Se miró en el espejo del lavabo, sintiendo el rugido de los motores del ferry. Iba despeinado; tenía una mancha de carmín en los labios y otra en el cuello; le faltaban tres botones de la camisa y llevaba la ropa arrugada. Tenía todo el aspecto de venir de echar un polvo. Ladeó la cabeza para mirarse la oreja: donde Meredith lo había mordido había una oscura marca. Se desabrochó la camisa y vio los profundos arañazos que surcaban su torso.

Dios

¿Cómo iba a evitar que Susan lo viera?

Mojó unas toallas de papel y se limpió el carmín. Se arregló el cabello y se abrochó la chaqueta, ocultando la camisa. Luego salió y se sentó junto a la ventana, donde permaneció contemplando el cielo.

–Hola, Tom.

Era John Perry, su vecino de Bainbridge. Perry era abogado y trabajaba con Marlin y Howard, uno de los bufetes más antiguos de Seattle; era de esa gente irremediablemente entusiasta. Sanders no estaba de humor para hablar con él. Pero Perry se sentó en el asiento de enfrente.

–¿Cómo te va? –preguntó Perry.

–Muy bien.

–Yo he tenido un día estupendo.

–Me alegro.

–Estupendo –insistió Perry–. Hemos arrasado en un juicio.

–Felicidades. –Siguió mirando por la ventana, con la esperanza de que Perry cogiese la indirecta y se marchara.

Pero no lo hizo.

–Sí –prosiguió Perry–. Y era un caso condenadamente difícil. Lo teníamos todo en contra. Título VII, Tribunal Federal. Nuestro cliente trabajaba en MicroTech y aseguraba que no la habían ascendido por ser mujer. Lo tenía difícil, la verdad, porque bebía, ya sabes. Había problemas. Pero en nuestro bufete hay una chica, Louise Fernández, una hispana, que es *mortal* con estos casos de discriminación. Mortal. Consiguió que el jurado asignara a nuestra cliente casi medio millón. Esa Fernández es fabulosa. Ha ganado catorce de sus últimos dieciséis casos. Parece dulce e inofensiva, pero es de *hielo*. Te lo digo, a veces las mujeres me dan miedo.

Sanders guardó silencio.

Encontró la casa en silencio: los niños ya estaban durmiendo. Susan siempre acostaba temprano a los niños. Subió al dormitorio. Su mujer estaba sentada en la cama, leyendo, y había informes legales y papeles esparcidos por la colcha. Al verlo se levantó y lo abrazó. Sanders se puso en tensión involuntariamente.

–Lo siento mucho, Tom –dijo Susan–. Siento lo de esta mañana. Y también lo que ha pasado en el trabajo. –Le dio un beso en los labios. Él se dio la vuelta. Temía que Susan pudiera oler el perfume de Meredith, o que...

–¿Estás muy enfadado por lo de esta mañana?

–No, de verdad. Pero he tenido un día bastante difícil.

–¿Ha habido muchas reuniones relacionadas con la fusión?

–Sí. Y mañana hay más. Es un jaleo.

Susan asintió con la cabeza:

–Me lo imagino. Acaban de llamar de tu despacho. Una tal Meredith Johnson.

Sanders intentó sonar casual:

–¿Ah sí?

–Sí. Hace unos diez minutos. –Susan se metió en la cama–. ¿Quién es? –Siempre sospechaba cuando llamaba una mujer del despacho.

–Es la nueva vicepresidenta. Acaban de traerla de Cupertino.

–Me ha parecido... No sé, me hablaba como si me conociera.

–No creo que hayáis coincidido nunca. –Sanders esperó, con la esperanza de que no tendría que decir nada más.

–Bueno –prosiguió Susan–. La he encontrado muy simpática. Me ha pedido que te dijera que todo está preparado para la reunión de mañana por la mañana a las ocho y media, y que os veréis allí.

–Muy bien.

Sanders se quitó los zapatos y empezó a desabrocharse la camisa, pero se detuvo. Se agachó y recogió los zapatos.

–¿Cuántos años tiene? –preguntó Susan.

–¿Quién? ¿Meredith? No lo sé. Treinta y cinco, más o menos. ¿Por qué?

–Por nada. Sólo era curiosidad.

–Voy a tomar una ducha.

–Muy bien. –Cogió sus informes legales y se sentó otra vez en la cama, ajustando la lámpara de lectura. Antes de que Sanders saliera de la habitación, añadió–: ¿La conoces?

–Sí, la había visto en Cupertino.

–¿Y qué hace aquí?

–Es mi nueva jefa.

–Así que es *ella*.

–Sí, es ella.

–¿La protegida de Garvin?

–Sí. ¿Quién te lo ha dicho? ¿Adele? –Adele era la mujer de Mark Lewyn, una de las amigas más íntimas de Susan.

Ella asintió con la cabeza y añadió:

–También me ha llamado Mary Anne. La verdad es que el teléfono no ha dejado de sonar.

–Me lo imaginaba.

–¿Y Garvin se la tira?

–No se sabe. La opinión más generalizada es que no.

–¿Y por qué la ha traído, en lugar de darte el puesto a ti?

–No lo sé, Sue.

–¿No has hablado con Garvin?

–Vino a verme por la mañana, pero yo no había llegado.

Susan asintió con la cabeza.

–Debes de estar furioso. ¿O te lo has tomado con filosofía, como siempre?

–Bueno... –Se encogió de hombros–. ¿Qué quieres que haga?

–Podrías dimitir.

–Eso es absurdo.

–Te han dejado de lado. ¿No *tienes* que dimitir?

–No son buenos tiempos. Y tengo cuarenta y un años. No me apetece volver a empezar. Además, Phil asegura que en el plazo de un año pondrán a la venta el departamento técnico. Aunque no lo esté dirigiendo, tendré un puesto importante en la nueva empresa.

–¿Te ha dado Phil los detalles?

Sanders asintió con la cabeza.

–Nos concederán veinte mil acciones a cada uno, y opciones para comprar cincuenta mil más. Y luego opciones para otras cincuenta mil cada año.

–¿A cuánto?

–Unos veinticinco centavos por acción.

–¿Y a cuánto se ofrecerá el *stock*? ¿A cinco dólares?

–Por lo menos. El mercado de IPO se está fortaleciendo. Podríamos llegar a diez. O quizá veinte.

Hubo un breve silencio. Sanders sabía que a Susan se le daban bien los números.

–No –dijo ella finalmente–. No puedes dimitir.

Sanders lo había calculado muchas veces. Con las opciones sacaría, como mínimo, lo suficiente para liquidar la hipoteca en un solo pago. Pero si las cosas iban bien, podía ser verdaderamente fantástico. Podía ganar entre cinco y catorce millones de dólares. Por eso la venta era el sueño de todos los que trabajaban en una empresa de tecnología.

–Por mí –dijo Sanders– pueden poner a Godzilla al mando del departamento, pero yo me quedaré por lo menos dos años más.

–¿Y es eso lo que han hecho? ¿Poner a Godzilla?

–No lo sé –contestó Sanders, encogiéndose de hombros.

–¿Te llevas bien con ella?

Sanders vaciló:

–No estoy seguro. Voy a ducharme.

–Muy bien –repuso Susan. Sanders la miró: ya estaba leyendo sus notas otra vez.

Después de ducharse, enchufó su teléfono al cargador de batería y se puso una camiseta y unos pantalones cortos. Se miró en el espejo: la camiseta le cubría los arañazos. Pero seguía preocupado por el perfume de Meredith. Se puso loción de afeitar en las mejillas.

Luego fue a la habitación de su hijo. Matthew roncaba con el pulgar en la boca y se había destapado Sanders lo arropó con cuidado y lo besó en la frente.

Luego entró en la habitación de Eliza. Al principio no la vio: últimamente, a su hija le había dado por dormir enterrada en un lío de sábanas y almohadas. Se acercó de puntillas y vio una mano que sobresalía y le hacía señas. Se acercó.

–¿Cómo es que todavía no duermes, Lize? –susurró.

–Estaba soñando –contestó la niña. Pero no parecía asustada.

Sanders se sentó en el borde de la cama y le acarició el cabello:

–¿Qué soñabas?

–Soñaba con la bestia.

–Ah, ya.

–En realidad la bestia era un príncipe, pero una bruja lo había hechizado.

–Ya. –Siguió acariciándole el cabello.

–Y lo había convertido en una bestia horripilante.

Estaba citando la película, palabra por palabra.

–Eso es –dijo Sanders.

–¿Por qué?

–No lo sé, Lize. Eso dice la historia.

–¿Porque no le ofreció cobijo? –Volvía a citar literalmente–. ¿Por qué, papi?

–No lo sé.

–Porque no había amor en su corazón.

–Lize, es hora de dormir.

–Primero cuéntame un cuento, papi.

–Está bien. Hay una hermosa nube blanca colgando sobre tu cama, y...

–Ese cuento no me gusta, papi –le interrumpió la niña, frunciendo el ceño.

–Está bien. ¿Qué clase de cuento quieres?

–Uno sobre Kermit.

–Muy bien. Kermit está sentado aquí, junto a tu cabeza, y va a pasar la noche vigilándote.

–Y tú también.

–Sí, yo también. –La besó en la frente y ella se dio la vuelta. Al salir de la habitación, Sanders oyó a Lize chuparse el pulgar.

Volvió a su dormitorio y apartó los informes legales que había encima de la cama.

–¿Todavía estaba despierta? –preguntó Susan.

–Quería que le contara un cuento de Kermit.

Su mujer asintió con la cabeza:

–Está loca por Kermit.

Susan no hizo ningún comentario sobre la camiseta de Tom. Él se metió en la cama y de pronto se sintió exhausto. Cerró los ojos. Susan recogió sus papeles y a continuación apagó la luz.

–Mmm. Qué bien hueles.

Se acurrucó a su lado, apretó su mejilla contra la de él y pasó una pierna por encima de las suyas. Era un preámbulo inconfundible que a Sanders le molestaba. Le molestaba el peso de la pierna de Susan.

–¿Te has puesto la loción pensando en mí? –preguntó Susan.

–Susan... –Sanders suspiró, exagerando su cansancio.

–Porque funciona, ¿sabes? –Susan deslizó una mano por debajo de la camiseta de su marido.

De pronto Sanders se enfureció. ¿Qué demonios le pasaba? Susan no era nada sutil con esas cosas. Siempre lo acosaba en los momentos y en los sitios más inoportunos. Le cogió la mano.

–¿Te pasa algo? –dijo ella.

–Estoy muy cansado, Sue.

–Has tenido un mal día, ¿verdad? –dijo ella, comprensiva.

–Sí, bastante malo.

Ella se incorporó y se apoyó en el codo, inclinándose sobre él. Le acarició los labios con un dedo:

–¿No quieres que te anime un poco?

–No, de verdad.

–¿Ni un poquito?

Sanders suspiró.

–¿Estás seguro? –insistió Susan–. ¿Seguro, seguro? –Se deslizó debajo de las sábanas.

Él le cogió la cabeza con ambas manos:

–Susan, por favor.

Ella rió.

–Sólo son las ocho y media. No me creo que estés *tan* cansado.

–Lo estoy.

–Apuesto a que no...

–Maldita sea, Susan. No estoy de humor.

–De acuerdo. –Se apartó de él–. Pero entonces no sé para qué te pones la loción de afeitar.

–Por el amor de Dios.

–La verdad es que ya casi no hacemos el amor.

–Porque tú siempre estás de viaje –repuso impulsivamente.

–Yo no estoy siempre de viaje.

–Duermes fuera un par de veces a la semana.

–Eso no es «estar siempre de viaje». Además, es mi trabajo. Esperaba un poco más de apoyo.

–Ya te apoyo.

–Quejarse no es apoyar.

–Mira, Susan. Cuando tú estás fuera, vuelvo pronto a casa. Doy de comer a los niños y me encargo de todo para que tú no tengas que preocuparte...

–*A veces* –le interrumpió Susan–. Y a veces te quedas hasta tarde en el despacho, y los niños se quedan con Consuelo hasta las tantas...

–Oye, yo también trabajo.

–Así que no me vengas con eso de que te encargas de todo. Yo paso muchas más horas que tú en casa, yo soy la que tiene dos trabajos, y la mayor parte del tiempo tú haces lo que quieres, como todos.

–Susan...

–De vez en cuando vienes pronto, y entonces te comportas como un mártir. –Susan se incorporó y encendió la lámpara–. Todas las mujeres que conozco trabajan más que sus maridos.

–Susan, no quiero discutir.

–Sí, claro, cúlpame a mí. Yo soy la que tiene problemas. Sois todos iguales.

Estaba cansado, pero la irritación le infundió energía. De pronto se sintió fuerte; se levantó de la cama y empezó a pasearse por la habitación.

–¿Qué tiene que ver que sea hombre? –dijo–. ¿Me vas a salir otra vez con el cuento de la opresión?

–Oye –dijo ella, incorporándose más–. Las mujeres estamos oprimidas. Eso es un hecho.

–¿Ah, sí? ¿En qué estáis oprimidas? No sabéis lo que es poner una lavadora. No sabéis lo que es hacer la comida. No sabéis lo que es fregar un suelo. Eso os lo hacen. Os lo hacen todo. Os llevan a los niños al colegio y os los van a buscar. Tú eres socia de un bufete, por el amor de Dios. Estás tan oprimida como Leona Helmsley.

Susan lo miraba fijamente, boquiabierta. Sanders sabía por qué: Susan se había quejado de la opresión de las mujeres en muchas ocasiones, y él nunca le había llevado la contraria. Pero ahora la contradecía. Estaba cambiando las reglas del juego.

–No puedo creer lo que dices. Pensaba que eras distinto. –Lo miró con frialdad–. Lo dices porque una mujer te ha robado el puesto, ¿verdad?

–¿De qué vamos a hablar ahora? ¿De la fragilidad del ego masculino?

–Es eso, ¿verdad? Te sientes amenazado.

–No, no es eso. ¿Quién es el frágil? Tu ego es tan frágil que ni siquiera puedes aceptar que te rechace en la cama.

Sanders advirtió que Susan no sabía cómo responder a aquello. Se quedó sentada, mirándolo con expresión sombría.

–Desde luego... –dijo Sanders, y se dispuso a salir del dormitorio.

–Has empezado tú –dijo Susan.

–No es verdad.

–Sí, has empezado tú. Tú has sacado lo de mis viajes.

–No. Tú te estabas quejando de que no hacemos el amor.

–Sólo lo he *comentado*.

–Por Dios. Cómo se me ocurrió casarme con una abogada.

–Y no puedes negar que tu ego es frágil.

–Susan, ¿hablas en serio? Mira, tú eres tan condenadamente frágil que has montado un cirio esta mañana porque tenías que ponerte guapa para ir al *pediatra*.

–Ah, ya estamos. Por fin. Sigues enfadado porque te he hecho llegar tarde. ¿Qué pasa? ¿Crees que no te han dado el puesto por haber llegado tarde?

–No –contestó Sanders–. Yo no...

–No has conseguido el puesto –siguió Susan– porque Garvin se lo ha dado a otra persona. No jugaste bien tus cartas, y otra persona lo ha hecho mejor. Nada más. Una mujer lo ha hecho mejor.

Furioso, temblando, incapaz de decir nada, Sanders se volvió y salió del dormitorio.

–Eso, vete –dijo Susan–. Márchate. Siempre haces lo mismo. No quieres enterarte, Tom. Pero es la verdad. Si no te han dado el puesto, no puedes culpar a nadie más que a ti mismo.

Sanders dio un portazo.

Se sentó en la cocina. Sólo se oía el murmullo de la nevera. Por la ventana de la cocina, a través de la hilera de abetos, veía el reflejo de la luna en la bahía.

Se pregunto si Susan bajaría, pero no lo hizo. Se levantó y se puso a dar vueltas. Al cabo de un rato recordó que no había cenado. Abrió la puerta de la nevera. Estaba llena de comida para niños, jarros de zumo, vitaminas infantiles, botellas de jarabe. Buscó un poco de queso, y una cerveza. Sólo encontró una lata de Coca-Cola Light de Susan.

Cómo han cambiado las cosas, pensó. Antes, su nevera estaba llena de comida congelada, patatas fritas, salsa picante y montones de cervezas. Sus días de soltero.

Cogió la Coca-Cola. Eliza estaba empezando a beberla, también. Le había dicho a Susan cientos de veces que no quería que los niños tomaran bebidas light. Tenían que llevar una alimentación sana. Comer comida de verdad. Pero Susan estaba demasiado ocupada, y a Consuelo le traía sin cuidado. Los niños comían todo tipo de porquerías. No le gustaba. Él no se había criado así.

Nada para comer. No había nada en *su* nevera. Por suerte, abrió un Tupperware y encontró un bocadillo de mantequilla de cacahuete a medio comer. Era de Eliza. Lo cogió y lo examinó, preguntándose cuántos días llevaría allí. No tenía moho.

Qué demonios, pensó, y se comió los restos del bocadillo de Eliza, de pie, a la luz de la nevera. De pronto vio su imagen reflejada en la puerta del horno: Otro privilegiado miembro del patriarcado, maltratando a sus esclavos, pensó.

¿De dónde habrán sacado las mujeres ese cuento?, se preguntó.

Terminó el bocadillo y se sacudió las migas de las manos. Eran las 21.15. El cansancio se estaba apoderando de él y ya no se sentía tan furioso. Miró por la ventana y entre los árboles vio las luces de un ferry que navegaba hacia el este, hacia Bremerton. Una de las cosas que le gustaban de aquella casa era que estaba relativamente aislada. Tenía un poco de jardín. Era bueno que los niños crecieran con espacio para correr y jugar.

Bostezó. Susan no iba a bajar. Tendría que esperar a mañana. Sabía lo que iba a pasar; él se levantará antes, le prepararía una taza de café y se la llevaría a la cama. Luego le pediría disculpas, y ella también. Se abrazarían y luego él iría a vestirse.

Subió al segundo piso y abrió la puerta del dormitorio. Oyó la acompasada respiración de Susan.

Se metió en la cama y se quedó dormido.

MARTES

Amaneció lloviendo. La lluvia azotaba con violencia las ventanas del ferry. Sanders se puso en la cola de la cafetería, pensando en la jornada que le esperaba. Por el rabillo del ojo vio a Dave Benedict venir hacia él. Sanders se giró rápidamente, pero era demasiado tarde. Benedict le hizo señas con la mano. Sanders no quería empezar el día hablando con él de DigiCom.

En el último momento lo salvó su teléfono. Sanders contestó.

–Maldita sea, Tommy. –Era Eddie Larson, de Austin.

–¿Qué pasa, Eddie?

–¿Te acuerdas del contable que nos mandaron de Cupertino? Pues mira: ahora hay *ocho*. Una empresa de contabilidad independiente, de Dallas. Están revisando todos los libros. Es como un enjambre de cucarachas. Lo miran *todo*, ¿me entiendes? Todos los movimientos del año hasta la fecha. Y ahora están retrocediendo hasta el año ochenta y nueve.

–Temes que descubran tus chanchullos, ¿eh?

–En serio, Tom. Las chicas ni siquiera tienen dónde sentarse. Para colmo, todo lo anterior al noventa y uno está almacenado en el centro. Aquí tenemos las copias, pero dicen que quieren los originales. Y están paranoicos; nos tratan como si fuéramos ladrones. Esto es insultante.

–Bueno, tranquilízate. Haz lo que te pidan.

–Lo único que de verdad me preocupa es que esta tarde llegan seis más. Porque además están haciendo un inventario completo de la fábrica. Desde los muebles de los despachos hasta las máquinas de la cadena. Ahora hay un tío recorriendo la línea de montaje, deteniéndose en cada banco de trabajo. «¿Cómo se llama esto? ¿Cómo se deletrea? ¿Dónde se fabrica? ¿Qué número de serie tiene? ¿Cuántos años tiene? ¿Qué modelo es?» La verdad, será mejor que paremos la cadena.

Sanders frunció el ceño:

–¿Están haciendo un *inventario*?

–Bueno, así es como lo llaman. Pero yo nunca he visto un inventario así. Estos tipos han estado en Texas Instruments, y te digo una cosa: saben de qué hablan. Esta mañana, uno de los de Jenkins me ha preguntado qué tipo de cristal tenemos en las claraboyas. «¿Qué tipo de cristal?», le digo. Pensaba que me estaba tomando el pelo. Y me dice: «Sí. ¿Corning 2/47, o 2/47-9?» O algo así. Son diferentes tipos de cristal UV, porque los UV pueden afectar los chips de la cadena. No sabía que los UV pudieran afectar los chips. «Claro que sí –me dice–. Lo peor es cuando el DSA pasa de 2/20.» ¿Lo sabías? Días Soleados Anuales.

Sanders no lo estaba escuchando. Pensaba en qué podía significar que alguien –o Garvin o los de Conley-White– pidieran un inventario de la fábrica. Normalmente sólo pedías un inventario si pensabas vender...

–¿Sigues ahí, Tom?

–Sí, sí.

–Le he dicho que no sabía lo de los UV y los chips. Y llevamos años poniendo chips en los teléfonos, y nunca hemos tenido ningún problema. Y el tipo me dice: «Ah, no, si sólo instalas los chips no pasa nada. Afecta cuando los *fabricas*.» Le digo que nosotros no lo hacemos. Y me dice: «Ya lo sé.» Entonces, ¿qué demonios le importa el tipo de cristal que haya? ¿Me entiendes, Tommy? ¿Qué está ocurriendo? Vamos a pasarnos el día con quince tipos metiendo las narices en todo. No me digas que esto es *rutinario*.

–No, desde luego no parece rutinario.

–Es como si fueran a vender la fábrica a alguien que fabrica chips. Y ésos no somos nosotros.

–Estoy de acuerdo, eso parece.

–Maldita sea –dijo Eddie–. Me habías dicho que no iba a pasar nada. Tom, la gente está molesta. Y yo también.

–Lo comprendo.

–Mira, la gente me pregunta. Uno se ha comprado una casa, el otro tiene a la mujer embarazada. Quieren saber qué ocurre. ¿Qué tengo que decirles?

–Eddie, yo no tengo ninguna información.

–Por Dios, Tom, eres el jefe del departamento.

–Lo sé. Déjame llamar a Cork, a ver qué han hecho allí los contables. Estuvieron la semana pasada.

–He hablado con Colin hace una hora. Les mandaron a dos de Operaciones que estuvieron todo un día. Muy educados. No como éstos.

–¿No hicieron inventario?

–No.

–De acuerdo –dijo Sanders, suspirando–. Ya me enteraré.

–Mira, Tommy –dijo Eddie–, me preocupa que todavía no te hayas enterado.

–A mí también –reconoció Sanders–. A mí también.

Pulsó END y marcó KAP para comunicarse con Stephanie Kaplan. Ella tenía que saber qué estaba pasando en Austin. Pero su secretaria le informó que Kaplan no estaría en la oficina en toda la mañana. Llamó a Mary Anne, pero también había salido. Luego llamó al Four Seasons y preguntó por Max Dorfman. La operadora dijo que Mr. Dorfman comunicaba. Lo llamaría más tarde.

Si Eddie no se equivocaba, pensó Sanders, estoy fuera de juego. Y eso no puede significar nada bueno. Podía comentar aquel asunto con Meredith, tras la reunión con Conley-White. Era lo mejor que podía hacer de momento. La idea de hablar con ella le intranquilizó. Pero lo superaría. No tenía otro remedio.

Al llegar a la sala de reuniones del cuarto piso, no encontró a nadie. Había una pizarra con un esquema de la unidad Twinkle y otro de la cadena de montaje de Malasia. Había algunos blocs con notas escritas y maletines abiertos encima de las sillas.

La reunión ya había empezado.

Sanders sintió pánico y empezó a sudar.

Por la otra puerta entró una secretaria que empezó a distribuir vasos de agua por la mesa.

–¿Dónde están todos? –preguntó Sanders.

–Se han marchado hace unos quince minutos.

–¿Hace quince minutos? ¿A qué hora han empezado?

–A las ocho.

–¿Qué? Pero si la reunión estaba convocada para las ocho y media.

–No, era a las ocho.

Maldita sea.

–¿Y dónde están?

–Meredith se los ha llevado al AIV para enseñarles el Corridor.

Lo primero que oyó en el AIV fueron risas. Al entrar en la sala vio al equipo de Don Cherry y a dos ejecutivos de Conley-White en el sistema. John Conley, el joven abogado, y Jim Daly, el banquero, tenían los cascos puestos y caminaban por la plataforma. Reían abiertamente. Todos los demás reían también, incluido el sombrío director financiero de Conley-White, Ed Nichols, que estaba junto a un monitor que mostraba la imagen del pasillo virtual que estaban viendo los usuarios. Nichols tenía unas manchas rojas en la frente: también él se había puesto el casco.

Ed Nichols miró a Sanders y dijo:

–Esto es *fantástico*.

–Sí, es bastante espectacular –repuso Sanders.

–Sencillamente fantástico. Cuando los de Nueva York vean esto se van a quedar sin argumentos de crítica. Le hemos preguntado a Don si podemos hacerlo funcionar con la base de datos de nuestra empresa.

–No hay problema –intervino Cherry–. Sólo tienen que darnos las claves de su base de datos y nosotros lo conectaremos. No tardaremos más de una hora.

Nichols señaló el casco:

–¿Podemos disponer de un artilugio de ésos en Nueva York?

–Lo enviaremos hoy mismo –dijo Cherry–. Llegará el jueves. Uno de nuestros empleados lo instalará.

–Esto será un señuelo estupendo –prosiguió Nichols–. Fabuloso. –Sacó sus gafas y se las colocó.

–Ángel –dijo John Conley, que seguía riéndose en la plataforma–. ¿Cómo se abre este cajón? –Ladeó la cabeza, escuchando.

–Está hablando con el ángel –explicó Cherry–. Lo oye por los auriculares.

–¿Y qué le dice el ángel? –preguntó Nicholas.

–Eso es personal. Entre él y su ángel –rió Cherry.

John Conley asintió con la cabeza y alargó un brazo. Cerró el puño como si cogiera algo, y tiró como si abriera un cajón.

En el monitor, Sanders vio abrirse un cajón archivador en la pared del pasillo. Vio también los ordenados ficheros del archivador.

–Es increíble –exclamó Conley–. Ángel, ¿puedo examinar un fichero? Ah, de acuerdo.

Conley alargó el brazo y tocó la etiqueta de un fichero. Inmediatamente el fichero salió del cajón y se abrió, como si flotara.

–A veces hay que poner un poco de imaginación –dijo Cherry–. Porque los usuarios sólo tienen una mano. Y no se puede abrir un archivador normal con una sola mano.

Montado en la plataforma negra, Conley describía con la mano pequeños arcos en el aire, como si pasara páginas. En el monitor, Sanders vio a Conley examinar el fichero.

–Oye –dijo Conley–, deberíais tener más cuidado. Aquí están todos vuestros archivos financieros.

–Déjamelo ver –dijo Daly.

–Podéis mirar todo lo que queráis –dijo Cherry riéndose–. En el modelo definitivo habrá claves para controlar el acceso. Pero de momento está todo abierto. ¿Veis que hay algunos números en rojo? Eso significa que hay más información almacenada. Tocad uno.

Conley tocó un número rojo, y éste salió despedido creando un nuevo plano de información que quedó suspendido sobre las hojas previamente extraídas.

–¡Fantástico!
–Es una especie de hipertexto –dijo Cherry, orgulloso.
Conley y Daly no paraban de reír, señalando un número rojo tras otro y sacando hojas que se iban quedando suspendidas en el aire.
–¿Cómo se para esto?
–¿Ves la hoja original?
–Las otras la han tapado.
–Agáchate y búscala. A ver si llegas.
Conley se inclinó, como si mirara debajo de algo. Alargó el brazo y cogió algo.
–Ya la tengo.
–Muy bien. Ahora busca una flecha verde en el extremo superior derecho. Tócala.
Conley lo hizo y todos los papeles regresaron a la hoja original.
–¡Genial!
–Yo también quiero hacerlo –dijo Daly.
–No, no. Déjame a mí.
–¡No!
–¡Yo!
Reían como niños.
Blackburn intervino:
–Esto es muy divertido –dijo mirando a Nichols–, pero nos estamos retrasando; deberíamos volver a la sala de reuniones.
–Está bien –repuso Nichols con desgana. Miró a Cherry y añadió–: ¿Está seguro de que puede conseguirnos uno?
–Cuente con ello –le aseguró Cherry.

Los ejecutivos de Conley-White, atolondrados, volvieron a la sala de reuniones; todos hablaban a la vez y reían, comentando la experiencia. Los de DigiCom los seguían en silencio; no querían interrumpir su buen humor. Mark Lewyn se acercó a Sanders y le susurró:
–Oye, ¿por qué no me llamaste anoche?
–Te llamé –dijo Sanders.
Lewyn negó con la cabeza:

–Cuando llegué a casa no encontré ningún mensaje.

–Pues dejé uno en tu contestador, sobre las seis y cuarto.

–No lo recibí –dijo Lewyn–. Y esta mañana no estabas. –Bajó la voz–. Qué jaleo, madre mía. Me he presentado en la reunión sobre el Twinkle sin saber qué postura íbamos a tomar.

–Lo siento –se excusó Sanders–. No sé qué ha pasado.

–Meredith ha tomado las riendas de la discusión, afortunadamente –prosiguió Lewyn–. Si no, me habría encontrado en un aprieto. De hecho... Bueno, ya hablaremos después –dijo al ver que Meredith se acercaba para hablar con Sanders. Lewyn se apartó.

–¿Dónde demonios estabas? –preguntó Meredith.

–Creí que la reunión empezaba a las ocho y media.

–Te llamé a casa anoche para decirte que la habían adelantado a las ocho. Quieren coger un avión para estar en Austin esta tarde y hemos tenido que cambiar todo el programa.

–No recibí el mensaje.

–Hablé con tu mujer. ¿No te lo dijo?

–Pensaba que era a las ocho y media.

Meredith hizo un gesto de desesperación y añadió:

–En fin, da lo mismo. En la sesión de las ocho he tenido que abordar el tema del Twinkle con otro enfoque, y es muy importante que nos pongamos de acuerdo para...

–¿Meredith? –Era Garvin, que iba delante con los demás–. John quiere preguntarte una cosa.

–Voy enseguida –dijo Meredith. Le lanzó una última mirada a Sanders y se apresuró hacia la cabeza del grupo.

Ya en la sala de reuniones, el ambiente seguía siendo distendido. Mientras tomaban asiento siguieron bromeando. Ed Nichols, el director financiero de Conley-White, abrió la sesión dirigiéndose a Sanders:

–Meredith nos ha puesto al día respecto a la unidad Twinkle. Ahora que se encuentra usted aquí, nos gustaría oír su opinión.

He tenido que abordar el tema del Twinkle con otro enfoque, había dicho Meredith. Sanders vaciló:

–¿Mi opinión?

–Sí –dijo Ed Nichols–. Usted es el responsable del Twinkle, ¿no?

Sanders observó a los presentes, que lo miraban en silencio. Meredith abrió su maletín y extrajo dos voluminosos sobres.

–Bueno –dijo Sanders–. Hemos construido varios prototipos y los hemos puesto a prueba concienzudamente. Los prototipos funcionan a la perfección. Son las mejores unidades del mundo.

–Sí, lo sé –intervino Nichols–. Pero ahora están en fase de producción, ¿no es así?

–Sí.

–Creo que nos interesa más su opinión sobre la producción.

Sanders vaciló: ¿Qué les había dicho Meredith? En el otro extremo de la sala, ella cerró su maletín, cruzó los brazos y lo miró fijamente. Sanders no supo interpretar su expresión.

¿Qué les había dicho?

–¿Mr. Sanders?

–Hemos puesto en marcha las cadenas, solucionando los problemas a medida que surgen. Siempre trabajamos con el mismo procedimiento. Todavía estamos en una fase muy temprana.

–Perdone –dijo Nichols–. Creo que la unidad lleva dos meses en producción.

–Sí, así es.

–No me parece que después de dos meses podamos hablar de fase «muy temprana».

–Bueno, verá...

–Algunos de sus productos tienen un ciclo de sólo nueve meses, ¿no es así?

–Sí, de nueve a dieciocho meses.

–Así pues, transcurridos dos meses deben de estar en plena producción. ¿Cómo juzga usted esa situación, como principal responsable?

–Bueno, diría que los problemas son de una magnitud normal en esta fase, según nuestra experiencia.

–Me sorprende oír eso –dijo Nichols–, porque hace poco

Meredith nos ha insinuado que los problemas eran bastante graves. Ha dicho que cabía la posibilidad de que hubiera que volver a la mesa de diseño.

Mierda.

¿Qué podía hacer ahora? Ya había dicho que los problemas no eran graves. No podía rectificar. Sanders respiró hondo y dijo:

–Espero no haber transmitido una impresión errónea a Meredith. Porque tengo plena confianza en nuestra capacidad para fabricar la unidad Twinkle.

–No lo dudo –repuso Nichols–. Pero no podemos olvidar la competencia de Sony y Phillips, y no estoy seguro de que una simple manifestación de su confianza sea suficiente. ¿Qué número de unidades salidas de la cadena cumplen los requisitos?

–No dispongo de esa información.

–Aproximadamente.

–Sin las cifras exactas, no quisiera aventurarme.

–¿Podemos disponer de las cifras exactas?

–Sí. Pero ahora no las tengo a mano.

Nichols frunció el ceño. Era evidente que pensaba: ¿Y por qué no las ha traído, si sabía el temario de la reunión?

John Conley se aclaró la garganta:

–Meredith nos ha dicho que la planta trabaja al veintinueve por ciento de su capacidad, y que sólo un cinco por ciento de las unidades cumplen los requisitos. ¿Es correcto?

–De momento, ésa es la situación. Sí.

Hubo un breve silencio. De pronto, Nichols se inclinó hacia adelante:

–Me temo que no acabo de entenderlo –dijo–. Con unas cifras así, ¿en qué basaba usted su confianza en la unidad Twinkle?

–En que esto ya nos ha pasado otras veces –replicó Sanders–. Nos hemos encontrado con problemas de producción que parecían insuperables y sin embargo se han resuelto rápidamente.

–Comprendo. Y usted cree que en este caso ocurrirá lo mismo.

–Sí, eso creo.

Nichols se reclinó en la silla y cruzó los brazos. Parecía sumamente descontento.

–No nos malinterpretes, Tom –terció Jim Daly, el delgado banquero–. No pretendemos ponerte en evidencia. Desde hace tiempo tenemos varios motivos para comprar esta empresa, independientes del Twinkle. De modo que no creo que el Twinkle sea el único tema a tratar hoy. Sólo queremos saber dónde nos encontramos. Y nos gustaría que te explicaras con la mayor franqueza.

–Bueno, sin duda hay problemas –explicó Sanders–. Los estamos evaluando. Tenemos algunas ideas. Pero ciertos problemas podrían obligarnos a volver a diseño.

–¿Qué es lo peor que puede pasar? –preguntó Jim Daly.

–¿Lo peor? Que tuviéramos que detener la producción, rehacer los armazones y quizá los chips de control, y luego continuar.

–¿Qué retraso provocaría eso?

De nueve a dieciocho meses, pensó Sanders, y contestó:

–Un máximo de seis meses.

–Vaya –susurró alguien.

–Según Meredith, el retraso máximo sería de seis *semanas* –dijo Daly.

–Espero que tenga razón. Pero usted me ha preguntado qué era *lo peor* que podía pasar.

–¿Crees verdaderamente que podríamos retrasarnos seis meses?

–Me parece poco probable.

–Pero posible.

–Sí, posible.

Nichols exhaló un profundo suspiro e intervino de nuevo:

–Veamos si lo he entendido. Si se confirma que hay problemas de diseño con la unidad, han surgido bajo su administración, ¿no es así?

–Sí.

–Y después de meternos en este lío, ¿cree usted realmente que podrá sacarnos de él?

Sanders dominó un arrebato de ira.

–Sí. De hecho, creo que soy la persona más apropiada. Como ya he dicho, no es la primera vez que nos encontramos en una situación como ésta. Y otras veces lo hemos solucionado. Conozco personalmente a todos los que trabajan en este proyecto y estoy seguro de que podemos solucionarlo. –No sabía cómo explicar a aquella gente cómo se fabricaba un producto–. Cuando se inicia un ciclo, a veces no es tan grave volver a las mesas de diseño. A nadie le gusta, pero puede tener sus ventajas. Antes hacíamos una generación entera de productos cada año, aproximadamente. Y actualmente efectuamos cambios dentro de una misma generación. Si tenemos que rehacer los chips, podríamos codificar las fórmulas de compresión del vídeo, con las que no contábamos al empezar. Así podríamos aumentar la percepción de velocidad del usuario final más allá de los requisitos de la unidad. No retrocederemos para construir una unidad de cien milésimas de segundo. Retrocederemos para crear una unidad de *ochenta* milésimas.

–Pero así se retrasa la entrada en el mercado –objetó Nichols.

–En eso tiene razón.

–No se puede presentar la marca ni establecer cuotas de mercado para el producto. No se pueden contratar distribuidores ni lanzar la campaña publicitaria, porque no hay un producto. Puede que tengan una unidad mejor, pero será una unidad desconocida. Se verán obligados a empezar de cero.

–Cierto. Pero el mercado responde con rapidez.

–También la competencia. ¿Dónde habrá llegado Sony para cuando ustedes salgan al mercado? ¿Habrán alcanzado también ellos las ochenta milésimas de segundo?

–No lo sé –contestó Sanders.

Nichols suspiró.

–Me gustaría tener más datos sobre nuestra situación. Y también me gustaría tener la seguridad de que estamos preparados para resolverla.

Meredith intervino por primera vez:

–Es posible que yo tenga parte de culpa en esto. Cuando hablamos sobre el Twinkle, Tom, entendí que los problemas eran bastante graves.

–Sí, lo son.

–Bien, no tenemos intención de ocultar nada.

–Yo no estoy ocultando nada –soltó Sanders, nervioso.

–No, Tom, no digo que lo hagas. Lo que pasa es que a algunos nos cuesta asimilar estas cuestiones técnicas. Buscamos una explicación en términos profanos. Quizá tú puedas dárnosla.

–Lo estoy intentando. –Sanders notó que actuaba a la defensiva, pero no podía evitarlo.

–Sí, Tom, lo sé –replicó Meredith con tono tranquilizador–. Pero, por ejemplo, si resulta que los cabezales de láser de escritura y lectura están desincronizados con las instrucciones *m-subset* procedentes del chip de control, ¿qué puede significar eso, en términos de retraso?

Era puro exhibicionismo; lo único que quería Meredith era demostrar su familiaridad con la jerga técnica, pero de todos modos sus palabras lo desconcertaron. Porque los cabezales de láser eran sólo de lectura, y no de lectura y escritura, y no tenían nada que ver con el *m-subset* procedentes del chip de control. Todos los controles de posición procedían del *x-subset*. Y el *x-subset* era un código autorizado de Sony, que todas las empresas utilizaban en sus unidades de CD.

Para contestar sin abochornarla, tenía que trasladarse al mundo de la fantasía:

–Un comentario muy interesante, Meredith –dijo–. Pero los cabezales de láser cumplen su capacidad de tolerancia, el *m-subset* supone un problema relativamente pequeño. Quizá tres o cuatro días.

Sanders lanzó una rápida mirada a Cherry y a Lewyn, los únicos que podían saber que lo que acababa de decir era absurdo. Los dos asintieron con la cabeza, meditabundos. Cherry incluso se frotó la barbilla.

–¿Y esperas problemas con las señales de detección de asincronías de la unidad madre? –preguntó Meredith.

Lo estaba mezclando todo de nuevo. Las señales de detección procedían de la fuente de potencia y las regulaba el chip de control. En las unidades no había ninguna unidad madre. Pero ya se había metido hasta el cuello. Contestó sin vacilar:

–Eso es algo a tener en cuenta, Meredith, y tendremos que

comprobarlo meticulosamente. Imagino que encontraremos que las señales desincronizadas están desfasadas, pero nada más.

–¿Y ese desfase se puede reparar fácilmente?

–Sí, creo que sí.

Ed Nichols se aclaró la garganta:

–Tengo la impresión de que nos estamos adentrando demasiado en cuestiones técnicas. Será mejor que pasemos a otros temas. ¿Cuál es el siguiente punto?

–Hemos programado una demostración de vídeo –dijo Garvin.

–De acuerdo, vamos allá.

Se levantaron y salieron de la habitación. Meredith se entretuvo recogiendo sus cosas. Sanders la esperó.

Cuando se quedaron solos, Sanders dijo:

–¿Qué demonios hacías?

–¿A qué te refieres?

–¿Qué eran todas esas pamplinas sobre los chips de control y los cabezales de lectura? No sabes lo que dices.

–Claro que sé lo que digo –dijo ella, irritada–. Estaba arreglando el lío que has organizado. –Lo miró airadamente y añadió–: Mira, Tom, anoche decidí seguir tu consejo y decir la verdad sobre la unidad. Esta mañana les he dicho que teníamos problemas serios, que tú estabas muy bien informado y que explicarías qué estaba pasando. Lo he preparado para que tú dijeras lo que querías decir. Y entonces vas tú y dices que no hay ningún problema destacable.

–Pero anoche acordamos...

–Esos tipos no son imbéciles, y no podemos tomarles el pelo. –Cerró su maletín de un manotazo–. Yo me he limitado a explicar lo que tú me contaste. Y tú vas y les das a entender que no sabes de qué estoy hablando.

Sanders se mordió el labio, intentando sofocar su ira.

–No sé si te has enterado de lo que está pasando, Tom. A esta gente no les importan los detalles técnicos. No distinguen un cabezal de láser de un vibrador. Sólo quieren comprobar si hay alguien que controla la situación, si hay alguien capacitado para resolver las dificultades. Quieren seguridad. Y tú no la has dado. Por eso he tenido que intervenir y arreglarlo con esas gilipolleces técnicas. He hecho lo que he podido. Pero el caso es que tú no has inspirado confianza. Ninguna en absoluto.

–Maldita sea –dijo Sanders–. Sólo te preocupan las apariencias. Pero resulta que alguien va a tener que fabricar esa maldita unidad, y...

–Oye, Tom...

–...y yo llevo ocho años dirigiendo este departamento, y muy bien, por cierto...

–Meredith. –Garvin asomó la cabeza por la puerta–. Te estamos esperando. –Miró fríamente a Sanders.

Meredith cogió su maletín y salió de la habitación.

Sanders se dirigió directamente al despacho de Blackburn.

–Tengo que hablar con Phil –dijo a Eliza, la secretaria.

Eliza suspiró:

–Hoy está bastante ocupado.

–Tengo que verlo ahora mismo.

–Déjame probar, Tom. –Llamó a Blackburn por el intercomunicador–: ¿Phil? Tom Sanders quiere verte. –Escuchó un momento y luego dijo–: Dice que pases.

Sanders entró en el despacho y cerró la puerta. Blackburn se levantó de la butaca y se pasó una mano por el pecho.

–Hola, Tom. Me alegro de verte.

Se estrecharon la mano.

–Tengo problemas con Meredith –dijo Sanders, sin andarse por las ramas. Todavía estaba enfadado por la conversación que acababan de mantener.

–Sí, lo sé.

–No creo que pueda trabajar con ella.

–Lo sé. Ya me lo ha contado.

–¿Ah, sí? ¿Qué te ha contado?

–Lo de la reunión de anoche, Tom.

Sanders frunció el ceño. No podía creer que Meredith hubiera hablado con alguien de aquella reunión.

–¿La reunión de anoche?
–Me ha dicho que abusaste de ella.
–¿*Qué*?
–No te pongas nervioso, por favor. Meredith me ha asegurado que no va a demandarte. Podemos arreglarlo en privado. Será lo mejor para todos. De hecho, he estado repasando los organigramas, y...
–Espera un momento –interrumpió Sanders–. ¿Dice que *yo* he abusado *de ella*?
Blackburn lo miró fijamente:
–Tom, nos conocemos hace muchos años. Te aseguro que no tiene por qué pasar nada. Nadie tiene que enterarse. Ni tu mujer. Ya te he dicho que podemos arreglarlo en privado.
–Un momento. No es verdad.
–Déjame hablar un minuto, Tom, por favor. Ahora lo más importante es que os separemos, para que no tengas que estar a sus órdenes. Creo que lo ideal para ti sería una promoción lateral.
–¿Una promoción lateral?
–Sí. En el departamento de portátiles de Austin hay una vacante de vicepresidente técnico. Quiero trasladarte allí. Conservarás tu antigüedad, salario y beneficios. Todo seguirá igual, con la única diferencia de que trabajarás en Austin y no tendrás contacto directo con ella. ¿Qué te parece?
–Austin.
–Sí.
–Portátiles.
–Sí. Buen clima, buenas condiciones de trabajo... Ciudad universitaria... Podrás librar a tu familia de esta lluvia...
–Pero si Conley va a vender Austin –repuso Sanders.
–¿De dónde has sacado eso, Tom? –dijo Blackburn, sentándose–. Estás muy equivocado.
–¿Estás seguro?
–Por supuesto. Créeme, lo último que harían sería vender Austin. No tiene sentido.
–¿Entonces por qué están haciendo un inventario de la fábrica?
–No quieren pasar nada por alto. Esta operación es muy importante para ellos. Mira, Tom, Conley está preocupada por los

ingresos después de la adquisición y, como sabes, la fábrica de Austin da grandes beneficios. Les hemos proporcionado las cifras. Y ellos las están verificando. Quieren asegurarse de que son reales. Pero no pueden vender Austin. Portátiles está creciendo una barbaridad. Tú lo sabes, Tom. Por eso pienso que una vicepresidencia en Austin es una excelente oportunidad que deberías considerar.

–Pero tendría que abandonar el Departamento de Productos Avanzados.

–Bueno, sí. Se trata de trasladarte a otro departamento.

–Y no formaría parte de la nueva empresa cuando el departamento se independice.

–En eso tienes razón.

Sanders dio unos pasos por el despacho.

–Es absolutamente inaceptable.

–Bueno, no te precipites –repuso Blackburn–. Primero deberías considerar todas las consecuencias.

–Phil, no sé lo que Meredith te habrá contado, pero...

–Me lo ha contado todo.

–Creo que deberías saber que...

–Descuida, Tom, no voy a juzgar lo ocurrido. No es asunto mío, ni me interesa. Sólo intento resolver un problema.

–Escúchame, Phil. Es mentira.

–Seguramente ésa es la impresión que tú tienes, pero...

–No intenté abusar de ella. Fue ella la que abusó de mí.

–Seguro que eso es lo que te pareció –dijo Blackburn–, pero...

–Phil. Hablo en serio. Prácticamente me *violó. Ella* abusó *de mí,* Phil.

Blackburn suspiró y se reclinó en la butaca. Golpeó el borde de la mesa con el lápiz:

–Francamente, Tom, me cuesta creerlo.

–Es la verdad.

–Meredith es muy guapa. Es una mujer muy sexy y muy vital. Es comprensible que perdieras la cabeza.

–No me estás escuchando, Phil. Te digo que abusó de mí.

–Te escucho, Tom. Es que... no me lo imagino.

–Pues es una verdad como un templo. ¿Quieres saber lo que pasó anoche?

Blackburn cambió de postura.

–Sí, claro que quiero oír tu versión. Pero ten en cuenta que Meredith tiene muy buenos contactos en la empresa. Ha causado excelente impresión a muchas personas importantes.

–Como Garvin.

–No sólo Garvin. Meredith ha construido una base de poder en varias áreas.

–Conley-White.

–Sí, también allí –reconoció Blackburn.

–¿Quieres oír mi versión de lo ocurrido, o no?

–Por supuesto –contestó Blackburn, pasándose las manos por el cabello–. Sin duda. Y quiero ser escrupulosamente imparcial. Pero lo que intento decirte es que, sea como sea, tendremos que trasladarte. Y Meredith tiene aliados importantes.

–Así que no importa lo que yo diga.

–Comprendo que estés enfadado. En esta empresa te valoramos mucho, pero lo que intento es que comprendas tu situación.

–¿Qué situación?

Blackburn suspiró y dijo:

–¿Hubo testigos?

–No.

–Entonces es tu palabra contra la suya.

–Supongo que sí.

–Llevas todas las de perder.

–¿Y qué? Eso no quiere decir que ella diga la verdad y yo no.

–Ya –admitió Blackburn–. Pero analiza la situación. No es frecuente que un hombre denuncie a una mujer por acoso sexual. Me parece que en esta empresa nunca se ha dado ese caso. Eso no quiere decir que no pueda pasar, pero quiere decir que lo tendrías muy difícil, incluso si Meredith no tuviera tan buenos contactos. –Hizo una pausa–. No quiero que salgas perjudicado.

–Ya he salido perjudicado.

–Olvida los sentimientos. Es tu palabra contra la suya. Desgraciadamente, Tom, no hay testigos. –Se frotó la nariz y se arregló las solapas.

–Si me retiráis del DPA saldré perjudicado. Porque no formaré parte de la nueva empresa. La empresa para la que llevo trabajando doce años.

–Ésa es una interesante cuestión legal –dijo Blackburn.

–No estoy hablando de cuestiones legales, sino de...

–Mira, Tom. Déjame hablar con Garvin. Mientras tanto, ¿por qué no piensas lo de Austin? Piénsalo tranquilamente, porque con este asunto llevas las de perder. Puede que perjudiques a Meredith, pero te perjudicarás mucho más a ti mismo. Eso es lo que me preocupa, como amigo tuyo.

–Si fueras amigo mío...

–*Soy* amigo tuyo, aunque ahora no quieras reconocerlo. –Se levantó–. No es necesario que se entere la prensa, ni tu mujer, ni tus hijos. No es necesario que te conviertas en el tema de conversación de todo Bainbridge. Eso no te haría ningún bien.

–Lo entiendo, pero...

–Hemos de afrontar la realidad, Tom –sentenció Blackburn–. La empresa se enfrenta a dos versiones contradictorias. Lo hecho, hecho está. Tenemos que salir del paso como sea. Y lo único que te digo es que me gustaría solucionarlo deprisa. Así que piénsatelo. Por favor. Y llámame.

Cuando Sanders se marchó, Blackburn llamó a Garvin.

–Acabo de hablar con él –dijo.

–¿Y bien?

–Dice que fue al revés. Que ella abusó de él.

–Joder. Qué jaleo.

–Sí, pero ¿qué esperabas que dijera? En estos casos el hombre siempre lo niega.

–Sí, claro. Todo esto es muy peligroso, Phil.

–Lo sé.

–No quiero que se nos escape de las manos.

–No, no.

–En este momento lo más importante es resolver el asunto.

–Lo comprendo, Bob.
–¿Le has dicho lo de Austin?
–Sí. Dice que lo pensará.
–¿Crees que aceptará?
–Yo diría que no.
–¿Has insistido?
–Bueno, he intentado explicarle que no vamos a echarnos encima de Meredith. Que íbamos a darle nuestro apoyo.
–Claro que sí.
–Creo que lo ha entendido. A ver qué dice cuando vuelva.
–¿No irá a presentar una demanda?
–Es demasiado inteligente.
–Eso espero –dijo Garvin, irritado, y colgó.

Analiza la situación.

Sanders se apoyó contra una columna del Pioneer Park, contemplando la llovizna. Estaba recordando la conversación. Blackburn ni siquiera se había molestado en escuchar su versión. No le había dejado hablar. Blackburn ya sabía qué había pasado.

Es una mujer muy sexy. Es comprensible que perdieras la cabeza.

Eso era lo que pensarían todos en DigiCom. Blackburn había dicho que le costaba creer que Sanders hubiera sido acosado sexualmente. A los demás también les costaría.

Blackburn había dicho que lo que hubiera pasado no tenía importancia. Le había recordado que Meredith tenía buenos contactos, y que nadie creería que una mujer había abusado de un hombre.

Analiza la situación.

Le estaban pidiendo que se marchara de Seattle. Que dejara el DPA. Que renunciara a las opciones. Que renunciara a la recompensa por sus doce años de trabajo. Que renunciara a todo.

Austin.

Una mierda de ciudad.

Susan no lo aceptaría jamás. Su bufete de Seattle tenía mucho éxito. Había dedicado los últimos ocho años a crearse un nombre. Los niños estaban contentos. Acababan de arreglar la casa. Si Sanders planteaba la posibilidad de mudarse, Susan sospecharía. Querría saber el motivo. Y tarde o temprano se enteraría. Si aceptaba el traslado, Sanders estaría reconociendo su culpa ante su mujer.

Sanders no encontraba ninguna salida; por muchas vueltas que le diera, no la encontraba. Lo estaban puteando.

Soy amigo tuyo, Tom. Aunque ahora no quieras reconocerlo.

Se vio junto a Blackburn, el día de su boda. Blackburn, el padrino, se empeñó en embadurnar el anillo con aceite de oliva porque decía que nunca había manera de ponérselo a la novia. Blackburn estaba preocupadísimo por si algún detalle de la ceremonia salía mal. Phil era así; lo que más le preocupaba eran las apariencias.

No hace falta que se entere tu mujer.

Pero Phil lo estaba puteando. Phil y Garvin. Los dos lo estaban puteando. Sanders llevaba muchos años trabajando para la empresa, y ahora a ellos les importaba un cuerno. Se habían puesto abiertamente de parte de Meredith. Ni siquiera querían escuchar su versión de los hechos.

Sanders, de pie bajo la lluvia, empezó a tranquilizarse. Y a recuperar su sentido de la lealtad. Se enfureció.

Sacó su teléfono y marcó un número.

–Despacho de Mr. Perry –contestó una voz.

–Soy Tom Sanders.

–Lo siento, Mr. Perry está en el tribunal. ¿Quiere dejarle algún mensaje?

–A lo mejor usted puede ayudarme. El otro día me habló de una abogada que trabaja con ustedes y que se encarga de casos de acoso sexual.

–Hay varios abogados que llevan esos casos, Mr. Sanders.

–Creo que mencionó que era hispana. –Intentó recordar qué más había dicho Perry. ¿Que era dulce y recatada? No estaba seguro.

–Debe de ser Ms. Fernández.

–¿Podría ponerme con ella, por favor?

El despacho de Ms. Fernández era pequeño; la mesa estaba llena de papeles e informes legales ordenados en montones, y había una terminal de ordenador en una esquina. La abogada se levantó:

–Usted debe de ser Mr. Sanders.

Era una mujer alta, de unos treinta años, con el cabello liso y rubio y un rostro hermoso, aquilino. Llevaba un traje chaqueta azul marino. Parecía franca y decidida.

–Me llamo Louise Fernández. ¿En qué puedo ayudarlo?

No coincidía con la imagen que Sanders se había formado de ella. No tenía nada de dulce ni de recatada. Ni parecía hispana. Estaba tan sorprendido que le costó empezar a hablar. Finalmente dijo:

–Le agradezco que me haya atendido tan deprisa.

–¿Es amigo de John Perry?

–Sí. El otro día me comentó que usted era especialista en estos casos.

–Me dedico al derecho laboral, principalmente despidos improcedentes y pleitos de Título VII.

–Ya. –Sanders permanecía de pie, y se arrepintió de estar allí. Sus enérgicos modales y su elegante aspecto lo habían dejado estupefacto. De hecho, le recordaba mucho a Meredith. Tuvo la seguridad de que no se mostraría favorable a su caso.

Ms. Fernández rodeó la mesa y se puso unas gafas de montura de concha.

–Siéntese, Mr. Sanders. ¿Ha comido ya? Si quiere puedo pedir que le traigan un bocadillo.

–Gracias, no tengo hambre.

Ms. Fernández le enseñó el bocadillo que estaba tomando:

–¿Le importa que...?

–No, no se preocupe.

–Lo siento, pero dentro de una hora tengo una comparecencia. A veces paso todo el día en ayunas. –Cogió un bloc y lo abrió. Sus movimientos eran rápidos, decididos.

Sanders la observaba convencido de que había acudido a la

persona equivocada. No debía estar allí. Todo aquello era un error.

Fernández levantó la vista del bloc, con la pluma preparada. Era una pluma muy cara.

–¿Quiere explicarme qué le ha traído aquí?

–La verdad, no sé por dónde empezar...

–Podríamos empezar por su nombre completo, edad y dirección.

–Thomas Robert Sanders. –Le dio también su dirección.

–¿Edad?

–Cuarenta y uno.

–¿Profesión?

–Soy jefe de fabricación de Digital Communications. Trabajo en el Departamento de Productos Avanzados.

–¿Cuánto tiempo lleva en la empresa?

–Doce años.

–¿Y en su cargo actual?

–Ocho.

–¿Y qué problema tiene, Mr. Sanders?

–He sido víctima de acoso sexual.

–Ya. –No se mostró nada sorprendida. Su semblante expresaba la más absoluta neutralidad–. ¿Podría explicármelo?

–Mi jefa... ha abusado de mí.

–¿Cómo se llama ella?

–Meredith Johnson.

Ms. Fernández, que iba tomando nota de los datos, seguía sin dar muestras de sorpresa:

–¿Cuándo ha ocurrido?

–Anoche.

–¿Cuáles fueron las circunstancias exactas?

Sanders decidió no mencionar la fusión:

–Acaban de asignarle el puesto, y como es mi superiora teníamos varias cosas de que hablar. Me preguntó si podía reunirme con ella a última hora.

–¿Fue ella la que pidió la reunión?

–Sí.

–¿Y dónde tuvo lugar?

–En su despacho. A las seis.

–¿Había alguien más con ustedes?

–No. Su secretaria entró un momento, al principio de la reunión, pero se marchó antes de que pasara nada.

–Siga, por favor.

–Estuvimos un rato hablando de negocios, y bebimos un poco de vino. Ella había traído una botella. Y entonces se me echó encima. Yo estaba junto a la ventana, y de pronto ella empezó a besarme. Antes de que me diera cuenta nos habíamos echado en el sofá. Y entonces ella empezó a ... –vaciló–. ¿He de contarle los detalles?

–De momento sólo las líneas generales. –Ms. Fernández dio un mordisco al bocadillo–. Dice que se estaban besando.

–Sí.

–¿Y fue ella la que empezó?

–Sí.

–¿Cómo reaccionó usted?

–Me sentí muy incómodo. Estoy casado.

–Ya. ¿Cómo calificaría el ambiente de la reunión, antes de los besos?

–Era una reunión de trabajo normal y corriente. Estábamos hablando de trabajo. Pero ella aprovechaba la mínima ocasión para... hacer comentarios sugerentes.

–¿Por ejemplo?

–No sé, sobre mi aspecto. Sobre si me conservaba en forma. Sobre lo mucho que se alegraba de volver a verme.

–Lo mucho que se alegraba de volver a verlo –repitió Fernández, desconcertada.

–Sí. Ya nos conocíamos.

–¿Habían tenido una relación sentimental anteriormente?

–Sí.

–¿Cuándo?

–Hace diez años.

–¿Y estaba usted casado entonces?

–No.

–¿Trabajaban ustedes dos para la misma empresa hace diez años?

–No. Yo sí, pero ella no.

–¿Cuánto duró su relación?

–Unos seis meses.

–¿Y han seguido viéndose?

–No.

–¿No han tenido ningún tipo de contacto?

–En una ocasión.

–¿Íntimo?

–No. Sólo nos saludamos en un pasillo. En la oficina.

–Ya. ¿Ha estado usted en casa de ella en estos últimos ocho años?

–No.

–¿Cenas, copas después del trabajo?

–No. La verdad es que no la he visto. Cuando ella entró en la compañía, la destinaron a Operaciones, en Cupertino. Yo estaba en Productos Avanzados, en Seattle. No teníamos mucho contacto.

–Así que durante este tiempo ella no ha sido su jefa.

–No.

–Descríbame a Ms. Johnson. ¿Edad?

–Treinta y cinco.

–¿Diría usted que es una mujer atractiva?

–Sí.

–¿Muy atractiva?

–Cuando iba al colegio ganó un premio de belleza.

–Así que la considera muy atractiva. –Seguía tomando notas.

–Sí.

–¿Y los demás? ¿Cree usted que la encuentran muy atractiva?

–Sí.

–¿Y su actitud respecto a temas sexuales? ¿Hace bromas? ¿Bromas sobre sexo, insinuaciones, comentarios obscenos?

–No, nunca.

–¿Lenguaje corporal? ¿Coqueteos? ¿Toca a la gente?

–No. Sabe que es guapa, desde luego, y sabe aprovechar su belleza. Pero sus modales son... discretos. Tipo Grace Kelly.

–Dicen que Grace Kelly tenía una intensa actividad sexual. Tuvo líos con casi todos los primeros actores con que trabajó.

–No lo sabía.
–Bien. ¿Qué me dice de Ms. Johnson? ¿Tiene aventuras con otros empleados de la empresa?
–No lo sé. No he oído nada.
Fernández pasó la hoja del bloc:
–Muy bien. ¿Y cuánto hace que es su supervisora? Porque es su supervisora, ¿no?
–Sí. Desde hace un día.
Fernández demostró sorpresa por primera vez. Lo miró fijamente y dio un mordisco a su bocadillo.
–¿Un día?
–Sí. Ha habido una reorganización en la empresa, y ayer la nombraron en su nuevo cargo.
–O sea que el día de su nombramiento se reúne con usted, por la noche.
–Sí.
–Muy bien. Ha dicho usted que estaban sentados en el sofá y que ella lo estaba besando. ¿Qué ocurrió después?
–Me desabrochó... Bueno, primero empezó a frotarme.
–Los genitales.
–Sí. Y a besarme. –Sanders sintió que estaba sudando. Se secó la frente con la mano.
–Comprendo que esto le resulte difícil. Intentaré ser breve –dijo Fernández–. ¿Y entonces?
–Entonces me desabrochó los pantalones y empezó a frotarme con la mano.
–¿Tenía el pene al descubierto?
–Sí.
–¿Quién lo había puesto al descubierto?
–Ella.
–Así que ella le cogió el pene y empezó a frotarlo con la mano, ¿correcto? –Lo miró por encima de las gafas, y Sanders, abochornado, apartó la mirada brevemente. Al volver a mirarla, vio que ella no estaba nada abochornada, que su actitud era absolutamente profesional, que estaba muy por encima de todo aquello.
–Sí –dijo–. Eso fue lo que ocurrió.

–¿Y cómo reaccionó usted?
–Bueno. –Se encogió de hombros, un poco avergonzado–. Funcionó.
–Sintió excitación.
–Sí.
–¿Le dijo usted algo?
–¿Como qué?
–Sólo pregunto si le dijo usted algo.
–¿Como qué? No sé a qué se refiere.
–¿Le dijo usted algo, cualquier cosa?
–No lo sé. Supongo que sí. Me sentía muy incómodo.
–¿Recuerda qué dijo?
–Creo que decía «Meredith», una y otra vez, intentando que ella parara; pero ella me interrumpía o me besaba.
–¿Dijo usted algo más, aparte de «Meredith»?
–No me acuerdo.
–¿Cómo se sentía?
–Incómodo.
–¿Por qué?
–Me asustaba liarme con ella, porque es mi jefa y porque estoy casado, y no quiero tener complicaciones. No quiero mezclar el trabajo con el placer.
–¿Por qué no?
La pregunta lo cogió desprevenido:
–¿Que por qué no?
–Sí. –Lo miró a los ojos, desafiante–. Al fin y al cabo, estaba usted a solas con una mujer hermosa que lo deseaba. ¿Por qué no tener una aventura?
–Vaya.
–Mucha gente se lo preguntaría.
–Estoy casado.
–¿Y qué? Todo el mundo tiene relaciones extramatrimoniales.
–Bueno –dijo Sanders–. Mi mujer es abogada, y muy suspicaz.
–¿La conozco?
–Se llama Susan Handler. Trabaja en Benedict y King.

Fernández asintió con la cabeza.

–He oído hablar de ella. Bueno. Usted tenía miedo de que su mujer se enterara.

–Claro. Mire, cuando alguien tiene un lío con un compañero de trabajo se entera todo el mundo. Es inútil intentar ser discreto.

–Y a usted le preocupaba que aquello se supiera.

–Sí. Pero ése no fue el principal motivo.

–¿Cuál fue el principal motivo?

–Ella es mi jefa. No me gustaba la posición en que me encontraba. Mire, ella... tiene derecho a despedirme. Me sentía obligado a hacerlo. Fue muy desagradable.

–¿Se lo dijo?

–Lo intenté.

–¿De qué manera?

–No sé, lo intenté.

–¿Le indicó usted que su actitud no le parecía correcta?

–Sí, al final sí.

–¿Cómo?

–Bueno, al final, después de ese... preámbulo, o como quiera llamarlo, ella se había quitado las bragas y...

–Perdone. ¿Dice que se quitó las bragas?

–Bueno, se las quité yo.

–¿Le pidió ella que lo hiciera?

–No. Pero llegó un momento en que yo estaba bastante excitado, estaba a punto de hacerlo, o por lo menos me lo estaba planteando.

–Iba a realizar el coito. –Ms. Fernández recuperó su frialdad.

–Sí.

–Se convirtió usted en un participante activo.

–Sí. Por unos momentos.

–¿En qué sentido actuó como participante activo? ¿Le tocó el cuerpo, los pechos o los genitales sin incitación de ella?

–No lo sé. Ella lo estaba incitando todo.

–Me refiero a si actuó usted voluntariamente. Si lo hizo por sí mismo. O si ella, por ejemplo, le cogió la mano y la colocó sobre su...

–No. Lo hice por mí mismo.

–¿Qué me dice de sus anteriores reservas?

–Estaba excitado. En ese momento no me importaba.

–Muy bien. Continúe.

Sanders se secó la frente y dijo:

–Estoy siendo muy sincero con usted.

–Eso es exactamente lo que debe hacer. Es lo mejor que puede hacer. Continúe, por favor.

–Ella estaba echada en el sofá con la falda levantada, y quería que yo la penetrara. Gemía y decía «No, no», y de pronto volví a sentir que yo no quería hacerlo, así que dije: «Es verdad, no.» Me levanté del sofá y empecé a vestirme.

–Usted interrumpió el encuentro voluntariamente.

–Sí.

–¿Porque ella había dicho «No»?

–Eso fue sólo una excusa. En realidad me sentía incómodo.

–Bien. Así que se levantó del sofá y empezó a vestirse...

–Sí.

–¿Y dijo usted algo? ¿Dio algún tipo de explicación?

–Dije que no me parecía que aquello fuera correcto.

–¿Cómo reaccionó ella?

–Se enfadó. Empezó a arrojarme objetos. Luego empezó a golpearme y a arañarme.

–¿Y cómo reaccionó usted?

–Intentaba vestirme y salir de allí.

–¿No respondió directamente a sus ataques?

–Bueno, hubo un momento en que la empujé para apartarla de mí, y ella tropezó con una mesa y cayó al suelo.

–Lo dice como si la hubiera empujado en defensa propia.

–Sí, así es. Ella me estaba arrancando los botones de la camisa. Quería irme a casa y no me agradaba que mi mujer viera la camisa en aquel estado, por eso la empujé.

–¿Hizo usted algo que no fuera en defensa propia?

–No.

–¿La golpeó?

–No.

–¿Está seguro?

–Sí.
–Muy bien. ¿Qué ocurrió a continuación?
–Me arrojó una copa de vino. Pero yo casi me había vestido. Cogí mi teléfono del alféizar y entonces...
–Perdone. ¿Cogió su teléfono? ¿Qué teléfono?
–Llevo un teléfono portátil. –Lo sacó del bolsillo y se lo enseñó–. Todos los empleados tenemos uno, porque los fabricamos nosotros. Yo lo había utilizado para hacer una llamada desde su despacho, cuando ella empezó a besarme.
–¿Estaba usted llamando por teléfono cuando ella empezó a besarlo?
–Sí.
–¿Con quién hablaba?
–Con un contestador automático.
–Ya. –Aquello la decepcionó–. Continúe, por favor.
–Cogí mi teléfono y salí del despacho. Ella me gritaba que no podía hacerle aquello, que me mataría.
–¿Y cómo reaccionó usted?
–No dije nada. Me marché.
–¿Qué hora era?
–Alrededor de las siete menos cuarto.
–¿Alguien lo vio salir?
–La mujer de la limpieza.
–¿Sabe cómo se llama?
–No.
–¿La había visto antes?
–Llevaba un uniforme de la empresa de mantenimiento que se encarga de la limpieza de nuestras oficinas.
–Bien. ¿Y luego?
Sanders se encogió de hombros.
–Me fui a casa.
–¿Le contó a su mujer lo que había pasado?
–No.
–¿Se lo contó a alguien?
–No.
–¿Por qué?
–Supongo que estaba trastornado.

Ms. Fernández hizo una pausa y repasó sus notas. Luego añadió:

–Muy bien. Dice usted que ha sido víctima de acoso sexual. Y ha descrito una proposición muy directa por parte de esa mujer. Me pregunto si tratándose de su jefa le parecería a usted arriesgado rechazarla.

–Bueno, sí, estaba preocupado. Claro. Pero... no sé, ¿acaso no estoy en mi derecho de rechazarla? ¿No es de eso de lo que estamos hablando?

–Sí, está en su derecho, sin duda. Yo me refiero a sus sentimientos.

–Estaba muy disgustado.

–Sin embargo no quiso contarle a nadie lo que le había pasado. ¿No quiso compartir aquella desagradable experiencia con un colega, un amigo, un familiar...? ¿Con un hermano, por ejemplo? ¿Con nadie?

–No. Ni siquiera se me ocurrió. No sabía qué hacer ni qué pensar. Estaba trastornado. Lo único que quería era marcharme. Quería creer que no había ocurrido.

–¿Lo escribió? ¿En un diario, por ejemplo?

–No.

–Muy bien. Dice usted que no se lo contó a su mujer. ¿Diría que se lo ocultó?

Sanders vaciló.

–Sí.

–¿Suele ocultarle cosas a su mujer?

–No. Pero en este caso, estando implicada una ex novia mía, no creí que mi mujer se mostrara muy comprensiva. No quería involucrarla.

–¿Ha tenido usted otras aventuras?

–Esto no ha sido una aventura.

–Se lo pregunto en general. Me refiero a su relación con su esposa.

–No. No he tenido aventuras.

–Muy bien. Le aconsejo que se lo cuente a su mujer inmediatamente. Hágale un relato completo y detallado. Porque le aseguro que ella se enterará, si es que no se ha enterado ya. Por muy difícil que le resulte contárselo, si quiere preservar su relación debe ser completamente sincero con ella.

–De acuerdo.

–Y ahora volvamos a lo de anoche. ¿Qué pasó después?

–Meredith Johnson llamó a mi casa y habló con mi mujer.

Ms. Fernández enarcó las cejas.

–¿Se había imaginado usted que lo haría?

–No, claro que no. Cuando mi mujer me lo dijo me llevé un susto de muerte. Pero por lo visto estuvo muy simpática. Dijo que llamaba para decir que la reunión de esta mañana había sido aplazada a las ocho y media.

–Ya.

–Pero esta mañana, cuando llegué a la oficina, me enteré de que la reunión había empezado a las ocho.

–Y ha llegado tarde y ha quedado mal, etcétera.

–Sí.

–Y se imagina que Ms. Johnson lo hizo a propósito. –Era una afirmación.

–Sí.

Ms. Fernández consultó su reloj y dijo:

–Me temo que nos queda poco tiempo. Cuénteme brevemente qué ocurrió hoy.

Sanders describió la reunión de la mañana y su humillación en líneas generales, sin mencionar a Conley-White. Su discusión con Meredith. Su conversación con Phil Blackburn. La oferta de una promoción lateral. El hecho de que el traslado supondría la pérdida de los beneficios de la independización. Su decisión de pedir consejo a un profesional.

Ms. Fernández hizo unas cuantas preguntas más y volvió a escribir en su bloc. Finalmente dejó la pluma.

–Muy bien. Creo que ya tengo suficiente información. Se siente usted ofendido e ignorado. Y se pregunta si verdaderamente se trata de un caso de acoso sexual.

–Exacto –replicó Sanders.

–Bien. De hecho, sí. Es un caso defendible, pero no sabemos qué pasaría si vamos a juicio. Basándome en lo que usted me ha contado, he de advertirle que sus argumentos no son convincentes.

Sanders se quedó de piedra.

–Dios mío –suspiró.

–Yo no hago las leyes. Me limito a hablarle con franqueza para que usted tome una decisión. Su situación no es fácil, Mr. Sanders.

Ms. Fernández retiró la butaca de la mesa y empezó a meter papeles en su maletín.

–Sólo dispongo de cinco minutos –añadió–, pero permítame explicarle en qué consiste, según la ley, el acoso sexual. Muchos de mis clientes tienen una idea equivocada. Desde mediados de los años ochenta, el EEOC ha establecido pautas que más adelante han sido aclaradas por la jurisprudencia. Las definiciones son bastante explícitas. Según la ley, para calificar una queja de acoso sexual, el comportamiento debe implicar tres elementos. En primer lugar, debe ser sexual. Eso significa, por ejemplo, que hacer una broma profana o escatológica no constituye acoso sexual, aunque un oyente pueda encontrarla ofensiva. La conducta debe ser de naturaleza sexual. En su caso, no hay duda respecto al elemento sexual explícito, según lo que usted me ha contado.

–Entiendo.

–Segundo: el comportamiento debe ser mal recibido. Los tribunales distinguen entre el comportamiento voluntario y el comportamiento bien recibido. Por ejemplo, una persona puede tener una relación sexual con un superior, y evidentemente es voluntaria, porque no hay nadie apuntándole con una pistola. Pero los tribunales comprenden que el empleado pueda sentir que no tiene más opción que aceptar, y por lo tanto no participa en la relación sexual libremente. En ese caso no es bien recibida.

»Para determinar si el comportamiento es verdaderamente mal recibido, los tribunales estudian el comportamiento en términos generales. ¿Hizo el empleado chistes obscenos en el lugar de trabajo, dando a entender que no le molestaría que otros hicieran también chistes semejantes? ¿Participaba el empleado rutinariamente en chanzas sexuales semejantes? ¿Participaba el empleado rutinariamente en chanzas sexuales con otros empleados? Si el empleado se implicó en una relación, ¿permitió a su superior entrar en su apartamento, visitó al superior en un hospital, o lo vio en algún momento en que no fuera estrictamente necesario, o hizo cualquier otra cosa que sugiera que estaba participando activa y voluntariamente en la relación? Además, el tribunal intenta averiguar si el empleado dijo alguna vez a su superior que su comportamiento no era bien recibido, si el empleado se quejó a otras personas de la relación, o intentó llevar a cabo alguna acción para escapar a una situación inoportuna. Esa consideración adquiere mayor importancia cuando el empleado ocupa un cargo importante y presuntamente goza de mayor libertad de acción.

–Pero yo no se lo dije a nadie.

–No. Y tampoco se lo dijo a ella. Por lo menos explícitamente.

–No sabía cómo hacerlo.

–Lo comprendo, pero es un problema. El tercer elemento es la discriminación sexual. Lo más común es el *quid pro quo:* el intercambio de favores sexuales por la posibilidad de conservar el empleo o conseguir un ascenso. Esa amenaza puede ser explícita o implícita. Si le he entendido bien, usted opina que Ms. Johnson puede despedirlo.

–Sí.

–¿Cómo ha llegado a esa conclusión?

–Me lo dijo Phil Blackburn.

–¿Explícitamente?

–Sí.

–¿Y Ms. Johnson? ¿Hizo alguna oferta supeditada al sexo? ¿Hizo alguna alusión a su competencia para despedirlo?

–No exactamente, pero yo lo tenía presente.

–¿Cómo lo sabía?

–Decía cosas como: «Ya que vamos a trabajar juntos, podríamos divertirnos un poco.» Y habló de tener relaciones durante los viajes de trabajo que haríamos juntos a Malasia, y cosas así.

–¿Lo consideró usted como una amenaza implícita a su empleo?

–Interpreté que si quería llevarme bien con ella, tendría que entenderme con ella.

–¿Y usted no quería hacerlo?

–No.

–¿Lo manifestó?

–Dije que estaba casado y que las cosas habían cambiado.

–En circunstancias normales, esa única declaración serviría para establecer su caso. Si hubiera algún testigo.

–Pero no lo hubo.

–No. Bien, hay una última consideración. La llamamos ambiente de trabajo hostil: situaciones en que un individuo es acosado en una serie de incidentes que en sí mismos pueden no ser sexuales, pero que acumulativamente se convierten en acoso basado en el sexo. No me parece que usted pueda recurrir a ambiente de trabajo hostil con este único incidente.

–Sí, claro.

–Desgraciadamente, el incidente que usted describe no es tan claro como debería ser. Si lo despidieran, por ejemplo, sería diferente.

–De hecho yo considero que me han despedido –dijo Sanders–. Porque van a apartarme del departamento y no podré participar en la escisión.

–Lo comprendo. Pero la oferta de la empresa de traslado complica las cosas, porque la empresa puede argumentar, y creo que con mucho éxito, que no le debe nada más que una promoción lateral. Que nunca le han prometido los huevos de oro de una escisión. Que esa escisión es hipotética, y que podría no realizarse. Que la empresa no está obligada a compensarle por sus esperanzas, por alguna vaga ilusión de un futuro que podría no llegar nunca. Así pues, la compañía argumentará que una promoción lateral es completamente aceptable, y que si usted la rechaza no estará siendo razonable. Que usted está dimitiendo y que ellos no le despiden. Le echarán el muerto a usted.

–Eso es ridículo.

–La verdad es que no. Supongamos, por ejemplo, que usted se entera de que tiene un cáncer terminal y de que le quedan seis meses de vida. ¿Estaría la empresa obligada a pagar los beneficios de la escisión a sus herederos? Está claro que no. Si usted está trabajando en la empresa cuando ésta se escinde, participa. Si no, no participa. La empresa no tiene más obligaciones que ésas.

–Lo dice como si fuera mejor que tuviera cáncer.

–No, lo que digo es que está furioso, y cree que la empresa le debe algo que el tribunal no considerará que le debe. Por mi experiencia, las demandas de acoso sexual siempre tienen este ingrediente. La gente está furiosa y se siente agraviada, y cree que tiene derechos que sencillamente no tiene.

Sanders suspiró.

–¿Cambiarían las cosas si yo fuera mujer?

–En principio no. Hasta en los casos más claros las situaciones más extremas e infames, el acoso sexual es muy difícil de demostrar. La mayoría de los casos ocurren como el suyo: en privado y sin testigos. Es la palabra de uno contra la del otro. En esas circunstancias, cuando no existen pruebas, suele haber un prejuicio contra el hombre.

–Ya.

–Aun así, la mayoría de las demandas por acoso sexual las presentan hombres. Casi siempre contra supervisores varones. No obstante, hay demandas de hombres contra mujeres. Y esos casos están aumentando debido a que cada vez hay más mujeres en puestos directivos.

–No lo sabía.

–No es un tema del que se hable mucho –dijo ella, mirándolo por encima de la montura de las gafas–. Pero sucede. Y desde mi punto de vista, es lógico.

–¿Por qué?

–El acoso está relacionado con el poder. Es el ejercicio del poder indebido por parte de un superior hacia un subordinado. Ya sé que la opinión de que las mujeres son distintas a los hombres está de moda, y que las mujeres no acosan a sus empleados. Pero yo he visto muchas cosas. He visto y he oído todo lo imaginable, y muchas cosas que no creería si yo le contara. Eso me da otra perspectiva. Personalmente, no me entretengo demasiado con las teorías. Tengo que ocuparme de los hechos. Y basándome en los hechos, no veo demasiadas diferencias entre el comportamiento de los hombres y las mujeres. Por lo menos, nada en lo que se pueda confiar.

–Entonces, ¿usted cree mi historia?

–No se trata de que yo le crea. Se trata de si usted puede poner una demanda y de qué debería hacer en su situación. Tengo que decirle que no es la primera vez que me cuentan una cosa así. No es el primer hombre que me pide que lo represente.

–¿Qué me aconseja?

–No puedo aconsejarle –dijo Fernández con tono enérgico–. La decisión a que se enfrenta es demasiado difícil. Lo único que puedo hacer es exponer la situación. –Pulsó el botón de su intercomunicador–: Bob, diles a Richard y a Eileen que traigan el coche. Los espero en la puerta principal. –Miró de nuevo a Sanders y añadió–: Déjeme repasar sus problemas. Uno: usted dice que se vio envuelto en una situación íntima con una mujer muy atractiva y más joven que usted, pero que la rechazó. Sin testigos y sin pruebas que lo demuestren, no va a ser fácil contarle esa historia a un tribunal.

»Dos: si presenta un pleito, la empresa lo despedirá. El juicio tardará como mínimo tres años en celebrarse. Tiene que pensar cómo se ganará la vida durante ese tiempo. Cómo cubrirá los pagos de la hipoteca de su casa y el resto de sus gastos. Y tendrá que pagar todas las costas del juicio, lo que supone un mínimo de cien mil dólares. No sé si querrá hipotecar la casa para pagarlo, pero algo tendrá que hacer.

»Tres: el pleito sacará todo a la luz. Saldrá en los periódicos y en las noticias de la televisión durante años, antes de que empiece el juicio. No puedo describir lo destructiva que es esa experiencia, para usted, su mujer y su familia. Muchas familias no superan la etapa previa al juicio. Hay divorcios, suicidios, enfermedades. Es *muy* difícil.

»Cuatro: teniendo en cuenta la oferta de promoción lateral, no estoy segura de qué indemnización podemos reclamar. La empresa dirá que usted no tiene argumentos, y nosotros tendremos que refutarlo. Pero incluso con una victoria, usted podría acabar con sólo unos doscientos mil dólares, descontando los gastos, y tres años de su vida malgastados. Y la empresa puede apelar, por supuesto, y retrasar el pago.

»Cinco: si pone un pleito, no volverá a trabajar nunca. En

teoría no debería ser así, pero en la práctica nadie lo contratará. Así es como funcionan estas cosas. Si tuviera cincuenta y cinco años, sería diferente. Pero sólo tiene cuarenta y uno. No sé si está dispuesto a tomar esa decisión.

–Por el amor de Dios –suspiró Sanders.

–Lo siento, pero así son los litigios.

–Pero es injusto.

Ms. Fernández se puso la gabardina:

–Desgraciadamente, la ley no tiene nada que ver con la justicia, Mr. Sanders. No es más que un método para resolver las disputas. Como sistema, es catastrófico. Malísimo. Pero es el único que tenemos. –Cerró su maletín y tendió la mano–: Lo lamento, Mr. Sanders. Me gustaría que fuera de otra manera. Por favor, no dude en llamarme si tiene alguna otra pregunta.

Salió presurosa del despacho. Sanders se quedó sentado donde estaba; al cabo de un momento entró la secretaria.

–¿Puedo ayudarlo en algo?

–No –respondió Sanders, meneando la cabeza lentamente–. No, gracias; ya me iba.

En el coche, de camino al tribunal, Louise Fernández comentó la historia de Sanders con los dos colegas que la acompañaban. Eileen, la abogada, le dijo:

–¿No le crees?

–Quién sabe –repuso Fernández–. Ocurrió en privado. No hay forma de saberlo.

La abogada meneó la cabeza:

–Yo no me creo que una mujer pueda actuar con tanta agresividad.

–¿Por qué no? –dijo Fernández–. Imagínate que no fuera un caso de acoso sexual. Imagínate que estuviéramos hablando de una promesa entre un hombre y una mujer. El hombre asegura que en privado le han prometido una gratificación, pero la mujer lo niega. ¿Supondrías que el hombre miente, porque una mujer nunca actuaría así?

–No, en ese caso no.

–En ese caso pensarías que cualquier cosa es posible.

–Pero aquí no estamos hablando de un contrato –repuso la abogada–, sino de una conducta sexual.

–Así pues, crees que las mujeres son impredecibles en sus negociaciones contractuales, pero estereotipadas en sus negociaciones sexuales.

–No sé si *estereotipadas* es la mejor palabra...

–Acabas de decir que no te crees que una mujer pueda actuar con tanta agresividad respecto al sexo. ¿No es eso un estereotipo?

–No exactamente. No es un estereotipo, porque es cierto. Las mujeres son distintas a los hombres en lo que refiere a sexo.

–Y los negros tienen ritmo –dijo Fernández–. Los asiáticos son adictos al trabajo. Y los hispanos no...

–Pero esto es diferente. Existen estudios sobre esto. Los hombres y las mujeres ni siquiera hablan entre ellos de la misma forma.

–Ah, te refieres a esos estudios como los que demuestran que la mujeres son peores en los negocios y el pensamiento estratégico.

–No. Esos estudios son erróneos.

–Ya. Esos estudios son erróneos. Pero los estudios sobre las diferencias sexuales son correctos.

–Sí, claro. Porque el sexo es fundamental. Es un instinto primario.

–No veo por qué. Se utiliza para todo tipo de propósitos. Como recurso para relacionarse, para apaciguar, para provocar, como oferta, como arma, como amenaza. El sexo se utiliza de muchas maneras, y pueden ser complicadas. ¿Estás de acuerdo?

La abogada se cruzó de brazos.

–No, yo no lo veo así.

El joven abogado intervino por primera vez:

–Así pues, ¿qué le has aconsejado? ¿Que no ponga el pleito?

–No. Pero le he dicho cuáles eran sus problemas.

–¿Qué crees que debería hacer?

–No lo sé –reconoció Fernández–. Pero sé lo que debería haber hecho.

–¿Qué?

–Es terrible decirlo. Pero en el mundo real, y sin testigos, a solas en el despacho de su jefa... Supongo que tendría que haberle seguido la corriente y tirársela. Porque ahora ese desdichado no tiene salida. Si no se anda con cuidado, habrá arruinado su vida.

Sanders bajó lentamente hacia Pioneer Square. Ya no llovía, pero la tarde se había quedado húmeda y gris. El pavimento de la pronunciada pendiente estaba mojado. Los pisos más altos de los rascacielos desaparecían en la neblina.

No sabía exactamente qué se había imaginado que le diría Louise Fernández, pero sin duda no esperaba un panorama detallado de despidos, hipotecas y desempleo.

Sanders se sentía desbordado por el súbito giro que había dado su vida, y por la conciencia de la precariedad de su existencia. Dos días atrás era un ejecutivo de éxito con un puesto sólido y un futuro prometedor. Ahora se enfrentaba a la desgracia, la humillación, la pérdida de su empleo. La sensación de seguridad se había desvanecido.

Pensó en todas las preguntas que le había hecho Fernández, preguntas que a él no se le habían ocurrido. Por qué no lo había contado a nadie. Por qué no lo había escrito. Por qué no le había dicho a Meredith explícitamente que su actitud resultaba inoportuna. Fernández operaba en un mundo de reglas y distinciones que él no entendía, que nunca se le habían ocurrido. Y ahora resultaba que esas distinciones eran de vital importancia.

Se encuentra usted en una situación bastante difícil, Mr. Sanders.

Y sin embargo, ¿cómo habría podido impedirlo? ¿Qué debería haber hecho? Consideró las posibilidades.

Habría podido llamar a Blackburn justo después de la reunión con Meredith, y contarle que Meredith había abusado de él. Habría podido llamar desde el ferry. Presentar su queja antes de que ella presentara la suya. ¿Habría servido de algo? ¿Qué habría hecho Blackburn?

Meneó la cabeza, pensativo. No habría servido de nada. Porque Meredith estaba ligada a la estructura de poder de la empresa, y Sanders no. Meredith era una jugadora de equipo; tenía poder, aliados. Ésa era la conclusión. Sanders no contaba. No era más que un técnico, una pieza del engranaje. Su función era llevarse bien con su nueva jefa, y había fracasado. Cualquier cosa que hiciera ahora sólo se interpretaría como una queja. O peor aún; estaría denunciando a un superior. Y eso no le gustaba a nadie.

¿Qué podía haber hecho?

Mientras lo pensaba, recordó que no habría podido llamar a Blackburn justo después de la reunión porque su teléfono portátil se había quedado sin batería.

Lo asaltó la imagen de un coche. *Un hombre y una mujer en un coche, yendo a una fiesta.* Alguien le había contado en una ocasión... Una historia sobre una pareja que iba en un coche.

No conseguía recordarlo.

Había muchas razones por las que el teléfono había podido quedarse sin batería. La explicación más probable era la memoria nicad. Los nuevos teléfonos utilizaban baterías recargables de níquel y cadmio, y si no se descargaban completamente entre una y otra carga, las baterías podían adaptarse por sí solas a una duración más corta. Nunca sabías cuándo iba a pasar. Sanders ya había tenido que tirar baterías en otras ocasiones, porque habían desarrollado una memoria corta.

Cogió su teléfono y lo puso en marcha. La luz se encendió. Hoy la batería funcionaba bien.

Pero había algo...

En un coche.

Algo en lo que no estaba pensando.

Yendo a una fiesta.

Frunció el ceño. No lo recordaba.

Pero eso lo hizo pensar de nuevo: ¿en qué más no estaba pensando? Porque mientras consideraba la situación, empezó a tener la inquietante sensación de que algo se le escapaba. Y tenía la impresión de que también a Fernández se le había escapado. Había algo que no había surgido en su conversación con ella. Había algo que todo el mundo daba por supuesto, aunque...

Meredith.

Algo relacionado con Meredith.

Ella lo había acusado de acoso sexual. Había acudido a Blackburn y lo había acusado a la mañana siguiente. ¿Por qué lo había hecho? Debía de sentirse culpable por lo que había ocurrido en la reunión. Y quizá temía que Sanders la acusara, y por eso decidió acusarlo ella primero. Visto así, su acusación era comprensible.

Pero si verdaderamente Meredith tenía poder, qué sentido tenía sacar aquel tema. Habría podido acudir a Blackburn y decirle: «Mira, lo de Tom no funciona. No me aclaro con él. Hemos de hacer un cambio.» Y Blackburn habría accedido.

Pero en lugar de eso lo había acusado de acoso sexual. Y eso tenía que haberle resultado incómodo. Porque el acoso implicaba una pérdida de control. Significaba que ella no había podido controlar a su subordinado en una reunión. Aunque hubiera pasado algo desagradable, un superior nunca lo habría mencionado.

El acoso sexual está relacionado con el poder.

El caso de una secretaria hostigada por un hombre más fuerte y poderoso era diferente. Pero en este caso Meredith era el superior. Ella tenía todo el poder. ¿Qué motivo tenía para acusar a Sanders? Porque el caso era que los subordinados no hostigaban a sus jefes. Eso no ocurría nunca. Tenías que estar loco para hostigar a tu jefe.

El acoso sexual está relacionado con el poder. Es el ejercicio del poder indebido por parte de un superior hacia un subordinado.

Al acusar a Sanders de acoso sexual, Meredith, paradójicamente, estaba admitiendo que ella era su subordinada. Y ella nunca haría eso. Al contrario: Meredith era nueva y estaba deseando demostrar que dominaba la situación. Así pues, su acusación no tenía ningún sentido. A no ser que la estuviera utilizando para destruir a Sanders. El acoso sexual tenía la ventaja de ser una acusación de la que costaba mucho recuperarse. Eras presuntamente culpable hasta que se demostraba que eras inocente; y era muy difícil demostrar tu inocencia. Podía manchar la reputación de cualquier hombre, por muy frívola que fuera la acusación. En ese sentido, el acoso sexual era una acusación muy grave. La acusación más grave que ella podía presentar.

Pero ella había dicho que no pensaba presentar cargos. Y la pregunta era...

¿Por qué no?

Sanders se detuvo.

Era eso.

Me ha asegurado que no va a presentar cargos.

¿Por qué no iba a presentar cargos?

Cuando Blackburn lo dijo, Sanders no lo pensó. Louise Fernández no se lo había preguntado. Pero el caso era que el hecho de que Meredith renunciara a presentar cargos no tenía ningún sentido. Ya lo había acusado. ¿Por qué no demandarlo? ¿Por qué no llegar hasta el final?

Quizá Blackburn la había persuadido. Blackburn siempre estaba preocupado por las apariencias.

Pero a Sanders no le parecía que fuera eso lo que había pasado. Porque también una acusación formal podía llevarse discretamente. Podían realizarla dentro de la empresa.

Y para Meredith una acusación formal suponía muchas ventajas. Sanders era muy popular en DigiCom. Llevaba mucho tiempo en la empresa. Si su propósito era deshacerse de él, desterrarlo, ¿por qué no hacer una acusación oficial y dejar que la tormenta que se desatara en la empresa acabase con él?

Cuanto más lo pensaba, más le parecía que sólo había una explicación: Meredith no iba a demandarlo porque no podía.

No podía porque tenía algún otro problema.

Alguna otra cosa a tener en cuenta.

Estaba pasando algo más.

Podemos solucionar esto con discreción.

Sanders, lentamente, empezó a verlo todo diferente. Aquella mañana, en la reunión con Blackburn, el abogado no lo había ignorado, ni lo había desatendido. No, Blackburn estaba preocupado.

Blackburn estaba asustado.

Podemos solucionarlo con discreción. Es lo mejor para todos.

¿Qué quería decir con que era lo mejor para todos?

¿Qué problema tenía Meredith?

¿Qué problema *podía* tener?

Sanders estaba llegando a la conclusión de que sólo podía haber un motivo por el que Meredith no quisiera demandarlo.

Cogió el teléfono, llamó a United Airlines y reservó tres billetes de avión para Phoenix.

Luego llamó a su mujer.

–Eres un hijo de puta –dijo Susan.

Estaban sentados en un rincón de Il Terrazzo. Eran las dos, y el restaurante estaba prácticamente vacío. Susan había escuchado a su marido durante media hora, sin interrumpir ni hacer ningún comentario. Sanders le contó lo ocurrido en la reunión con Meredith, y lo que había pasado aquella mañana. La reunión con Conley-White. La conversación con Phil. La conversación con Louise Fernández. Ya había terminado. Ella lo miró fijamente.

–¿Sabes que podría llegar a odiarte? Hijo de puta. ¿Por qué no me dijiste que había sido novia tuya?

–No lo sé –confesó Sanders–. No quería hablar de eso.

–¿Que no querías hablar de eso? Me paso todo el día al teléfono con Adele y Mary Anne, ellas lo saben, y yo no. Es humillante, Tom.

–Bueno, ya sabes que últimamente he estado molesto y...

–No digas sandeces, Tom. Esto no tiene nada que ver conmigo. No me lo dijiste porque no quisiste.

–Susan, eso no...

–Sí, Tom, sí. Anoche te pregunté por ella. De haber querido habrías podido comentarlo. Pero no lo hiciste. –Susan meneó la cabeza–. Hijo de puta. Eres un gilipollas. Has organizado un buen lío. ¿Te das cuenta del lío en que te has metido?

–Sí –contestó Sanders, cabizbajo.

–No te hagas el arrepentido conmigo, gilipollas.

–Lo siento.

–¿Que lo sientes? Vete a la mierda. Desde luego, no puedo creerlo. Menudo gilipollas. Has pasado la noche con tu maldita *amante*.

–No he pasado la noche con ella. Y no es mi amante.

–¿Ah, no? ¿No era tu gran amor?

–No, no era «mi gran amor».

–¿En serio? ¿Pues por qué no me lo dijiste? –Agitó la cabeza y añadió–: Dime una cosa: ¿te la tiraste o no?

–No.

Susan lo miró fijamente mientras removía el café:

–¿Me estás diciendo la verdad?

–Sí.

–¿No te dejas nada? ¿Ninguna parte escabrosa?

–No. Nada.

–¿Entonces por qué te acusa?

–¿Qué quieres decir?

–No sé, debe de tener algún motivo para acusarte. Debes de haber hecho algo.

–Pues no. La rechacé.

–Ya. –Susan lo miró con el ceño fruncido–. Mira, Tom, esto no sólo te afecta a ti. Afecta a toda tu familia: a mí y a los niños.

–Ya lo sé.

–¿Por qué no me lo contaste? Si lo hubieras hecho anoche, te habría ayudado.

–Pues ayúdame ahora.

–Ahora no podemos hacer gran cosa –dijo Susan–. Ella ha hablado con Blackburn y te ha acusado. Ahora estás acabado.

–No estoy tan seguro.

–Créeme, no puedes hacer nada. Si vas a juicio, tu vida se convertirá en un infierno hasta que se celebre el juicio. Además, no creo que puedas ganar. ¡Un hombre que presenta una demanda de acoso sexual contra una mujer! Se reirán de ti.

–Tal vez.

–Créeme: se reirán. No puedes ir a juicio. Sólo puedes irte a vivir a Austin. Casi nada.

–He estado pensándolo –dijo Sanders–. Ella me ha acusado de acoso sexual, pero no quiere presentar una demanda. Me pregunto por qué.

–¿Qué más da? Puede tener miles de razones. Política de empresa. O Phil la persuadió. O Garvin. El motivo no importa,

Tom. Enfréntate a la realidad: *no puedes hacer nada*. Ahora no, imbécil.

–Susan, ¿quieres tranquilizarte?

–Vete al infierno, Tom. Eres un mentiroso y un irresponsable.

–Susan...

–Llevamos cinco años casados. Me merezco algo más que esto.

–¿Quieres tranquilizarte? Estoy intentando hablar contigo. Creo que sí puedo hacer algo.

–No, Tom.

–Yo creo que sí. Esta situación es muy peligrosa para todo el mundo.

–¿Qué quieres decir?

–Supongamos que Louise Fernández tiene razón –explicó Sanders.

–Seguro que sí. Es muy buena abogada.

–Pero no lo veía desde el punto de vista de la empresa. Lo veía desde el punto de vista del demandante.

–Sí, bueno, tú eres el demandante.

–No, no lo soy. Soy un demandante *en potencia*.

Hubo un momento de silencio.

Susan lo miró fijamente, estudiando su semblante. Frunció el ceño. Sanders se dio cuenta de que lo había entendido.

–No lo dirás en serio.

–Sí.

–Estás loco.

–No. Piénsalo un poco. DigiCom está a punto de realizar una fusión con una empresa muy conservadora de la Costa Este. Una compañía que ya se ha retirado de una fusión porque uno de los empleados tuvo un pequeño problema de mala publicidad. Ese empleado utilizó un lenguaje un poco grosero al despedir a una secretaria temporal, y Conley-White interrumpió las negociaciones. Son muy puñeteros con la imagen pública. Y eso significa que lo último que quieren en DigiCom es un pleito por acoso sexual contra la nueva vicepresidenta.

–¿Te das cuenta de lo que estás diciendo, Tom?

–Sí.

–Si lo haces, se pondrán *histéricos*. Harán todo lo posible por destruirte.

–Lo sé.

–¿Has hablado de esto con Max? Quizá deberías pedirle su opinión.

–Olvídate de Max. Es un viejo chalado.

–Yo hablaría con él. Esto no es tu especialidad, Tom. Tú nunca has sido un gallo de riña. No sé si lo conseguirás.

–Creo que sí.

–Será muy desagradable. Dentro de un par de días lamentarás no haber aceptado el empleo de Austin.

–Me importa un cuerno.

–Pueden hacerte muchas guarradas, Tom. Perderás a tus amigos.

–Te digo que me importa un cuerno.

–Así pues, estás decidido.

–Sí. –Sanders consultó su reloj–. Susan, quiero que cojas a los niños y vayas a pasar unos días a casa de tu madre. –Su madre vivía en Phoenix–. Si te vas a casa ahora mismo y haces las maletas, puedes coger el avión de las ocho. He reservado tres billetes.

Susan lo miró como si él fuera un extraño:

–Lo vas a hacer... –dijo lentamente.

–Sí.

–En fin. –Susan se agachó, cogió su bolso del suelo y sacó su agenda.

–No quiero que tú ni los niños os veáis envueltos en esto –dijo Sanders–. No quiero que nadie les meta una cámara de televisión en las narices, Susan.

–Ya, ya. Espera un momento. –Miró qué compromisos tenía–. Esto puedo cambiarlo de día... Y puedo poner una conferencia... Sí. –Levantó la vista–: Sí, puedo irme por unos días. –Consultó su reloj–. Será mejor que vaya a hacer las maletas.

Salieron juntos del local. Estaba lloviendo; en la calle había una luz grisácea y triste. Susan lo miró y le dio un beso en la mejilla.

–Buena suerte, Tom. Ten cuidado.

–No te preocupes.

–Te quiero.

Susan se marchó. Él esperó un momento para ver si se volvía, pero no lo hizo.

Mientras se dirigía a su despacho, de pronto se dio cuenta de lo solo que se sentía. Susan se marchaba. Los niños se marchaban. Ahora estaba solo. Había imaginado que se sentiría aliviado, libre para actuar, pero se sentía abandonado y en peligro. Sintió frío y metió las manos en los bolsillos de su gabardina.

No había sabido llevar la conversación con Susan. Y ella estaría pensando en sus respuestas.

¿Por qué no me lo contaste?

No había contestado bien a aquella pregunta. No había sido capaz de expresar los sentimientos contradictorios que había experimentado aquella noche. Que se sentía sucio y culpable, que tenía la impresión de haber cometido algún error. Aunque en realidad no había cometido ningún error.

Habrías podido contármelo.

No había cometido ningún error, se dijo. Y entonces, ¿por qué no se lo había dicho? No lo sabía. Pasó por delante de una tienda de decoración y de un almacén de suministros de fontanería, con piezas de porcelana blanca en un escaparate.

No me lo contaste porque no quisiste.

Pero eso no tenía sentido. ¿Por qué no iba a querer contárselo? Sus pensamientos se vieron interrumpidos de nuevo por imágenes del pasado. El liguero blanco. Un cuenco de palomitas de maíz. La flor de la vidriera de la puerta del apartamento.

No digas sandeces, Tom. Esto no tiene nada que ver conmigo.

Sangre en el lavabo blanco, y Meredith riéndose. ¿De qué se reía? Ahora no se acordaba, era sólo una imagen aislada. Una azafata colocando una bandeja de comida en la mesita de su asiento. Una maleta encima de la cama. El televisor encendido, pero sin volumen. La flor de la vidriera, naranja y púrpura.

¿Has hablado con Max?

En eso tenía razón, pensó Sanders. Tenía que hablar con Max. Lo llamaría después de hablar con Blackburn.

Sanders llegó a su despacho a las dos y media. Le sorprendió ver que Blackburn lo esperaba allí, de pie tras el escritorio de Sanders, hablando por teléfono. Blackburn colgó, un poco embarazado:

–Hola, Tom. Me alegro de que hayas vuelto. –Rodeó la mesa de Sanders–. ¿Qué has decidido?

–Lo he estado pensando –dijo Sanders mientras cerraba la puerta que daba al pasillo.

–¿Y bien?

–He decidido pedir a Louise Fernández, de Perry y Fine, que me represente.

Blackburn pareció desconcertado.

–¿Que te represente?

–Sí. En caso de que sea necesario ir a juicio.

–A juicio –repitió Blackburn–. ¿Con qué acusación, Tom?

–Acoso sexual, bajo el título VII –contestó Sanders.

–Eso sería muy imprudente, Tom. Muy imprudente –dijo Blackburn con tono afligido–. Te recomiendo que lo reconsideres.

–Llevo todo el día reconsiderándolo –dijo Sanders–. Pero el hecho es que Meredith Johnson abusó de mí, se me insinuó y yo la rechacé. Ahora está ofendida, y quiere vengarse de mí. Estoy dispuesto a ir a juicio si es necesario.

–Tom...

–Así están las cosas, Phil. Eso es lo que va a pasar si me trasladas a otro departamento.

Blackburn levantó ambas manos:

–¿Pero qué esperas que hagamos nosotros? ¿Que traslademos a Meredith?

–Sí –respondió Sanders–. O que la despidáis. Eso es lo que suele hacerse con un supervisor hostigante.

–Pero te olvidas de que ella también te ha acusado a ti.

–Miente –repuso Sanders.

–Pero no hay testigos, Tom. No hay ninguna prueba. Los dos sois empleados de confianza. ¿Cómo quieres que decidamos a quién hemos de creer?

–Eso es problema tuyo, Phil. Lo único que tengo que decir es que soy inocente. Y estoy dispuesto a ir a juicio.

Blackburn se quedó de pie en medio del despacho, con el ceño fruncido.

–Louise Fernández es una buena abogada. No puedo creer que te haya recomendado esta actitud.

–No. Lo he decidido yo.

–Entonces eres muy imprudente –insistió Blackburn–. Estás poniendo a la empresa en una situación muy comprometida.

–La empresa es la que me está poniendo a mí en una situación comprometida.

–No sé qué decir. Espero que esto no nos obligue a despedirte.

Sanders lo miró fríamente y dijo:

–Yo también. Pero no estoy seguro de que la empresa haya tomado en serio mi queja. Hoy mismo iré a ver a Tom Everts, de Recursos Humanos, para cumplimentar un informe oficial de acoso sexual. Y voy a pedir a Louise que prepare los papeles necesarios para presentar una demanda en la Comisión de Derechos Humanos.

–Pero, Tom...

–Quiero que presente la demanda mañana a primera hora.

–No sé por qué tienes tanta prisa.

–No tengo ninguna prisa. Sólo voy a poner una demanda. Para que conste mi queja. Es el procedimiento normal.

–Pero esto es muy grave, Tom.

–Ya lo sé, Phil.

–Te voy a pedir un favor, como amigo.

–¿De qué se trata?

–No presentes todavía la demanda formal. Por lo menos ante la Comisión de Derechos Humanos. Danos la oportunidad de llevar a cabo una investigación interna.

–Pero si no estáis realizando ninguna investigación interna, Phil.

–Claro que sí.

–Esta mañana ni siquiera has querido oír mi versión de la historia. Me has dicho que no importaba.

–Eso no es cierto –dijo Blackburn–. Me has interpretado mal. Por supuesto que importa. Y te aseguro que escucharemos atentamente tu relato en el marco de la investigación.

–No lo sé, Phil –dijo Sanders–. No creo que la empresa pueda adoptar una postura neutral. Por lo visto todo apunta en contra de mí. Todo el mundo cree a Meredith, no a mí.

–Te aseguro que eso no es así.

–Pues a mí me lo parece. Esta mañana me has dicho que ella tiene muy buenos contactos. Muchos aliados. Lo has mencionado varias veces.

–Nuestra investigación será escrupulosa e imparcial. Pero en cualquier caso, considero razonable que esperes a que tengamos un resultado, antes de presentar una demanda formal.

–¿Cuánto quieres que espere?

–Treinta días.

Sanders rió.

–Es el período normal para una investigación.

–Si quisierais podríais hacerlo en un día.

–Pero tienes que comprenderlo, Tom. Ahora estamos muy ocupados con las reuniones de la fusión...

–Eso es asunto tuyo, Phil. Yo tengo otro problema. He sido tratado injustamente por mi superior, y creo que tengo derecho, como empleado con antigüedad en la empresa, a que mi queja se resuelva lo más rápido posible.

Blackburn suspiró.

–Está bien. Hablaremos más tarde. –Salió del despacho.

Sanders se dejó caer en su butaca y se quedó contemplando el vacío.

El espectáculo había empezado.

Un cuarto de hora más tarde, Blackburn se reunió con Garvin en la sala de reuniones de la quinta planta. También estaban presentes Stephanie Kaplan y Jack Everts, el director de Recursos Humanos de DigiCom.

Blackburn fue el primero en hablar:

–Tom Sanders ha buscado consejo profesional y nos amenaza con presentar una demanda judicial contra Meredith Johnson.

–Maldita sea –exclamó Garvin.

–El cargo es acoso sexual, bajo el Título VII.

Garvin dio una patada a la pata de la mesa:

–Ese grandísimo bastardo...

–¿Qué dice que ocurrió? –preguntó Kaplan.

–Todavía no lo sé exactamente –explicó Blackburn–. Pero dice que Meredith se le insinuó en su despacho; que él la rechazó y que ahora ella quiere vengarse.

Garvin exhaló un profundo suspiro:

–Mierda –dijo–. Esto es justo lo que yo no quería que pasara. Podría ser un desastre.

–Ya lo sé, Bob.

–¿Es verdad lo que dice Sanders? –preguntó Kaplan.

–En estos casos nunca se sabe –dijo Garvin–. ¿A ti te ha dicho algo? –preguntó a Everts.

–No, todavía no. Supongo que lo hará.

–No podemos permitir que esto salga de aquí –dijo Garvin–. Eso es fundamental.

–Fundamental –repitió Kaplan, asintiendo con la cabeza–. Phil tiene que asegurarse de que no salga.

–Es lo que estoy intentando –dijo Blackburn–. Pero Sanders quiere poner una demanda mañana ante la Comisión de Derechos Humanos.

–¿Sería una demanda pública?

–Sí.

–¿Cuánto tarda en hacerse pública?

–Unas cuarenta y ocho horas, probablemente. Depende de lo rápido que vaya el papeleo en la comisión.

–Dios mío –dijo Garvin–. ¿Cuarenta y ocho horas? ¿Pero qué le pasa a Sanders? ¿No se da cuenta de lo que está haciendo?

–Creo que sí –dijo Blackburn–. Creo que lo sabe perfectamente.

–¿Chantaje?

–Bueno... presión.

–¿Has hablado con Meredith? –preguntó Garvin.

–No, no he vuelto a hablar con ella desde esta mañana.

–Alguien tiene que hablar con ella. Ya lo haré yo. ¿Pero cómo vamos a detener a Sanders?

–Le he pedido que esperara treinta días para presentar la demanda judicial, y que mientras tanto realizaríamos la investigación interna. Ha dicho que no. Dice que podemos realizar la investigación en un solo día.

–Bueno, en eso tiene razón –reconoció Garvin–. Y mejor será que la hagamos en un día, por la cuenta que nos trae.

–No sé si podremos, Bob –dijo Blackburn–. La ley obliga a la empresa a llevar a cabo una investigación concienzuda e imparcial. No podemos actuar con prisas ni...

–Por el amor de Dios –lo interrumpió Garvin–. Estoy harto de gilipolleces legales. ¿De qué estamos hablando? De dos personas, ¿no? Y sin testigos, ¿no? Entonces, sólo dos personas. ¿Cuánto se puede tardar en entrevistar a dos personas?

–Bueno, puede que no sea tan sencillo –insistió Blackburn.

–Sencillo, sencillo –dijo Garvin–. Esto sí es sencillo: Conley-White es una empresa obsesionada con su imagen pública. Venden libros de texto a consejos escolares que creen en el arca de Noé. Venden revistas infantiles. Tienen una marca de vitaminas. Y una fábrica de alimentos naturales para niños. Rainbow Mush, o algo así. Ahora Conley-White va a comprar nuestra empresa, y en plena adquisición una ejecutiva de alto nivel, la mujer que dentro de dos años ocupará la dirección ejecutiva, es acusada de requerir los favores de un hombre casado. ¿Sabes lo que harán si se enteran? Nos mandarán a paseo. Ya sabes que Ed Nichols está deseando encontrar un pretexto para desmantelar la fusión. Esto le viene como anillo al dedo. ¡Por Dios!

–Pero Sanders ya ha puesto en duda nuestra imparcialidad –dijo Blackburn–. Y no sé cuánta gente hay al corriente de los anteriores... problemas que...

–Unos cuantos –intervino Kaplan–. ¿Y no salió ese tema en una reunión de directivos el año pasado?

–Vayamos por partes –dijo Garvin–. Actualmente no tenemos ningún problema legal con los directivos de la empresa, ¿correcto?

–Sí –dijo Blackburn.

–Y no hemos perdido a ningún directivo en el último año. Nadie se ha retirado ni se ha ido a otra empresa.

–No.

–Bien. Pues que se joda. –Garvin se volvió hacia Everts–. Jack, quiero que revises los archivos de Recursos Humanos y que examines el historial de Sanders. Quiero saber si ha cumplido al pie de la letra todas sus obligaciones.

–Muy bien –dijo Everts–. Pero yo creo que está limpio.

–De acuerdo –dijo Garvin–. Supongamos que lo está. ¿Qué tenemos que hacer para que Sanders acceda a marcharse? ¿Qué quiere?

–Creo que quiere su empleo, Bob –dijo Blackburn.

–Pues no podemos dárselo.

–Ése es el problema –dijo Blackburn.

–¿Qué responsabilidad tenemos? –preguntó Garvin–. Suponiendo que fuéramos a juicio.

–No creo que Sanders tenga argumentos. Nuestra mayor responsabilidad consiste en respetar los procedimientos, y llevar a cabo una investigación concienzuda. Si no tenemos cuidado, Sanders podría ganar sólo por eso.

–Pues tendremos cuidado.

–Bueno, amigos –continuó Blackburn–. No puedo dejar de recomendaros mucha precaución. Esta situación es sumamente delicada, así que tenemos que cuidar mucho los detalles. Como dijo Pascal, «Dios está en los detalles». Y en este caso, dado el equilibrio entre las acusaciones, no puedo precisar con claridad cuáles son nuestras...

–Phil –lo interrumpió Garvin–. Basta ya.

–Mies –dijo Kaplan.

–¿Qué? –dijo Blackburn.

–Fue Mies van der Rohe el que dijo que Dios está en los detalles.

–¿Qué más da? –dijo Garvin, golpeando la mesa–. El caso es que Sanders no tiene argumentos. Pero nos tiene cogidos por los cojones. Y lo sabe.

Blackburn hizo una mueca de disgusto:

–Yo no lo expresaría exactamente así, pero...

–Pero ésa es la pura verdad.

–Sí.

–Es inteligente –dijo Kaplan–. Un poco inocente pero inteligente.

–Muy inteligente –dijo Garvin–. No olvidéis que yo le enseñé cuanto sabe. Va a ser un gran problema. –Miró a Blackburn–: Seamos realistas. ¿Con qué nos encontramos? Desde un punto de vista imparcial.

–Sí...

–Queremos trasladarlo.

–Sí.

–Muy bien. ¿Aceptaría un intermediario?

–No lo sé. Lo dudo.

–¿Por qué no?

–Normalmente sólo utilizamos intermediarios para resolver indemnizaciones de empleados que se marchan.

–¿Y qué?

–Creo que así es como él lo considerará.

–De todas formas hay que intentarlo. Dile que no es obligatoria, a ver si la acepta. Dale tres nombres y que él elija uno. Y que hablen mañana. ¿Tengo que hablar con él?

–Probablemente. Primero déjame probarlo a mí.

–De acuerdo.

–Bien, pero si recurrimos a un intermediario externo introducimos un elemento impredecible.

–¿Te refieres a que el intermediario podría fallar en contra de nosotros? Yo me arriesgaría –dijo Garvin–. Lo más importante es resolver este asunto. Discretamente y deprisa. No quiero darle a Ed Nichols el placer de volverse atrás. Hay una rueda de prensa el viernes a mediodía. Quiero que por entonces este asunto esté completamente olvidado, y quiero que Meredith Johnson sea presentada como la nueva responsable del departamento el viernes. ¿Todos tenéis claro lo que va a pasar?

Todos asintieron.

–Pues manos a la obra –dijo Garvin, y salió de la habitación.

Ya en el pasillo, Garvin se dirigió a Blackburn:

–Por Dios, qué jaleo. Estoy muy disgustado, Phil.

–Lo sé –dijo Blackburn, afligido.

–Esta vez has metido la pata, Phil. Habrías podido hacerlo mucho mejor. *Muchísimo* mejor.

–¿Cómo? ¿Qué querías que hiciera? Él dice que Meredith le atacó, Bob. Eso es muy grave.

–Meredith Johnson es vital para el éxito de esta fusión –dijo Garvin.

–Sí, Bob. Claro.

–Debemos conservarla.

–Ya. Pero los dos sabemos que en el pasado ella...

–Meredith ha demostrado un notable talento para los negocios –le interrumpió Garvin–. No voy a permitir que esas ridículas calumnias pongan en peligro su carrera.

Blackburn comprendió que Garvin respaldaba a Meredith sin ningún tipo de reservas. Garvin sentía una gran debilidad por Meredith desde hacía muchos años. Siempre que surgían críticas a Meredith, Garvin se las ingeniaba para cambiar de tema. Era imposible razonar con él. Pero ahora Blackburn se veía obligado a intentarlo.

–Bob, Meredith es un ser humano. Ya sabemos que tiene sus limitaciones.

–Sí –dijo Garvin–. Es joven, entusiasta y sincera. No le gustan los juegos sucios. Y por supuesto es una mujer. En eso consiste su verdadera limitación: en ser mujer.

–Pero, Bob...

–En serio, no lo soporto –prosiguió Garvin–. En esta empresa no hay mujeres en cargos importantes. En ninguna empresa. Los hombres lo dominan todo. Y cada vez que propongo colocar a una mujer, alguien empieza con los «peros». Estoy harto, Phil. Algún día habrá que levantar las barreras.

Blackburn suspiró. Garvin había vuelto a cambiar de tema.

–Bob, nadie te contradice...

–Sí, claro que sí. Tú me estás contradiciendo, Phil. Estás intentando convencerme de que Meredith no es la persona adecuada. Y te digo que si hubiera nombrado a otra mujer, habría otros pretextos por los que esa mujer no sería apropiada. Estoy harto, de verdad.

–Tenemos a Stephanie –dijo Blackburn–. A Mary Anne.

–Son sólo simbólicas. Claro, vamos a poner a una directora financiera, y a un par de mujeres en cargos intermedios. Para que todo el mundo esté contento. Pero sigue siendo lo mismo. No me negarás que cuando una chica joven, brillante y capacitada intenta abrirse paso en el mundo de los negocios, siempre hay cientos de pequeñas razones para impedir que prospere. Para que no alcance una posición de mayor poder. Pero al final siempre son meros prejuicios. Y esto tiene que acabar. Tenemos que dar una oportunidad decente a esas chicas jóvenes y brillantes.

–De todos modos, Bob, me parece prudente que conozcas el punto de vista de Meredith sobre esta situación.

–Lo haré. Sabré qué demonios ha pasado. Ella me lo contará. Pero de todas formas hemos de solucionarlo.

–Sí, Bob.

–Y espero que seas muy claro. Quiero que hagas todo lo necesario para resolverlo.

–Muy bien, Bob.

–*Todo* lo necesario –repitió Garvin–. Tienes que acorralar a Sanders. Asegúrate de que se siente acorralado. Hazle la vida imposible, Phil.

–Lo haré, Bob.

–Yo me encargo de Meredith. Tú encárgate de Sanders. Quiero que le hagas la vida imposible hasta que se largue.

Meredith Johnson estaba de pie junto a una de las mesas centrales del laboratorio del Departamento de Diseño, examinando las unidades Twinkle desmontadas con Mark Lewyin. Al ver a Garvin se acercó a él.

–Hola, Bob. No sabes cómo lamento todo este asunto de Sanders.

–Nos está creando problemas –dijo Garvin.

–No he parado de darle vueltas a lo que ocurrió. Me he preguntado qué debería haber hecho. Pero él estaba fuera de sí.

Había bebido demasiado y se comportó muy mal. Ya sé que todos hemos hecho cosas así en algún momento, pero... –Se encogió de hombros–. En fin, lo siento.

–Por lo visto piensa presentar una demanda de acoso sexual.

–Es un error –dijo Meredith–. Pero supongo que es lógico. Quiere humillarme y ponerme en evidencia ante el resto del departamento.

–No lo permitiré –dijo Garvin.

–Estaba resentido por mi nombramiento y no aceptaba que yo fuera su superiora. Tenía que hacer todo lo posible para ponerme en mi sitio. Hay hombres así. –Movió la cabeza con tristeza–. Ahora está de moda hablar de la nueva sensibilidad de los hombres, pero me temo que hay muy pocos como tú, Bob.

–Lo que me preocupa –dijo Garvin– es que esta demanda pueda interferir con la fusión, Meredith.

–No veo por qué tiene que interferir. Creo que podemos controlar la situación.

–Si presenta una demanda ante la Comisión de Derechos Humanos, podemos tener problemas.

–¿Cómo? ¿Acaso va a presentar una demanda *fuera* de la empresa?

–Sí.

Meredith se quedó contemplando el vacío. Aparentemente empezaba a perder la calma. Se mordió el labio:

–Eso podría resultar muy violento.

–Eso mismo opino yo. He enviado a Phil a hablar con él, a ver si podemos llegar a un acuerdo. Se trata de proponerle la intervención de un intermediario. Alguien como la juez Murphy. Estoy intentando organizar la sesión para mañana.

–Muy bien –dijo Meredith–. Puedo reorganizar mi agenda de mañana. Pero no sé qué podemos esperar. Estoy convencida de que Sanders no admitirá lo que ocurrió. Y no hay ninguna prueba, ni testigos.

–Me gustaría que me contaras qué fue lo que ocurrió exactamente.

–Oh, Bob –suspiró Meredith–. Cada vez que lo pienso, me siento tan culpable...

–No tienes por qué sentirte culpable.

–Lo sé, pero no puedo evitarlo. Si mi secretaria no hubiera tenido que marcharse, habría podido llamarla, y nada de esto habría ocurrido.

–Será mejor que me lo cuentes todo, Meredith.

–Sí, Bob. –Meredith se acercó a él y habló ininterrumpidamente, en voz baja, durante unos minutos. De pie a su lado, Garvin meneaba la cabeza, furioso.

Don Cherry plantó sus Nike en el borde de la mesa de Lewyn, y dijo:

–¿Y qué más? ¿Qué pasó cuando apareció Garvin?

–Garvin se quedó de pie en un rincón, cambiando el peso de pierna una y otra vez, como suele hacer. Esperando a que alguien se fijara en él. Sin decir nada, sólo esperando. Y Meredith estaba hablando conmigo de la unidad Twinkle que yo había desmontado en la mesa. Le estaba enseñando los defectos que hemos encontrado en los cabezales de láser...

–¿Y ella sabía de qué hablabas?

–Sí, más o menos. No es como Sanders, pero más o menos se enteraba. Aprende deprisa.

–Y su perfume es mejor que el de Sanders –dijo Cherry.

–Sí, me gusta su perfume –dijo Lewyn–. En fin...

–En fin, el perfume de Sanders deja bastante que desear.

–Sí. Bueno, Garvin se cansa de dar brincos y suelta una discreta tosecilla, y Meredith va a Garvin y dice «Oh», con una voz ligeramente estremecida, ya me entiendes. Una inspiración breve e intensa...

–Ya, ya. Inconfundible, ¿no?

–Bueno, de eso se trata. Se va acercando hacia él y él extiende un brazo hacia ella. Te aseguro que parecían dos amantes que corren a abrazarse en cámara lenta...

–Huuuuy –dijo Cherry–. La mujer de Garvin se va a cabrear.

–Pero curiosamente –prosiguió Lewyn– cuando al final están juntos, lado a lado, no parecen eso en absoluto. Se ponen a hablar y ella empieza a hacer gorgoritos y a pestañear, y él es un tío tan duro que no lo reconoce, pero está surtiendo efecto.

–Porque ella es guapa de verdad –dijo Cherry–. Reconócelo, hombre. Está bien parida.

–Pero el caso es que no parecen dos amantes. Yo los observo disimuladamente, y te digo que no son amantes. Es otra cosa. Es casi como si fueran padre e hija, Don.

–Oye, hay muchos tíos que se follan a sus hijas.

–No, no. ¿Sabes qué pienso? Que Bob se ve a sí mismo en ella. Ve algo que le recuerda cómo era él cuando era joven. Una energía, o algo así. Y te digo que ella lo hace a propósito, Don. Cuando él cruza los brazos, ella cruza los brazos. Él se apoya contra la pared, y ella se apoya contra la pared. Lo imita continuamente. Y te aseguro que desde lejos *se parece a él*, Don.

–No...

–Sí. Piénsalo.

–Tendría que ser desde muy lejos. –Cherry quitó los pies de la mesa y se levantó–. ¿Entonces de qué va esto? ¿De seudonepotismo?

–No lo sé. Pero Meredith tiene algún tipo de relación con él. No son sólo negocios.

–Oye –dijo Cherry–. Nada es *sólo* negocios. Eso lo aprendí hace mucho tiempo.

Louise Fernández entró en su despacho y dejó su maletín en el suelo. Leyó los mensajes telefónicos que había encima de su mesa y luego miró a Sanders:

–¿Qué ha pasado? Phil Blackburn me ha llamado tres veces esta tarde.

–Es que le he dicho que he contratado sus servicios, y que estoy preparado para presentar una demanda judicial. Y... bueno, le he dicho que mañana usted iba a presentar la demanda ante la Comisión de Derechos Humanos.

–No puedo presentar nada mañana. Y en cualquier caso no me parece aconsejable hacerlo. Mr. Sanders, no me gustan nada las falsas afirmaciones. No vuelva a hablar en mi nombre.

–Lo siento –se disculpó él–. Pero todo está pasando muy deprisa.

–Pues mejor que seamos sinceros. No me gusta, y si vuelve a ocurrir tendrá que buscarse otro abogado. –Esa frialdad otra vez. Esa súbita frialdad–. Veamos. Así que ha hablado con Blackburn. ¿Qué le ha dicho él?

–Me ha preguntado si aceptaría la intervención de un intermediario.

–De ninguna manera –dijo Fernández.

–¿Por qué no?

–Eso siempre beneficia a la empresa.

–Me ha dicho que no sería vinculante.

–Ni siquiera así. Es un regalo para ellos.

–Ha dicho que usted podría estar presente.

–Claro que puedo estar presente, Mr. Sanders. Eso no es ninguna concesión. En esas sesiones su abogado debe estar presente; de otro modo sería nula.

–Aquí están los tres nombres que me ha propuesto. –Sanders le pasó la lista.

–Era de esperar –dijo Fernández después de leer los nombres–. Hay uno mejor que los otros dos. Pero no me parece...

–Quiere que la sesión se celebre mañana.

–¿Mañana? –Fernández se quedó mirándolo y se recostó en la butaca–. Mr. Sanders, yo soy la primera que quiere resolver la cuestión cuanto antes, pero esto es ridículo. No podemos estar preparados mañana. Y como ya le he dicho, no me parece recomendable que acepte usted la intervención de un mediador, bajo ninguna circunstancia. ¿Hay algo de lo que no esté enterada?

–Sí –contestó Sanders.

–Pues cuéntemelo.

Sanders vaciló. Ella añadió:

–Cualquier información que me dé es estrictamente confidencial.

–Está bien. DigiCom va a ser adquirida por una empresa de Nueva York, Conley-White.

–Así que los rumores eran ciertos...

–Sí. Piensan anunciar la fusión el viernes en una rueda de

prensa. Y piensan anunciar también el nombramiento de Meredith Johnson como vicepresidenta de la compañía, el mismo viernes.

–Ya. Por eso Phil tiene tanta prisa.

–Exacto.

–Y su queja supone un problema grave y apremiante para él.

Sanders asintió con la cabeza y dijo:

–Digamos que se presenta en un momento delicado.

Fernández guardó silencio un momento y lo miró por encima de la montura de las gafas.

–Lo había juzgado mal, Mr. Sanders –dijo la abogada–. Me había parecido usted un hombre tímido.

–Ellos me están obligando a hacer esto.

–Ya. –Le lanzó una mirada escrutadora. Luego pulsó el botón del intercomunicador–. Ted, tráeme la agenda. Tengo que cambiar unas cuantas cosas. Y di a Herb y a Alan que vengan. Que dejen lo que estén haciendo. Esto es más importante. –Apartó los papeles que tenía delante–. ¿Están disponibles los mediadores de la lista?

–Supongo que sí.

–Propondremos a Helen Murphy. La juez Murphy. A usted no le gustará, pero lo hará mejor que los otros. Intentaré convocar la sesión para mañana por la tarde. Necesitamos tiempo. Si no, a última hora de la mañana. ¿Es consciente del riesgo que corre? Supongo que sí. El juego que ha decidido jugar es muy peligroso. –Volvió a pulsar el botón del intercomunicador–. ¿Ted? Cancela la reunión con Roger Rosenberg. Cancela la cita de las seis con Ellen. Llama a mi marido y dile que no iré a cenar. –Miró a Sanders–: Usted tampoco. ¿Quiere llamar a su casa?

–Mi mujer y mis hijos se van de la ciudad esta noche.

Fernández levantó las cejas:

–¿Se lo ha contado todo?

–Sí.

–Así que se lo ha tomado en serio.

–Sí. Muy en serio.

–Bien. Mejor que así sea. Sinceramente, Mr. Sanders, lo que

usted está haciendo no es estrictamente un procedimiento legal. Básicamente está tocando los puntos débiles.

–Sí, así es.

–De aquí al viernes, ejercerá una considerable presión sobre la empresa.

–Lo sé.

–Y ellos sobre usted, Mr. Sanders. Ellos sobre usted.

•

Lo llevaron a la sala de reuniones, donde se sentó con cinco personas provistas de papel y bolígrafo. Fernández se sentó entre dos jóvenes abogados, una mujer llamada Eileen y un hombre llamado Robert. Había también dos detectives, Herb y Alan: uno era alto y atractivo; el otro, rechoncho y de cutis estropeado, llevaba una cámara colgada del cuello.

Fernández pidió a Sanders que volviera a contar su historia con más detalle. Ella lo interrumpía para hacer preguntas y anotaba horas, nombres y detalles concretos. Los dos abogados no dijeron nada, pero Sanders tuvo la firme impresión de que la mujer no le era favorable. Los dos detectives tampoco hablaron demasiado, salvo en determinados momentos. Cuando Sanders mencionó a la secretaria de Meredith, Alan, el guapo, dijo:

–¿Puede repetir su nombre?

–Betsy Ross.

–¿Trabaja en la quinta planta?

–Sí.

–¿A qué hora termina?

–Anoche se marchó a las seis y cuarto.

–Me gustaría provocar un encuentro casual con ella. ¿Podré subir a la quinta planta?

–No. Los visitantes han de pasar por recepción, en el vestíbulo de la planta baja.

–¿Y si quiero entregar un paquete? ¿Puede encargarse Betsy de recibirlo?

–No. Los paquetes van a recepción central.

–Bien. ¿Y unas flores? ¿Podría entregarlas directamente?

–Sí, supongo que sí. ¿Flores para Meredith, por ejemplo?

–Sí –contestó Alan.

–Supongo que eso podría entregarlo en persona.

–Perfecto –dijo Alan, y tomó nota.

Cuando Sanders mencionó a la mujer de la limpieza que había visto al salir del despacho de Meredith volvieron a interrumpirle.

–¿Utilizan los servicios de una agencia?

–Sí. AMS, American Management Services. Está en...

–Ya la conozco. En Boyle. ¿A qué hora entra el personal de la limpieza en el edificio?

–Generalmente sobre las siete.

–Y esa mujer a la que usted no reconoció... ¿podría describirla?

–Tendría unos cuarenta años. Negra. Muy delgada, casi esquelética. Cabello canoso, rizado.

–¿Alta? ¿Baja?

–Normal –contestó Sanders encogiéndose de hombros.

–Eso no es gran cosa –comentó Herb–. ¿Algo más?

Sanders vaciló. Lo pensó un momento:

–La verdad es que no la vi bien.

–Cierre los ojos –dijo Fernández.

Sanders obedeció:

–Ahora respire hondo y relájese. Es ayer por la noche. Usted ha estado en el despacho de Meredith, la puerta ha estado cerrada casi una hora, ha tenido su experiencia con ella y ahora sale del despacho, se marcha... ¿Cómo se abre la puerta, hacia dentro o hacia fuera?

–Hacia dentro.

–Pues tira de la puerta... Sale... ¿Rápido o despacio?

–Rápido.

–Está en el pasillo. ¿Qué ve?

Sale por la puerta. Ya en el pasillo, ve los ascensores. Se siente desaliñado, aturdido, y espera que nadie lo vea. Mira a su derecha y ve la mesa de Betsy: limpia, vacía, la silla arrimada al borde de la mesa. Un bloc de notas. El ordenador cubierto con una funda de plástico. La lámpara encendida.

Mira a su izquierda, ve a una mujer de la limpieza junto a la mesa de la otra secretaria. Con su enorme carro de limpieza. la empleada levanta una papelera para vaciarla en la bolsa de plástico que cuelga de un extremo del carro. La mujer se detiene, lo mira con curiosidad. Él se pregunta cuánto tiempo lleva la empleada allí, qué habrá oído. En el carro hay una pequeña radio, se oye música.

«¡Te mataré por esto!», grita Meredith.

La mujer de la limpieza lo oye. Él aparta la mirada, avergonzado, y corre hacia el ascensor. Aterrorizado. Pulsa el botón.

–¿Puede ver a la mujer? –dijo Fernández.

–Sí, pero es todo tan rápido... Y yo no quería mirarla.

–¿Dónde está ahora? ¿En el ascensor?

–Sí.

–¿Puede ver a la mujer?

–No. No quería volver a mirarla.

–Muy bien, retrocedamos. No, no, siga con los ojos cerrados. Vamos a repetirlo. Respire hondo y expulse el aire lentamente... Muy bien... Esta vez lo verá todo a cámara lenta, como en una película. A ver... salga por la puerta... y dígame cuándo ve a la empleada por primera vez.

Sale por la puerta. Todo muy despacio. Mueve la cabeza lentamente, arriba y abajo, con cada paso que da. Sale fuera. La mesa a su derecha, ordenada, con la lámpara encendida. A la izquierda, la otra mesa, y la mujer levantando la...

–Ahora la veo.

–Muy bien, congele esa imagen. Como si fuera una fotografía.

–Bien.

–Ahora mírela.

De pie, con la papelera en la mano. Mirándolo fijamente, con expresión afable. Tiene unos cuarenta años. Cabello corto, rizos. Uniforme azul, como una camarera de hotel. Una cadena de plata alrededor del cuello... No, son unas gafas.

–Lleva unas gafas colgadas de una cadenilla metálica.

–Muy bien. Tómese todo el tiempo que necesite. No tenemos prisa. Mírela de arriba abajo.

–Sólo veo su cara...

Ella lo mira fijamente. Con expresión afable.

–No le mire la cara. Mírela de arriba abajo.

El uniforme. Una botella de líquido limpiador colgada de la cintura. Falda azul hasta las rodillas. Zapatos blancos. Como una enfermera. No. Zapatillas. No, son zapatillas de deporte, de suela gruesa, cordones oscuros. Los cordones tienen algo raro.

–Lleva una especie de zapatillas de deporte. Zapatillas de deporte de vieja.

–Muy bien.

–Los cordones tienen algo raro.

–¿Puede decirnos qué?

–No. Son oscuros. Pero hay algo raro...

–Muy bien. Abra los ojos.

Sanders obedeció y se encontró ante sus cinco espectadores:

–Ha sido muy extraño –dijo.

–Si tuviéramos tiempo –explicó Fernández–, organizaría una sesión con un hipnotizador profesional. Resulta muy útil. Pero ahora no tenemos tiempo. Son las cinco, chicos. Manos a la obra.

Los dos investigadores recogieron sus notas y salieron.

–¿Qué van a hacer?

–Si litigáramos –explicó Fernández– tendríamos derecho a deponer testigos potenciales, es decir, a interrogar a individuos de la empresa que pudieran aportar datos sobre el caso. En las actuales circunstancias no tenemos derecho a interrogar a nadie, porque usted ha aceptado una mediación privada. Pero si a una secretaria de DigiCom se le ocurre ir a tomar una copa con un atractivo mensajero después del trabajo, y si la conversación, casualmente, incluye un poco de cotilleo sobre los problemas sexuales que han surgido en la oficina...

–¿Podemos utilizar esa información?

Fernández sonrió.

–Primero veamos qué podemos averiguar –dijo–. Ahora quiero repasar algunos puntos de su relato, a partir de cuando decidió no tener relaciones sexuales con Ms. Johnson.

–¿Otra vez?

–Sí. Pero antes he de hacer varias cosas. Llamar a Phil Blackburn y organizar las sesiones de mañana. Y algunas cosas más.

Hagamos un descanso de dos horas. Mientras tanto, ¿ha limpiado ya su despacho?

–No.

–Pues será mejor que lo haga. Tiene que sacar todos los documentos personales o que lo puedan incriminar. A partir de ahora, no le sorprenda que hayan revuelto en sus cajones y archivos, que lean su correspondencia y escuchen sus mensajes telefónicos. Ahora todos los aspectos de su vida son públicos.

–Muy bien.

–Repase su mesa y sus archivos. Retire cualquier cosa personal.

–De acuerdo.

–Y su ordenador. Si tiene alguna contraseña, cámbiela. Elimine todos los archivos de naturaleza personal.

–De acuerdo.

–No se limite a sacarlos: asegúrese de que los borra, para que no se puedan recuperar.

–De acuerdo.

–No sería mala idea hacer lo mismo en su casa. Los cajones, los archivos y el ordenador.

–Muy bien. –¿En casa?, pensó Sanders. ¿Se atreverían a entrar en su casa?

–Si tiene algún documento que quiera conservar, entrégueselo a Robert –dijo Fernández, señalando al joven abogado–. Él los guardará en una caja fuerte. A mí no me lo diga. No quiero saber nada de eso.

–Está bien.

–A partir de ahora, si tiene que hacer alguna llamada comprometida no utilice el teléfono de su despacho, su teléfono portátil ni el teléfono de su casa. Utilice una cabina, y no cargue la llamada a su tarjeta de crédito, ni siquiera a la particular. Procúrese monedas y pague con ellas.

–¿Cree que es verdaderamente necesario?

–Me consta que sí. Veamos. ¿Hay algo en su historial dentro de la empresa que pudiera considerarse incorrecto?

Sanders se encogió de hombros:

–Me parece que no...

–¿Nada? ¿Está seguro? ¿Mintió sobre sus calificaciones escolares en la primera solicitud de empleo? ¿Alguna vez ha sido grosero con un empleado? ¿Han criticado en alguna ocasión su comportamiento o sus decisiones? ¿Ha sido usted objeto de alguna investigación interna de la compañía? ¿Ha hecho usted algo indebido, por insignificante que pueda parecer?

–Por Dios –exclamó Sanders–. Llevo doce años en la empresa.

–Piense en ello mientras limpia su despacho. Necesito saber si la empresa puede acusarlo de algo. Porque si pueden lo harán.

–De acuerdo.

–Y una cosa más. Por lo que me ha contado, deduzco que en la empresa nadie tiene muy claro por qué Johnson ha destacado tan deprisa del resto de los ejecutivos.

–Así es.

–Entérese.

–No será fácil –dijo Sanders–. Todo el mundo habla de ello, y por lo visto nadie lo sabe.

–Pero para los demás sólo son cotilleos. Para usted es vital. Necesitamos saber qué contactos tiene, y por qué. Si lo sabemos, a lo mejor podemos hacer algo. De lo contrario, Mr. Sanders, lo más probable es que nos hagan trizas.

A las seis volvió a las oficinas de DigiCom. Cindy estaba ordenando su mesa para marcharse.

–¿Hay alguna llamada? –dijo Sanders.

–Sólo una –contestó la secretaria, tensa.

–¿Quién era?

–John Levin. Ha dicho que era importante. –Levin era un ejecutivo competente. Cualquiera que fuera su problema, podía esperar.

Sanders se quedó mirando a Cindy. La encontró muy tensa, como a punto de llorar.

–¿Te pasa algo?

–No. Ha sido un día muy largo. –Se encogió de hombros: indiferencia estudiada.

–¿Hay algo que debería saber?

–No, no ha pasado nada. No ha habido ninguna otra llamada. –Cindy vaciló, y añadió–: Tom, sólo quiero que sepas que no creo lo que se dice por ahí.

–¿Qué se dice?

–Lo de Meredith Johnson.

–¿Qué le pasa?

–Dicen que intentaste abusar de ella.

Cindy lo miró, nerviosa y expectante. Sanders comprendió que Cindy no sabía qué pensar. Le entristecía que aquella mujer, que había trabajado con él tantos años, tuviera ahora tantas dudas sobre él.

–Es mentira, Cindy –dijo con firmeza.

–De acuerdo. Ya lo sabía. Pero todo el mundo...

–No hay nada de cierto.

–De acuerdo. –Cindy asintió con la cabeza, guardó su agenda en el cajón de la mesa. Estaba deseando marcharse–. ¿Me necesitas para algo?

–No.

–Buenas noches, Tom.

–Buenas noches, Cindy.

Entró en su despacho y cerró la puerta. Se sentó a su mesa y la miró un momento. No parecía que hubieran tocado nada. Encendió el monitor y empezó a repasar los documentos, intentando decidir qué tenía que sacar. Vio que la señal de *e-mail* parpadeaba. Lo consultó con desgana.

MENSAJES PERSONALES: 3
¿QUIERE LEERLOS AHORA?

Sanders pulsó la tecla. Apareció el primer mensaje:

LAS UNIDADES TWINKLE SELLADAS HAN SALIDO HOY POR EL DHL. LAS RECIBIRÁS MAÑANA. ESPERO QUE ENCONTRÉIS ALGO. JAFAR SIGUE GRAVEMENTE ENFERMO. DICEN QUE PODRÍA MORIR.

ARTHUR KAHN

Pulsó la tecla, y apareció otro mensaje:

ESTOS CAPULLOS TODAVÍA SIGUEN POR AQUÍ HACIENDO DE LAS SUYAS. ¿TE HAS ENTERADO DE ALGO?

EDDIE

Sanders no tenía tiempo para preocuparse por Eddie. Pulsó la tecla y apareció el último mensaje:

IMAGINO QUE NO HABRÁS LEÍDO LOS EJEMPLARES ATRASADOS DE *ComLine*. EMPIEZA POR LOS DE HACE CUATRO AÑOS.

UN AMIGO

Sanders se quedó mirando la pantalla. *ComLine* era la revista interna de DigiCom, una publicación mensual que informaba de los ascensos, los nuevos fichajes, los niños que nacían, el calendario del campeonato de verano de béisbol, y cosas así. Sanders no le prestaba ninguna atención y no se imaginaba por qué tendría que hacerlo ahora.

¿Y quién era «Un amigo»?

Pulsó la tecla REPLY.

NO PUEDE RESPONDER. LA DIRECCIÓN DEL REMITENTE NO ESTÁ DISPONIBLE.

Pulsó la tecla SENDER INFO. Tenía que darle el nombre y la dirección del remitente del mensaje de *e-mail*. Pero lo que le mostró el ordenador fue lo siguiente:

DE UU5. PSI. COM. UWA. PCM. COM. EDU. CHARON MAR 16 JUN 04:43:31 OR DCCSYS.

RECIBIDO: DE UUPS15 POR DCCSYS.DCC.COM ID AA02599: MAR 16 JUN 4:42:19 PST.

RECIBIDO: DE UWA.PCM.COM.EDU POR UU5.PSI.COM (U.65B/4.0.071791-PSI/PSINET).

ID AA 28153; MAR 16 JUN 04:24:58 -0500.

RECIBIDO: DE RIVERSTYX.PCM.COM.EDU BY UWA.PCM.COM.EDU (4.1/SMI-4.1).

ID AA 15969; MAR 16 JUN 04:24:56 PST.
RECIBIDO: DE RIVERSTYX.PCM.COM.EDU (920330.SGI/5.6).
ID AA 00448; MAR 16 JUN 04:24:56 -0500.
FECHA: MAR 16 JUN 04:24:56 -0500.
DE: CHARON UWA. PCM.COM.EDU (UN AMIGO).
MENSAJE-ID: <9112220924.AA90448 RIVERSTYX.PCM.COM.EDU>
A: T SANDERS DCC.COM.

Sanders estaba atónito. El mensaje no procedía del interior de la empresa. Lo que tenía delante era una ruta de Internet, la vasta red informática que conectaba universidades, empresas, agencias del gobierno y usuarios privados. Sanders no estaba familiarizado con Internet, pero por lo visto el mensaje de «Un amigo», que en la red se llamaba CHARON, procedía de UWA.PCM.COM.EDU, que aparentemente era algún tipo de institución docente. Pulsó la tecla para imprimir, mientras pensaba que tendría que pasarle aquello a Bosak. De todas formas, tenía que ver a Bosak.

Cogió la hoja cuando la vertió la impresora y salió al pasillo. Luego volvió a su despacho y miró la pantalla. Decidió intentar contestar a aquella persona.

DE: T SANDERS DCC.COM
A: CHARON UWA.PCM.COM.EDU.
AGRADECERÉ MUCHO SU AYUDA.

Pulsó la tecla SEND. Luego intentó borrar el mensaje original y su respuesta.

LO SIENTO, ESE MENSAJE NO SE PUEDE BORRAR.

A veces los mensajes de *e-mail* estaban protegidos para que no pudieran borrarse.

Sanders tecleó: LIBERAR MENSAJE.

MENSAJE LIBERADO.

Tecleó: BORRAR MENSAJE.

LO SIENTO, ESE MENSAJE NO SE PUEDE BORRAR.

¿Qué demonios es esto?, pensó Sanders. El programa no funcionaba correctamente. Quizá la dirección de Internet lo había obstruido. Decidió borrar el mensaje del programa desde el nivel de control.

Tecleó: PROGRAMA.

¿QUÉ NIVEL?

Tecleó: SYSOP.

LO SIENTO, SUS PRIVILEGIOS NO INCLUYEN EL CONTROL DE SYSOP.

«Mierda», susurró Sanders. Habían entrado en el programa y le habían retirado sus privilegios. No podía creerlo.

Tecleó: MOSTRAR PRIVILEGIOS

SANDERS, THOMAS L.
ÚLTIMO NIVEL DE USUARIO: 5 (SYSOP).
CAMBIOS DE NIVEL DE USUARIO: MAR 16 JUNIO 4:50 PM PST.
NIVEL DE USUARIO ACTUAL: 0.

Allí estaba: le habían retirado el acceso al programa. El nivel de usuario cero era el que tenían las secretarias de la empresa.

Sanders se reclinó en la butaca. Era como si acabaran de despedirlo. Por primera vez, empezó a darse cuenta de lo que se avecinaba.

No había tiempo que perder. Abrió el cajón de su mesa y vio que los lápices y los bolígrafos estaban ordenados. Alguien los había tocado. Abrió el cajón archivador. Sólo había media docena de dossiers; el resto se los habían llevado.

Ya habían revisado su mesa.

Se levantó rápidamente y salió del despacho; se dirigió al armario archivador que había detrás de la mesa de Cindy. El armario estaba cerrado, pero él sabía que Cindy guardaba la llave en su mesa. Encontró la llave y abrió los archivadores del año en curso.

El armario estaba vacío. No había ni un solo dossier. Se lo habían llevado todo.

Abrió el armario del año anterior: vacío.

El anterior: todo.

Todos los demás: vacíos.

Dios mío, pensó. Por eso había estado Cindy tan distante. Habían enviado a un pelotón aquella tarde para que se lo llevara todo.

Sanders cerró los armarios con llave, dejó la llave en la mesa de Cindy y se dirigió al piso inferior.

El despacho de prensa estaba en el tercer piso. Dentro sólo había una secretaria, que se disponía a cerrar.

–Oh, Mr. Sanders. Estaba a punto de marcharme.

–No se preocupe, no hace falta que se quede. Sólo quería consultar una cosa. ¿Dónde guardan los números atrasados de *ComLine*?

–Están en aquel estante de allí. –Señaló una hilera de revistas–. ¿Busca algo en particular?

–No, no. Puede marcharse.

La secretaria vacilaba, pero cogió su bolso y se dirigió a la puerta. Sanders se acercó al estante. Las revistas estaban ordenadas en montones de seis meses. Para asegurarse, empezó por los de cinco años atrás.

Empezó a hojearlas. No sabía qué estaba buscando, aunque suponía que era algo sobre Meredith Johnson.

Después de hojear dos montones encontró el primer artículo:

«Cupertino, 10 de mayo. Bob Garvin, presidente de DigiCom, ha anunciado hoy el nombramiento de Meredith Johnson como directora adjunta de Marketing y Promoción de Telecomunicaciones, bajo las órdenes de Howard Gottfried. Ms. Johnson, de 30 años, llega a nuestra empresa tras ocupar el cargo de vicepresidenta de Marketing en Conrad Computer Systems de Sunnyvale. Anteriormente ocupó el cargo de secretaria administrativa en Novell Network Division, de Mountain View.

»Ms. Johnson, licenciada por la Universidad de Vassar y la Stanford Business School, se ha casado recientemente con Gary Henley, ejecutivo de marketing de CoStar. ¡Felicidades! Ms. Johnson aportará a DigiCom su considerable experiencia en el mundo empresarial, su excelente humor, y su habilidad como *pitch* de béisbol. ¡Un gran fichaje de nuestro equipo! ¡Bienvenida, Meredith!»

Pasó por alto el resto del artículo, que no decía nada importante. La fotografía que lo ilustraba mostraba a una chica de melena corta y mirada seria, con un toque de timidez y una boca firme. Pero parecía bastante más joven que ahora.

Sanders siguió hojeando las revistas. Consultó su reloj. Eran casi las siete, y quería llamar a Bosak. Llegó al final del año; las páginas estaban llenas de tonterías navideñas. Le llamó la atención una fotografía de Garvin y su familia («¡El jefe os desea felices fiestas!»), porque Bob aparecía con su anterior esposa y sus tres hijos alrededor de un árbol.

Se preguntó si en aquella época Garvin había empezado a salir con Emily. Nadie lo sabía. Garvin era muy reservado. Nunca sabías lo que estaba tramando.

Sanders cogió otro montón, el del año siguiente. Las predicciones de ventas de enero («¡Vamos por todas!»). Inauguración de la fábrica de Austin para producir teléfonos portátiles: una fotografía de Garvin a la luz del sol, cortando la cinta. Un retrato de Mary Anne Hunter y un texto que empezaba: «La valerosa y atlética Mary Anne Hunter sabe lo que quiere de la vida...» Sanders recordó que después de aquello todo el mundo empezó a llamarla Mary Anne *la Valerosa*, hasta que ella pidió que no lo hicieran.

Sanders siguió hojeando. Contrato con el gobierno irlandés para instalarse en Cork. Cifras de ventas del segundo trimestre. Resultado del partido de baloncesto contra Aldus. Una necrológica:

«Jennifer Garvin, estudiante de tercer curso de la Boalt Hall School of Law de Berkeley, murió el 5 de marzo en un accidente de tráfico en San Francisco. Tenía veinticuatro años. Jennifer había sido aceptada en Harley, Wayne y Myers, donde pensaba empezar a trabajar después de su graduación. Recientemente se celebró un funeral en la iglesia presbiteriana de Palo Alto, al que asistieron amigos de la familia y los compañeros de clase de Jennifer. Los interesados en donaciones pueden dirigirse a la Asociación de Madres contra el Alcohol. Los empleados de Digital Communication quieren expresar sus condolencias a la familia Garvin.»

Sanders recordaba aquella época; fueron tiempos difíciles para todos. Garvin estaba irritado e insociable, bebía demasiado y faltaba frecuentemente al trabajo. Poco después se hicieron públicos sus problemas matrimoniales; dos años después se divorció, y a continuación se casó con Emily Chen, una joven ejecutiva veinteañera. Pero hubo otros cambios. Todo el mundo estaba de acuerdo en que después de la muerte de su hija, Garvin dejó de ser el jefe que había sido hasta entonces.

Garvin siempre había sido un luchador, pero se volvió más proteccionista, más ambicioso. Había quien decía que Garvin sólo estaba haciendo una pausa en el camino, pero no se trataba de eso. Había tomado conciencia de la arbitrariedad de la vida, y eso lo había decidido a controlar las cosas. Garvin siempre había sido partidario de la teoría de la evolución, de observar el producto y comprobar si era capaz de sobrevivir. Eso lo convertía en un empresario desalmado, pero en un jefe justo. Si hacías bien tu trabajo, alcanzabas su reconocimiento. Si no, desaparecías. Todo el mundo conocía las reglas. Pero tras la muerte de Jennifer, todo eso cambió. Ahora Garvin tenía favoritos entre los empleados, y cuidaba a sus favoritos mientras descuidaba a los otros. Cada vez tomaba más decisiones arbitrarias. Garvin quería que las cosas salieran como él esperaba. Eso le infundía una nueva energía, una nueva idea de lo que tenía que ser la empresa. Pero la empresa se convirtió en un lugar de trabajo menos agradable, más politizado.

Sanders siempre había ignorado aquella actitud. Siguió trabajando como siempre lo había hecho, como si DigiCom siguiera siendo una empresa donde lo único que importaba eran los resultados. Pero era evidente que aquella empresa ya no existía.

Más revistas. Artículos sobre las primeras negociaciones para la instalación de la fábrica de Malasia. Una fotografía de Phil Blackburn en Irlanda, firmando un acuerdo con la ciudad de Cork. Nuevas cifras de producción de la planta de Austin. El lanzamiento del teléfono portátil A22. Nacimientos, defunciones y ascensos. Más resultados de béisbol.

«Cupertino, 20 de octubre. Meredith Johnson ha sido nombrada directora adjunta de Operaciones en Cupertino, sustituyendo al estimado Harry Warner, que se retira tras quince años en la empresa. Con su traslado a Operaciones, Johnson abandona el Departamento de Marketing, donde ha trabajado este último año, desde su llegada a la empresa. En su nuevo puesto trabajará en estrecha colaboración con Bob Garvin en el ámbito de las operaciones internacionales de DigiCom.»

Pero lo que llamó la atención de Sanders fue la fotografía que acompañaba el artículo. Era otro primer plano corriente, pero ahora Johnson parecía completamente diferente. El cabello era más rubio y ya no llevaba la melena de estudiante. Lo llevaba corto y rizado, un estilo más informal. Llevaba bastante menos maquillaje y sonreía abiertamente. En general, su aspecto era mucho más juvenil, abierto e inocente.

Sanders frunció el ceño. Hojeó rápidamente los ejemplares que ya había revisado. Retrocedió al montón anterior, el de las fotografías navideñas: «¡El jefe os desea felices fiestas!»

Observó la fotografía familiar. Garvin de pie entre sus tres hijos, dos varones y una chica, Jennifer. Su mujer, Harriet, de pie en el otro extremo. En la fotografía, Garvin sonreía con la mano apoyada en el hombro de su hija, una chica alta y atlética, con el cabello corto, rubio y rizado.

«No puede ser», se dijo Sanders.

Buscó el primer artículo para volver a ver aquella fotografía de Meredith. La comparó con la otra, más reciente. No había ninguna duda sobre lo que había hecho. Leyó el resto del primer artículo:

«Ms. Johnson aportará a DigiCom su considerable experiencia en el mundo empresarial, su excelente humor y su habilidad como *pitch* de béisbol. ¡Un gran fichaje de nuestro equipo! ¡Bienvenida, Meredith!

»A sus admiradores no les sorprenderá saber que Meredith fue finalista en un concurso de belleza de Connecticut. Mientras estudiaba en Vassar, Meredith fue uno de los miembros más valiosos del equipo de tenis y de la asociación de debates. Miembro de Phi Beta Kappa, se graduó en psicología, especializándose en psiques anormales. ¡Esperemos que aquí no tengas que emplear tus conocimientos! En Stanford, obtuvo su licenciatura en administración empresarial con sobresalientes. "Estoy encantada de entrar en DigiCom, y espero realizar una larga carrera en esta moderna empresa", nos dijo Meredith. Nosotros no habríamos podido decirlo mejor, Ms. Johnson.»

Sanders no sabía nada de aquello. Desde el principio, Meredith había estado destinada a Cupertino; Sanders nunca la veía. La única vez que se la encontró fue poco después de su incorporación, antes de que se cambiara el peinado. El peinado... ¿y qué más?

Observó atentamente las dos fotografías. Había algún otro matiz. ¿Se había hecho la cirugía estética? Era imposible saberlo. Pero su aspecto físico era claramente diferente en los dos retratos.

Hojeó el resto de revistas, ahora más deprisa, convencido que había encontrado lo que buscaba. Sólo leía los titulares:

GARVIN ENVÍA A JOHNSON A TEXAS
PARA QUE SUPERVISE LA PLANTA DE AUSTIN.

JOHNSON ENCABEZARÁ EL NUEVO GRUPO
DE INVESTIGACIÓN DE OPERACIONES.

JOHNSON NOMBRADA VICEPRESIDENTA
DE OPERACIONES, BAJO EL MANDO DE GARVIN.

JOHNSON: TRIUNFO EN MALASIA;
LOS CONFLICTOS LABORALES, SOLUCIONADOS.

MEREDITH JOHNSON, NUESTRA NUEVA ESTRELLA,
UNA EXCELENTE DIRECTORA CON SOLIDEZ
EN ÁREAS TÉCNICAS.

Este último titular iba seguido de un completo retrato de Johnson, en la segunda página de la revista. Había aparecido en el penúltimo ejemplar de *ComLine*. Al verlo, Sanders se dio cuenta de que el artículo estaba pensado para el consumo interno: pretendía prepararle el terreno a Meredith. Era un globo sonda lanzado por Cupertino para ver si Meredith sería aceptada para dirigir los departamentos técnicos de Seattle. El único problema era que Sanders no lo había leído. Y nadie se lo había mencionado nunca.

El artículo hacía hincapié en los conocimientos técnicos que Johnson había adquirido durante los años que llevaba en la empresa. En el artículo, citaban: «Empecé la carrera trabajando en áreas técnicas, en Novell. Los departamentos técnicos siempre han sido como mi primer amor: me encantaría volver a ellos. Al fin y al cabo, la innovación técnica es el motor de una empresa moderna y emprendedora como DigiCom.»

Ahí estaba.

Miró la fecha: 2 de mayo. Lo habían publicado hacía seis semanas. Lo cual significaba que el artículo había sido redactado por lo menos dos semanas antes.

Tal como Mark Lewyn había sospechado, Meredith Johnson sabía que la iban a nombrar directora del Departamento de Productos Avanzados por lo menos hacía dos meses. Lo cual, a su vez, significaba que Sanders nunca había sido candidato al puesto.

Estaba todo previsto.

Desde hacía meses.

Sanders maldijo en voz alta, se llevó los artículos a la fotocopiadora y los copió; luego devolvió las revistas al estante y salió del despacho de prensa.

Subió al ascensor y se encontró con Mark Lewyn. Sanders lo saludó, pero Lewyn no contestó. Sanders pulsó planta baja.

Las puertas se cerraron.

–Espero que sepas qué coño estás haciendo –dijo Lewyn, irritado.

–Creo que lo sé.

–Porque podrías fastidiarnos a todos. ¿Lo sabes?

–¿Fastidiaros?

–Si te apetece meterte en problemas, allá tú, pero no nos enredes a los demás.

–No lo pretendo.

–No sé qué te pasa –prosiguió Lewyn–. Llegas tarde al trabajo, dices que me llamarás y no lo haces... ¿Tienes problemas en casa? ¿Con Susan?

–Esto no tiene nada que ver con Susan.

–¿Ah, no? A mí me parece que sí. Hace dos días que llegas tarde, y te pasas el día en la luna. Estás en las nubes, Tom. Además, ¿cómo se te ocurre ir al despacho de Meredith por la noche?

–Ella me pidió que fuera. Es mi jefa. ¿Qué querías que hiciera? ¿Que no fuera?

–No te hagas el inocente, Tom. ¿Es que no tienes ningún sentido de la responsabilidad?

–¿Pero qué...?

–Mira, Tom, todos los empleados de esta empresa saben que Meredith es un tiburón. Meredith Manmuncher, así la llaman. El gran tiburón blanco. Todo el mundo sabe que es la protegida de Garvin, que puede hacer lo que quiera. Y lo que quiere es meterles mano a los chicos guapos que se presenten en su despacho después del trabajo. Se zampa un par de copas de vino, se pone un poco achispada y quiere acción. Un mensajero, un novato, un joven contable. Lo que sea. Y nadie puede abrir la boca porque Garvin la considera una santa. A ver, ¿cómo explicas que lo sepa toda la empresa menos tú?

Sanders estaba atónito. No sabía qué contestar. Miró fijamente a Lewyn, que estaba muy cerca de él, con el cuerpo encorvado y las manos en los bolsillos. Notaba el aliento de Lewyn en la cara. Pero apenas oía sus palabras. Era como si le llegaran desde una enorme distancia.

–Oye, Tom, tú caminas por los mismos pasillos que nosotros y respiras el mismo aire. Sabes de qué va cada uno. Subes a su despacho voluntariamente... y sabes muy bien lo que te espera. A Meredith sólo le faltaba poner un anuncio en el periódico diciendo que se moría por chupártela. Se pasa el día tocándote el brazo, dándote apretones, lanzándote esas miraditas sugerentes. «Oh, Tom, me alegro *tanto* de verte.» Anda ya, Tom. Eres un gilipollas.

Se abrieron las puertas del ascensor. El vestíbulo de la planta baja apareció ante ellos, desierto, a la débil luz de la tarde de junio. Fuera lloviznaba. Lewyn se encaminó a la salida, pero se giró. Sus palabras resonaron en el vestíbulo:

–¿Te das cuenta de que te estás comportando como lo haría una mujer? «¿Quién, yo? No tenía ninguna intención de que ocurriera», dicen. «No es culpa mía», dicen. «Nunca se me ocurrió pensar que si me emborrachaba y lo besaba y me iba con él a su habitación y me echaba en su cama me follaría. No, no, ni pensarlo.» Eso son sandeces, Tom. Y será mejor que pienses en lo que te digo, porque hay muchos como yo que hemos luchado tanto como tú en esta compañía, y no queremos ver cómo estropeas la fusión y la escisión. Si quiere arruinar tu vida y tu carrera, adelante. Pero si arruinas la mía, te aseguro que me las pagarás.

Lewyn se dio la vuelta. Las puertas del ascensor empezaron a cerrarse. Sanders alargó un brazo; las puertas se cerraron y le aprisionaron los dedos. Torció la mano, y las puertas volvieron a abrirse. Corrió detrás de Lewyn y lo cogió por el hombro:

–Espera, Mark. Escúchame...

–No tengo nada más que decirte. Tengo hijos, tengo responsabilidades. Eres un gilipollas.

Lewyn se soltó, empujó la puerta y salió a la calle.

Cuando se cerró la puerta de cristal, Sanders vio un reflejo. Se volvió.

–Me ha parecido un poco injusto –dijo Meredith Johnson. Estaba de pie, a pocos metros de él, junto a los ascensores. Llevaba ropa de gimnasia: leotardos y una camiseta, y una bolsa en la mano. Meredith estaba muy guapa, muy sexy. Sanders se sentía tenso. Estaban solos en el vestíbulo.

–Sí –dijo Sanders–. A mí también.

–Para las mujeres, quería decir –añadió Meredith. Se echó la bolsa de deporte al hombro, y al hacer el movimiento la camiseta se le levantó, dejando al descubierto el abdomen. Movió la cabeza y luego se apartó el cabello de la cara. Hizo una pausa, y luego continuó–: Quería decirte que siento mucho todo esto. –Se acercó a él con paso seguro. Bajó la voz–: Yo no quería que ocurriera nada de esto, Tom. –Se acercó un poco más, lentamente, como si Sanders fuera un animal que pudiera asustarse y huir–. Siento mucho cariño por ti. –Más cerca todavía–. Mucho. –Más–. No puedo evitarlo, Tom. Todavía te quiero. –Más cerca–. Si he hecho algo que te haya ofendido, te pido disculpas. –Ahora sus cuerpos casi se tocaban, y sus pechos estaban a sólo unos centímetros del brazo de Sanders–. Lo siento mucho, Tom. –Meredith parecía emocionada; sus pechos subían y bajaban al compás de su respiración; miró a Sanders con ojos suplicantes y añadió–: ¿Me perdonas? Por favor. Sabes lo que siento por ti.

Sanders revivió todas las antiguas sensaciones, la antigua agitación. Apretó la mandíbula:

–El pasado es el pasado, Meredith. Olvídalo ya, ¿de acuerdo?

Ella cambió de tono, y señaló la calle:

–Tengo el coche esperando aquí mismo. ¿Quieres que te lleve a algún sitio?

–No, gracias.

–Está lloviendo. ¿Seguro que no quieres que te acompañe?

–No, no me parece buena idea.

–Sólo lo digo por la lluvia.

–Estamos en Seattle –dijo Sanders–. Aquí llueve continuamente.

Meredith se encogió de hombros, se encaminó a la puerta y se apoyó contra ella, empujando con la cadera. Luego se giró y dedicó una sonrisa a Sanders:

–Recuérdame que no me ponga leotardos cuando estás tú cerca –dijo–. Me pone cachonda.

Abrió la puerta y corrió hacia su coche; se sentó en la parte trasera, miró por última vez a Sanders y le hizo señas con la mano. El coche se marchó.

Sanders respiró hondo y expulsó el aire lentamente. Tenía todo el cuerpo en tensión. Esperó a que el coche desapareciera, y luego salió. Sintió la lluvia en la cara, la fresca brisa nocturna.

Paró un taxi.

–Hotel Four Seasons –dijo al taxista.

En el taxi, Sanders miraba por la ventanilla y respiraba hondo. Tenía la sensación de que no podía respirar con normalidad. El encuentro con Meredith lo había puesto muy nervioso. Y más aún por haber sucedido justo después de la conversación con Lewyn.

Sanders estaba inquieto por lo que Lewyn le había dicho, pero a Mark no podías tomártelo demasiado en serio. Lewyn era un artista que solucionaba sus tensiones creativas enfadándose. Siempre estaba enfadado por algo. Sanders lo conocía desde hacía mucho tiempo. Personalmente nunca había entendido cómo Adele, la esposa de Mark, lo soportaba. Adele era una de esas mujeres maravillosamente tranquilas, casi flemática, capaz de hablar por teléfono mientras sus dos hijos se le subían encima, le tiraban del cabello y le hacían preguntas. Adele hacía con Lewyn lo mismo que con sus hijos: lo dejaba gritar y se ocupaba de sus cosas. De hecho, todo el mundo lo dejaba gritar, porque todo el mundo sabía que sus gritos, al final, no acarreaban consecuencias.

Pero también era cierto que Lewyn tenía cierto instinto para las modas y los gustos de la gente. Ése era el secreto de su éxito como diseñador. Lewyn decía «pasteles» y todo el mundo gruñía y decía que los nuevos colores eran muy malos. Pero dos años después, cuando los productos salían de fábrica, los colores pastel eran precisamente lo que pedían los compradores. Y Sanders tenía que admitir que lo que Lewyn había dicho sobre él era lo que los demás pronto dirían. Lewyn había cantado el coro de los empleados, y había dicho que Sanders los estaba fastidiando a todos.

Bueno, pues que se fastidien, pensó.

En cuanto a Meredith... En el vestíbulo había tenido la clara impresión de que quería jugar con él. De que quería engañarlo. No comprendía por qué estaba tan segura de sí misma. Sanders la estaba acusando de un delito muy grave y sin embargo ella se comportaba como si no hubiera ninguna amenaza. Mostraba una especie de insensibilidad, una indiferencia, que lo inquietaba. Sólo podía significar que Meredith sabía que contaba con el apoyo de Garvin.

El taxi llegó a la entrada del hotel. Sanders vio el coche de Meredith; ella estaba hablando con el chófer. Meredith se dio la vuelta y vio a Sanders.

No podía hacer otra cosa que bajar del coche y dirigirse a la puerta del hotel.

–¿Me sigues? –dijo ella, sonriente.

–No.

–¿Seguro?

–Sí, Meredith, seguro.

Subieron a la escalera mecánica que conducía al vestíbulo. Sanders iba detrás de Meredith. Ella se volvió y le dijo:

–Cómo lo lamento.

–Pues yo no.

–Me habría encantado –dijo, y le dirigió una sonrisa provocadora.

Sanders no sabía qué decir; se limitó a menear la cabeza. Continuaron en silencio hasta que llegaron al sofisticado vestíbulo.

–Estoy en la habitación 423 –dijo Meredith–. Ven a verme cuando quieras. –Se dirigió hacia los ascensores.

Sanders esperó a que Meredith se marchara, luego cruzó el vestíbulo y torció a la izquierda, hacia el restaurante. Se paró en la entrada y vio a Dorfman en una mesa de un rincón, cenando con Garvin y Stephanie Kaplan. Max estaba hablando y gesticulando animadamente. Garvin y Kaplan escuchaban atentamente. Sanders recordó que Dorfman había sido director de la empresa; según los rumores, un director muy poderoso. Fue Dorfman el que convenció a Garvin de que empezara a trabajar en telefonía móvil y comunicación inalámbrica, en una época en que nadie veía la relación entre los ordenadores y los teléfonos. Ahora la relación era evidente, pero a principios de los ochenta era un misterio. Dorfman le dijo: «Olvídate del hardware. El negocio está en las comunicaciones. El negocio está en el acceso a la información.»

Dorfman también había participado en el reclutamiento del personal de la empresa. Kaplan presuntamente debía su posición al firme respaldo de Dorfman. Sanders había llegado a Seattle por recomendación de Dorfman. Mark Lewyn había sido contratado a sugerencia de Dorfman. Y había muchos vicepresidentes que habían ido desapareciendo porque a Dorfman le parecían poco lúcidos o enérgicos. Era un poderoso aliado o un oponente letal.

Y su posición en el momento de la fusión era también muy fuerte. Dorfman había renunciado a su cargo de director hacía varios años, pero conservaba un buen número de acciones de DigiCom. Garvin escuchaba sus consejos. Y todavía conservaba los contactos y el prestigio en la comunidad empresarial y financiera que hacían que una fusión como aquélla fuera mucho más sencilla. Si Dorfman aprobaba las condiciones de la fusión, sus admiradores de Goldman, Sachs y del First Boston facilitarían el dinero sin reservas. Pero si Dorfman no estaba satisfecho, si insinuaba que la fusión de las dos empresas no tenía sentido, la adquisición podía no realizarse. Lo sabía todo el mundo. Todo el mundo era consciente del poder de Dorfman, empezando por él mismo.

Sanders esperó en la puerta del restaurante, sin atreverse a entrar. Al cabo de un rato, Max levantó la vista y lo vio. Sin dejar de hablar, movió la cabeza enérgicamente a uno y otro lado: *no*. Luego, mientras seguía hablando, hizo un discreto movimiento con la mano, señalando su reloj. Sanders asintió con la cabeza; volvió al vestíbulo y se sentó. Tenía las fotocopias del *ComLine* en el regazo. Las hojeó, volviendo a considerar el cambio de aspecto de Meredith.

Poco después, Dorfman salió en su silla de ruedas:

–Hola, Thomas. Me alegro de ver que todavía no te has aburrido de la vida.

–¿Qué significa eso?

Dorfman rió y señaló en dirección al restaurante:

–Ahí dentro no se habla de otra cosa. Esta noche sólo hay un tema: Meredith y tú. Están todos muy nerviosos. Muy *preocupados*.

–¿También Bob?

–Sí, claro. También Bob. –Se acercó a Sanders–. Ahora no tengo tiempo para hablar contigo. ¿Querías algo en particular?

–Creo que tendrías que ver esto –dijo Sanders entregándole las fotocopias. Pensaba que Dorfman podría enseñárselas a Garvin. Dorfman podría hacer entender a Garvin lo que estaba pasando.

Dorfman examinó los artículos en silencio y luego dijo:

–Una chica encantadora. Verdaderamente hermosa.

–Fíjate en las diferencias, Max. Mira lo que se ha hecho.

Dorfman se encogió de hombros.

–Se ha cambiado el peinado. Le queda muy bien. ¿Y qué?

–Creo que también se ha hecho la cirugía estética.

–No me sorprendería –dijo Dorfman–. Hoy en día muchas mujeres se operan. Para ellas es como lavarse los dientes.

–Es espantoso.

–¿Por qué?

–Porque lo ha hecho secretamente.

–¿Secretamente? –dijo Dorfman encogiéndose de hombros–. Es una mujer con recursos. Mejor para ella.

–Estoy convencido de que Garvin no tiene idea de lo que le está haciendo –dijo Sanders.

–Garvin no me preocupa –dijo Dorfman–. El que me preocupa eres tú, Thomas, y este ultraje tuyo.

–Te voy a decir por qué me siento ultrajado. Porque ésta es

la típica guarrada que una mujer puede hacer, pero un hombre no. Ella cambia de aspecto, se viste y se comporta como la hija de Garvin, y eso le da ventaja. Porque es evidente que yo no puedo comportarme como su hija.

Dorfman suspiró:

–Thomas, Thomas.

–No puedo. ¿O sí?

–¿Te lo estás pasando bien? Tengo la impresión de que te encanta sentirte ultrajado.

–No.

–*Pues déjalo ya* –dijo Dorfman. Miró fijamente a Sanders–. Deja de decir tonterías y enfréntate a la realidad. En las empresas, los jóvenes progresan mediante alianzas con empleados poderosos de mayor antigüedad. ¿Cierto?

–Sí.

–Siempre es igual. Hubo un tiempo en que la alianza era formal: un aprendiz y un maestro, o un alumno y un profesor. Estaba organizado así, ¿no? Pero hoy en día no es formal. Hoy en día hablamos de mentores. Los jóvenes ejecutivos tienen sus mentores. ¿Cierto?

–Sí, bueno...

–¿Y cómo consiguen los jóvenes a su mentor? ¿Cuál es el proceso? Primero, siendo agradables, siendo útiles, haciendo su trabajo. Segundo, siendo atractivos para la persona mayor: imitando sus gustos y actitudes. Tercero: adaptando su agenda a la de la empresa.

–Todo eso está muy bien –concedió Sanders–. ¿Qué tiene que ver con la cirugía estética?

–¿Te acuerdas de cuando empezaste a trabajar para DigiCom, en Cupertino?

–Sí, claro que me acuerdo.

–Venías de DEC. En 1982.

–Sí.

–En DEC llevabas traje y corbata. Pero cuando entraste en DigiCom viste que Garvin llevaba tejanos. Y empezaste a ponerte tejanos.

–Claro. Era el estilo de la empresa.

–A Garvin le gustaban los Giants. Empezaste a ir a Candlestick Park a ver partidos.

–Él era el jefe, por el amor de Dios.

–Y a Garvin le gustaba el golf. Así que aprendiste a jugar, a pesar de que lo odiabas. Recuerdo que me comentaste cómo lo odiabas. Todo el día persiguiendo aquella maldita pelotita.

–Mira, yo no me hice la cirugía estética para parecerme a su hijo.

–*Porque no hacía falta,* Thomas –repuso Dorfman. Hizo un ademán de desesperación–. ¿No lo entiendes? A Garvin le gustaban los jóvenes arrojados y agresivos que bebían cerveza, decían tacos y perseguían mujeres. Y en aquella época tú hacías todas esas cosas.

–Era joven. Eso es lo que hacen todos los jóvenes.

–No, Thomas. Eso es lo que a Garvin le gustaba que hicieran los jóvenes. Es un comportamiento inconsciente. La compenetración es inconsciente, Thomas. Pero la tarea de crear una compenetración es diferente si eres del mismo sexo que la otra persona. Si tu mentor es un hombre, puedes imitar a su hijo, su hermano o su padre. O puedes imitar al hombre que era él de joven, puedes recordarle a sí mismo. ¿Correcto? Sí, lo has entendido.

»Pero si eres una mujer, todo cambia. Tienes que convertirte en la hija, la amante o la esposa de tu mentor. O quizá la hermana. En cualquier caso, es muy diferente.

Sanders frunció el ceño.

–He visto muchos casos –prosiguió Dorfman–, ahora que los hombres empiezan a trabajar para las mujeres. Muchas veces los hombres no pueden estructurar la relación porque no saben comportarse como subordinados de una mujer. Se convierten en el hijo obediente, o en el amante o marido sustitutivo. Y si lo hacen bien, las otras mujeres de la organización se enfadan, porque no pueden competir como hijos, amantes o maridos ante el jefe. Y les parece que el hombre goza de ventaja.

Sanders no contestó.

–¿Lo entiendes? –preguntó Dorfman.

–Estás diciendo que ocurre en ambos sentidos.

–Sí, Thomas. Es inevitable. Es el proceso.

–Vamos, Max. No tiene nada de inevitable. Cuando murió la hija de Garvin fue una tragedia personal. Estaba muy deprimido y Meredith se aprovechó de...

–*Basta* –le interrumpió Dorfman–. ¿Pretendes cambiar la naturaleza humana? Siempre hay tragedias. Y la gente siempre se aprovecha. No es nada nuevo. Meredith es inteligente. Es maravilloso ver a una mujer tan inteligente, con tantos recursos y que además es guapa. Es un regalo del cielo. Es encantadora. Ése es tu problema, Thomas. Y lo es desde hace mucho tiempo.

–¿Qué quieres decir...?

–Y en lugar de preocuparte por tu problema, malgastas tu tiempo con estas... *trivialidades*. –Le devolvió las fotocopias–. Esto no tiene ninguna importancia, Thomas.

–Max, quieres hacer el favor de...

–Nunca has sido un buen jugador de equipo, Thomas. Eso nunca ha sido tu fuerte. Tu fuerte era que sabías coger un problema técnico y examinarlo, hacer trabajar a los técnicos, animarlos y motivarlos, y finalmente resolver el problema. Siempre acababas resolviéndolo. ¿Cierto?

Sanders asintió con la cabeza.

–Pero ahora abandonas tus capacidades por un juego que no te va.

–¿Qué quieres decir?

–Crees que amenazando con llevarlos a juicio pones en un compromiso a Meredith y a la empresa. Pero la verdad es que estás a merced de ellos. Has dejado que ella marque las pautas del juego, Thomas.

–Tenía que hacer algo. Ella quebrantó la ley.

–Ella quebrantó la ley –repitió Dorfman con sarcasmo–. ¡Oh! Y tú estás indefenso. Tu situación me entristece enormemente.

–No es tan fácil. Ella tiene buenos contactos. Hay gente importante que la respalda.

–¿Ah, sí? Todo ejecutivo con defensores tiene también fuertes detractores. Y Meredith también tiene sus detractores.

–Te lo digo en serio, Max. Es peligrosa. Es una de esas personas a las que sólo interesa la imagen. Son todo imagen y nada de sustancia.

–Sí –dijo Dorfman–. Como muchos ejecutivos de hoy en día. Muy hábiles con las imágenes. Muy interesados en manipular la realidad. Una moda fascinante.

–No creo que Meredith esté preparada para dirigir este departamento.

–¿Y qué más da? –dijo Dorfman–. ¿A ti qué te importa? Si resulta incompetente, finalmente Garvin lo reconocerá y la sustituirá. Pero por entonces tú ya te habrás ido. Porque vas a perder esta partida con ella, Thomas. Sabe más que tú de política. Siempre ha sabido más.

Sanders asintió con la cabeza y dijo:

–Es implacable.

–Implacable, implacable... Es *hábil*. Tiene instinto. Y tú no. Si sigues en tus trece, lo perderás todo. Y merecerás ese destino, porque te habrás comportado como un idiota.

Sanders guardó silencio. Finalmente dijo:

–¿Qué me recomiendas que haga?

–Ah, ¿ahora quieres mi consejo?

–Sí.

–¿En serio? –Sonrió–. Lo dudo.

–Sí, Max. Te estoy pidiendo consejo.

–Muy bien. Éste es mi consejo: pide disculpas a Meredith, pide disculpas a Garvin y vuelve al trabajo.

–No puedo.

–Entonces no quieres mi consejo.

–No puedo hacerlo, Max.

–¿Demasiado orgullo?

–No, pero...

–Te ciega la ira. ¿Cómo se atreve esa mujer a actuar así? Ha quebrantado la ley y debe ser llevada ante la justicia. Es peligrosa, hay que detenerla. Estás henchido de una deliciosa indignación. ¿Me equivoco?

–Por favor, Max. No puedo hacerlo, sencillamente.

–Claro que puedes. Lo que pasa es que no quieres.

–Está bien. No quiero.

Dorfman se encogió de hombros:

–¿Entonces qué quieres de mí? ¿Vienes a pedirme consejo para no seguirlo? Aunque no me extraña –añadió, sonriendo–. Tengo otros muchos consejos que darte que no te interesarían.

–¿Por ejemplo?

–¿Qué más te da? De todas formas no los seguirías.

–Vamos, Max.

–Lo digo en serio. No los seguirías. Estamos perdiendo el tiempo. Márchate.

–Dímelo, por favor.

Dorfman suspiró:

–Está bien. Pero sólo porque recuerdo la época en que eras sensato. Primero. ¿Me estás escuchando?

–Sí, Max.

–Primero: ya sabes todo lo que necesitas saber sobre Meredith Johnson. Así que ahora olvídate de ella. Ella no es asunto tuyo.

–¿Qué quieres decir?

–No me interrumpas. Segundo: Juega tu propio juego, no el de ella.

–¿A qué te refieres?

–Me refiero a que tienes que solucionar el problema.

–¿Qué problema? ¿El pleito?

Dorfman hizo un gesto de desesperación.

–Eres imposible. Estoy perdiendo el tiempo.

–¿Quieres decir que tengo que retirar la demanda?

–¿Acaso no entiendes mi idioma? *Soluciona el problema.* Haz lo que tú sabes hacer. Haz tu trabajo. Y ahora, vete.

–Pero, Max...

–Lo siento, no puedo hacer nada por ti –dijo Dorfman–. Es tu vida. Tienes que cometer tus errores. Y yo debo atender a mis invitados. Pero presta atención, Thomas. No te duermas. Y recuerda: todo comportamiento humano tiene un motivo. Todo comportamiento resuelve un problema. Incluso *tu* comportamiento, Thomas.

Hizo girar la silla de ruedas y volvió al restaurante.

Maldito Max, pensó mientras bajaba por la calle Tercera. Max nunca se expresaba claramente; eso lo sacaba de sus casillas.

Ése es tu problema, Thomas. Y lo ha sido desde hace mucho tiempo.

¿Qué demonios podía significar aquello?

Maldito Max. Enervante, frustrante y además agotador. Era lo que Sanders recordaba de las sesiones que tenía con él, cuando Max formaba parte de la junta directiva de DigiCom. Sanders salía de las reuniones agotado. En aquella época, en Cupertino, los ejecutivos jóvenes llamaban a Dorfman «el hombre de los acertijos».

Todo comportamiento humano resuelve un problema. Incluso tu comportamiento, Thomas.

Sanders agitó la cabeza. Era absurdo. Pero tenía cosas que hacer. Entró en una cabina telefónica que había al final de la calle y marcó el número de Gary Bosak. Eran las siete. Bosak debía de estar en casa, recién levantado de la cama, tomándose un café y empezando la jornada laboral. Se lo imaginó bostezando ante media docena de modems y pantallas de ordenador mientras empezaba a teclear para acceder a todo tipo de bases de datos.

Oyó un contestador automático: «Aquí Producciones MN. Deje su mensaje.» Y un pitido.

–Gary, soy Tom Sanders. Sé que estás en casa. Contesta, por favor.

Bosak se puso al teléfono:

–Hola. Eres la última persona a la que esperaba oír. ¿Desde dónde llamas?

–Desde una cabina.

–Bien. ¿Cómo te va, Tom?

–Gary, necesito un par de cosas. Tendrías que analizarme unos datos.

–¿De qué se trata? ¿Es para la empresa o es algo privado?

–Privado.

–Mira, Tom. Tengo mucho trabajo. ¿Podemos hablar la semana que viene?

–Demasiado tarde.

–Es que ahora estoy muy ocupado, de verdad.

–¿Qué pasa, Gary?

–Venga, Tom. Ya sabes lo que pasa.

–Necesito ayuda, Gary.

–Ya sabes que me encantaría poder ayudarte. Pero acabo de recibir una llamada de Blackburn. Me ha dicho que si mantenía algún tipo de contacto contigo, mañana a las seis de la mañana iba a tener al FBI registrando mi apartamento.

–Mierda. ¿Cuándo te ha llamado?

–Hace un par de horas.

Un par de horas. Blackburn le llevaba ventaja.

–Gary...

–Ya sabes que siempre me has caído bien, Tom. Pero esto es un poco delicado, ¿me entiendes? Tengo que colgar.

–No me sorprende, francamente –dijo Fernández apartando su plato de papel. Sanders y ella se habían hecho llevar unos bocadillos a su despacho. Eran las nueve de la noche y los otros despachos estaban a oscuras, pero el teléfono de la abogada seguía sonando, interrumpiéndolos frecuentemente. Había empezado a llover otra vez. Estaba tronando y Sanders vio los relámpagos por la ventana.

Sanders se sentía solo en el mundo. Todo estaba ocurriendo muy deprisa; Louise Fernández, a la que ayer no conocía, se estaba convirtiendo en un personaje vital para él. Escuchaba atentamente cada palabra suya.

–Antes de continuar, tengo que remarcarle una cosa –dijo Fernández–. Hizo muy bien no aceptando la invitación de Ms. Johnson para entrar en su coche. No debe quedarse solo con ella nunca más. Ni siquiera un momento. Jamás, bajo ninguna circunstancia. ¿Está claro?

–Sí.

–Si lo hace, lo estropeará todo.

–No lo haré.

–Muy bien. Veamos. He tenido una larga conversación con Blackburn. Como usted imaginaba, lo están sometiendo a fuertes presiones para que resuelva este asunto. He intentado trasladar la sesión de mediación a la tarde. Él ha insinuado que la empresa está preparada y quiere empezar cuanto antes. Está preocupado por lo que puedan durar las negociaciones. Así que empezaremos mañana a las nueve.

–De acuerdo.

–Herb y Alan han estado trabajando. Creo que podrán ayudarnos mañana. Y esos artículos sobre Meredith Johnson también podrían resultarnos útiles –añadió, señalando las fotocopias de *ComLine.*

–¿Por qué? Dorfman dice que son irrelevantes.

–Sí, pero constituyen un documento de su pasado en la empresa, y eso nos proporciona pistas. Es algo con lo que podemos trabajar. Igual que ese *e-mail* de su amigo –dijo, y señaló la copia que Sanders había hecho del mensaje–. Eso es una dirección de Internet.

–Sí –dijo Sanders, sorprendido de que lo hubiera identificado.

–Nosotros trabajamos mucho con empresas de alta tecnología. Me encargaré de que alguien lo estudie. –Apartó la hoja–. Ahora veamos dónde estamos. No ha podido limpiar la mesa de su despacho porque ya habían estado allí.

–Exacto.

–Y habría vaciado los archivos de su ordenador, pero le han apartado del sistema.

–Sí.

–Entonces, ¿ya no puede cambiar nada?

–No. No puedo hacer nada. Es como si fuera una secretaria.

–¿Pensaba borrar algún documento?

Sanders vaciló.

–No. Pero habría echado un vistazo.

–¿No había nada en particular que quisiera mirar?

–No.

–Mr. Sanders, quiero que sepa que yo no tengo ninguna opinión. Sólo intento prepararme para lo que pueda pasar mañana. Quiero saber qué sorpresas nos tendrán preparadas.

–No, en mis archivos no hay nada que pueda resultar embarazoso.

–¿Está seguro?

–Sí.

–Bien. Creo que le conviene dormir un poco, porque quiero que mañana esté muy atento. ¿Podrá dormir?

–No lo sé.

–Si es necesario, tómese una pastilla.

–No se preocupe.

–Pues váyase a casa y métase en la cama, Mr. Sanders. Nos veremos mañana. Póngase chaqueta y corbata. ¿Tiene algún traje oscuro?

–Un blazer.

–Perfecto. Póngase una corbata discreta y camisa blanca. Y nada de colonia.

–Nunca voy vestido así al despacho.

–Lo de mañana no tiene nada que ver con su despacho, Mr. Sanders. De eso se trata, precisamente. –Se levantó y añadió–: Duerma un poco. Y procure no preocuparse. Creo que todo va a salir bien.

–Supongo que eso se lo dice a todos sus clientes.

–Sí. Y generalmente tengo razón. Duerma un poco, Tom. Nos veremos mañana.

Entró en su casa, vacía y oscura. Las muñecas Barbie de Eliza estaban apiladas desordenadamente en el mármol de la cocina. Junto al fregadero había un babero de su hijo, manchado de papilla. Dejó la cafetera preparada y subió al segundo piso. Pasó por delante del contestador automático, pero no reparó en que la luz estaba encendida.

Al entrar en el cuarto de baño para desvestirse, vio que Susan había enganchado una nota en el espejo: «Perdona por lo del almuerzo. Te creo. Te quiero. S.»

Era típico de Susan enfadarse y luego pedir disculpas. Pero se alegró de que le hubiera dejado aquella nota, y pensó en llamarla. Pero en Phoenix era una hora más tarde y Susan debía de estar durmiendo.

Además, se dio cuenta de que en realidad no quería llamarla.

Como Susan había dicho en el restaurante, aquello no tenía nada que ver con ella. Sanders estaba solo, y seguiría solo.

Entró en su estudio, en calzoncillos. No había ningún fax. Encendió el ordenador y esperó a que la pantalla se iluminara.

La señal de *e-mail* estaba parpadeando. Sanders leyó el mensaje:

NO TE FÍES DE NADIE.

UN AMIGO.

Sanders apagó el ordenador y se fue a la cama.

MIÉRCOLES

Por la mañana, la rutina lo reconfortó; se vistió rápidamente mientras oía las noticias de la televisión; puso el volumen del televisor muy alto, con la intención de llenar de ruido la casa vacía. Llegó al centro a las 6.30, y se detuvo en Bainbridge Bakery para tomarse un capuchino y una pasta antes de bajar al ferry.

Cuando el ferry zarpó de Winslow, se sentó hacia la popa, para no ver cómo se aproximaba Seattle. Perdido en sus pensamientos, contempló las grises nubes y las oscuras aguas de la bahía. Seguramente hoy también llovería.

–Un mal día, ¿verdad? –dijo una voz de mujer.

Levantó la vista y vio a Mary Anne Hunter, menuda y guapa, de pie con los brazos en jarras, mirándolo con preocupación. Mary Anne también vivía en Bainbridge. Su marido era biólogo marino y trabajaba en la universidad. Susan y ella eran buenas amigas y solían ir a correr juntas. Pero Sanders no se encontraba a menudo con Mary Anne en el ferry, porque ella acostumbraba salir antes.

–Hola, Mary Anne.

–Lo que no logro entender es cómo lo han conseguido –dijo ella.

–¿Conseguido?

–¿Acaso no lo has visto? Por el amor de Dios, Tom. Sales en el periódico. –Le entregó el periódico que llevaba bajo el brazo.

–No lo dirás en serio.

–Sí. Connie Walsh ataca de nuevo.

Sanders miró la portada del periódico, pero no vio nada. Empezó a hojearlo rápidamente.

–Está en la sección «Metro» –dijo Mary Anne–. La primera columna de opinión de la segunda página. Léela y llora un poco. Voy a buscar más café.

Sanders abrió el periódico por la sección que Mary Anne le había indicado: «Así lo veo yo», por Constance Walsh. El artículo se titulaba «Mr. Porky». Sanders leyó:

«El poder del patriarcado se ha manifestado otra vez, en esta ocasión en una empresa de alta tecnología de la ciudad que llamaré X. Esta empresa ha nombrado a una mujer brillante y muy competente en un alto puesto ejecutivo. Pero hay muchos hombres en la empresa que están haciendo todo lo posible para librarse de ella.

»Hay un hombre, al que llamaremos Mr. Porky, particularmente vengativo. Mr. Porky no admite tener a una mujer como superior, y lleva semanas cultivando una desagradable campaña subversiva dentro de la empresa para impedirlo. Al no conseguir su objetivo, Mr. Porky aseguró que su nueva jefa lo asaltó en su despacho y casi lo violó. Esta acusación es tan malintencionada como absurda.

»Ustedes se preguntarán cómo puede una mujer violar a un hombre. La respuesta, por supuesto, es que no puede. La violación es un delito que implica violencia. Es exclusivamente un crimen de varones; ellos utilizan la violación con lamentable frecuencia para mantener a las mujeres en el lugar que creen les corresponde. Así es nuestra sociedad actual, y así fueron las anteriores.

»Las mujeres no oprimen a los varones. Las mujeres están indefensas en manos de los hombres. Y es absurdo acusar a una mujer de violación. Pero eso no detuvo a Mr. Porky, al que sólo le interesa calumniar a su nueva jefa. Incluso piensa presentar una demanda formal de acoso sexual contra ella.

»Mr. Porky tiene todas las costumbres desagradables del típico patriarca. Como era de esperar, afectan a todos los aspectos de su vida. Aunque la esposa de Mr. Porky es una destacada abogada, él la presiona para que deje su trabajo y se quede en casa con los niños. Porque Mr. Porky no quiere que su mujer se introduzca en el mundo de los negocios, donde podría oír rumores de las aventuras de su marido con mujeres jóvenes, y de su afición a la bebida. Seguramente Mr. Porky se imagina que su nueva jefa tampoco aceptaría esas costumbres. Quizá no le permitiría llegar tarde a la oficina, como hace con tanta frecuencia.

»Por eso Mr. Porky ha decidido hacer esta innoble acusación, y otra ejecutiva con talento ve amenazada injustamente su carrera. ¿Conseguirá encerrar a los cerdos en la pocilga de la empresa X? Continuará.»

–Madre mía –exclamó Sanders. Volvió a leer el artículo.

Hunter regresó con dos capuchinos en vasos de plástico. Le dio uno a Sanders, y dijo:

–Ten. Me parece que lo necesitas.

–¿De dónde han sacado esta historia?

Hunter meneó la cabeza.

–No lo sé. Pero tengo la impresión de que hay alguien infiltrado en la empresa.

–¿Pero quién? –Sanders estimó que si alguien había hablado con la prensa, debió de ser sobre las tres o las cuatro de la madrugada. ¿Quién sabía que él estaba considerando la posibilidad de presentar una demanda de acoso sexual, a esa hora?

–No me imagino quién ha podido ser –dijo Hunter–. A ver si me entero de algo.

–¿Y quién es Constance Walsh?

–¿Nunca has leído nada suyo? Es una columnista del *Post-Intelligencer.* Puntos de vista feministas y esa clase de cosas. –Hizo una pausa y añadió–: ¿Cómo está Susan? La he llamado esta mañana, pero en tu casa no contestaba nadie.

–Susan se ha marchado por unos días. Con los niños.

Hunter asintió con la cabeza.

–Supongo que es una buena idea.

–Eso nos pareció.

–¿Está enterada de todo esto?

–Sí.

–¿Y es verdad? ¿Vas a demandar a Meredith por acoso sexual?

–Sí.

–Vaya.

Mary Anne se sentó un rato con él, en silencio. Luego dijo:

–Hace mucho tiempo que te conozco. Espero que todo esto acabe bien.

–Yo también.

Hubo otro largo silencio. Finalmente, Mary Anne se levantó.

–Hasta luego, Tom.

–Hasta luego, Mary Anne.

Sanders sabía lo que ella sentía. También él lo había sentido cuando algún compañero de la empresa era acusado de acoso sexual. De pronto había una distancia. No importaba el tiempo que hiciera que conocías a aquella persona. No importaba que fuerais amigos. En cuanto surgía una acusación de esa naturaleza, todo el mundo se alejaba. Porque lo cierto era que nunca sabías qué había pasado. No podías permitirte el lujo de tomar partido, ni siquiera con tus amigos.

Sanders miró a Mary Anne, una silueta esbelta con ropa informal y un maletín de piel. Medía poco más de metro cincuenta. Los hombres que había en el ferry eran mucho más altos. Sanders recordó que en una ocasión Mary Anne le había dicho a Susan que practicaba *footing* por temor a que la violaran. «Al menos podré salir corriendo.» Los hombres no sabían nada de eso. No comprendían ese temor.

Pero había otro tipo de temor que sólo los hombres sentían. Miró la columna del periódico con profunda y creciente inquietud.

Las palabras y expresiones clave lo martirizaban:

Vengativo... desagradable... no consiente que una mujer... hostil... violación... crimen de varones... calumniar a su superiora... aventuras con mujeres jóvenes... afición a la bebida... tarde a la oficina... injustamente amenazada... cerdos en la pocilga.

Aquellas caracterizaciones eran más que inexactas y desagradables. Eran peligrosas. Y estaba ejemplificado por lo que había ocurrido a John Masters, una historia que había marcado a muchos hombres de Seattle.

Masters era un director de marketing de MicroSym; tenía cincuenta años. Era una persona equilibrada, un ciudadano responsable, llevaba veinticinco años casado y tenía dos hijas; la mayor iba a la universidad y la pequeña al instituto. Esta última empieza a tener problemas en el colegio, saca malas notas y los padres la llevan a una psicóloga infantil. La psicóloga habla con la niña y le dice: mira, tu caso es la típica historia de una niña que ha sufrido abusos sexuales. ¿Te ha ocurrido a ti alguna vez?

No, creo que no, contesta la niña.

Piénsalo un poco, dice la psicóloga.

Al principio la niña se resiste, pero la psicóloga insiste: Piensa. Intenta recordar. Y al cabo de un rato la niña empieza a recuperar confusos recuerdos. Nada específico, pero ahora cree que podría ser. Puede que papá hiciera algo raro, hace mucho tiempo.

La psicóloga transmite sus sospechas a la esposa. Después de veinticinco años, Masters y su mujer empiezan a discutir. La mujer le dice a Masters: Confiesa lo que hiciste.

Masters se queda estupefacto. No puede creerlo. Lo niega todo. La esposa dice: Mientes, no quiero verte más. Lo echa de casa.

La hija mayor llega de la universidad. Dice: ¿Pero qué pasa? Sabes perfectamente que papá no hizo nada. Sé razonable. Pero la esposa está furiosa. La hija menor está furiosa. Y una vez en marcha, el proceso no puede detenerse.

La ley obliga a los psicólogos a informar de cualquier sospecha de abuso sexual. La psicóloga informa del caso de Masters. La ley obliga a llevar a cabo una investigación. Una asistenta social va a hablar con la hija, la esposa y Masters. Luego con el médico de la familia. En poco tiempo, se entera todo el mundo.

La noticia de la acusación llega a MicroSym. La empresa

suspende a Masters, a la espera del resultado de las investigaciones. Alegan que no quieren mala publicidad.

Masters ve cómo su vida se disuelve. Su hija pequeña no le dirige la palabra. Su mujer no le dirige la palabra. Vive solo en un apartamento. Tiene problemas económicos. Sus compañeros de trabajo lo evitan. Allá donde mira, sólo ve miradas acusadoras. Le recomiendan que acuda a un abogado. Y está tan destrozado, tan inseguro, que acude a la consulta de un psicólogo.

Su abogado hace averiguaciones; descubre detalles preocupantes. Resulta que la psicóloga que presentó la acusación ha detectado abuso sexual en un alto porcentaje de sus casos. Ha informado de tantos casos que las autoridades han empezado a sospechar prejuicio. Pero las autoridades no pueden hacer nada: la ley exige que todos los casos sean investigados. La asistenta social responsable del caso ha sido sancionada previamente por su excesivo celo en la persecución de casos cuestionables y se la considera incompetente, pero las autoridades no pueden despedirla.

La acusación específica –que nunca llega a presentarse oficialmente– es que Masters hostigó a su hija durante el verano en que la niña cursaba tercero. Masters recuerda algo. Saca sus agendas viejas. Resulta que su hija pasó aquel verano en un campamento de Montana. Cuando la niña volvió a casa, en agosto, Masters estaba en Alemania, en viaje de negocios. Cuando regresó de Alemania, el nuevo curso escolar ya había comenzado.

Ni siquiera vio a su hija aquel verano.

Al psicólogo de Masters le parece significativo que su hija situara el abuso en un momento en que éste era imposible. El psicólogo llega a la conclusión de que la hija se sentía abandonada y ha sublimado ese sentimiento en un episodio imaginario de abuso sexual. Masters habla con su esposa y su hija. Ellas lo escuchan, y reconocen que deben de haberse equivocado con las fechas, pero siguen insistiendo en que el abuso ocurrió.

Sin embargo, las autoridades comprueban las fechas y abandonan la investigación, y Masters es readmitido en MicroSym.

Pero Masters ha quedado al margen de una ronda de ascensos y todo el mundo tiene prejuicios acerca de él. Su carrera se ha visto irrevocablemente perjudicada. Su mujer no se reconcilia con él y finalmente pide el divorcio. Masters no vuelve a ver a su hija menor. La mayor, que se encuentra entre la espada y la pared, cada vez ve menos a su padre. Masters vive solo, lucha por reconstruir su vida y sufre un infarto. Ya recuperado, sale con algunos amigos, pero ahora tiene deudas y bebe demasiado: no es una compañía agradable. Los hombres lo evitan. Nadie tiene respuesta para la pregunta que Masters se hace continuamente: ¿Qué error cometí? ¿Qué debería haber hecho? ¿Cómo habría podido evitar todo esto?

Desde luego, no habría podido evitarlo. No en una sociedad en que los hombres son presuntamente culpables de cualquier cosa de que se los acuse.

A veces los hombres hablaban de demandar a las mujeres que hacían falsas acusaciones. Hablaban de castigarlas por el daño que causaban aquellas acusaciones. Pero eran sólo palabras. Mientras tanto, ellos cambiaban su comportamiento. Ahora había nuevas reglas y todos las conocían:

No sonrías a un niño en la calle, a no ser que te acompañe tu mujer. No toques nunca a un niño que no conoces. No te quedes nunca solo con el hijo de otro, ni siquiera un momento. Si un niño te invita a entrar en su habitación, no vayas a no ser que otro adulto, preferentemente una mujer, vaya contigo. Cuando asistas a una fiesta, no permitas que una niña se siente en tu regazo. Si lo intenta, impídeselo amablemente. Si por casualidad ves a un niño o una niña desnudos, aparta rápidamente la mirada. Mejor aún: vete.

Y también era prudente tener cuidado con tus propios hijos, porque si tu matrimonio fracasaba, tu mujer podía acusarte. Y entonces tu conducta sería revisada a una luz desfavorable: «Bueno, era un padre muy cariñoso... Quizá *demasiado cariñoso.*» O: «Pasaba muchas horas con los niños. Siempre estaba en casa.»

Era un mundo de normas y sanciones completamente desconocido para las mujeres. Cuando Susan veía a un niño llorando en la calle, lo cogía en brazos. Lo hacía maquinalmente, sin pensarlo. Sanders no se atrevería.

Y también había nuevas normas para los negocios, por supuesto. Sanders conocía a hombres que jamás iban de viaje de negocios con una mujer, que no se sentaban junto a sus compañeras de trabajo en el avión, que no quedaban con una mujer para tomar una copa en el bar a no ser que hubiera alguien más. Sanders siempre había considerado que tanta precaución era excesiva, casi paranoica. Pero ahora no estaba tan seguro.

La sirena del ferry rescató a Sanders de sus pensamientos. Levantó la vista y vio los pilotajes negros de Colman Dock. El cielo seguía amenazando lluvia. Se levantó, se abrochó el cinturón de la gabardina y bajó a buscar su coche.

De camino al centro de mediación, pasó un momento por la oficina para recoger unos documentos sobre la unidad Twinkle. Pensó que podrían serle útiles. Pero le sorprendió ver a John Conley en su despacho, hablando con Cindy. Eran las 8.15 de la mañana.

–Hola, Tom –lo saludó Conley–. He venido a concertar una cita contigo. Cindy dice que tienes la agenda repleta y que vas a estar fuera casi todo el día.

Sanders miró a Cindy; ella le devolvió una mirada hermética.

–Sí –dijo Sanders–. Al menos por la mañana.

–Verás, será cuestión de unos minutos.

Sanders le indicó que entrara en su despacho. Conley entró y Sanders cerró la puerta.

–Estoy impaciente por que se celebre la sesión informativa de mañana con John Marden, nuestro director ejecutivo –dijo Conley–. Supongo que tú intervendrás.

Sanders asintió sin dar explicaciones. No sabía nada de ninguna sesión informativa. Y mañana parecía muy lejos. Le resultaba difícil concentrarse en lo que decía Conley.

–Pero todos tendremos que definirnos respecto a algunos puntos del orden del día –prosiguió Conley–. Y a mí me preocupa particularmente Austin.

–¿Austin?

–Me refiero a la venta de la fábrica de Austin.

–Ya –dijo Sanders. De modo que era verdad.

–Como ya sabes, Meredith Johnson se ha manifestado firmemente, y desde el principio, a favor de la venta. Fue una de las primeras recomendaciones que nos hizo, cuando iniciábamos las negociaciones. A Marden le preocupan los ingresos después de la adquisición: la fusión supondrá un aumento de la deuda y le preocupa consolidar el desarrollo de la alta tecnología. Johnson le sugirió disminuir la deuda mediante la venta de Austin. Pero yo no soy la persona más adecuada para juzgar los pros y los contras de la gestión. Me gustaría conocer tu opinión.

–¿Respecto a la venta de la fábrica de Austin?

–Sí. Por lo visto Hitachi y Motorola están interesadas. Así que posiblemente podría liquidarse sin mucha demora. Creo que eso es lo que pretende Meredith. ¿Te lo ha comentado?

–No –contestó Sanders.

–Seguramente no ha tenido tiempo. Está muy ocupada con su nuevo cargo. –Mientras hablaba, Conley observaba meticulosamente a Sanders–. ¿Qué opinas tú de una venta?

–No veo ningún motivo apremiante para vender.

–Dejando a un lado el tema de los ingresos económicos, creo que el argumento de Meredith es que el negocio de la fabricación de teléfonos portátiles ya ha alcanzado la fase de madurez –explicó Conley–. Como tecnología, ha superado su fase de crecimiento exponencial, y ahora ya no produce tantos beneficios. De ahora en adelante sólo habrá aumentos de ventas, pero también una importante competencia extranjera. De modo que en el futuro los teléfonos no van a representar una importante fuente de ingresos. Y por otro lado está la consideración de si deberíamos fabricar en Estados Unidos. Gran parte de los productos de DigiCom ya se fabrican fuera del país.

–Todo eso es cierto –dijo Sanders–. Pero está fuera de lugar. Para empezar, puede que los teléfonos portátiles estén alcanzando la saturación del mercado, pero el campo de las comunicaciones inalámbricas en general todavía está en una fase muy temprana. En el futuro, las instalaciones inalámbricas de todo tipo van a proliferar. El mercado todavía está en expansión, aunque no lo esté la telefonía. En segundo lugar, las comunicaciones inalámbricas constituyen una parte fundamental de los intereses futuros de nuestra empresa, y una buena manera de seguir compitiendo es seguir haciendo y vendiendo productos. Eso te obliga a conservar el contacto con tu clientela, para conocer sus futuros intereses. Yo no vendería. Si Motorola e Hitachi ven negocio en los teléfonos portátiles, ¿por qué no vamos a verlo nosotros? Tercero: creo que tenemos la obligación social de conservar puestos de trabajo bien pagados en Estados Unidos. Los demás países no exportan buenos puestos de trabajo. ¿Por qué hemos de hacerlo nosotros? Todas las decisiones de instalar fábricas en el extranjero se han tomado por algún motivo en particular, y personalmente espero que empecemos a trasladarlas aquí. Porque la fabricación en el extranjero tiene muchos costes imprevisibles. Pero lo más importante es que aunque básicamente seamos una unidad de desarrollo, dedicada al diseño de nuevos productos, tenemos que fabricar. Si algo hemos aprendido en estos veinte años es que el diseño y la producción son un único proceso. Si empiezas a separar a los ingenieros de diseño de los obreros acabas con un producto mal diseñado. Acabas como General Motors.

Sanders hizo una pausa. Hubo un breve silencio. Sanders no tenía intención de hablar con tanto énfasis, pero no pudo evitarlo. Conley asentía en silencio, meditabundo. Finalmente dijo:

–Así que opinas que la venta de Austin perjudicaría la unidad de desarrollo.

–Sin ninguna duda. La producción es una especie de disciplina.

Conley cambió de postura y añadió:

–¿Qué opinión crees que tiene Meredith respecto a estos temas?

–No lo sé.

–Porque todo esto nos lleva a otra cuestión. A la gestión empresarial. Tengo entendido que su nombramiento ha levantado cierto malestar en el departamento. Hay quien pone en duda que Meredith esté capacitada para dirigir un departamento técnico.

–Me temo que yo no puedo decir nada.

–No te pido que lo hagas. Supongo que Meredith cuenta con el apoyo de Garvin.

–Sí, así es.

–A nosotros nos parece bien. Pero te imaginarás a dónde voy –añadió Conley–. El típico problema de las fusiones es que en realidad la empresa compradora no sabe qué está comprando, y acaba matando la gallina de los huevos de oro. No es su propósito, pero lo hace. Destruye aquello que quería comprar. Me preocupa que Conley-White cometa ese error.

–Ya.

–Entre nosotros: si este tema surge en la reunión de mañana, ¿tomarás la misma posición que has manifestado ahora?

–¿Contra Johnson? –Sanders se encogió de hombros–. No creo que sea fácil. –Pensó que probablemente él no participaría en esa reunión. Pero no podía decírselo a Conley.

–Bueno. –Conley tendió la mano a Sanders–. Te agradezco mucho tu sinceridad. –Antes de salir del despacho, se volvió y dijo–: Una cosa más: sería conveniente que mañana supiéramos algo del Twinkle.

–Lo sé. Estamos trabajando en ello, créeme.

–Muy bien.

Conley salió del despacho y a continuación entró Cindy:

–¿Cómo estás, Tom?

–Nervioso.

–¿Qué quieres que haga?

–Busca los datos de la unidad Twinkle. Quiero copias de todo lo que llevé anoche a Meredith.

–Lo tienes encima de la mesa.

Sanders cogió un montón de dossiers. Encima había un cartucho de DAT.

–¿Qué es esto? –preguntó.

–Es el vídeo de Arthur de anoche.

Sanders lo metió en su maletín.

–¿Algo más? –preguntó Cindy.

–No. –Consultó su reloj–. Llego tarde.

–Buena suerte, Tom.

Le dio las gracias y se marchó.

Mientras conducía por la ciudad en hora punta, Sanders se dio cuenta de que la única sorpresa de su entrevista con Conley era la perspicacia del joven abogado. En cuanto a Meredith, su actitud no lo sorprendía en absoluto. Sanders llevaba años luchando contra la mentalidad de estudiante de empresariales que ella ejemplificaba. Había conocido a muchos graduados en esas escuelas, y finalmente Sanders había llegado a la conclusión de que su educación tenía una laguna fundamental. Los habían enseñado a creer que estaban preparados para dirigir cualquier cosa. Pero esa capacidad no existía. A la hora de la verdad sólo había problemas específicos relacionados con industrias específicas y obreros específicos. No se podían aplicar herramientas generales a problemas específicos. Tenías que conocer el mercado, tenías que conocer a los clientes, tenías que conocer los límites de la producción y los límites de tus creativos. Aquello no se veía a simple vista. Meredith no sabía que Don Cherry y Mark Lewyn necesitaban estar ligados a producción. Pero cada vez que le presentaban un prototipo, Sanders hacía la misma pregunta: ¿puedes fabricarlo? A veces podía y a veces no. Si eliminabas aquella pregunta, cambiabas por completo la organización. Y no para mejor.

Conley era inteligente y lo sabía. Y también sabía que tenía que estar atento. Sanders se preguntó qué sabía Conley que él no le hubiera dicho en su entrevista. ¿Estaría enterado de la demanda por acoso sexual? Era posible.

Meredith quería vender Austin. Eddie tenía razón. Pensó decírselo, pero en realidad no podía. Y de todos modos tenía cosas más apremiantes de que preocuparse. Vio el letrero del Centro de Mediación Magnuson y torció a la derecha. Sanders se aflojó el nudo de la corbata y aparcó el coche.

El Centro de Mediación Magnuson se encontraba en las afueras de Seattle, en una colina desde la que se contemplaba la ciudad. Consistía en tres edificios bajos situados alrededor de un patio central con fuentes y estanques. La atmósfera era estudiadamente tranquila y relajante, pero Sanders estaba nervioso. Al salir del aparcamiento se encontró con Louise Fernández.

–¿Has visto el periódico de hoy? –le preguntó la abogada, tuteándolo.

–Sí.

–No le des importancia. Es una táctica muy mala por su parte. ¿Conoces a Connie Walsh?

–No.

–Es una bruja –dijo Fernández–. Muy desagradable y muy astuta. Pero confío en que la juez Murphy la desacredite. Mira, esto es lo que he acordado con Phil Blackburn. Empezaremos con tu versión de los hechos. Luego Meredith dará su versión.

–Un momento. ¿Por qué yo primero? Así ella tendrá la ventaja de...

–Tú eres el que presenta la demanda, así que estás obligado a presentar el caso en primer lugar. Creo que eso nos beneficiará –dijo Fernández–. Así Johnson testificará la última, antes del almuerzo. –Se dirigieron hacia el edificio central–. Tienes que recordar dos cosas. Primero: di siempre la verdad. Pase lo que pase, di la verdad. Tal como lo recuerdes, aunque te parezca que eso te perjudica. ¿De acuerdo?

–De acuerdo.

–Segundo: no te enfades. Su abogado hará todo lo posible para ponerte furioso y atraparte. No caigas en la trampa. Si te sientes insultado o ves que te estás poniendo nervioso, pide un descanso de cinco minutos para hablar conmigo. Tienes derecho a solicitarlo siempre que quieras. En ese caso, salimos de la sala y te tranquilizas. Pero hagas lo que hagas, no te pongas nervioso.

–De acuerdo.

–Muy bien. –Fernández abrió la puerta–. Vamos allá.

La sala de mediación era sencilla, revestida con paneles de madera. Sanders vio una mesa de madera con una jarra de agua, vasos y unos cuantos blocs de notas; en un rincón había un aparador con café y una bandeja de pastas. Las ventanas se abrían sobre un pequeño atrio con una fuente. Sanders oyó el murmullo del agua.

El equipo legal de DigiCom ya había llegado, y se había instalado a lo largo de uno de los lados de la mesa. Phil Blackburn, Meredith Johnson, un abogado llamado Ben Heller y otras dos abogadas con expresión ceñuda, cada una con un impresionante montón de fotocopias encima de la mesa.

Fernández saludó a Meredith Johnson y se dieron la mano. Ben Heller saludó a Sanders. Heller era un hombre corpulento, de cabello cano y voz grave. Tenía buenos contactos en Seattle, y a Sanders le recordó a un político. Heller le presentó a las dos abogadas, pero Sanders olvidó sus nombres inmediatamente.

–Hola, Tom –dijo Meredith.

–Hola.

Estaba muy guapa. Llevaba un traje chaqueta azul con una blusa color crema. Con las gafas y el cabello rubio recogido, parecía una atractiva pero aplicada colegiala. Heller dio unas palmaditas en la mano a Meredith, como si saludar a Sanders hubiera sido una terrible tortura.

Sanders y Fernández se sentaron frente a Johnson y Heller. Todos sacaron papeles y notas. A continuación hubo un incómodo silencio, que Heller interrumpió dirigiéndose a Fernández:

–¿Cómo acabó aquel asunto de King Power?

–Satisfactoriamente –contestó Fernández.

–¿Han emitido ya la sentencia?

–La semana que viene, Ben.

–¿Cuánto pedíais?

–Dos millones.

–¿Dos *millones*?

–El acoso sexual es un asunto muy grave, Ben. Las indemnizaciones están subiendo mucho. Ahora el promedio es de más de un millón de dólares. Sobre todo cuando la empresa se porta tan mal.

Se abrió una puerta en el extremo de la sala y entró una mujer de unos cincuenta años. Era vigorosa y caminaba muy erguida; llevaba un traje chaqueta oscuro parecido al de Meredith.

–Buenos días –dijo a los presentes–. Soy Barbara Murphy. Diríjanse a mí llamándome jueza Murphy, señoría o Ms. Murphy, por favor.

Dio la mano a todos y luego se sentó a la cabecera de la mesa. Abrió su maletín y extrajo unas notas.

–Voy a explicar las normas básicas de las sesiones que se celebran en este centro –dijo la jueza Murphy–. Esto no es un tribunal de justicia y nuestra sesión no será grabada. Les agradeceré que conserven un tono civilizado y cortés. No hemos venido para hacer violentas acusaciones ni para culpar a nadie. Nuestro propósito consiste en definir la naturaleza de la disputa entre las partes y determinar la mejor forma de resolver esa disputa.

»Quiero recordar a todos que las alegaciones presentadas por ambas partes son extremadamente graves y podrían tener consecuencias legales para ambas partes. Les recomiendo que consideren estas sesiones como confidenciales. Sobre todo, debo prevenirles del riesgo que supone comentar lo que aquí se diga con algún representante de la prensa. Me he tomado la libertad de hablar en privado con Mr. Donadio, el editor del *Post-Intelligencer*, sobre el artículo que aparece hoy firmado por Ms. Walsh. He recordado a Mr. Donadio que todas las partes de la «empresa X» son individuos con derecho a vida privada, y que Ms. Walsh es una asalariada del periódico. El riesgo de una demanda por difamación contra el *Post-Intelligencer* no es despreciable. Creo que Mr. Donadio me ha comprendido.

Se inclinó hacia delante y apoyó los codos sobre la mesa.

–Veamos –prosiguió–. Las partes han acordado que sea Mr. Sanders quien hable en primer lugar; a continuación Mr. Heller lo interrogará. Después hablará Ms. Johnson, que a su vez será interrogada por Ms. Fernández. Con el fin de ahorrar tiempo, sólo yo podré hacer preguntas durante el testimonio de las partes, y moderaré los interrogatorios de los abogados. Estoy dispuesta a permitir cierto grado de discusión, pero les pido su colaboración, para que yo pueda juzgar y acelerar los procedimientos. Antes de empezar, ¿alguien quiere formular alguna pregunta?

Nadie dijo nada. La jueza Murphy continuó:

–Muy bien, empecemos. Mr. Sanders, ¿por qué no nos cuenta qué ocurrió, desde su punto de vista?

Sanders habló durante media hora. Empezó con su entrevista con Blackburn, en la que se enteró de que Meredith iba a ser nombrada vicepresidenta. Mencionó la conversación que tuvo con Meredith después de su presentación, durante la que ella le sugirió que se encontraran en su despacho para hablar del Twinkle. Explicó detalladamente lo que ocurrió en la reunión de las seis.

Mientras hablaba, entendió por qué Fernández había insistido, el día anterior, en que le contara la historia una y otra vez. Ahora hablaba con facilidad de lo ocurrido; se dio cuenta de que no le costaba hablar de penes y vaginas. Aun así, era una tortura. Cuando describió el momento en que abandonó el despacho y vio a la empleada de la limpieza que había fuera, se sentía agotado.

Luego comentó la llamada telefónica que Meredith hizo a su esposa, y la reunión de la mañana siguiente; su posterior conversación con Blackburn y su decisión de presentar una demanda.

–Creo que eso es todo –concluyó.

La jueza Murphy intervino:

–Antes de continuar, me gustaría hacerle algunas preguntas, Mr. Sanders. Usted ha mencionado que durante la reunión bebieron vino.

–Sí.

–¿Cuánto vino diría que bebió usted?

–Menos de una copa.

–¿Y Ms. Johnson? ¿Cuánto diría que bebió?

–Por lo menos tres copas.

–Muy bien. –Anotó algo y añadió–: Mr. Sanders, ¿tiene usted un contrato de trabajo con la empresa?

–Sí.

–¿Qué dice el contrato sobre su traslado o despido?

–No pueden despedirme sin motivo –contestó Sanders–. No

sé qué dice exactamente respecto a los traslados. Pero yo considero que trasladarme equivale a despedirme, porque...

–Entiendo lo que quiere decir –interrumpió la jueza Murphy–. Pero estoy hablando de su contrato. ¿Mr. Blackburn?

–La cláusula relevante se refiere al «traslado equivalente».

–Ya veo. Así que es discutible. Muy bien. Sigamos. ¿Mr. Heller? ¿Sus preguntas, por favor?

Ben Heller ordenó sus papeles y se aclaró la garganta. Luego dijo:

–¿Quiere hacer un descanso, Mr. Sanders?

–No, gracias.

–Muy bien. Veamos, Mr. Sanders. Usted ha comentado que cuando Mr. Blackburn, el lunes por la mañana, le informó que Ms. Johnson sería la nueva directora del departamento, usted se sorprendió.

–Sí.

–¿Quién creía que iba a ser el nuevo director?

–No lo sabía. De hecho, pensaba que yo estaba capacitado para ocupar el cargo.

–¿Por qué lo pensaba?

–Sólo lo suponía.

–¿Le dio a entender alguien de la empresa que le iban a dar ese puesto?

–No.

–¿Hay algún documento escrito que sugiera que usted podría obtener ese puesto?

–No.

–De modo que cuando usted dice que lo suponía, estaba sacando una conclusión basándose en la situación general de la empresa.

–Sí.

–Pero no basándose en ninguna prueba real.

–No.

–Muy bien. Veamos, usted ha dicho que cuando Mr. Blackburn le dijo que Ms. Johnson iba a ocupar ese puesto, le dijo también que si quería ella podría elegir a nuevos jefes de departamento, y usted contestó que lo interpretaba como que Ms. Johnson podía despedirlo si quería.

–Sí, eso fue lo que dijo.

–¿Dijo algo más? ¿Si era probable o improbable, por ejemplo?

–Dijo que era improbable.

–¿Y usted lo creyó?

–En aquel momento no estaba seguro de qué podía creer.

–¿Es fiable el juicio de Mr. Blackburn sobre los asuntos de la empresa?

–Normalmente sí.

–Pero en cualquier caso, Mr. Blackburn dijo que Ms. Johnson tenía derecho a despedirlo.

–Sí.

–¿Le dijo Ms. Johnson algo parecido en alguna ocasión?

–No.

–¿No hizo ningún comentario que pudiera interpretarse como una oferta de contingencia sobre su actitud, incluida su actitud sexual?

–No.

–Entonces, cuando usted dice que durante su reunión con ella sintió que su empleo estaba en peligro, no fue por nada que Ms. Johnson dijera o hiciera.

–No –dijo Sanders–. Pero lo implicaba la situación.

–Usted tuvo *la impresión* de que lo implicaba la situación.

–Sí.

–¿Igual que cuando anteriormente tuvo la impresión de que lo iban a ascender, cuando en realidad su ascenso no estaba previsto? ¿Ese ascenso que acabó consiguiendo Ms. Johnson?

–No sé a dónde quiere llegar.

–Sólo estoy observando –explicó Heller– que las impresiones son subjetivas, y que no tienen el mismo peso que los hechos.

–Protesto –intervino Fernández–. Las impresiones de los empleados se consideran válidas en contextos en que las expectativas razonables...

–Ms. Fernández –interrumpió la jueza Murphy–, Mr. Heller no ha puesto en duda la validez de las impresiones de su cliente. Ha cuestionado su precisión.

–Pero sin duda son precisas. Porque Ms. Johnson era su supervisora, y podía despedirlo si quería.

–Eso no es lo que estamos discutiendo. Pero Mr. Heller está preguntando si Mr. Sanders tiene tendencia a crearse expectativas injustificadas. Y eso me parece completamente relevante.

–Pero señoría, permítame...

–Ms. Fernández, estamos aquí para aclarar esta disputa. Mr. Heller, ¿quiere hacer el favor de continuar?

–Gracias, señoría. Resumiendo, Mr. Sanders: usted pensaba que podía conseguir el empleo, pero no fue Ms. Johnson la que le hizo formarse esa opinión.

–Así es.

–Ni Mr. Blackburn.

–No.

–Ni nadie más.

–No.

–Muy bien. Vayamos a otra cuestión. ¿Cómo es que había vino en la reunión de las seis?

–Ms. Johnson dijo que conseguiría una botella de vino.

–¿Le pidió usted que lo hiciera?

–No. Ella se ofreció voluntariamente.

–¿Y cómo reaccionó usted?

–No lo sé. –Se encogió de hombros–. De ninguna forma en particular.

–¿Se alegró?

–Sencillamente no lo pensé.

–Déjeme decirlo de otra forma, Mr. Sanders. Cuando supo que una mujer atractiva como Ms. Johnson pensaba tomar una copa con usted después del trabajo, ¿qué pasó por su cabeza?

–Pensé que sería mejor no oponerme. Era mi jefa.

–¿No pensó nada más?

–No.

–¿Comentó con alguien que le gustaría encontrarse a solas con Ms. Johnson en un ambiente romántico?

Sanders se sorprendió.

–No.

–¿Está seguro?

–Sí. –Movió la cabeza–. No sé a dónde quiere llegar.
–¿No había sido Ms. Johnson amante suya?
–Sí.
–¿Y no deseaba usted recuperar su relación íntima?
–No. Sólo esperaba que fuéramos capaces de encontrar la forma de trabajar juntos.
–¿Le parece difícil? Yo diría que podría resultarles fácil trabajar juntos, ya que se habían conocido tan bien en el pasado.
–Pues no es así. Es bastante violento.
–¿Ah, sí? ¿Por qué?
–No lo sé. Lo es. En realidad yo nunca había trabajado con ella. La había conocido en un contexto completamente diferente, y me sentía incómodo.
–¿Cómo terminó su anterior relación con Ms. Johnson?
–Pues sencillamente... dejamos de vernos.
–¿Vivían juntos?
–Sí. Y teníamos nuestros altibajos, como todo el mundo. Finalmente no funcionó, así que lo dejamos.
–¿Sin resentimiento?
–Sin resentimientos.
–¿Quién dejó a quién?
–Fue un acuerdo mutuo.
–¿Quién decidió marcharse?
–La verdad es que no lo recuerdo. Supongo que fui yo.
–Así que no había tensión sobre la forma en que su relación se interrumpió diez años atrás.
–No.
–Y sin embargo usted se sentía incómodo, ¿no?
–Claro –contestó Sanders–. Porque en el pasado tuvimos un tipo de relación, y ahora íbamos a tener otro tipo de relación.
–¿Se refiere a que ahora Ms. Johnson iba a ser su superiora?
–Sí.
–¿Estaba enfadado por eso? ¿Por el nombramiento de Ms. Johnson?
–Un poco, supongo.
–¿Sólo un poco? ¿No sería bastante?
Fernández empezó a protestar. Murphy le lanzó una mirada

de advertencia. Fernández apoyó la barbilla en los puños y calló.

–Sentía muchas cosas a la vez –dijo Sanders–. Estaba enfadado, disgustado, desconcertado y preocupado.

–Así que, pese a tener muchos sentimientos diferentes y confusos, está seguro de que no pensó, bajo ninguna circunstancia, tener relaciones sexuales con Ms. Johnson aquella noche.

–No.

–¿Ni siquiera se le ocurrió?

–No.

Hubo una pausa. Heller revisó sus notas y luego continuó:

–Está casado, ¿verdad, Mr. Sanders?

–Sí.

–¿Llamó a su mujer para decirle que tenía una reunión a última hora?

–Sí.

–¿Le dijo con quién?

–No.

–¿Por qué no?

–A veces mi mujer tiene celos de mis relaciones anteriores. No veía ningún motivo para producirle ansiedad o enfado.

–Quiere decir que si le dijera a su mujer que tenía una reunión a última hora con Miss Meredith, su esposa pensaría que iba a reanudar su relación amorosa.

–No sé qué pensaría mi mujer.

–En cualquier caso, no le habló de Ms. Johnson.

–No.

–¿Qué le dijo?

–Le dije que tenía una reunión y que llegaría tarde a casa.

–¿A qué hora?

–Le dije que podía alargarse hasta la hora de cenar o después.

–Ya. ¿Había sugerido Ms. Johnson que cenaran juntos?

–No.

–Pero cuando llamó a su mujer, usted supuso que su reunión con Miss Meredith podía ser larga.

–No –dijo Sanders–. Pero no sabía con exactitud a qué hora podía terminar. Y a mi mujer no le gusta que llame una vez diciendo que tardaré una hora y que luego vuelva a llamar para decir que tardaré dos. Eso la pone nerviosa. Así que prefiere que le diga que llegaré después de cenar. Así no tiene que esperarme, y si vuelvo pronto a casa, mejor.

–Y ésa es la conducta que habitualmente tiene con su esposa.

–Sí.

–Una conducta corriente.

–Sí.

–En otras palabras: su conducta habitual consiste en mentir a su esposa sobre lo que ocurre en la oficina porque usted considera que ella no sabe aceptar la verdad.

–Protesto –intervino Fernández–. ¿Qué importancia tiene eso?

–No se trata de eso –objetó Sanders, molesto.

–¿Pues de qué se trata, Mr. Sanders?

–Mire, cada matrimonio tiene su forma de solventar las pequeñas dificultades. Nosotros lo hacemos así. Las cosas son más fáciles, sencillamente. No se trata de mentir, sino de llevar un horario.

–¿Pero no cree que mintió al no decir a su mujer que aquella noche iba a ver a Ms. Johnson?

–Protesto –dijo Fernández.

–Me parece que es suficiente, Mr. Heller –dijo la jueza Murphy.

–Señoría, estoy intentando demostrar que Mr. Sanders se había propuesto consumar un encuentro sexual con Ms. Johnson, y que todo su comportamiento conducía a eso. Y además, demostrar que habitualmente trata a las mujeres con desprecio.

–No lo ha demostrado; ni siquiera ha sentado las bases –dijo Murphy–. Mr. Sanders ha explicado sus razones, y dada la ausencia de pruebas que demuestren lo contrario, las acepto. ¿Tiene usted alguna prueba que demuestre lo contrario?

–No, señoría.

–Muy bien. Recuerde que las exageraciones y las caracterizaciones gratuitas no favorecen nuestro común interés de resolver este caso.

–Sí, señoría.

–Quiero que todos sean conscientes de que estos procedimientos pueden perjudicar a ambas partes, no sólo en su resultado sino también en la conducta misma de los procedimientos. Del resultado depende que Ms. Johnson y Mr. Sanders puedan volver a trabajar juntos en el futuro. No voy a permitir que estos procedimientos dificulten innecesariamente esas futuras relaciones. Cualquier acusación no documentada me obligará a interrumpir el procedimiento. ¿Alguna pregunta sobre lo que acabo de decir?

Nadie hizo ninguna pregunta.

–Muy bien. ¿Mr. Heller?

–No más preguntas, señoría.

–Muy bien –dijo la jueza Murphy–. Haremos un descanso de cinco minutos y volveremos para escuchar la versión de Ms. Johnson.

–Lo estás haciendo muy bien –dijo Fernández–. Hablabas en voz alta y clara. Murphy estaba impresionada. Lo estás haciendo muy bien. –Estaban de pie en el patio, junto a las fuentes. Sanders se sentía como un boxeador entre dos *rounds*, animado por su entrenador–. ¿Cómo te encuentras? ¿Estás cansado?

–Un poco. Pero estoy bien.

–¿Quieres un café?

–No, gracias. Estoy bien, de verdad.

–Me alegro, porque lo peor todavía está por llegar. Cuando ella dé su versión tendrá que ser muy fuerte. Lo que va a decir no te gustará. Pero es muy importante que conserves la calma.

–De acuerdo.

Fernández le puso la mano en el hombro:

–Por cierto, entre nosotros, ¿cómo acabó la relación?

–La verdad es que no lo recuerdo.

Fernández lo miró con escepticismo.

–Pero era importante, sin duda...

–Ocurrió hace diez años –dijo Sanders–. Para mí es como otra vida.

Ella seguía escéptica.

–Mira –añadió Sanders–, estamos en la segunda semana de junio. ¿Puedes decirme qué ocurría con tu vida amorosa la segunda semana de junio, hace diez años?

Fernández guardó silencio, con el ceño fruncido.

–¿Estabas casada? –preguntó Sanders.

–No.

–¿Conocías ya a tu marido?

–Hmmm... A ver... No, creo que lo conocí... un año más tarde.

–Muy bien. ¿Recuerdas con quién salías antes de conocerlo a él?

Fernández se quedó pensativa.

–¿Puedes decirme *cualquier cosa* que ocurriera entre tú y un amante tuyo en junio, hace diez años?

Fernández no pudo contestar.

–¿Entiendes lo que quiero decir? Diez años es mucho tiempo. Yo recuerdo mi relación con Meredith, pero no los detalles de las últimas semanas. No recuerdo exactamente cómo terminó.

–¿Qué es lo que recuerdas?

Sanders se encogió de hombros.

–Nos peleábamos, gritábamos. Todavía vivíamos juntos, pero empezamos a organizarnos el día para vernos lo menos posible. Ya me entiendes. Porque cada vez que coincidíamos, nos peleábamos.

»Y una noche, mientras nos vestíamos para acudir a una fiesta, tuvimos una gran discusión. Era una fiesta de DigiCom. Recuerdo que tenía que ponerme el esmoquin. Le arrojé los gemelos y luego no los encontraba. Tuve que ponerme de rodillas para buscarlos. Pero cuando estábamos en el coche nos tranquilizamos y empezamos a hablar de dejarlo. Hablamos como personas civilizadas y razonables. Los dos. No volvimos a gritar. Y al final decidimos que lo mejor era que nos separáramos.

–¿Y ya está?

–Sí. Pero no llegamos a ir a la fiesta.

Había algo que no recordaba. *Una pareja en un coche. Van a una fiesta. Pasa algo con un teléfono portátil. Vestidos de punta en blanco, hacen una llamada y...*

No lo recordaba.

La mujer hace una llamada con el teléfono portátil, y entonces... Pasa algo desagradable...

–¿Tom? –dijo Louise, sacudiéndole el hombro–. Tenemos que irnos. ¿Estás preparado?

–Sí.

Cuando se dirigían a la sala, Heller se les acercó. Miró a Sanders con una sonrisa zalamera y se dirigió a Fernández:

–Me pregunto si le parecerá que es el momento adecuado para discutir un acuerdo, abogada.

–¿Un acuerdo? –dijo Fernández fingiendo sorpresa–. ¿Por qué?

–Bueno, a su cliente no le van muy bien las cosas y...

–A mi cliente le van muy bien las cosas.

–Y este interrogatorio cada vez va a resultar más desagradable y bochornoso para él...

–Mi cliente no está abochornado.

–Quizá sería mejor para todos que interrumpiéramos la sesión ahora.

Fernández sonrió.

–No creo que mi cliente esté de acuerdo, Ben, pero si quieres hacernos una oferta, la tendremos en cuenta.

–Sí, quiero haceros una oferta.

–Adelante.

Heller se aclaró la garganta:

–Teniendo en cuenta la actual base de compensación y el paquete de beneficios asociados de Tom y considerando su antigüedad en la empresa, estamos dispuestos a acordar una cantidad equivalente a varios años de compensación. Añadiremos una cantidad para tus honorarios y otros gastos, para la agencia de selección de personal que le busque un nuevo empleo y para todos los gastos ocasionados por la mudanza. En total, cuatrocientos mil dólares. Creo que es una oferta bastante generosa.

–Se lo preguntaré a mi cliente –dijo Fernández. Cogió a Sanders por el brazo y se apartaron unos pasos de Heller–. ¿Qué te parece?

–No.

–No vayas tan deprisa. Es una oferta muy razonable. Es aproximadamente lo mismo que conseguirías por los tribunales, sin el retraso y los gastos.

–No.

–¿Quieres regatear?

–No. Que se vaya al infierno.

–Creo que deberíamos regatear.

–Que se vaya al infierno.

–No te dejes llevar por la ira. ¿Qué esperas ganar con todo esto, Tom? Debe de haber una cifra que estés dispuesto a aceptar.

–Quiero lo que me corresponderá cuando la empresa se ponga en venta –dijo Sanders–. Entre cinco y doce millones.

–Eso es lo que tú calculas. Es una estimación especulativa de algo que todavía tiene que ocurrir.

–Créeme, no me equivoco.

Fernández lo miró fijamente.

–¿Aceptarías cinco millones ahora?

–Sí.

–¿Y aceptarías la compensación que él ha sugerido, más las acciones que te corresponderían con la escisión?

Sanders lo pensó un momento y contestó:

–Sí.

–Muy bien. Voy a decírselo.

Fernández fue a buscar a Heller. Hablaron unos momentos. Después Heller se dio la vuelta y se marchó.

Fernández regresó, sonriente:

–No lo ha aceptado. Pero eso es buena señal.

–¿Ah, sí?

–Sí. Si quieren llegar a un acuerdo antes de que Johnson dé su testimonio, es muy buena señal.

–A la vista de la fusión –dijo Meredith Johnson– consideré oportuno reunirme con todos los jefes de departamento el lunes. –Hablaba con calma, despacio, mirando uno a uno a todos los que había sentados a la mesa. A Sanders le recordó a un ejecutivo haciendo una presentación–. Me reúno con Don Cherry, con Mark Lewyn y con Mary Anne Hunter por la tarde. Pero Tom Sanders me dijo que tenía mucho trabajo, y me preguntó si podíamos vernos a última hora. Quedamos a las seis, a petición suya.

Sanders estaba admirado de la facilidad con que Meredith mentía. Se había imaginado que sería ingeniosa, pero no tanto.

–Tom sugirió que tomáramos también una copa, y que recordáramos los viejos tiempos. Eso no encajaba con mi estilo, pero acepté. Me interesaba mucho establecer una relación cordial con Tom. Porque sabía que le dolía no haber conseguido el puesto, y porque teníamos un pasado común. Quería que nuestra relación profesional fuera agradable. Pensé que si rechazaba la copa parecería... no sé, rígida, o distante. Así que acepté.

»Tom llegó a mi despacho a las seis en punto. Tomamos una copa de vino y hablamos de los problemas de la unidad Twinkle. Pero desde el principio él hacía comentarios de naturaleza personal que yo consideraba inoportunos. Comentarios sobre mi aspecto, por ejemplo, y sobre lo mucho que pensaba en nuestra anterior relación. Hacía referencias a incidentes sexuales del pasado, etcétera.

Hija de puta. Sanders tenía todo el cuerpo en tensión. Mantenía los puños cerrados y la mandíbula apretada.

Fernández le puso la mano en la muñeca.

–... algunas llamadas, de Garvin y otros –iba diciendo Meredith–. Contesté desde mi mesa. Luego entró mi secretaria y me preguntó si podía marcharse un poco antes para solucionar asuntos personales. Le dije que sí y ella se marchó. Entonces fue cuando Tom se me echó encima y empezó a besarme.

Hizo una pausa y miró a los presentes. Sostuvo con firmeza la mirada de Sanders.

–Su inesperada actitud me cogió por sorpresa –prosiguió sin dejar de mirar a Sanders–. Al principio intenté protestar y poner fin a aquella situación. Pero Tom es mucho más fuerte que yo. Me tumbó en el sofá y empezó a desnudarse, y a desnudarme a mí. Naturalmente, yo estaba horrorizada y asustada. La situación estaba fuera de control, y el hecho de que aquello estuviera ocurriendo dificultaba mucho nuestras futuras relaciones personales. Y eso, dejando a un lado lo que sentía yo personalmente, como mujer, al verme atacada de aquella forma.

Sanders la miró, intentando por todos los medios controlar su ira. Oyó que Fernández le susurraba al oído: «Respira.» Respiró hondo y expulsó el aire lentamente. Hasta entonces no se había dado cuenta de que estaba conteniendo la respiración.

–Intenté no tomármelo en serio –continuó Meredith–, hacer bromas y librarme de él. Quería decirle: Venga, Tom, no hagas tonterías. Pero él estaba decidido. Y cuando me arrancó la ropa interior, cuando oí rasgarse la tela, me di cuenta de que no podría salir de aquella situación de una forma diplomática. Tuve que reconocer que Mr. Sanders me estaba violando; me asusté mucho y me enfurecí. Cuando se apartó de mí, en el sofá, para sacarse los pantalones y poder penetrarme, le di un rodillazo en la entrepierna. Él cayó del sofá. Se levantó y yo también me levanté.

»Mr. Sanders estaba furioso porque yo lo había rechazado. Empezó a gritarme y luego me golpeó. Caí al suelo. Pero yo también estaba furiosa. Recuerdo que le dije: «No puedes hacerme esto», y le insulté. Pero lo cierto es que no recuerdo todo lo que dijimos. Volvió a abalanzarse sobre mí, pero yo había cogido mis zapatos y le golpeé en el pecho con los tacones para apartarlo de mí. Creo que le arranqué los botones de la camisa. No estoy segura. Estaba tan histérica que quería matarlo. Le arañé. Recuerdo que dije que quería matarlo. Estaba fuera de mí. Era mi primer día en un nuevo puesto de trabajo, estaba muy nerviosa, quería hacer un buen papel, y entonces... pasaba *eso*, que estropeaba nuestra relación y que iba a causarnos muchos problemas a todos los empleados de la empresa. Mr. Sanders se marchó hecho un basilisco. Una vez sola, no sabía cómo afrontarlo.

Hizo una pausa y meneó la cabeza como embargada por las emociones.

–¿Y cómo decidió afrontarlo? –preguntó Mr. Heller amablemente.

–Bueno, no resulta fácil. Tom es una pieza importante de la empresa, y no es fácilmente sustituible. Además, a mi juicio no sería oportuno sustituirlo en plena fusión. Mi primer impulso fue procurar que los dos olvidáramos lo ocurrido. Al fin y al cabo, somos adultos. Yo estaba avergonzada, pero pensé que cuando se tranquilizara y meditara un poco Tom también lo estaría. Y pensé que quizá pudiéramos empezar de nuevo. Al fin y al cabo, a veces pasan cosas desagradables que se pueden sobrellevar.

»Cuando me enteré de que habían cambiado la hora de la reunión, lo llamé a su casa para decírselo. Él no había llegado, pero tuve una agradable conversación con su esposa. Por lo que me dijo entendí que ella no sabía que Tom había tenido una reunión conmigo, ni que Tom y yo ya nos conocíamos. Le pedí que advirtiera a Tom del cambio de horario.

»Al día siguiente, en la reunión, salió todo mal. Tom llegó tarde y cambió su versión sobre la unidad Twinkle, minimizando los problemas y contradiciéndome. Era evidente que lo que se proponía era socavar mi autoridad en una reunión de la empresa, y yo no podía permitirlo. Me dirigí directamente a Phil Blackburn y le conté todo lo ocurrido. Le dije que no quería presentar cargos formalmente, pero dejé muy claro que no podía trabajar con Tom y que íbamos a tener que hacer algunos cambios. Phil me dijo que hablaría con Tom. Y finalmente se decidió que intentaríamos llegar a un acuerdo a través de la mediación.

Se recostó en el asiento y colocó las manos sobre la mesa:

–Creo que eso es todo. –Miró a los presentes, uno por uno. Muy tranquila, muy fría.

Fue una interpretación espectacular que produjo en Sanders un efecto inesperado: se sintió culpable. Se sintió como si hubiera hecho lo que Meredith acababa de decir. De pronto sintió vergüenza y bajó la cabeza.

Fernández le dio una fuerte patada en el tobillo. Sanders levantó la cabeza y la miró, afligido. Ella tenía el ceño fruncido. Sanders se irguió.

La jueza Murphy se aclaró la garganta antes de hablar:

–Es evidente que nos encontramos ante dos versiones completamente incompatibles. Antes de continuar, quisiera hacerle algunas preguntas, Ms. Johnson.

–Sí, señoría.

–Usted es una mujer atractiva. Estoy segura de que a lo largo de su carrera profesional ha tenido que rechazar más de una proposición.

–Sí, señoría –contestó Meredith sonriendo.

–Y estoy segura de que habrá adquirido cierta habilidad.

–Sí, señoría.

–Usted ha dicho que era consciente de que su anterior relación con Mr. Sanders había provocado ciertas tensiones. Teniendo en cuenta esas tensiones, creo que habría sido más profesional por su parte concertar una cita con él por la mañana y sin vino. La atmósfera habría sido más propicia.

–Su apreciación es correcta retrospectivamente, sin ninguna duda –explicó Meredith–. Pero nuestra reunión tuvo lugar en el contexto de las reuniones relacionadas con la fusión. Todo el mundo estaba muy ocupado. Lo único que me interesaba era tener la reunión con Mr. Sanders antes de las sesiones del día siguiente con los representantes de Conley-White. Era lo único en que pensaba: en los horarios.

–Entiendo. Y cuando Mr. Sanders se marchó de su despacho, ¿por qué no llamó a Mr. Blackburn, o algún otro directivo de la empresa, para informar de lo ocurrido?

–Como ya he dicho, confiaba en que pudiéramos superarlo.

–Sin embargo, el episodio que usted describe constituye una grave infracción. Como directiva con experiencia, usted debería haber sabido que la posibilidad de establecer una buena relación profesional con Mr. Sanders era nula. Me parecería más lógico que se hubiera sentido obligada a informar a algún superior de inmediato. Y desde el punto de vista práctico, lo normal es que hubiera querido declarar públicamente cuanto antes.

–Sí, pero yo tenía esperanzas. –Frunció el ceño, pensativa–. No sé, supongo... que me responsabilizaba de Tom. No quería ser yo la causa de que perdiera su empleo, después de haber sido amigos.

–Y sin embargo, usted se ha convertido en la causa de que pierda su empleo.

–Sí.

–Entiendo. Muy bien. ¿Ms. Fernández?

–Gracias, señoría. –Louise Fernández se colocó dando la cara a Meredith Johnson–. Ms. Johnson, en situaciones como ésta, cuando ocurre un incidente sin la presencia de testigos, nos vemos obligados a examinar algunos detalles secundarios. Así que voy a hacerle algunas preguntas acerca de detalles secundarios.

–Me parece bien.

–Usted ha dicho que al concertar la cita con Mr. Sanders, él pidió vino.

–Sí.

–¿De dónde salió el vino que bebieron aquella noche?

–Le pedí a mi secretaria que lo trajera.

–¿Se refiere a Ms. Rose?

–Sí.

–¿Lleva mucho tiempo con usted?

–Sí.

–¿Vino con usted de Cupertino?

–Sí.

–¿Es una empleada de confianza?

–Sí.

–¿Cuántas botellas le pidió que comprara?

–No recuerdo si especifiqué el número de botellas.

–Muy bien. ¿Cuántas botellas compró Ms. Ross?

–Creo que tres.

–Tres. ¿Y pidió a su secretaria que comprara algo más?

–¿A qué se refiere?

–¿Le pidió que comprara preservativos?

–No.

–¿Sabe usted si su secretaria compró preservativos?

–No, no lo sé.

–Pues lo hizo. Compró preservativos en el Drugstore de la Segunda Avenida.

–Si los compró –dijo Meredith– debían de ser para ella.

–¿Se le ocurre alguna explicación de por qué dijo su secretaria que los preservativos eran para usted?

–No –contestó ella sin apresurarse–. No se me ocurre ninguna explicación.

–Un momento –interrumpió Murphy–. Ms. Fernández, ¿insinúa usted que la secretaria dijo que había comprado los preservativos para Ms. Johnson?

–Sí, señoría.

–¿Tiene usted testigos que lo puedan afirmar?

–Sí.

Heller, sentado junto a Meredith Johnson, se frotó el labio inferior. Meredith no reaccionó. Ni siquiera pestañeó. Siguió mirando fijamente a Louise Fernández, a la espera de la siguiente pregunta.

–Ms. Johnson, ¿dio instrucciones a su secretaria de que echara el pestillo de la puerta cuando Mr. Sanders estuviera con usted?

–Por supuesto que no.

–¿Sabe si echó el pestillo de la puerta?

–No, no lo sé.

–¿Se le ocurre alguna explicación de por qué pudo decir que usted le ordenó cerrar la puerta con pestillo?

–No.

–Ms. Johnson, la reunión con Mr. Sanders fue a las seis. ¿Tenía alguna otra cita aquella noche?

–No. Ésa era la última.

–¿No es cierto que tenía una cita a las siete y que la canceló?

–Ah, sí, tiene usted razón. Tenía una reunión con Stephanie Kaplan. Pero la cancelé porque no iba a tener preparadas las cifras que quería estudiar con ella. No hubo tiempo de prepararlas.

–¿Está al corriente de que su secretaria dijo a Ms. Kaplan que usted cancelaba la cita porque tenía otra reunión que iba a alargarse?

–No sé lo que le dijo mi secretaria –repuso Meredith, impaciente por primera vez–. Estamos hablando mucho de mi secretaria. Quizá tendría que hacerle todas estas preguntas a ella, ¿no le parece?

–Sí, es posible que lo hagamos. Muy bien. Vayamos a otra cosa. Mr. Sanders dice que al salir de su despacho vio a una empleada de la limpieza. ¿La vio usted?

–No. Cuando él se marchó me quedé en mi despacho.

–La empleada de la limpieza, Marian Walden, dice que oyó una fuerte discusión antes de que saliera Mr. Sanders. Dice que oyó decir a un hombre: «Esto no está bien», y a una mujer decir: «Asqueroso hijo de puta, no puedes dejarme así.» ¿Recuerda haber dicho algo parecido?

–No. Recuerdo haber dicho «No puedes hacerme esto».

–Pero no recuerda haber dicho «No puedes dejarme así».

–No.

–Ms. Walden está segura de que eso fue lo que usted dijo.

–No sé qué le pareció oír a Ms. Walden –repuso Meredith–. Las puertas estaban cerradas.

–¿No hablaba usted en voz muy alta?

–No lo sé. Es posible.

–Ms. Walden asegura que usted estaba gritando. Y Mr. Sanders también ha dicho que usted estaba gritando.

–No lo sé.

–Muy bien. Veamos. Usted ha dicho que comunicó a Mr. Blackburn que no podía trabajar con Mr. Sanders después de la desafortunada reunión del martes por la mañana, ¿es correcto?

–Sí, exactamente.

Sanders se apoyó en el respaldo de la silla. De pronto se dio cuenta de que había pasado por alto aquel detalle de la declaración de Meredith. Sanders estaba tan disgustado que no había reparado en que ella había mentido al decir cuándo vio a Blackburn. Porque Sanders fue al despacho de Blackburn justo después de la reunión, y Blackburn ya sabía lo que había pasado.

–Ms. Johnson, ¿a qué hora le parece que fue a ver a Mr. Blackburn?

–No lo sé. Después de la reunión.

–¿Sobre qué hora?

–Las diez.

–¿No sería antes?

–No.

Sanders miró a Blackburn, rígidamente sentado en el extremo de la mesa. Estaba nervioso y se mordió el labio:

Fernández continuó:

–¿Me permiten que pida a Mr. Blackburn que nos confirme

ese dato? Imagino que su secretaria podrá ayudarlo, en caso de que le cueste recordarlo con exactitud.

Hubo un breve silencio. Fernández miró a Blackburn.

–No –dijo Meredith–. No; me había confundido. Lo que quería decir era que hablé con Phil después de la primera reunión y antes de la segunda.

–La primera reunión es a la que Sanders no acudió, ¿correcto? La de las ocho.

–Sí.

–De modo que la actitud de Mr. Sanders en la segunda reunión, en la que la contradijo, no pudo influir en su decisión de hablar con Mr. Blackburn. Porque usted ya había hablado con Mr. Blackburn cuando se celebró esa reunión.

–Ya he dicho que me había confundido.

–No tengo más preguntas, señoría.

La jueza Murphy cerró su bloc de notas; la expresión de su rostro era insondable. Consultó su reloj y dijo:

–Son las once y media. Haremos una pausa de dos horas para almorzar. Tienen tiempo de deliberar y de decidir qué camino quieren tomar las partes. –Se puso en pie–. Si los abogados quieren consultar cualquier asunto conmigo, estaré a su disposición. Si no me necesitan, nos veremos aquí a la una y media. Les deseo un almuerzo agradable y fructuoso. –Dicho esto, salió de la sala.

Blackburn se levantó y dijo:

–Me gustaría reunirme con la abogada de la contraparte ahora mismo.

Sanders miró a Fernández, que esbozó una discreta sonrisa y dijo:

–Estoy a su disposición, Mr. Blackburn.

Los tres abogados estaban de pie junto a la fuente. Fernández hablaba animadamente con Heller, muy cerca de él. Blackburn estaba un poco más lejos, hablando por su teléfono portátil. En el otro extremo del patio, Meredith Johnson hablaba por otro teléfono y gesticulaba enérgicamente.

Sanders se quedó solo, observando. Estaba convencido de que Blackburn buscaría un acuerdo. Fernández había desmontado punto por punto la versión de Meredith. Había demostrado que había ordenado a su secretaria que comprara vino y preservativos, que echara el pestillo de la puerta cuando Sanders hubiera entrado y que cancelara sus citas posteriores. Era evidente que Meredith Johnson no era una superiora sorprendida por una proposición sexual. Lo había estado planeando toda la tarde. La empleada de la limpieza había oído las palabras cruciales: «No puedes dejarme así.» Y Meredith había mentido respecto al horario y las motivaciones de su conversación con Blackburn.

Nadie podía poner en duda que Meredith estaba mintiendo. Ahora el único interrogante era qué iban a hacer Blackburn y DigiCom. Sanders había asistido a varios seminarios para empresarios sobre el acoso sexual, y sabía cuál era la obligación de la empresa. No tenían alternativa.

Tendrían que despedirla.

¿Pero qué iban a hacer con Sanders? Eso era otra cuestión completamente diferente. Sanders intuía que nunca volvería a ser bien recibido en la empresa. Con aquella acusación había aniquilado a la niña bonita de Garvin, y Garvin nunca se lo perdonaría.

No le dejarían volver. Tendrían que despedirlo.

–Ya están haciendo las paces, ¿no?

Sanders se volvió y vio a Alan, uno de los detectives, que venía del aparcamiento. Alan había visto a los abogados y había imaginado lo que estaba pasando.

–Eso creo –dijo Sanders.

–Más les vale –añadió Alan–. Meredith Johnson tiene un problema. Y hay mucha gente de la empresa que lo sabe. Sobre todo su secretaria.

–¿Hablaste con ella anoche? –preguntó Sanders.

–Sí. Herb localizó a la empleada de la limpieza y grabó su declaración. Y yo salí con Betsy Ross. Se siente sola; no tiene amigos en la ciudad y bebe mucho. Grabé todo lo que me dijo.

–¿Lo sabía ella?

–No, no hace falta. Pero aun así es admisible. –Volvió a mirar a los abogados–: Blackburn debe de estar cagándose en todo.

Louise Fernández cruzó el patio a grandes zancadas y se acercó a ellos:

–Maldita sea –dijo.

–¿Qué pasa? –preguntó Sanders.

–No quieren pactar.

–¿Que no quieren pactar?

–No. Lo niegan todo. La secretaria compró vino: era para Sanders. La secretaria compró preservativos: eran para su uso personal. La secretaria dice que los compró para Johnson: la secretaria es una borracha. Las declaraciones de la empleada de la limpieza: es imposible saber lo que oyó, porque tenía la radio puesta. Y siempre el mismo estribillo: «Mira, Louise, esto no se aguantará en un tribunal.» Y la incombustible Betty está al teléfono dirigiéndolo todo. Diciendo a todo el mundo lo que tienen que hacer. Es tan típico. Estos ejecutivos siempre hacen lo mismo: te miran a los ojos y te dicen: «Te lo estás inventando. No ha pasado nada.» Me ponen histérica. ¡Maldita sea!

–Será mejor que vayamos a comer, Louise –dijo Alan–. A veces se olvida de que hay que comer –añadió dirigiéndose a Sanders.

–Sí, tienes razón. Vamos a comer. –Fueron hacia el aparcamiento. Fernández caminaba deprisa, maldiciendo por lo bajo–. No me explico por qué adoptan esta postura –dijo–. Porque estoy convencida de que la jueza Murphy no creía que la sesión fuera a continuar esta tarde. Yo tampoco. Pensaba que después de las pruebas que hemos presentado se había acabado todo. Pero no se ha acabado. Blackburn y Heller no piensan ceder. No quiere pactar. Prácticamente nos están invitando a llevarlos a juicio.

–Pues los llevaremos a juicio –dijo Sanders encogiéndose de hombros.

–No tan deprisa –lo previno Fernández–. Ahora no. Esto es exactamente lo que yo temía. Se han enterado de muchas cosas gracias a nosotros, y nosotros no tenemos nada nuevo. Estamos como al principio. Y ellos tienen tres años para trabajarse a la secretaria, a la empleada de la limpieza y a quien haga falta. En cambio, nosotros no volveremos a verle el pelo a esa secretaria.

–Pero tenemos una cinta...

–Tiene que comparecer ante el tribunal. Y créeme: no lo hará. Mira, DigiCom es una empresa con mucho renombre. Si demostramos que DigiCom no actuó adecuadamente tras enterarse de lo de Johnson, podemos causarles graves problemas. Te aseguro que la secretaria pasará el resto de su vida de vacaciones en Costa Rica.

–¿Y qué vamos a hacer? –dijo Sanders.

–Ahora ya nos hemos comprometido, para bien o para mal. Tenemos que seguir. Tenemos que ingeniárnoslas para hacerlos entrar en razón. Pero vamos a necesitar algo más. ¿Tú tienes algo más?

–No, nada.

–Mierda –exclamó Fernández–. ¿Pero qué pasa? Pensaba que a DigiCom le preocupaba que la acusación se hiciera pública antes de que hubieran firmado la fusión. Pensaba que tenían miedo a la publicidad.

Sanders asintió con la cabeza.

–Yo también.

–Entonces hay algo que no entendemos. Porque Heller y Blackburn se comportan como si no les importara lo que podamos hacer. ¿Qué motivo tienen?

Un hombre corpulento con bigote pasó por su lado con un fajo de papeles. Parecía policía.

–¿Quién es? –preguntó Fernández.

–No lo había visto nunca.

–Estaba llamando a alguien por teléfono. Intentaba localizar a alguien. Por eso lo pregunto.

Sanders se encogió de hombros:

–¿Qué vamos a hacer ahora?

–Vamos a comer –dijo Alan.

–Sí, vamos a comer –dijo Fernández– y a olvidarnos de esto un rato.

En aquel mismo instante, un pensamiento pasó por la mente de Sanders: *Deja ese teléfono.* Era como una orden cuyo origen no lograba identificar.

Deja ese teléfono.

–Será mejor que llame a mi despacho –dijo Sanders. Sacó su teléfono portátil y marcó el número de Cindy.

Empezaba a caer una fina lluvia. Llegaron al aparcamiento.

–¿Quién conduce? –preguntó Fernández.

–Yo –se ofreció Alan.

Se dirigieron al coche del detective, un sedán Ford. Alan abrió las puertas y Fernández subió, diciendo:

–Y yo que pensaba que la comida de hoy se iba a convertir en una fiesta.

Van a una fiesta.

Sanders miró a Fernández, que se había sentado en el asiento delantero. Se acercó el teléfono al oído y esperó a que Cindy contestara. Se alegró de que su teléfono funcionara correctamente. Desde la noche en que se quedó sin baterías, no había vuelto a confiar en él. Pero por lo visto funcionaba perfectamente.

La pareja iba a una fiesta, y la mujer hizo una llamada por un teléfono portátil. Desde el coche.

Deja ese teléfono.

–Despacho de Mr. Sanders –dijo Cindy.

La mujer dejó un mensaje en un contestador automático... Y luego colgó.

–Despacho de Mr. Sanders. Dígame.

–Cindy, soy yo.

–Hola, Tom. –La voz de Cindy todavía revelaba ciertas reservas.

–¿Hay algún mensaje?

–Sí. Espera, voy a coger mi libreta. Te ha llamado Arthur, de Kuala Lumpur; quería saber si habían llegado las unidades. Se lo he preguntado a Don Cherry y me ha dicho que ya están trabajando en ellas. También te ha llamado Eddie, de Austin; parecía preocupado. Y John Levin. También te llamó ayer. Ha dicho que era importante.

Levin podía esperar.

–Muy bien, Cindy. Gracias.

–¿Vas a pasar por el despacho? Me lo ha preguntado mucha gente.

–No lo sé.

–Te ha llamado John Conley de Conley-White. Quería verte a las cuatro.

–Ya veremos. Te llamaré más tarde.

–Muy bien. –Cindy colgó.

Sanders oyó un pitido.

Y entonces colgó.

No conseguía recordar aquella historia con precisión. La pareja que iba en el coche, a una fiesta. ¿Quién se lo había contado?

De camino a la fiesta, Adele hizo una llamada desde el coche y luego colgó.

Sanders chasqueó los dedos. ¡Claro! ¡Adele! La pareja que iba en el coche eran Mark y Adele Lewyn. Y habían tenido un incidente embarazoso. Ahora empezaba a recordarlo.

Adele llamó a alguien, pero esa persona no estaba, así que dejó un mensaje en el contestador automático y colgó. Luego Mark y ella hablaron, en el coche, de la persona a la que Adele acababa de llamar. Bromearon e hicieron comentarios poco halagüeños durante unos quince minutos. Y luego tuvieron un bochorno...

–¿Piensas quedarte ahí parado mucho tiempo? –dijo Fernández.

Sanders no contestó. Se quitó el teléfono del oído. El visor y el teclado estaban iluminados. Miró el teléfono y esperó. Cinco segundos más tarde, el teléfono se apagó solo. La nueva generación de teléfonos tenía un dispositivo de apagado automático para proteger las baterías. Si no utilizabas el teléfono o no pulsabas ninguna tecla durante quince segundos, el teléfono se apagaba por sí solo. Para no quedarse sin baterías.

Pero en el despacho de Meredith su teléfono se había quedado sin baterías.

¿Por qué?

Deja ese teléfono.

¿Por qué no se había apagado automáticamente? ¿Qué explicación podía haber? Problemas mecánicos posibles: una de las teclas se había quedado encallada y el teléfono seguía encendido; se había estropeado al dejarlo caer cuando Meredith empezó a besarlo; se había quedado sin baterías porque no se había acordado de recargarlas la noche anterior.

No, pensó. El teléfono funcionaba bien. No había ningún problema mecánico. Y las baterías estaban al máximo.

No.

El teléfono funcionaba correctamente.

Bromearon e hicieron comentarios poco halagüeños durante unos quince minutos.

Empezó a recordar fragmentos de una conversación.

–Oye, ¿por qué no me llamaste anoche?

–Te llamé, Mark.

Sanders estaba seguro de haber llamado a Mark Lewyn desde el despacho de Meredith. De pie en el aparcamiento, bajo la lluvia, marcó LEW en el teclado del teléfono. El número de teléfono particular de Lewyn apareció en la pantalla.

–Cuando llegué a casa no había ningún mensaje en el contestador.

–Te dejé un mensaje, sobre las seis y cuarto.

–Pues no lo recibí.

Sanders estaba convencido de que había llamado a Lewyn y había dejado un mensaje en su contestador. Recordó incluso la voz masculina y la típica frase: «Deje su mensaje después de oír la señal.»

Apretó la tecla SEND mientras observaba atentamente el número de teléfono que había aparecido en la pantalla. Contestó el contestador automático. Una voz femenina dijo: «Hola, has llamado a casa de Mark y Adele. Ahora no podemos ponernos, pero si dejas tu mensaje te llamaremos cuanto antes.» *Biiip.*

No era el mismo mensaje.

Aquella noche *no había llamado* a Mark Lewyn.

La única explicación era que aquella noche no había marcado las teclas L-E-W. Estaba en el despacho de Meredith, nervioso, y debió de equivocarse. Había hablado con el contestador automático de otra persona.

Y su teléfono se había quedado sin baterías.

Porque...

Deja ese teléfono.

–Por el amor de dios –dijo. De pronto lo comprendió. Sabía exactamente qué había ocurrido. Y eso significaba que había una remota posibilidad de que...

–¿Estás bien, Tom? –preguntó Louise.

–Sí. Déjame pensar un momento. Creo que he descubierto algo importante.

No había marcado L-E-W.

Había marcado otra cosa. Algo muy parecido. Con dedos temblorosos, Sanders marcó L-E-L. No apareció nada en la pantalla: no había ningún número grabado bajo aquella combinación de letras. L-E-M. Tampoco. L-E-S; nada. L-E-V.

La palabra LEVIN apareció en el visor, junto con el número de teléfono de John Levin.

Aquella noche Sanders había dejado un mensaje en el contestador automático de John Levin.

Ha llamado John Levin. Ha dicho que era importante.

Sin duda, pensó Sanders.

Ahora recordaba con súbita precisión la secuencia de acontecimientos. Él estaba hablando por teléfono y Meredith dijo: «Deja ese teléfono» le cogió la mano y empezó a besarlo. Él dejó caer el teléfono sobre la mesa y lo dejó allí.

Después, cuando se marchó del despacho de Meredith, abrochándose la camisa, recogió el teléfono portátil de la mesa, pero ya se había quedado sin baterías. Lo cual sólo podía significar que había seguido funcionando durante casi una hora. Había seguido funcionando durante todo el incidente con Meredith.

En el coche, cuando Adele terminó la llamada, colgó el teléfono. No apretó la tecla END *y la línea telefónica siguió abierta, y toda su conversación quedó grabada en el contestador automático de aquella persona. Quince minutos de bromas y comentarios burlones: quedó todo grabado en el contestador automático.*

Y el teléfono de Sanders se había quedado sin baterías porque la línea siguió abierta. Toda su conversación había quedado grabada.

Marcó el número de John Levin. Fernández salió del coche y se le acercó:

–¿Qué pasa? ¿Vamos a comer o no?
–Un minuto.
Sanders oyó un chasquido y luego una voz masculina:
–John Levin al habla.
–John, soy Tom Sanders.
–¡Tom! –Levin se echó a reír–. ¡Por fin! Últimamente llevas una vida sexual bastante intensa, ¿no, tío?
–¿Se grabó? –preguntó Sanders.
–Vaya si se grabó. El martes por la mañana fui a ver si había mensajes y me encontré con media hora de...
–John...
–El que diga que la vida de casado es aburrida...
–Escúchame, John. *¿Lo borraste?*
Hubo una pausa. Levin dejó de reír:
–¿Por quién me has tomado, Tom? ¿Crees que soy un pervertido? Claro que *no* lo borré. Lo puse en la oficina para que lo oyeran todos. ¡Les encantó!
–Estoy hablando en serio, John.
Levin suspiró:
–No, no lo he borrado. Me pareció que tenías problemas, y... no sé. En fin, el caso es que lo tengo.
–Perfecto. ¿Dónde está?
–Aquí mismo, encima de mi mesa.
–Necesito esa cinta, John. Escúchame con atención. Voy a decirte lo que quiero que hagas.

Ya en el coche, Fernández dijo:
–Estoy esperando.
–Hay una cinta de la reunión con Meredith –explicó Sanders–. Se grabó todo.
–¿Cómo?
–Fue un accidente. Cuando Meredith empezó a besarme yo estaba hablando con un contestador automático. Dejé el teléfono sobre la mesa, pero no corté la comunicación. El teléfono siguió conectado al contestador automático. Y todo lo que dijimos quedó grabado.

–¡Coño! –exclamó Alan.

–¿En cinta de audio? –preguntó Fernández.

–Sí.

–¿De buena calidad?

–No lo sé. Ya lo veremos. John nos la va a traer ahora mismo.

–Ya me siento mejor –dijo Fernández frotándose las manos.

–¿Sí?

–Sí. Porque si es mínimamente buena los vamos a hacer trizas.

John Levin apartó su plato y se terminó la cerveza.

–A esto llamo yo una comida –dijo, jovial–. Un halibut *excelente*. –Levin pesaba ciento veinte kilos.

Estaban sentados en la puerta trasera de McCormick and Schmick's, en First Avenue. En el restaurante había mucho ruido, porque era la hora del almuerzo de los ejecutivos. Fernández presionó los auriculares contra sus oídos mientras escuchaba la cinta en un walkman. Llevaba más de media hora escuchando atentamente, tomando notas en un bloc, y sin probar la comida. Finalmente se levantó y dijo:

–Tengo que hacer una llamada.

Levin miró el plato de Fernández.

–¿No se lo va a comer? –preguntó.

Fernández negó con la cabeza y se fue.

Levin sonrió.

–No está bien tirar la comida –dijo, y se acercó el plato de la abogada. Empezó a comer–. Cuéntame, Tom. ¿Qué ha pasado? ¿Te has metido en un lío?

–En un lío de cojones –dijo Sanders mientras removía el capuchino. No había probado bocado. Miró cómo Levin engullía puré.

–Ya me lo imaginaba –dijo Levin–. Esta mañana me ha llamado Jack Kerry, de Aldus, y me ha dicho que ibas a demandar a la empresa porque te negaste a tirarte a no sé qué tía.

–Kerry es un gilipollas.

–Sí, desde luego –admitió Levin–. ¿Pero qué quieres? Después de lo de la columna de Connie Walsh todo el mundo intenta averiguar quién es ese Mr. Porky. –Levin siguió comiendo–. ¿Pero de dónde sacó ella la historia? Porque ella es la que ha lanzado el rumor.

–A lo mejor se lo contaste tú, John –dijo Sanders.

–¿Bromeas?

–Tú tenías la cinta.

Levin frunció el ceño.

–Mira, Tom, me voy a enfadar contigo. –Agitó la cabeza–. No. Si quieres saber mi opinión, se lo contó otra mujer.

–Meredith es la única mujer que lo sabía, y ella no puede habérselo contado.

–Apuesto a que ha sido una mujer –insistió Levin–. Ya verás. Suponiendo que llegues a enterarte, cosa que dudo. –Siguió masticando–. El pez espada está un poco duro. Creo que tendríamos que decírselo al camarero. –Echó un vistazo al comedor, buscando al camarero–. Mira, Tom.

–¿Qué pasa?

–Aquel tipo te está mirando. ¿Lo conoces?

Sanders miró por encima del hombro. Bob Garvin estaba de pie junto a la barra, mirando a Sanders. Phil Blackburn le acompañaba.

–Perdóname –se excusó Sanders, y se levantó de la mesa.

Garvin y Sanders se dieron la mano.

–Hola, Tom. ¿Cómo estás llevando todo esto?

–Bastante bien –contestó Sanders.

–Me alegro. –Garvin puso una mano sobre el hombro de Sanders, con paternalismo–. Y me alegra mucho volver a verte.

–Yo también, Bob.

–En aquel rincón hay una mesa tranquila –dijo Garvin–. He pedido un par de capuchinos. ¿Te parece bien que hablemos un momento?

–Sí, claro. –Estaba acostumbrado a tratar con un Garvin grosero y malhumorado, y aquél, educado y cauto, le inquietaba.

Se sentaron en el rincón. Garvin se sentó enfrente de Sanders.

–Hace mucho tiempo que nos conocemos, Tom.

–Sí, es verdad.

–Seguro que te acuerdas de aquellos malditos viajes a Seúl, de las porquerías que teníamos que comer y de las diarreas que nos provocaban.

–Sí, lo recuerdo.

–Qué tiempos aquéllos –dijo Garvin. Observaba atentamente a Sanders–. En fin, Tom. Nos conocemos bastante bien, así que no voy a soltarte un sermón. Pero déjame poner las cartas sobre la mesa. Tenemos un problema, y hay que solucionarlo antes de que nos meta a todos en un lío. Quiero apelar a tu buen juicio respecto a lo que vamos a hacer de ahora en adelante.

–¿Mi buen juicio?

–Sí. Me gustaría considerar este asunto desde todos los puntos de vista.

–¿Cuántos puntos de vista hay?

–Por lo menos dos –contestó Garvin, sonriente–. Mira, Tom, todo el mundo sabe que yo siempre he respaldado a Meredith. Siempre he creído que tiene talento y una visión que necesitaremos en el futuro. Nunca la he visto hacer nada que sugiriera lo contrario. Sé que es un ser humano como todos, pero tiene un gran talento y la apoyo.

–Ya.

–En este caso es posible... es posible que haya cometido un error. No lo sé.

Sanders guardó silencio. Se limitó a esperar, mirando fijamente a Garvin, que estaba consiguiendo dar una convincente imagen de hombre de mentalidad abierta. Sanders no se dejó engañar.

–Digamos que efectivamente ha cometido un error –prosiguió Garvin.

–Lo ha cometido, Bob –dijo Sanders con firmeza.

–Muy bien. Digamos que sí. Llamémoslo un error de juicio. Digamos que se ha pasado de la raya. El caso es, Tom, que a pesar de todo yo sigo apoyándola.

–¿Por qué?

–Porque es una mujer.

–¿Y eso qué tiene que ver?

–Las mujeres siempre han sido discriminadas en los puestos directivos, Tom.

–Meredith no ha sido discriminada en ninguna parte.

–Y al fin y al cabo es muy joven.

–No tan joven –volvió a contradecirle Sanders.

–Claro que sí. Es prácticamente una colegiala. Sólo hace un par de años que terminó su licenciatura.

–Meredith Johnson tiene treinta y cinco años, Bob. Ya no es una niña.

Garvin no le dio importancia y miró a Sanders con simpatía:

–Comprendo que te disgustara su nombramiento, Tom. Y también comprendo que desde tu punto de vista Meredith cometió un error respecto a la forma de acercarse a ti.

–No se acercó a mí, Bob. Se me echó encima.

Garvin empezó a perder la paciencia.

–Mira, tú tampoco eres ningún niño –dijo, un poco irritado.

–No, no lo soy –admitió Sanders–. Pero soy su empleado.

–Y me consta que ella tiene un gran concepto de ti –dijo Garvin, recuperando la calma–. Como toda la empresa, Tom. Eres imprescindible para nuestro futuro. Los dos lo sabemos. Quiero conservar intacto nuestro equipo. Y no quiero abandonar la idea de que tenemos que abrir las puertas a las mujeres y darles un margen de confianza.

–No estamos hablando de las mujeres –se defendió Sanders–. Estamos hablando de una mujer en particular.

–Tom...

–Si un hombre hubiera hecho lo que hizo ella, no hablarías de darle un margen de confianza. Lo despedirías.

–Seguramente.

–Ése es el problema.

–Creo que no te entiendo –dijo Garvin con tono amenazador. No le gustaba que le llevaran la contraria. Con el tiempo, a medida que su empresa adquiría fama y poder, Garvin se había acostumbrado a que lo trataran con deferencia. Ahora que se acercaba a la jubilación, Garvin esperaba obediencia de los demás–. Tenemos el deber de luchar por la igualdad –dijo Garvin.

–De acuerdo. Pero la igualdad significa que no hay que hacer diferencias –dijo Sanders–. Igualdad significa tratar a todo el mundo por igual. Lo que tú promulgas es *desigualdad* hacia Meredith, porque no estás dispuesto a hacer con ella lo que harías con un hombre: despedirlo.

Garvin suspiró y dijo:

–Lo haría si este caso estuviera más claro, Tom. Pero tengo entendido que hay todavía algunos interrogantes.

Sanders estuvo a punto de contarle lo de la cinta, pero algo le hizo contenerse. Dijo:

–Yo creo que está muy claro.

–Pero con estas cosas siempre hay diferentes opiniones. Eso es incuestionable. Siempre hay diferentes opiniones. Mira, ¿qué hay de grave en lo que hizo? En serio, Tom. ¿Que se te insinuó? Bien. Habrías podido considerarlo halagador. Al fin y al cabo es una mujer hermosa. Habrían podido pasar cosas peores. Una mujer hermosa te pone la mano en la rodilla. Habrías podido decir: «No, gracias.» Habrías podido reaccionar de mil maneras. Eres un adulto, Tom. Pero esta sed de venganza... La verdad, no me lo esperaba de ti.

–Ella quebrantó la ley, Bob.

–Eso aún está por demostrar, ¿no? Si quieres puedes abrir la puerta de tu vida privada ante un jurado para que la examine. A mí no me gustaría hacerlo. Y no sé a quién puede interesarle llevar este caso ante los tribunales. No tiene ningún sentido.

–¿De qué estás hablando?

–Tú no quieres ir a juicio, Tom –dijo Garvin entrecerrando los ojos.

–¿Por qué no?

–No quieres, sencillamente. –Garvin respiró hondo y añadió–: Mira, no nos vayamos por las ramas. He hablado con Meredith. Ella piensa lo mismo que yo, que este asunto se ha desbordado.

–Ya.

–Y ahora estoy hablando contigo. Porque lo que quiero es que olvidemos este tema y volvamos a empezar. Escúchame bien, por favor. Quiero que volvamos a empezar, como si este desafortunado malentendido no hubiera ocurrido. Tú te quedas en tu puesto y Meredith en el suyo. Seguís trabajando juntos como dos adultos civilizados. Tú te encargas de organizar la empresa y ponerla a la venta, y todo el mundo se lleva un montón de dinero en el plazo de un año. ¿Qué problema hay?

Sanders sintió una especie de alivio, como si las cosas empezaran a retornar a la normalidad. Deseaba huir de los abogados y de la tensión de los tres últimos días. La idea de volver a la rutina y a la normalidad lo atraía enormemente.

–Míralo así, Tom. El lunes por la noche, después de la reunión, nadie dio la alarma. Tú no llamaste a nadie y Meredith tampoco. Estoy seguro de que los dos queríais olvidarlo. Luego, al día siguiente, hubo una confusión y una pelea ridícula. Si hubieras llegado puntualmente a la reunión, si Meredith y tú os hubierais puesto de acuerdo sobre lo que había que decir, nada de esto habría ocurrido. Seguiríais trabajando juntos, y lo que haya ocurrido entre vosotros dos sería una cuestión personal y privada. Y en cambio, mira la que hemos organizado. No tiene sentido. ¿Por qué no olvidarlo y seguir adelante? Y hacernos ricos. ¿Qué dices, Tom? ¿Qué inconveniente hay?

–Ninguno –contestó Sanders.

–Perfecto.

–Sólo que no puede ser.

–¿Por qué no?

Se le ocurrieron infinidad de respuestas: Porque Meredith no está capacitada para ese trabajo. Porque es una víbora. Porque es una jugadora de equipo, pura imagen, y éste es un departamento técnico que tiene que fabricar un producto. Porque es una mentirosa. Porque no siento ningún respeto por ella. Porque volverá a hacerlo. Porque no siente ningún respeto por mí. Porque tú eres injusto conmigo. Porque ella es tu niña mimada. Porque la prefieres a ella. Porque...

–Hemos ido demasiado lejos –dijo Sanders.

–Podemos retroceder –dijo Garvin mirándolo a los ojos.

–No, Bob. No podemos.

Garvin se apoyó en el respaldo de la silla y bajó la voz:

–Escúchame bien, desgraciado. Sé muy bien lo que está pasando. Cuando tú no eras más que un don nadie, yo te di trabajo. Te di la oportunidad de iniciar tu carrera, te ofrecí mi ayuda. ¿Y ahora quieres pelea? Muy bien. ¿Quieres pisar mierda? Pues espera, Tom. –Se levantó.

–Tú nunca has estado dispuesto a discutir sobre Meredith Johnson, Bob –dijo Sanders.

–Ah, ya. ¿Insinúas que *yo* tengo un problema con Meredith? –Garvin soltó una carcajada–. Mira, Tom, ella era tu novia, pero era inteligente e independiente y tú no podías dominarla. Cuando te dejó cogiste un enfado de mil demonios. Y ahora, después de todos estos años, quieres pasar cuentas con ella. Ése es el problema. No tiene nada que ver con la ética profesional, ni con la ley, ni con el acoso sexual, ni con nada. Es un asunto personal, y muy lamentable. Y vas a pisar tanta mierda que te va a salir hasta por las orejas.

Abandonó el restaurante a toda prisa, dando un empujón a Blackburn al pasar por su lado. Blackburn se quedó un momento mirando a Sanders, y luego salió presuroso detrás de su jefe.

Cuando volvía a su mesa, Sanders pasó junto a un grupo de empleados de Microsoft, entre los que había dos programadores que tenían fama de imbéciles.

–¡Mr. Porky! –dijo uno.

–¿Qué te pasó? –bromeó otro–. ¿No se te levantaba?

Sanders avanzó unos pasos, pero al final se volvió y dijo:

–Por lo menos yo no me bajo los pantalones y me pongo a cuatro patas en las reuniones con... –Nombró al jefe de programación de Microsoft.

Todos se echaron a reír.

–¡Vaya, vaya!

–¡Pero si Mr. Porky tiene lengua!

–¡Oink, oink!

–¿Qué hacéis en la ciudad, chicos? –preguntó Sanders–. ¿Acaso se ha agotado la vaselina en Redmond?

–¡Ja, ja!

–¡Mr. Porky está cabreado!

Reían como colegiales. En su mesa había una enorme jarra de cerveza. Uno de ellos dijo:

–Si Meredith Johnson se quitara las bragas por mí, te aseguro que no llamaría a la policía.

–¡Seguro que no!

–¡Te portarías como un caballero!

–¡Las damas primero!

Reían a carcajadas y golpeaban la mesa.

Sanders se alejó de ellos.

Garvin y Blackburn estaban en la acera, frente a la puerta del restaurante. El abogado tenía el teléfono pegado a la oreja; Garvin, nervioso, se paseaba arriba y abajo.

–¿Dónde está ese maldito coche? –dijo Garvin.

–No lo sé, Bob.

–Le he dicho al chófer que esperara.

–Lo sé, Bob. Estoy intentando hablar con él.

–Por Dios. ¿Es que ni siquiera las cosas más simples salen bien?

–A lo mejor ha tenido que ir al lavabo.

–¿Tanto rato necesita para mear? Maldito Sanders. ¿Tú lo entiendes?

–No, Bob.

–Yo tampoco. No quiere pactar conmigo. Y me estoy bajando los pantalones. Le ofrezco su empleo, le ofrezco su paquete de acciones, se lo ofrezco todo. Y dice que no.

–No es un jugador de equipo, Bob.

–En eso tienes razón. Ni siquiera quiere negociar. Tenemos que ir nosotros a su encuentro.

–Sí.

–No se entera. Ése es el problema.

–Todo el mundo ha leído el artículo de esta mañana. No creo que le haya sentado muy bien.

–Pero no se entera.

Garvin seguía paseándose.

–Ahí viene el coche –dijo Blackburn señalando el sedán Lincoln que se aproximaba.

–Por fin –dijo Garvin–. Escucha, Phil, estoy harto de perder el tiempo con Sanders. Lo hemos intentado por las buenas y no funciona. Ya basta. Ahora vamos a hacer que se entere.

–Lo he pensado –dijo Phil–. ¿Qué está haciendo Sanders, en el fondo? Está calumniando a Meredith, ¿no?

–Sí, desde luego.

–No ha dudado ni un momento en calumniarla.

–No.

–Y lo que dice de ella no es cierto. Pero de eso se trata: una calumnia no tiene por qué ser cierta. Sólo tiene que ser algo que la gente esté dispuesta a creer.

–¿Y?

–Quizá le convendría saber lo que se siente.

–¿Lo que se siente? ¿De qué estás hablando?

Blackburn miró el coche que se acercaba a ellos, y contestó:

–Creo que Tom es un hombre muy violento.

–¿Pero qué dices? Hace años que lo conozco. Es un corderito.

–No –dijo Blackburn frotándose la nariz–. No estoy de acuerdo contigo. Creo que es muy violento. En la universidad jugaba a fútbol americano. Le gustan las peleas. Juega en el equipo de fútbol americano de la empresa y le encanta repartir leña. Tiene una vena violenta. Al fin y al cabo, casi todos los hombres la tienen. Los hombres son violentos por naturaleza.

–¿Pero qué coño estás diciendo?

–Y tienes que reconocer que fue violento con Meredith –prosiguió el abogado–. Le gritó, le dio un empujón, la tiró al suelo. Sexo y violencia. Un hombre fuera de sus casillas. Es mucho más corpulento que ella. La diferencia es evidente. Él es mucho más alto. Más fuerte. Basta con mirarlo para darse cuenta de que es un hombre violento. Esa apariencia agradable no es más que una máscara. Sanders es de esos tipos que se descargan pegando a mujeres indefensas.

Garvin miró a Blackburn de reojo:

–No conseguirás hacer correr ese rumor.

–Creo que sí.

–Nadie lo tragará.

–Creo que conozco a alguien que sí –dijo Blackburn.

–¿De veras? ¿Quién?

–Alguien.

El coche se detuvo frente a la puerta del restaurante. Garvin abrió la puerta.

–Lo único que sé –dijo– es que hemos de conseguir que pacte con nosotros. Tenemos que presionarlo para que se avenga a razonar.

–Creo que lo conseguiremos.

–Lo dejo en tus manos, Phil. Asegúrate de que así sea. –Garvin entró en el coche y a continuación lo hizo Blackburn–. ¿Dónde coño se había metido? –dijo Garvin al chófer.

Sanders y Fernández volvían al centro de mediación en el coche de Alan. Sanders relató a la abogada la conversación con Garvin.

–No tendrías que haberte quedado con él a solas –dijo Fernández–. Si yo hubiera estado presente, no se habría atrevido a hablarte así. ¿Es verdad que dijo que hay que hacer concesiones con las mujeres?

–Sí.

–Muy noble por su parte. Ya tiene un buen motivo para proteger a una mujer que se dedica a acosar a sus empleados. Muy bonito. Como es una mujer, tenemos que cruzarnos de brazos y permitir que infrinja la ley.

Al oír aquellas palabras, Sanders se sintió más fuerte. La conversación con Garvin lo había puesto nervioso. Sabía que Fernández estaba intentando devolverle la serenidad, pero de todos modos funcionaba.

–Es ridículo –añadió Fernández–. ¿Y luego te amenazó?

Sanders asintió con la cabeza.

–No le hagas caso. No son más que fanfarronadas.

–¿Estás segura?

–Completamente. Mera palabrería. Pero al menos ahora sabes por qué se dice que los hombres no entienden nada. Garvin te ha dado los mismos argumentos que los empresarios llevan años dando: míralo desde el punto de vista de la persona que te ha acosado. ¿Tan grave fue lo que hizo? Todos patinamos de vez en cuando. Así que todos a trabajar. Aquí no ha pasado nada. Volveremos a ser la familia feliz de siempre.

–Increíble –dijo Alan, que iba al volante.

–Sí. Hoy en día, increíble, desde luego –dijo Fernández–. Eso ya no hay quien lo aguante. Por cierto, ¿qué edad tiene Garvin?

–Casi sesenta años.

–Eso lo explica un poco. Pero Blackburn debería haberle dicho que es absolutamente inaceptable. Según la ley, Garvin no tiene ninguna posibilidad. Como mínimo tendrá que trasladar a Johnson, no a ti. Eso si no la despide.

–No creo que lo haga –dijo Sanders.

–No, claro que no.

–Es su favorita.

–Es su vicepresidenta, que es peor –matizó Fernández, mirando por la ventana–. Todas estas decisiones hay que contemplarlas desde la perspectiva del poder. El acoso sexual está relacionado con el poder, así como la resistencia de la empresa a enfrentarte a él. El poder protege al poder. Y cuando una mujer entra a formar parte de una estructura de poder, la estructura la protege, igual que a un hombre. Los médicos no declaran contra otros médicos. Es lo mismo. No importa que se trate de un hombre o de una mujer; sencillamente, los médicos nunca declaran contra sus colegas. Y punto. Y los ejecutivos no quieren investigar acusaciones contra otros ejecutivos, sean hombres o mujeres.

–Así que lo único que pasa es que antes las mujeres no ocupaban esos puestos.

–Sí. Pero ahora empiezan a acceder a ellos. Y ahora pueden ser tan injustas como cualquier hombre.

–Cerdas chovinistas –dijo Alan.

–No empieces –dijo Fernández.

–Anda, dile las cifras –repuso Alan.

–¿Qué cifras? –preguntó Sanders.

–Cerca de un cinco por ciento de las demandas de acoso sexual las presentan hombres contra mujeres. Es una cifra relativamente pequeña. Pero resulta que sólo el cinco por ciento de los directivos son mujeres. De modo que las cifras indican que las ejecutivas acosan a los hombres en la misma proporción en que los hombres acosan a las mujeres. Y, como te dije en nuestra primera entrevista, a medida que las mujeres van ocupando más puestos de trabajo, el porcentaje de demandas presentadas por hombres asciende. Porque lo cierto es que el acoso sexual es un tema de poder. Y el poder no es ni masculino ni femenino. Cualquiera que esté detrás de una mesa tiene la oportunidad de abusar de su poder. Y las mujeres se aprovechan con la misma frecuencia que los hombres. La encantadora Ms. Johnson es un buen ejemplo. Y su jefe no está dispuesto a despedirla.

–Garvin dice que no lo hace porque la situación no está muy clara.

–Pues yo diría que esa cinta lo aclara todo bastante –opinó Fernández. Luego frunció el ceño–: ¿Le has contado lo de la cinta?

–No.

–Perfecto. Creo que podemos liquidar este caso en un par de horas.

Alan aparcó y los tres salieron del coche.

–Muy bien –dijo Fernández–. Vamos a ver qué sabemos del pasado de Meredith. Alan. Tenemos la última empresa donde trabajó...

–Sí, Conrad Computer. Estamos en ello.

–Y también la anterior.

–Novell Network.

–Eso es. Y tenemos a su marido...

–Ya he llamado a CoStar.

–¿Y el asunto Internet? ¿«Un amigo»?

–Estamos trabajando.

–La escuela de empresariales y Vassar.

–Exacto.

–Lo más importante es la historia reciente. Concéntrate en Conrad y en el marido.

–Muy bien –dijo Alan–. Lo de Conrad es bastante complicado, porque suministran programas al gobierno y a la CIA. Me han soltado un rollo sobre su política de neutralidad informativa y de confidencialidad acerca de anteriores empleados.

–Pues dile a Harry que los llame. Es tozudo como una mula; seguro que les saca algo.

–Muy bien. Le diré que lo intente.

Alan volvió a subir al coche. Fernández y Sanders empezaron a caminar hacia el centro de mediación.

–¿Estás indagando en su pasado profesional?

–Sí. A las empresas no les gusta proporcionar informaciones perjudiciales sobre antiguos empleados. Durante años se limitaron a dar las fechas de su contrato. Pero ahora hay leyes que obligan a las empresas a facilitar ese tipo de información. Ahora se pueden exigir responsabilidades a una empresa por negarse a reconocer que tuvo un problema con un antiguo empleado. Así que podemos amenazarlos. Pero de todos modos pueden no darnos la información que buscamos.

–¿Cómo sabes que tienen información perjudicial?

Fernández sonrió:

–Porque Johnson ha cometido una falta de acoso sexual. Y eso es un hábito. Nunca es la primera vez.

–¿Crees que ya lo había hecho antes?

–No pongas esa cara. ¿Qué creías? ¿Que ha hecho todo esto porque te encontraba guapo? Te garantizo que ya lo había hecho antes. –Cruzaron el patio y se dirigieron hacia la puerta del edificio central–. Y ahora, vamos a hacer añicos a Ms. Johnson.

La jueza Murphy entró en la sala de mediación a las dos en punto. Miró a las cinco personas que había sentadas alrededor de la mesa y frunció el ceño:

–¿Se han reunido ya los abogados?

–Sí –contestó Heller.

–¿Con qué resultado?

–No hemos conseguido llegar a un acuerdo –dijo Heller.

–Muy bien. Prosigamos. –Se sentó y abrió su bloc de notas–.

¿Quieren seguir hablando de lo que se ha discutido en la sesión de la mañana?

–Sí, señorita –dijo Fernández–. Tengo algunas preguntas que hacer a Ms. Johnson.

–Muy bien. ¿Ms. Johnson?

Meredith Johnson se puso las gafas y dijo:

–Si me permite, señoría, antes me gustaría hacer una declaración.

–De acuerdo.

–He estado meditando sobre la sesión de esta mañana –dijo Johnson–, y en la versión de Mr. Sanders de lo ocurrido el lunes por la noche. Y tengo la impresión de que hay un verdadero malentendido.

–Comprendo –dijo la jueza Murphy con tono perfectamente neutral.

–Cuando Tom sugirió que nos reuniéramos a última hora del día, y cuando sugirió que bebiéramos un poco de vino para recordar los viejos tiempos, me temo que inconscientemente reaccioné de una forma que no esperaba.

La jueza Murphy no se movió. Nadie se movió. La sala estaba en silencio.

–Creo que es correcto decir que tomé sus palabras al pie de la letra y empecé a imaginar un... episodio romántico. Y, sinceramente, he de admitir que no me oponía a aquella posibilidad. En el pasado, Mr. Sanders y yo tuvimos una relación muy especial, y yo la recordaba como una relación muy emocionante. Así pues, supongo que es justo decir que yo esperaba nuestra reunión con emoción, y que quizá suponía que iba a acabar en un episodio sentimental. Que era lo que, inconscientemente, estaba deseando.

Heller y Blackburn estaban impertérritos. Las dos abogadas tampoco reaccionaron. Sanders se dio cuenta de que habían preparado todo aquello con antelación. ¿Qué estaba pasando? ¿Por qué cambiaba su declaración?

Johnson se aclaró la garganta y continuó:

–Creo que podemos decir que yo participé voluntariamente en todo lo ocurrido aquella noche. Y es posible que en algún momento haya parecido demasiado directa. Es posible que con la pasión del momento pasara por alto mi posición en la empresa. Después de pensarlo seriamente, he llegado a la conclusión de que mis recuerdos y los recuerdos de Mr. Sanders coinciden más de lo que reconocí anteriormente.

Hubo un largo silencio. La jueza Murphy no hizo ningún comentario. Meredith Johnson cambió de postura, se quitó las gafas y se las puso otra vez.

–Ms. Johnson –dijo la jueza, por fin–, ¿quiere decir que ahora está de acuerdo con la versión de Mr. Sanders de los sucesos del lunes por la noche?

–En muchos aspectos. Quizá en casi todos.

De pronto Sanders comprendió lo que había ocurrido: *se habían enterado de que tenía la cinta.*

¿Pero cómo podían saberlo? Sólo hacía dos horas que él lo sabía. Y Levin no había estado en su despacho, porque había ido a comer con ellos. Así que Levin no podía haber sido. ¿Cómo podían saberlo?

–¿Y también está de acuerdo –preguntó la jueza– con la acusación de acoso sexual de Mr. Sanders?

–No, señoría. De ninguna manera.

–Creo que no lo entiendo. Usted ha cambiado su versión. Dice que ahora está de acuerdo en que la versión de Mr. Sanders es en muchos aspectos correcta. ¿Pero no está de acuerdo con la acusación que ha presentado contra usted?

–No, no estoy de acuerdo, señoría. Como ya he dicho, creo que fue un malentendido.

–Un *malentendido* –repitió Murphy, mirándola con incredulidad.

–Sí, señoría. Un malentendido en el que Mr. Sanders jugó un papel muy activo.

–Según Mr. Sanders, usted empezó a besarlo sin escuchar sus protestas; lo arrastró hasta el sofá sin escuchar sus protestas; le desabrochó los pantalones y cogió su pene sin escuchar sus protestas; y se desnudó sin escuchar sus protestas. Dado que Mr. Sanders es su empleado, y que su empleo depende de usted, me resulta difícil no considerar lo ocurrido como un indiscutible y evidente caso de acoso sexual por su parte, Ms. Johnson.

–Lo comprendo, señoría –dijo Meredith Johnson–. Y soy consciente de que he alterado mi versión. Pero digo que fue un malentendido porque desde el principio yo estaba convencida de que Mr. Sanders quería tener relaciones sexuales conmigo, y esa convicción fue la que me llevó a actuar como lo hice.

–No reconoce haber cometido acoso sexual.

–No, señoría. Porque había señales *físicas* evidentes de que Mr. Sanders estaba participando voluntariamente. Hubo momentos en que tomó las riendas. Y ahora me pregunto por qué querría tomar las riendas y luego retirarse súbitamente. No sé por qué lo hizo, pero creo que también él es responsable de lo ocurrido. Y por eso considero que, por lo menos, hemos sido víctimas de un malentendido. Y quiero decir que lamento sinceramente mi parte de culpa en ese malentendido.

–Lo lamenta –dijo Murphy con exasperación–. ¿Puede explicarme alguien qué está pasando? ¿Mr. Heller?

–Señoría, mi clienta me había avisado de lo que quería hacer –explicó el abogado–. Lo considero un ejemplo de valentía. Es una firme defensora de la sinceridad.

–Oh –dijo Fernández.

–Ms. Fernández –dijo la jueza–, considerando esta última declaración de Ms. Johnson, radicalmente diferente, ¿quiere hacer un descanso antes de proseguir con sus preguntas?

–No, señoría. Por mi parte podemos continuar.

–Muy bien. Perfecto –dijo la jueza, desconcertada–. Estupendo. –Evidentemente, Murphy sospechaba que había algo que todos sabían excepto ella.

Sanders seguía preguntándose cómo se había enterado Meredith de lo de la cinta. Miró a Phil Blackburn, que estaba sentado a un extremo de la mesa con su teléfono portátil delante de él. Lo estaba toquiteando, nervioso.

Registro de llamadas, pensó Sanders. No podía ser otra cosa.

DigiCom había encargado a alguien –probablemente a Gary Bosak– que revisara todos sus archivos, para ver si encontraban algo que utilizar en su contra. Bosak había accedido al registro de las llamadas efectuadas desde el teléfono portátil de Sanders.

Y había descubierto una llamada realizada el lunes por la noche, de cuarenta y cinco minutos de duración. Le había llamado la atención por la duración y por el coste. Y Bosak se había fijado en la hora de la llamada y había imaginado lo que había pasado. Había comprendido que Sanders no estuvo hablando por teléfono durante aquellos cuarenta y cinco minutos. Y sólo podía haber una explicación. La línea había quedado conectada a un contestador automático, y por lo tanto había una cinta. Y Johnson lo sabía, y había tenido que cambiar su declaración.

–Ms. Johnson –dijo Fernández–, en primer lugar vamos a aclarar algunos puntos concretos. ¿Está usted afirmando que sí envió a su secretaria a comprar vino y preservativos, que sí le ordenó que echara el pestillo de la puerta, y que sí canceló su reunión de las siete porque esperaba tener una cita de carácter sexual con Mr. Sanders?

–Sí.

–Dicho de otro modo: antes mentía.

–Sólo presentaba mi punto de vista.

–No estamos hablando de puntos de vista. Estamos hablando de hechos. Dígame, ¿por qué cree usted que Mr. Sanders es responsable de lo ocurrido en su despacho aquella noche?

–Porque yo creía... creía que Mr. Sanders había venido a mi despacho con la clara intención de tener relaciones sexuales conmigo, y luego negó tener esa intención. Pensé que me había engañado. Primero siguió mi juego y luego me acusó, cuando yo no había hecho otra cosa que responder a sus provocaciones.

–¿Y cree que la engañó?

–Sí.

–¿De qué forma la engañó?

–Bueno, creo que es obvio. Habíamos llegado bastante lejos, y de pronto él se levantó del sofá y dijo que no pensaba continuar. Yo lo considero un engaño.

–¿Por qué?

–Porque no puedes llegar tan lejos y luego echarte atrás. Evidentemente fue un acto de hostilidad, planeado para avergonzarme y humillarme. No sé... creo que cualquiera puede entenderlo así.

–Muy bien. Repasemos con detalle ese momento en particular –dijo Fernández–. Si no me equivoco, nos estamos refiriendo al momento en que usted y Mr. Sanders estaban en el sofá, semidesnudos. Mr. Sanders estaba de rodillas, con el pene al descubierto, y usted estaba echada boca arriba, sin bragas y con las piernas abiertas. ¿Correcto?

–Sí, más o menos. –Meredith meneó la cabeza–. Pero lo describe con tanta crudeza...

–Pero aquélla era la situación, ¿no?

–Sí.

–Y entonces usted dijo «No, no, por favor», y Mr. Sanders repuso: «Tienes razón, esto no está nada bien», y se levantó del sofá.

–Sí, así es.

–¿Y dónde está el malentendido?

–Cuando dije «No, no» quería decir «No, no esperes». Porque él estaba esperando para provocarme, y yo quería que continuara. Pero él se levantó del sofá, y eso me puso furiosa.

–¿Por qué?

–Porque quería que lo hiciera.

–Pero Ms. Johnson, usted dijo «No, no».

–Sé muy bien lo que dije –replicó Meredith, irritada–. Pero en aquella situación está muy claro lo que en realidad quería darle a entender.

–¿Ah, sí?

–Claro. Él sabía exactamente lo que yo quería decir, pero me ignoró.

–Ms. Johnson, ¿ha oído alguna vez la expresión «No significa no»?

–Por supuesto. Pero en aquella situación...

–Perdone, Ms. Johnson. No significa no, ¿o no?

–En este caso no. Porque en aquel momento, cuando estábamos en el sofá, estaba perfectamente claro lo que yo quería decir.

–Querrá decir que para usted estaba perfectamente claro.

Johnson levantó la voz:

–Para él también estaba claro.

–Ms. Johnson, cuando decimos a los hombres «No significa no», ¿qué queremos decir?

–No lo sé. –Alzó las manos, exasperada–. No sé qué intenta decir.

–Lo que intento decir es que decimos eso a los hombres para que sepan que deben interpretar a las mujeres literalmente. Que el significado de no es no. Que los hombres no pueden suponer que a veces «no» significa «quizá» o «sí».

–Pero en esa situación en particular, semidesnudos, cuando las cosas habían llegado tan lejos...

–¿Qué tiene eso que ver? –interrumpió Fernández.

–No sea tan testaruda, por favor –dijo Meredith–. Cuando dos personas mantienen un contacto sexual, empiezan con besos y caricias. Luego se quitan la ropa y empiezan a tocarse sus partes íntimas, etcétera. Y al cabo de un rato, se imaginan qué va a ocurrir a continuación. Y no se echan atrás. Echarse atrás es un acto de hostilidad. Eso fue lo que él hizo. Me engañó.

–¿No es cierto, Ms. Johnson, que las mujeres reivindican el derecho a echarse atrás en cualquier momento antes de la penetración? ¿No reivindican el derecho a cambiar de opinión?

–Sí, pero en este caso...

–Ms. Johnson, si las mujeres tienen derecho a cambiar de opinión, ¿no lo tienen también los hombres? ¿No podía Mr. Sanders cambiar de opinión?

–Fue un acto de hostilidad –dijo Meredith con mirada de firme resolución–. Me engañó.

–Le estoy preguntando si Mr. Sanders tiene los mismos derechos que una mujer en esa situación. Si tiene derecho a echarse atrás, aunque sea en el último momento.

–No.

–¿Por qué?

–Porque los hombres son diferentes.

–¿En qué son diferentes?

–Por el amor de Dios –exclamó Meredith, impacientándose–. ¿Pero qué es esto? ¿Alicia en el país de las maravillas? Los hombres y las mujeres son *diferentes*. Todo el mundo lo sabe. Los hombres no pueden controlar sus impulsos.

–Por lo visto Mr. Sanders sí pudo.

–Sí, pero como un acto de hostilidad. Con la intención de humillarme.

–Pero lo que Mr. Sanders dijo en aquel momento fue «Esto no está bien», ¿me equivoco?

–No recuerdo sus palabras exactas. Pero su conducta fue muy hostil y degradante hacia mí, como mujer.

–Veamos quién tuvo una conducta hostil y degradante. ¿No puso reparos Mr. Sanders, al principio de su encuentro, sobre el curso que tomaban las cosas?

–No.

–Tenía entendido que sí –dijo Fernández consultando sus notas–. Al principio de la velada, ¿no dijo usted a Mr. Sanders «Tienes muy buen aspecto» y «Siempre has tenido un culo bonito»?

–No lo sé. Es posible. No lo recuerdo.

–¿Y qué repuso él?

–No lo recuerdo.

–Veamos –prosiguió Fernández–. Cuando Mr. Sanders hablaba por teléfono, ¿se acercó usted a él, le quitó el teléfono de la mano y dijo «Deja ese teléfono»?

–Es posible. Pero no me acuerdo.

–¿Y empezó usted entonces a besarlo?

–No estoy segura. Creo que no.

–A ver. ¿Qué más pudo ocurrir? Mr. Sanders estaba hablando por teléfono, junto a la ventana. Usted estaba hablando por otro teléfono, el de su mesa. ¿Interrumpió él su llamada, dejó el teléfono, se acercó a usted y empezó a besarla?

Meredith vaciló un momento:

–No.

–Entonces, ¿quién empezó a besar a quién?

–Creo que fui yo.

–Y cuando él puso reparos y dijo «Meredith», ¿lo ignoró usted, continuó besándolo y dijo «Llevo todo el día deseándote. Estoy tan caliente. Hace años que no pego un polvo como Dios manda»? –Fernández pronunció las frases con monotonía, como si leyera una transcripción.

–Es posible que... Sí, creo que ésas fueron mis palabras.

Fernández volvió a consultar sus notas.

–Y entonces, cuando él dijo «Espera, Meredith», con evidente tono de protesta, dijo usted «No, por favor, no digas nada»?

–Es posible.

–¿Diría usted que esos comentarios de Mr. Sanders eran protestas que usted ignoró?

–Si lo eran, no las manifestó con demasiada claridad. No.

–Ms. Johnson, ¿diría usted que Ms. Sanders manifestó un gran entusiasmo a lo largo de todo su encuentro?

Meredith vaciló. Sanders se imaginaba lo que ella estaría pensando; tenía que imaginarse hasta qué punto la cinta resultaría reveladora. Finalmente dijo:

–A veces se mostraba entusiasta, y a veces no tanto.

–¿Calificaría su conducta de ambivalente?

–Es posible. Más o menos.

–¿Sí o no, Ms. Johnson?

–Sí.

–Muy bien. Así que a lo largo de la sesión, Mr. Sanders tuvo una conducta ambivalente. Él ha explicado por qué: porque le estaban pidiendo que iniciara una relación con una ex novia suya que ahora se había convertido en su jefa. Y porque estaba casado. ¿Le parecen razones válidas para manifestar ambivalencia?

–Supongo.

–Y en ese estado de ambivalencia, en el último momento a Mr. Sanders lo abrumó el sentimiento de que no quería continuar. Y le dijo cómo se sentía, sencilla y llanamente. No comprendo por qué lo interpreta usted como un engaño. Creo que tenemos suficientes pruebas que demuestran precisamente lo contrario: una reacción humana desesperada y no premeditada a una situación que usted controlaba. No fue una cita de antiguos amantes, Ms. Johnson, aunque usted insista en pensarlo. No fue un encuentro de dos iguales. Lo cierto es que usted es su superiora y controlaba todos los aspectos de la reunión. Usted concertó la hora, compró el vino, compró los preservativos, cerró la puerta; y luego culpó a su empleado porque él no la complació. Y ahora sigue comportándose igual.

–Y usted está intentando disfrazar su comportamiento –repuso Meredith–. Pero en la práctica, cuando esperas al último momento para echarte atrás, la gente se enfada mucho.

–Sí –dijo Fernández–. Así es como se sienten muchos hombres cuando las mujeres se echan atrás en el último momento. Pero las mujeres dicen que los hombres no tienen derecho a enfadarse, porque las mujeres pueden echarse atrás cuando quieran. ¿No es así?

Johnson tamborileaba la mesa con los dedos, irritada:

–Mire, por lo visto se propone hacer de esto una cuestión de estado, a base de ocultar los hechos más sencillos. ¿Tan grave es lo que hice? Le hice una proposición, nada más. Si a Mr. Sanders no le interesaba, lo único que tenía que hacer era decir «No». Pero no lo dijo. Porque lo que quería era *engañarme.* Está furioso porque no ha conseguido el cargo, y se está desquitando de la única forma que puede: calumniándome. Esto no es más que un atentado directo contra mi persona. Mr. Sanders no soporta que yo sea una mujer de éxito. Usted no hace más que esquivar esa realidad fundamental e inevitable.

–La realidad fundamental e inevitable, Ms. Johnson, es que usted es la superiora de Mr. Sanders. Y que su actitud hacia él ha sido ilícita.

Hubo un breve silencio.

La ayudante de Blackburn entró en la sala y le entregó una nota. Blackburn la leyó y se la pasó a Heller.

–¿Puede explicarme qué está pasando ahora, Ms. Fernández? –preguntó la juez.

–Sí, señoría. Resulta que tenemos una cinta de audio de la reunión.

–¿De verdad? ¿La ha escuchado?

–Sí, señoría. Y confirma la versión de Mr. Sanders.

–¿Conocía usted la existencia de esa cinta, Ms. Johnson?

–No.

–Quizá Ms. Johnson y su abogado quieran escucharla también. Quizá deberíamos escucharla todos –dijo Murphy mirando a Blackburn.

Heller se guardó la nota en el bolsillo y dijo:

–Solicito un descanso de diez minutos, señoría.

–Muy bien, Mr. Heller. Me parece que este nuevo hallazgo lo exige.

Unas amenazadoras nubes cubrían el cielo. En el patio, junto a las fuentes, Johnson se reunió con Heller y Blackburn. Fernández los estaba observando.

–No lo entiendo –dijo la abogada–. Allí los tienes, otra vez hablando. ¿Pero de qué quieren hablar? Su clienta ha mentido y luego ha cambiado su declaración. No cabe duda de que Johnson es culpable de acoso sexual. Lo tenemos grabado. ¿De qué hablarán? –Frunció el ceño y añadió–: ¿Sabes una cosa? Tengo que admitir que Johnson es una mujer muy inteligente.

–Sí –dijo Sanders.

–Es rápida y serena.

–Ya.

–Ha progresado muy deprisa en la empresa.

–Sí.

–Entonces, ¿cómo se ha metido en este lío?

–¿Qué quieres decir?

–¿Cómo se le ocurre hacerte proposiciones el primer día de trabajo? Y con tanto descaro, y exponiéndose a todos estos problemas. Es demasiado lista. No lo entiendo.

Sanders se encogió de hombros.

–¿Crees que lo ha hecho porque eres irresistible? –preguntó Fernández–. No te ofendas, pero lo dudo mucho.

Sanders recordó a la Meredith que había conocido diez años atrás, cuando ella hacía demostraciones; recordó cómo cruzaba las piernas cada vez que le preguntaban algo que ella no sabía contestar.

–Siempre ha sabido utilizar el sexo para distraer a la gente. Lo hace muy bien –dijo.

–No lo dudo –dijo Fernández–. ¿Y de qué querrá distraernos ahora?

Sanders no supo contestar. Pero su instinto le decía que algo más estaba pasando.

–La vida privada de la gente es un misterio –dijo–. Conocí a una mujer que parecía un ángel. Pero le gustaba que le dieran palizas.

–Ya –dijo Fernández–. Pero no me doy por vencida. Porque Johnson es una mujer con mucho autocontrol, y contigo se comportó descontroladamente.

–Tú misma has dicho que siempre hay un patrón.

–Sí, es posible. ¿Pero por qué el primer día? ¿Por qué de entrada? Creo que tenía otro motivo.

–¿Y yo? ¿Crees que yo tenía otro motivo?

–Supongo que sí –contestó ella mirándolo con seriedad–. Pero de eso ya hablaremos más tarde.

Alan se acercó, meneando la cabeza.

–¿Qué has encontrado? –preguntó Fernández.

–Nada bueno. Estamos buscando por todas partes. –El detective abrió su bloc de notas–. Hemos comprobado la referencia de Internet. El mensaje procede del «Distrito U». Y «Un amigo» es el doctor Arthur A. Friend, un catedrático de química inorgánica de la Universidad de Washington. ¿Te dice algo ese nombre?

–No –contestó Sanders.

–No me sorprende. El profesor Friend se encuentra en el norte de Nepal trabajando para el gobierno nepalí. Lleva tres semanas allí. No regresa hasta el próximo mes de julio. Así que de todos modos no es probable que sea él quien envía los mensajes.

–¿Alguien está utilizando su referencia de Internet?

–Su secretaria dice que es imposible. Mientras él está de viaje, su despacho está cerrado bajo llave, y sólo ella entra allí. Así que nadie tiene acceso a su terminal de ordenador. La secretaria dice que entra diariamente para contestar los mensajes de *e-mail* del profesor, pero el resto del tiempo el ordenador está apagado. Y sólo ella conoce la contraseña.

–¿Un mensaje procedente de un despacho cerrado bajo llave? –se sorprendió Sanders.

–No lo sé. Todavía estamos investigando. Pero de momento es un misterio.

–De acuerdo –dijo Fernández–. ¿Qué hay de Conrad Computer?

–Conrad ha adoptado una postura muy rígida. Sólo están dispuestos a proporcionar información a la empresa contratante, es decir, a DigiCom. A nosotros nada. Y dicen que la empresa contratante no la ha solicitado. Como hemos insistido, Conrad ha llamado directamente a DigiCom, y DigiCom les ha dicho que no les interesaba ninguna información que pudiera proporcionarles Conrad.

–Hmmm.

–Luego, el marido –prosiguió Alan–. He hablado con un compañero de trabajo suyo, de CoStar. Dice que su marido la odia, que podría contarnos muchas cosas de ella. Pero ahora está de vacaciones en México con su nueva novia. Vuelve la semana que viene.

–Lástima.

–Novell –continuó Alan–. Sólo conservan los archivos de los últimos cinco años. Los anteriores están almacenados en la central de Utah. No tienen ni idea de lo que podríamos encontrar en ellos, pero están dispuestos a buscarlos si pagamos. Les llevará dos semanas.

–No nos sirve –dijo Fernández.

–No.

–Tengo la firme impresión de que Conrad Computer nos está ocultando algo –dijo la abogada.

–Es posible. Pero para averiguarlo tendríamos que demandarlos. Y no tenemos tiempo. –Alan miró al grupo que se había reunido en el otro extremo del patio–. ¿Cómo están las cosas?

–Igual que antes. Cada uno en sus trece.

–¿Todavía?

–Sí.

–Vaya –exclamó Alan–. ¿Quién hay detrás de esa mujer?

–Me encantaría saberlo –dijo Fernández.

Sanders abrió su teléfono portátil y marcó el número de su despacho.

–¿Hay algún mensaje, Cindy?

–Dos, Tom. Stephanie Kaplan quiere verte hoy.

–¿Te ha dicho por qué?

–No. Pero ha dicho que era importante. Y Mary Anne te está buscando; ha venido dos veces.

–Seguramente quiere despellejarme –dijo Sanders.

–No lo creo, Tom. Creo que es la única que... Está muy preocupada por ti.

–De acuerdo. La llamaré.

Estaba marcando el número de Mary Anne cuando Fernández le dio un codazo en las costillas. Sanders levantó la mirada y vio a una mujer esbelta de cabello canoso que se acercaba a ellos, procedente del aparcamiento.

–Alerta roja –dijo la abogada.

–¿Por qué? ¿Qué pasa?

–Esa de ahí –dijo Fernández– es Connie Walsh.

Connie Walsh tenía unos cuarenta y cinco años, cabello canoso y una expresión antipática.

–¿Es usted Tom Sanders? –Sacó una grabadora y añadió–: Connie Walsh, del *Post-Intelligencer*. ¿Podemos hablar un momento?

–De ninguna manera –intervino Fernández.

Walsh la miró.

–Soy la abogada de Mr. Sanders –explicó Fernández.

–Sé muy bien quién es usted –dijo Walsh, y se volvió hacia Sanders–. Mr. Sanders, mi periódico está preparando un artículo sobre la demanda por discriminación contra DigiCom. Según tengo entendido, usted acusa a Meredith Johnson de discriminación sexual. ¿Es eso correcto?

–Mi cliente no tiene nada que comentar –dijo Fernández, interponiéndose entre Walsh y Sanders.

La periodista alargó el cuello y dijo:

–Mr. Sanders, ¿es cierto que ustedes dos habían sido amantes y que su acusación es un intento de venganza?

–No tiene nada que comentar –repitió Fernández.

–A mí me parece que sí –dijo Walsh–. Mr. Sanders, no le haga caso. Si quiere puede contestar. Y sinceramente creo que debería aprovechar esta oportunidad para defenderse. Porque según tengo entendido, maltrató físicamente a Ms. Johnson en el curso de su reunión. Estas acusaciones son muy graves, e imagino que querrá responder a ellas. ¿Qué tiene que decir de sus acusaciones? ¿La maltrató físicamente?

Sanders iba a decir algo, pero Fernández le lanzó una mirada amenazadora y le puso la mano en el pecho.

–¿Se lo ha contado Mr. Johnson? –preguntó Fernández–. Porque ella y mi cliente estaban solos en el despacho.

–No puedo decírselo. Pero mis fuentes están muy bien informadas.

–¿Se lo ha dicho alguien de la empresa, o de fuera?

–No se lo puedo decir.

–Voy a prohibir a Mr. Sanders que hable con usted, Mr. Walsh –dijo la abogada–. Y antes de difundir cualquiera de esas infundidas acusaciones, le recomiendo que pida consejo al abogado de su periódico.

–No son infundadas. Tengo unas fuentes muy...

–Y si su abogado tiene alguna pregunta, será mejor que se dirija a Mr. Blackburn; él le explicará cuál es su posición legal en este caso.

Walsh sonrió, sin prestar atención a las palabras de Fernández.

–Mr. Sanders, ¿quiere hacer algún comentario?

Fernández insistió:

–Hable con su consejero legal, Ms. Walsh.

–Lo haré. Pero de todas formas, ni usted ni Mr. Blackburn pueden ocultar esto. Y personalmente no creo que pueda defender un caso como éste.

Fernández se acercó más a ella, sonrió y dijo:

–Si tiene la amabilidad de acompañarme un momento, le explicaré una cosa.

Fernández y Walsh se apartaron unos metros.

Alan y Sanders se quedaron donde estaban. Alan suspiró y dijo:

–¿No darías cualquier cosa por saber de qué hablan?

–Puede decir lo que quiera. No pienso revelarle mis fuentes –dijo Connie Walsh.

–No le estoy pidiendo que revele sus fuentes. Sólo le informo de que esa historia no es cierta y…

–Claro, no va a decirme que…

–… y de que existen pruebas que acreditan que no es cierta.

Connie Walsh frunció el ceño y dijo:

–¿Pruebas que lo acreditan?

–Exacto –dijo Fernández asintiendo con la cabeza.

–No puede ser –dijo la periodista–. Usted misma lo ha dicho. Estaban solos en la habitación. Es su palabra contra la de ella. No hay ninguna prueba.

Fernández meneó la cabeza, sin decir nada.

–¿De qué se trata? ¿De una cinta?

Fernández esbozó una débil sonrisa:

–No puedo decírselo.

–Aunque haya una cinta, ¿qué puede demostrar? ¿Que Ms. Johnson le dio un pellizco en el trasero? ¿Hizo un par de bromas? ¿Qué hay de raro en eso? Los hombres llevan cientos de años haciéndolo.

–No estamos hablando de…

–Un momento, por favor. A ese tipo le dan un pellizco y arma un berenjenal. Normalmente los hombres no se comportan así. Es evidente que ese tipo detesta a las mujeres. Basta con mirarlo. Además, la golpeó. La empresa tuvo que llamar a un médico para que examinara a Ms. Johnson. Presentaba contusiones. Y según mis fuentes, Mr. Sanders tiene fama de violento. Su esposa y él siempre han tenido problemas. De hecho, ella se ha ido de la ciudad con los niños y va a solicitar el divorcio. –Mientras hablaba, Walsh observaba a Fernández.

La abogada se encogió de hombros.

–Eso es un hecho. La esposa se ha ido de la ciudad intempestivamente –repitió Walsh–. Se ha llevado a los niños y nadie sabe a dónde ha ido. A ver, dígame cómo interpreta usted eso.

–Connie, lo único que puedo hacer es advertirle, como abogada de Mr. Sanders, que las pruebas documentales contradicen sus fuentes sobre este caso de acoso sexual.

–¿Piensa mostrarme esas pruebas?

–De ninguna manera.

–Entonces, ¿cómo sé que existen?

–No lo sabe. Lo único que sabe es que yo le he informado de su existencia.

–¿Y si no la creo?

–Ésa es una decisión que debe tomar usted como periodista –dijo Fernández, sonriendo.

–¿Insinúa que estaría cometiendo una falta de imprudencia?

–Si continúa con su historia, sí.

Walsh se retiró un poco y dijo:

–Mire. Es posible que técnicamente usted pudiera demandarme, no lo sé. Pero por lo que a mí se refiere, usted no es más que otra antifeminista arrodillada ante el patriarcado. Si tuviera algún respeto por sí misma, no estaría haciéndoles a ellos el trabajo sucio.

–La verdad, Connie, es que la que está sometida al patriarcado es usted.

–Tonterías –dijo Walsh–. Y permítame decirle que no conseguirá ocultar los hechos. Él la provocó y luego la golpeó. Es un ex amante resentido, y un hombre violento. El típico macho. Yo voy a hacer mi trabajo, y él deseará no haber nacido.

–¿Piensa seguir adelante con su historia? –preguntó Sanders.

–No –contestó Fernández. Miró a Johnson, Heller y Blackburn, que estaban en el otro extremo del patio. Connie Walsh estaba hablando con Blackburn–. No dejes que esto te distraiga. No tiene importancia. El tema principal es qué van a hacer con Johnson.

Unos momentos después, Heller se acercó a ellos y dijo:

–Hemos estado considerando la situación, Louise.

–¿Y bien?

–Hemos llegado a la conclusión de que de momento no encontramos ningún motivo para seguir con la conciliación. Nos retiramos. He informado a la jueza Murphy de que no vamos a continuar.

–Ya. ¿Y la cinta?

–Ni Ms. Johnson ni Mr. Sanders sabían que su conversación

estaba siendo grabada. Según la ley, una de las partes debe tener conocimiento de que su encuentro se está grabando. Por lo tanto la cinta es una prueba inadmisible.

–Pero Ben...

–Consideramos que la cinta debería ser descalificada, tanto en la conciliación como en cualquier otro proceso legal. Consideramos que la descripción de Ms. Johnson de la reunión como un malentendido entre adultos es correcta, y que Mr. Sanders tiene parte de responsabilidad en ese malentendido. Él participó voluntariamente, Louise, eso es evidente. Le quitó las bragas. Nadie le apuntaba con una pistola. Pero ya que ambas partes cometieron un error, lo correcto es que se den la mano, olviden su animosidad y vuelvan al trabajo. Por lo visto Mr. Garvin ya se lo ha propuesto a Mr. Sanders, pero él ha rechazado su propuesta. Consideramos que, dadas las circunstancias, Mr. Sanders no está siendo razonable, y que si no reconsidera la situación de manera oportuna, tendría que ser despedido por su negativa a presentarse al trabajo.

–Hijo de puta –dijo Sanders.

Fernández le cogió el brazo para refrenarlo, y dijo:

–Ben, ¿es esto una oferta formal de reconciliación y de recuperación de su puesto de trabajo?

–Sí, Louise.

–¿Con qué compensaciones?

–Nada de compensaciones. Todo el mundo a trabajar.

–Te lo pregunto –dijo Fernández– porque puedo argumentar que Mr. Sanders sabía que su conversación se estaba grabando, y por lo tanto la cinta es admisible. Tengo el precedente de Waller contra Herbst. También puedo argumentar que la empresa estaba al corriente del largo historial de acoso sexual de Meredith Johnson, con anterioridad a este incidente o a raíz de él. Y puedo acusar a la empresa de no proteger la reputación de Mr. Sanders y de filtrar información a Connie Walsh.

–Espera un momento...

–Argumentaré que la empresa tenía un motivo evidente para pasar información a Connie Walsh: quería librarse de pagar a Mr. Sanders una bien merecida recompensa por más de una década al servicio de la compañía. Y no es la primera vez que Ms. Johnson tiene problemas de este tipo. Acusaré a la empresa de difamación y pediré una indemnización lo suficientemente cuantiosa como para que se entere todo el mundo empresarial americano. Sesenta millones de dólares, Ben. Y tú aceptarás pagarnos cuarenta millones, en cuanto el juez permita al jurado escuchar esa cinta. Porque los dos sabemos que cuando el jurado escuche la cinta, tardarán unos cinco segundos en culpar a Ms. Johnson y a la empresa.

–Creo que se te escapan unas cuantas cosas, Louise –dijo Heller y meneó la cabeza–. No creo que te permitan poner esa cinta ante un tribunal. Además, para eso todavía faltan tres años.

–Sí –repuso Fernández–. Tres años son mucho tiempo.

–Desde luego, Louise. Pueden pasar muchas cosas.

–Sí. Y francamente, esa cinta me preocupa. Con una prueba tan escandalosa pueden pasar cosas muy desagradables. No te puedo garantizar que nadie tenga una copia. Sería terrible que llegara a manos de KQEM y que empezaran a emitirla por la radio.

–Louise, no puedo creer lo que estás diciendo.

–¿Qué estoy diciendo? Me limito a expresar mis más legítimos temores –dijo Fernández–. Lo lógico y correcto es que transmita mis preocupaciones. Enfrentémonos a los hechos, Ben. Este caso se ha filtrado a la prensa. Alguien le ha contado la historia a Connie Walsh. Y ella ha escrito un artículo muy perjudicial para la reputación de Mr. Sanders. Y por lo visto alguien sigue filtrando información, porque ahora Connie planea escribir una especulación infundada sobre la violencia física empleada por mi cliente. Es lamentable que alguien de tu bando haya decidido hablar sobre este caso, pero sabes tan bien como yo lo que pasa cuando la prensa se hace con una historia así. Nunca se sabe de dónde saldrá la próxima información.

Heller estaba nervioso. Miró a los otros, que permanecían junto a la fuente, y dijo:

–No creo que piensen hacer nada, Louise.

–Pues habla con ellos.

Heller fue a reunirse con los suyos.

–¿Qué hacemos ahora? –preguntó Sanders.

–Vamos a tu despacho. Esto no acaba aquí.

Blackburn llamó a Garvin desde el teléfono del coche.

–Hemos dado por terminada la conciliación.

–¿Y?

–Estamos presionando a Sanders para que se reincorpore al trabajo. Pero de momento no ha reaccionado. Sigue en sus trece. Ahora nos amenaza con pedir una indemnización de sesenta millones.

–¿Y qué piensa alegar?

–Difamación por negligencia empresarial, jugando con la presunción de que nosotros sabíamos que Johnson había cometido acuso sexual anteriormente.

–Yo no sabía nada –dijo Garvin–. ¿Y tú, Phil?

–No.

–¿Existe alguna prueba documental que lo demuestre?

–No –contestó Blackburn–. Estoy seguro de que no.

–Muy bien. Pues que nos amenace. ¿Cómo has quedado con Sanders?

–Le hemos dado de plazo hasta mañana por la mañana para reincorporarse a su antiguo empleo o marcharse.

–De acuerdo –dijo Garvin–. Y ahora vamos a hablar en serio. ¿Qué hemos averiguado sobre él?

–Estamos investigando aquella acusación –dijo Blackburn–. Todavía es pronto, pero creo que sacaremos algo.

–¿Y mujeres?

–No hemos encontrado nada. Me consta que hace un par de años Sanders se tiraba a una secretaria. Pero no encontramos los datos en el ordenador. Creo que Sanders los ha borrado.

–¿Cómo puede haberlos borrado? Le hemos bloqueado el acceso.

–Debió de hacerlo hace tiempo. Es un tipo prudente.

–¿Pero por qué demonios iba a hacerlo, hace tiempo, Phil? No tenía motivos para sospechar que esto fuera realmente a ocurrir.

–Lo sé, pero ahora no encontramos los archivos. –Blackburn hizo una pausa y añadió–: Creo que tendríamos que adelantar la rueda de prensa, Bob.

–¿Cuándo sugieres que la celebremos?

–Mañana a última hora.

–Me parece bien. Ya me encargo yo. Incluso podríamos convocarla a mediodía. John Marden llega por la mañana –dijo refiriéndose al director ejecutivo de Conley-White–. Supongo que les parecerá bien.

–Sanders pretende alargar esto hasta el viernes –dijo Blackburn–. Pero lo vamos a desarmar. No puede acceder a los archivos de la empresa. No puede acceder a Conrad ni a ningún otro sitio. Está aislado. Entre hoy y mañana, es imposible que aparezca con algo que pueda perjudicarnos.

–Muy bien –dijo Garvin–. ¿Qué hay de la periodista?

–Creo que desvelará la historia el viernes –dijo Blackburn–. ya se ha enterado de todo, no sé cómo. Y no creo que pueda esperar más. La historia es buena. Y en cuanto la publique, Sanders está perdido.

–Perfecto –dijo Garvin.

Al salir del ascensor de la quinta planta de las oficinas de DigiCom Meredith Johnson tropezó con Ed Nichols.

–Te hemos echado mucho de menos en las reuniones de esta mañana –dijo Nichols.

–Tenía que atender unos asuntos –explicó ella.

–¿Ocurre algo que yo no sepa?

–No. Sólo tonterías. Unos asuntos técnicos relacionados con la desgravación de impuestos en Irlanda. No es nada nuevo.

–Pareces un poco cansada –dijo Nichols, preocupado–. Estás un poco pálida.

–Me encuentro bien, de verdad. Cuando todo esto haya pasado, me habré quitado un peso de encima.

–Sí, nosotros también –dijo Nichols–. ¿Tienes tiempo de ir a cenar?

–El viernes por la noche, quizá, si todavía estás en la ciudad.

–Meredith sonrió–. Pero no te preocupes, Ed. Sólo son cosas de impuestos.

–Muy bien, te creo.

Sanders se despidió de ella con un gesto y echó a andar por el pasillo. Johnson entró en su despacho.

Stephanie Kaplan estaba sentada a la mesa de Meredith, trabajando con su ordenador. Kaplan se disculpó:

–Perdona que utilice tu ordenador. Estaba repasando unas cuentas mientras te esperaba.

Johnson arrojó su bolso encima del sofá y dijo:

–Oye, Stephanie, vamos a ser francos. Yo dirijo este departamento y eso nadie puede cambiarlo. Y creo que ha llegado el momento de que decida quién está a mi lado y quién no. Tendré en cuenta a los que me apoyen, y a los que no también. ¿Me entiendes?

–Sí, Meredith. Claro –dijo Kaplan mientras rodeaba la mesa.

–Lo que no toleraré es que jueguen conmigo.

–No lo esperes de mí, Meredith.

–De acuerdo. Gracias, Stephanie.

–De nada.

Kaplan salió del despacho. Johnson cerró la puerta y se sentó delante de su ordenador.

Por los pasillos de DigiCom, Sanders se sintió como un extraño. La gente que se cruzaba con él apartaba la mirada y no lo saludaba.

–Es como si no existiera –comentó a Fernández.

–No importa –dijo ella.

Pasaron por el centro de la planta, donde los empleados trabajaban en mesas separadas por mamparas. Se oyeron algunos gruñidos. Alguien entonó una cancioncilla irónica.

Sanders se paró y se volvió para ver quién era el que cantaba. Fernández lo cogió por el brazo y dijo:

–No hagas caso.

–Pero por el amor de Dios...

–No empeores las cosas.

Pasaron por delante de la cafetería. Alguien había colgado un retrato de Sanders y lo habían utilizado para jugar a dardos.

–Menudos cabrones.

–No te pares.

Cuando llegaron al pasillo que conducía a su despacho, Sanders vio a Don Cherry, que venía en dirección contraria.

–Hola, Don.

–Esta vez la has cagado, Tom –dijo Cherry sin pararse.

También Don Cherry. Sanders suspiró.

–Ya sabías que iba a pasar algo –dijo la abogada.

–Sí, supongo.

–Lo sabías. Así es como funciona.

Al verlo, Cindy se levantó y dijo:

–Tom, Mary Anne me ha pedido que la llames en cuanto entre en tu despacho.

–Muy bien.

–Y Stephanie me ha dicho que no importa, que ya ha encontrado lo que estaba buscando. Me ha dicho que no hace falta que la llames.

–De acuerdo.

Entraron en el despacho y cerraron la puerta. Luego se sentaron a la mesa, frente a frente. Fernández cogió el teléfono y marcó un número.

–De momento vamos a liquidar un asunto... Con el despacho de Ms. Vries, por favor –dijo la abogada por el auricular–. De parte de Louise Fernández.

Tapó el auricular con la mano:

–Será sólo... Ah, ¿Eleanor? Hola, soy Louise Fernández. Te llamo para hablar de Connie Walsh. Ya... Ya me imaginaba que habrías hablado con ella. Sí, ya sé que es muy insistente. Eleanor, sólo quería confirmarte que tenemos una cinta del incidente, y que prueba la versión de Mr. Sanders. Sí, supongo que podría. Oficiosamente... Sí, si quieres sí. Bueno, el problema con las fuentes de Walsh es que ahora la empresa tiene una gran responsabilidad, y si publicáis una historia falsa, aunque la hayáis obtenido de un informador, creo que os demandarán. Sí, desde luego. Estoy convencida de que Mr. Blackburn no dudará en presentar una acusación. No tendría alternativa. ¿Por qué no...? Ya. Bien, eso podemos arreglarlo, Eleanor. Ya. Y no olvides que Mr. Sanders ya está pensando en una demanda de difamación por lo del artículo de Mr. Porky. Sí, por favor; hazlo. Gracias.

Fernández colgó y dijo:

–Hicimos la carrera juntas. Eleanor es una mujer muy competente y muy conservadora. Ella jamás habría permitido la publicación de esta historia; si no se fiase de las fuentes de Connie, ni siquiera le habría prestado atención.

–¿Y qué significa eso?

–Estoy prácticamente segura de saber quién le ha contado la historia a Connie Walsh –contestó Fernández mientras marcaba otro número.

–¿Quién?

–Ahora lo más importante es Meredith Johnson. Tenemos que descubrir el patrón, para demostrar que no es la primera vez que acosa a un empleado suyo. Hemos de encontrar la manera de entrar en Conrad Computer. –Habló por el auricular–: ¿Harry? Soy Louise. ¿Has hablado con Conrad? Ya. ¿Y? –Una pausa. Frunció el ceño, irritada–: ¿Les has explicado cuáles son sus obligaciones? Mierda. ¿Cuál es nuestro próximo movimiento? Porque no tenemos mucho tiempo, Harry, eso es lo que me preocupa.

Mientras la abogada hablaba con su ayudante, Sanders miró la pantalla de su ordenador. La señal de *e-mail* parpadeaba. Pulsó la tecla y el siguiente mensaje apareció en la pantalla:

HAY 17 MENSAJES ESPERANDO

Sanders no quería ni pensarlo. Pulsó la tecla READ. Los mensajes fueron apareciendo en orden.

DE: DON CHERRY, EQUIPO DE PROGRAMACIÓN DEL CORRIDOR

A: TODO EL PERSONAL.

HEMOS ENTREGADO LA UNIDAD AIV A CONLEY-WHITE. ACTUALMENTE LA UNIDAD ESTÁ FUNCIONANDO EN LA BASE DE DATOS DE SU EMPRESA, PORQUE HOY NOS HAN DADO LAS CLAVES PARA HA-

CER LA CONEXIÓN. JOHN CONLEY NOS HA PEDIDO QUE LA LLEVÁRAMOS A UNA SUITE DEL HOTEL FOUR SEASONS, PORQUE SU DIRECTOR EJECUTIVO LLEGA EL JUEVES POR LA MAÑANA. OTRO TRIUNFO HECHO REALIDAD GRACIAS A VUESTROS FENOMENALES AMIGOS DEL AIV.

DON EL MAGNÍFICO

Sanders pasó al siguiente:

DE: EQUIPO DE DIAGNÓSTICO

A: DPA.

ANÁLISIS DE LAS UNIDADES TWINKLE. EL PROBLEMA CON EL LOOP DE SINCRONIZACIÓN NO PARECE ORIGINADO EN EL CHIP. HEMOS VERIFICADO MICROFLUCTUACIONES DE CORRIENTE EN LA UNIDAD, CUYAS RESISTENCIAS, POR LO VISTO, SON INADECUADAS, PERO ES UN PROBLEMA MENOR QUE NO EXPLICA NUESTRA INCAPACIDAD DE ALCANZAR LAS PREVISIONES. EL ANÁLISIS PROSIGUE.

A Sanders no le impresionó demasiado aquel mensaje. En realidad no le decía nada; sólo disimulaba una realidad: todavía no sabían en qué consistía el problema. En otras circunstancias habría bajado directamente al equipo de diagnóstico para presionarlos. Pero ahora... Se encogió de hombros y pasó al siguiente mensaje.

DE: CENTRAL DE BÉISBOL

A: TODOS LOS JUGADORES.

REF: PROGRAMA DEL CAMPEONATO DE VERANO.

EL NUEVO PROGRAMA DE VERANO ESTÁ DISPONIBLE EN EL DOCUMENTO.

BB. 72: ¡NOS VEMOS EN EL CAMPO!

Oyó a Fernández, que hablaba por teléfono: «Harry, a éste tenemos que encontrarlo como sea. ¿A qué hora cierran las oficinas de Sunnyvale?» Pasó al siguiente mensaje:

NO HAY MÁS MENSAJES GENERALES. ¿QUIERE LEER LOS MENSAJES PERSONALES?

Sanders pulsó la tecla correspondiente.

¿POR QUÉ NO RECONOCES DE UNA VEZ QUE ERES GAY?

(ANÓNIMO)

No se molestó en averiguar de dónde procedía. Seguramente habrían trucado la entrada. Podía averiguar el origen verdadero entrando en el programa, pero ahora le habían retirado sus privilegios. Pasó al siguiente:

ES MÁS GUAPA QUE TU SECRETARIA, Y A ELLA NO TE IMPORTÓ TIRÁRTELA.

(ANÓNIMO)

Fue leyendo mensajes:

CHIVATO ASQUEROSO, LÁRGATE DE ESTA EMPRESA.

UN CONSEJERO

EL PEQUEÑO TOMMY TENÍA UN PAJARITO
CON EL QUE JUGABA CADA DÍA UN POQUITO
PERO SI LAS NIÑAS SE LO QUERÍAN TOCAR
ÉL LES DECÍA: DE ESO NI HABLAR

Los versos continuaban, pero Sanders no se molestó en leer el resto. Siguió revisando mensajes:

SI NO ESTUVIERAS TAN OCUPADO FOLLÁNDOTE A TU HIJA PODRÍAS:

Cada vez los pasaba más deprisa.

LOS TIPOS COMO TÚ ME DAN MALA FAMA, IMBÉCIL.

BORIS

ASQUEROSO CERDO MENTIROSO

ME ALEGRO DE QUE ALGUIEN PLANTE CARA A ESAS ZORRAS. ESTOY HARTO DE QUE SIEMPRE ECHEN LA CULPA A LOS DEMÁS. LA TENDENCIA A HACER REPROCHES ES UN RASGO SEXUAL, COMO LAS TETAS. LAS DOS COSAS VAN EN EL CROMOSOMA X. NO TE PARES.

Siguió pasando mensajes, pero ya no los leía. Iba tan deprisa que estuvo a punto de pasar por alto uno de los últimos:

ACABO DE ENTERARME DE QUE JAFAR SE ESTÁ MURIENDO. SIGUE INGRESADO EN EL HOSPITAL Y NO CREEN QUE VIVA HASTA MAÑANA. SUPONGO QUE EN ESTO DE LA BRUJERÍA DEBE DE HABER ALGO DE CIERTO.

ARTHUR KAHN

Sanders se quedó contemplando la pantalla. ¿Muerto por brujería? No se imaginaba qué había podido pasar. Pero aquello parecía imposible. Oyó que Fernández decía: «No me importa, Harry, pero Conrad tiene información sobre el patrón, y hemos de sacársela como sea.»

Sanders leyó el último mensaje:

TE EQUIVOCAS DE EMPRESA. BUSCA EN OTRA.

UN AMIGO

Sanders giró el monitor para que Fernández pudiera ver el mensaje.

–Harry, tengo que dejarte. Haz lo que puedas –dijo la abogada. Colgó y miró a Sanders–: ¿Qué significa que nos equivocamos de empresa? ¿Cómo sabe ese «amigo» lo que estamos haciendo? ¿Cuándo ha llegado este mensaje?

Sanders lo consultó:

–A la una y veinte de esta tarde.

Fernández lo anotó en su bloc.

–A esa hora Alan estaba hablando con Conrad. Y Conrad llamó a DigiCom, ¿lo recuerdas? De modo que ese mensaje tiene que proceder de DigiCom.

–Pero si está en Internet.

–No importa de dónde parecer proceder; lo manda alguien de la empresa que quiere ayudarte.

Pensó en Max, pero no tenía sentido. No era el estilo de Dorfman. Además, no estaba informado de las actividades diarias de la empresa. No. Era alguien que pretendía ayudar a Sanders pero quería seguir en el anonimato.

–Te equivocas de empresa... –repitió Sanders en voz alta.

¿Y si era alguien de Conley-White? Mierda, pensó. Podía ser cualquiera.

–¿Qué significa que nos equivocamos de empresa? –dijo–. Estamos investigando a todas las empresas donde ha trabajado, y nos está costando mucho...

Se detuvo.

Te equivocas de empresa.

–Seré idiota –dijo Sanders. Empezó a pulsar teclas en el ordenador.

–¿Qué pasa? –preguntó la abogada.

–Me han limitado el acceso, pero esto creo que podré buscarlo –dijo sin dejar de teclear.

–¿Qué es lo que buscas?

–Dices que las personas que cometen acoso sexual siguen un patrón, ¿no?

–Sí.

–Lo hacen una y otra vez, ¿correcto?

–Sí.

–Y nosotros estamos buscando episodios de acoso sexual en las empresas donde había trabajado antes.

–Exacto. Pero no encontramos nada.

–Sí. Pero el caso –dijo Sanders– es que lleva cuatro años trabajando en *esta* empresa, Louise. Nos equivocamos de empresa. –Seguía mirando la pantalla, donde se leía el siguiente mensaje: REVISANDO BASE DE DATOS.

Luego Sanders giró la pantalla para que Fernández pudiera leerla:

DIGITAL COMMUNICATIONS - OPERACIÓN DE BÚSQUEDA EN BASE DE DATOS

BD 4: Recursos Humanos (Sec. 5/ Registro de empleados)

Criterio de búsqueda:

1. Situación: Despido y/o Traslado y/o Dimisión
2. Supervisor: Johnson, Meredith
3. Otros criterios: sólo varones

Resultado de la operación:

Michael Tate	5/9/89	Despido	Drogas	HR RefMed
Edwin Sheen	7/5/89	Dimisión	Otro empleo	D-Silicon
William Rogin	11/9/89	Traslado	Petición propia	Austin
Frederic Cohen	4/2/90	Dimisión	Otro empleo	Squire Sx
Michael Backes	8/1/91	Traslado	Petición propia	Malasia
Peter Saltz	10/4/91	Dimisión	Otro empleo	Seattle
Robert Ely	12/1/91	Traslado	Petición propia	Seattle
Ross Wald	2/5/92	Traslado	Petición propia	Cork
Richard Jackson	5/14/92	Traslado	Petición propia	Seattle
James French	9/2/92	Traslado	Petición propia	Austin

Fernández repasó la lista.

–Por lo visto, trabajar para Johnson puede ser un poco arriesgado. Es el típico patrón: los empleados sólo duran unos meses, y luego dimiten o solicitan ser trasladados. Siempre voluntariamente. Nadie despedido, porque eso podía traerles problemas. Y ninguna mujer. Típico. ¿Conoces a alguno de los que aparecen en la lista?

–No –contestó Sanders–. Pero tres de ellos están en Seattle.

–Yo sólo veo dos.

–No. Squire Systems está en Bellvue. Así que Frederic Cohen también está en la ciudad.

–¿Puedes conseguir los detalles de las liquidaciones de esos empleados? Eso nos sería útil. Porque si la empresa indemnizó a alguien, entonces tenemos pruebas concluyentes.

–No, no puedo acceder a los datos financieros.

–Inténtalo, de todos modos.

–¿Para qué? El sistema no me aceptará.

–Hazlo.

Sanders frunció el ceño.

–¿Crees que me están controlando?

–Estoy convencida.

–De acuerdo. –Tecleó los parámetros y pulsó la tecla de búsqueda. Obtuvo el siguiente mensaje:

LOS USUARIOS CON NIVEL 0 NO TIENEN ACCESO A LA BASE DE DATOS FINANCIERA

–Justo lo que me imaginaba –dijo encogiéndose de hombros. –Pero por lo menos lo hemos preguntado. Eso los alertará.

Cuando se dirigía a los ascensores, Sanders vio a Meredith, que venía hacia él con tres ejecutivos de Conley-White. Retrocedió rápidamente en dirección a la escalera y empezó a bajar los cuatro tramos que conducían a la planta baja. La escalera estaba vacía.

En el siguiente rellano se abrió una puerta y apareció Stephanie Kaplan. Sanders no quería hablar con ella; al fin y al cabo, Kaplan era la directora financiera y trabajaba estrechamente con Garvin y Blackburn. Pero no pudo escabullirse.

–¿Cómo estás, Stephanie?

–Hola, Tom –dijo ella con frialdad.

Sanders siguió bajando, pero oyó que Kaplan decía:

–Lamento que todo esto sea tan difícil para ti.

Se detuvo. Kaplan estaba un poco más arriba, mirando hacia abajo. Estaban solos.

–Me las apaño –repuso Sanders.

–Ya lo sé, pero de todas formas debe de ser difícil. Están pasando demasiadas cosas, y nadie te explica nada. Debe de ser complicado intentar entenderlo todo.

¿Y nadie te explica nada?

–Sí, tienes razón. Hay cosas que cuesta entender, Stephanie.

–Cuando empecé a trabajar, tenía una amiga que consiguió un buen empleo en una empresa que no suele contratar a mujeres ejecutivas. Su nuevo cargo conllevaba mucho estrés y muchos problemas. Ella estaba orgullosa de cómo se desenvolvía.

Pero resultó que sólo la habían contratado porque en su departamento hubo un escándalo financiero y querían hacerle pagar el pato a ella. Su trabajo nunca tuvo que ver con lo que ella imaginaba. Era una cabeza de turco. Al final la despidieron.

Sanders se quedó mirándola. ¿Por qué le contaba aquello?

–Es una historia muy interesante –dijo.

Un poco más arriba, se abrió una puerta y se oyeron pasos que bajaban. Sin decir nada más, Kaplan se volvió y continuó subiendo. Sanders reanudó el descenso.

En la sala de redacción del *Post-Intelligencer* de Seattle, Connie Walsh apartó la vista de su terminal de ordenador y dijo:

–¿Bromeas?

–No, Connie. –Eleanor Vries estaba de pie junto a su mesa–. No vamos a publicar esa historia.

–Pero si sabes quién es mi informador –objetó Walsh–. Y sabes que Jake escuchó toda la conversación. Tenemos unas notas muy buenas, Eleanor. Muy completas.

–Ya lo sé.

–¿Cómo va a demandarnos la empresa, teniendo en cuenta la fuente? Eleanor: lo tengo todo atado.

–Tienes una historia, nada más. Y el periódico ya ha tenido una publicidad considerable.

–¿Qué publicidad?

–La que le ha dado el artículo de Mr. Porky.

–Por el amor de Dios. Nadie puede alegar que se siente aludido en ese artículo.

Vries le enseñó una fotocopia de la columna. Había marcado varias frases con rotulador amarillo.

–Dices que la compañía X es una empresa de alta tecnología de Seattle que acaba de nombrar a una mujer en un cargo importante. Dices que Mr. Porky es su empleado. Dices que él ha presentado una acusación de acoso sexual. La esposa de Mr. Porky es una abogada con niños pequeños. Dices que la acusación de Mr. Porky no es digna de consideración, que es un borracho y un mujeriego. Creo que Sanders puede alegar que se siente aludido, y presentar una demanda por difamación.

–Pero se trata de una columna. Un artículo de opinión.

–Esta columna presenta hechos. Y los presenta de forma sarcástica y muy exagerada.

–Es un artículo de opinión, y la opinión está protegida por la constitución.

–En este caso, creo que no. No debí haber permitido la publicación de la columna. Pero si continuamos publicando artículos, no podemos alegar ausencia de malicia.

–Lo que ocurre es que no tienes agallas –dijo la periodista.

–Lo que ocurre es que tú te tomas muchas libertades con la vida de los demás –replicó Vries–. No vas a publicar la historia, Connie. Lo voy a poner por escrito con copias para ti, Marge y Tom Donadio.

–Los abogados me importan un comino. En qué mundo vivimos. Alguien *tiene* que contar esta historia.

–No me cabrees, Connie. He dicho que no se publicará.

Tras estas palabras lapidarias, se marchó.

Walsh hojeó el manuscrito. Llevaba dos días enteros redactándolo, corrigiéndolo, puliéndolo. Había quedado perfecto. Y ahora querían que lo aparcara. No tenía paciencia para pensar en cuestiones legales. Aquello de proteger los derechos no era más que una ficción. Porque en realidad, la mentalidad legal era estrecha y cobarde; era el tipo de mentalidad que mantenía firmemente asentada la estructura de poder. Y al final la estructura de poder utilizaba el miedo. Los hombres utilizaban el miedo para conservar el poder. Y si de algo estaba convencida Connie Walsh, era de que ella no tenía miedo.

Al cabo de un rato descolgó el teléfono y marcó un número.

–KSEA-TV, buenas tardes –dijo la recepcionista.

–Con Mr. Henley, por favor.

Jean Henley era una periodista joven de la cadena de televisión independiente más moderna de Seattle. Walsh había pasado muchas veladas con Henley, hablando de los problemas que suponía trabajar en los medios de comunicación, dominados por los varones. Henley sabía cuán valiosas eran las historias espectaculares para la carrera de un periodista.

Aquella historia había que contarla, se dijo Walsh. A cualquier precio.

Robert Ely estaba nervioso.

–¿Qué quieres de mí? –preguntó a Sanders. Era muy joven; no tenía más de veintiséis años. Delgado, con bigote rubio. Iba en mangas de camisa y llevaba corbata. Trabajaba en el departamento de contabilidad de DigiCom, en el edificio Gower.

–Quiero hablar contigo sobre Meredith –contestó Sanders. Ely era uno de los tres residentes en Seattle de la lista.

–Vaya por Dios –dijo Ely. Miró a su alrededor, ansioso–. No tengo... no tengo nada que decir.

–Lo único que quiero es hablar.

–Aquí no –dijo Ely.

–Vamos a la sala de reuniones –sugirió Sanders.

Se dirigieron a una pequeña sala que había en el extremo del pasillo, pero se estaba celebrando una reunión. Sanders propuso ir a la pequeña cafetería del departamento de contabilidad, situada en un rincón, pero Ely le dijo que no tendrían intimidad. Estaba cada vez más nervioso.

–De verdad, no tengo nada que contarte –repetía una y otra vez–. Nada, de verdad.

Sanders pensó que más le convenía encontrar pronto un sitio tranquilo, antes de que Ely echara a correr y desapareciera. Acabaron en el lavabo de caballeros, impecablemente limpio. Ely se apoyó contra un lavabo e insistió:

–No sé por qué te empeñas en hablar conmigo. No tengo nada que decirte.

–Tú trabajabas con Meredith en Cupertino.

–Sí.

–Y te marchaste hace dos años, ¿no es así?

–Sí.

–¿Por qué te fuiste de allí?

–¿A ti qué te parece? –dijo Ely, furioso. Su voz reverberó en las baldosas–. Pero si ya lo sabes, por el amor de Dios. Lo sabe todo el mundo. Meredith convirtió mi vida en un infierno.

–¿Qué pasó?

–Que qué pasó –dijo Ely, exasperado–. Un día tras otro: «Robert, ¿puedes quedarte un rato esta noche, por favor? Quiero repasar unas cosas contigo.» Al cabo de un rato yo intentaba poner excusas. Y ella me decía: «Robert, me parece que no demuestras suficiente dedicación a esta empresa.» Y anotaba pequeños comentarios en mi hoja de servicios. Pequeños comentarios negativos, muy sutiles. Nada de que yo pudiera quejarme. Pero allí estaban, amontonándose con el tiempo. «Robert, me parece que necesitas que te ayude. ¿Por qué no vienes a verme después del trabajo?» «Robert, ¿por qué no pasas por mi apartamento y lo hablamos? Creo que te conviene.» Yo estaba... no sé, era terrible. Y la persona con quien vivía no... Bueno, estaba metido en un lío.

–¿No informaste a nadie?

Ely se echó a reír:

–¿Bromeas? Pero si Meredith prácticamente es un miembro más de la familia de Garvin.

–Entonces, te limitaste a aguantar...

Ely se encogió de hombros.

–Al final mi compañero cambió de puesto. Lo trasladaron aquí, y yo también pedí el traslado. ¿Qué querías que hiciera?

–¿Estarías dispuesto a declarar contra Meredith ahora?

–No, ni hablar.

–¿Eres consciente de que se comporta así porque nadie se atreve a acusarla?

–Ya tengo bastantes problemas como para hacer una declaración pública contra Meredith. –Ely se dirigió hacia la puerta, se detuvo y se volvió–: Ya lo sabes: no tengo nada que decir. Si alguien me pregunta algo, diré que nuestra relación profesional siempre fue correcta. Y tú y yo no nos hemos visto nunca.

–¿Meredith Johnson? Por supuesto que la recuerdo –dijo Richard Jackson–. Trabajé para ella más de un año. –Sanders estaba en el despacho de Jackson, en el segundo piso del edificio Aldus, en el lado sur de Pioneer Square. Jackson era un hombre atractivo de treinta años, con un porte enérgico y atlético. Era director de marketing de Aldus; su despacho era acogedor, y estaba lleno de cajas para programas gráficos: Intellidraw, Freehand, SuperPaint y Pagemaker–. Una mujer hermosa y encantadora –añadió Jackson–. Muy inteligente.

–¿Puedo preguntarte por qué te marchaste?

–Porque me ofrecieron este empleo. Y no me arrepiento. Estoy muy contento con el trabajo y con la empresa. Ha sido una experiencia fabulosa.

–¿No hubo ningún otro motivo?

Jackson sonrió y dijo:

–¿Te refieres a si Meredith Manmuncher me perseguía? Oye, ¿es católico el Papa? ¿Es rico Bill Gates? Pues *claro* que me perseguía.

–¿Tuvo eso algo que ver con tu dimisión?

–No, no –dijo Jackson–. Meredith se insinuaba a todo el mundo. En ese sentido, es una infatigable defensora de la igualdad de oportunidades. Perseguía *a todo el mundo*. Cuando yo llegué a Cupertino, iba detrás de un chaval gay. El pobre tío estaba aterrorizado. Un tipo delgado y nervioso. Ella lo hacía temblar.

–¿Y a ti?

–Yo estaba empezando, y estaba soltero. Ella era guapa. A mí me parecía bien.

–¿Nunca tuviste dificultades?

–Jamás. Meredith era fabulosa. En la cama dejaba mucho que desear, desde luego. Pero no se puede tener todo. Es una mujer muy hermosa e inteligente. Siempre tan bien vestida. Y como yo le gustaba, me llevaba a todas partes. Conocí a mucha gente interesante e hice buenos contactos. Fue en realidad algo estupendo.

–¿Y tú no tenías ningún inconveniente?

–No, ninguno –reconoció Jackson–. A veces era un poco mandona. Yo salía con un par de chicas, pero siempre tenía que estar disponible para ella. Incluso en el momento más inesperado. A veces eso me ponía nervioso. Empiezas a tener la impresión de que tu vida no te pertenece. Y Meredith tiene mal genio.

Pero bueno, qué se le va a hacer. Ahora soy director adjunto, y sólo tengo treinta años. Me va muy bien. Es una buena empresa. La ciudad me gusta. Tengo un gran futuro. Y se lo debo a ella. La adoro.

–Estabas empleado en la empresa mientras tenías esa relación con ella, ¿no es así?

–Sí.

–La política de la empresa exige que los empleados informen a sus superiores si tienen relaciones con otros empleados, ¿no? ¿Informó ella de su relación contigo?

–No, nada de eso –dijo Jackson. Se inclinó hacia delante y añadió–: Vamos a aclarar una cosa. Creo que Meredith es fabulosa. Si tú tienes algún problema con ella, es asunto tuyo. No sé de qué puede tratarse. Tú vivías con ella, así que no puede darte muchas sorpresas. A Meredith le gustan los tíos. Le gusta follárselos. Le gusta decirles lo que tienen que hacer. Ella es así. Y yo no veo nada de malo en ello.

–Supongo que no estarías dispuesto a...

–¿A declarar? Mira, hoy en día la gente está cargada de puñetas. Dicen cosas como: «No puedes salir con tus compañeros de trabajo.» Oye, si yo no pudiera salir con mis compañeros de trabajo seguiría siendo virgen. ¿Con quién vas a salir, si no es con tus compañeros de trabajo? Es la única gente que conoces. Y a veces esos compañeros son tus superiores. Perfecto. Las mujeres se tiran a los hombres y se abren camino. Los hombres se tiran a las mujeres y se abren camino. De todos modos, todo el mundo va a follar con todo el mundo, si pueden. Porque quieren. Lo que quiero decir es que las mujeres son igual de salidas que los hombres. Les gusta tanto como a nosotros. Así es la vida. Pero hay gente que se cabrea y presenta una queja. Dicen: «Ah, no, a mí no puedes hacerme eso.» Pero créeme: son tonterías. Es como lo de esos seminarios de sensibilización a que tenemos que asistir. Todos allí sentados con las manos en el regazo, como idiotas, aprendiendo la forma correcta de dirigirte a tus colegas. Pero después todo el mundo sale y folla con quien le apetece, como siempre. Viene una secretaria y te dice: «Oh, Mr. Jackson, ¿va a un gimnasio? Está *tan* fuerte.» Sin parar de pestañear. ¿Qué se supone que tengo que hacer? No se pueden establecer normas sobre esto. Cuando tienes hambre, comes. No importa cuántas reuniones tengas. Es una estupidez, y el que lo acepte es gilipollas.

–Creo que ya has contestado a mi pregunta –dijo Sanders. Se levantó para marcharse. Era evidente que Jackson no pensaba ayudarlo.

–Mira, lamento que tengas problemas. Pero actualmente todo el mundo es demasiado sensible. Los jóvenes de hoy en día creen que deben evitar cualquier experiencia desagradable. No puedes decirles nada que no les guste, ni hacer una broma que pueda sentarles mal. Pero lo cierto es que no puedes esperar que el mundo sea como lo has soñado. Siempre ocurren cosas que te cabrean o que te incomodan. Es la vida. Me paso el día oyendo a mujeres contar chistes sobre hombres. Chistes ofensivos. Chistes verdes. Y no me escandalizo. La vida es fabulosa. Yo no pienso perder el tiempo con estas sandeces.

Sanders salió del edificio Aldus a las cinco en punto. Cansado y desanimado, volvió andando al edificio Hazzard. Las calles estaban mojadas, pero había parado de llover y los rayos del sol intentaban abrirse paso entre las nubes.

Llegó a su despacho cinco minutos después. Cindy no estaba en su mesa, y Louise se había ido. Se sintió solo, abandonado, desesperado. Se sentó y marcó el último número de la lista.

–Squire Electronic Data Systems, buenas tardes.

–Con el despacho de Frederic Cohen, por favor.

–Lo siento. Mr. Cohen se ha marchado ya.

–¿Sabe dónde podría localizarlo?

–Me temo que no. ¿Quiere dejar un mensaje en su contestador?

¿Para qué?, pensó Sanders. Pero de todos modos dijo:

–Sí, por favor.

Oyó un chasquido, y luego el siguiente mensaje: «Éste es el contestador de Fred Cohen. Deje su mensaje después de la señal. Si llama fuera de horas de trabajo, puede intentar localizarme llamándome al coche, 502-88-04, o a mi casa, 505-99-43.»

Sanders anotó los números. Primero marcó el número del coche. Una voz contestó:

–Ya lo sé, cariño, llego tarde. Perdóname. Estoy de camino. Es que me han entretenido.

–¿Fred Cohen?

–...¿Quién es?

–Me llamo Tom Sanders. Trabajo en DigiCom y...

–Sí, sé quién es usted. –La voz sonaba un poco tensa.

–Tengo entendido que usted trabajaba para Meredith Johnson.

–Sí, así es.

–Me gustaría hablar con usted.

–¿Sobre qué?

–Sobre su relación con ella.

Hubo una larga pausa. Finalmente Cohen dijo:

–¿Qué interés tiene en hablar conmigo?

–Bueno, he tenido un problema con Meredith y...

–Sí, estoy enterado.

–Ya. Mire, me gustaría...

–Oiga, Sanders, hace dos años que me marché de DigiCom. Para mí, lo que pasó allí es historia.

–Bueno, en realidad no lo es –dijo Sanders–, porque estoy intentando establecer un patrón de conducta y...

–Ya sé lo que está haciendo. Pero esto es un asunto muy delicado. No quiero verme implicado.

–Sólo quiero hablar con usted unos minutos –insistió Tom.

–Sanders, estoy casado. Mi mujer está embarazada. No tengo nada que decir sobre Meredith Johnson. Nada.

–Pero...

–Lo siento mucho. Tengo que colgar.

Clic.

En ese momento Cindy entró en el despacho. Dejó una taza de café encima de la mesa.

–¿Va todo bien?

–No –contestó Sanders–. Va todo muy mal.

Le costaba reconocer que ya no podía hacer nada. Había hablado con tres hombres, y los tres se habían negado a ayudarle a establecer un patrón de conducta. Dudaba que los otros empleados de la lista reaccionaran de forma diferente. De pronto se acordó de lo que Susan, su mujer, le dijo dos días atrás: *No puedes hacer nada*. Ahora, después de todos sus esfuerzos, resultaba que era verdad. Estaba acabado.

–¿Dónde está Ms. Fernández?

–Está hablando con Blackburn –contestó Cindy.

–¿Cómo?

Cindy asintió con la cabeza.

–En la sala de reuniones pequeña. Llevan cerca de un cuarto de hora allí.

–Cielos.

Se levantó y salió de su despacho. Cuando llegó al final del pasillo, vio a Louise Fernández sentada con Blackburn en la sala de reuniones. Ella estaba tomando notas en su bloc, muy concentrada. Blackburn se pasaba las manos por las solapas y miraba hacia el techo mientras hablaba. Aparentaba estar dictando.

Al verlo, Blackburn lo saludó con la mano. Sanders entró en la sala de reuniones.

–Hola, Tom –dijo Blackburn sonriendo–. Ahora mismo iba a buscarte. Buenas noticias: creo que hemos conseguido resolver esta situación. Definitivamente.

–Ya –replicó Sanders. No se creía ni una palabra. Miró a Louise.

La abogada lo miró con expresión de sorpresa y dijo:

–Eso parece.

–No sabes cuánto me alegro –dijo Blackburn poniéndose en pie–. Me he pasado toda la tarde convenciendo a Bob. Finalmente ha decidido enfrentarse a la realidad. La realidad es que la empresa tiene un problema, Tom. Y estamos en deuda contigo por habernos abierto los ojos. Esto no puede continuar. Bob sabe que tiene que arreglarlo, y lo hará.

Sanders se quedó mirándolo. No podía creer lo que estaba oyendo. Pero Fernández asentía con la cabeza y sonreía.

Blackburn se arregló la corbata:

–Pero como dijo Frank Lloyd Wright en una ocasión: «Dios está en los detalles.» Mira, Tom, tenemos un pequeño problema inmediato, un problema político, relacionado con la fusión. Queremos pedirte tu colaboración en la sesión informativa que celebraremos mañana para Marden, el director ejecutivo de Conley. Pero después... bueno, hemos sido muy injustos contigo, Tom. La compañía ha sido injusta contigo. Y reconocemos que tenemos la obligación de compensarte, sea como sea.

–¿A qué te refieres exactamente? –preguntó Sanders con incredulidad.

–Mira, Tom, ahora eso depende de ti –dijo Blackburn con tono tranquilizador–. He dado a Louise los parámetros de un acuerdo potencial, y todas las opciones que estaríamos dispuestos a aceptar. Discútelo con ella y luego volvemos a hablar. Por supuesto, firmaremos todos los documentos provisionales que creas oportuno. Lo único que te pedimos a cambio es que asistas a la reunión de mañana y nos ayudes a llevar a término la fusión. ¿Te parece justo?

Blackburn tendió la mano y se quedó esperando.

Sanders lo miró fijamente.

–Con el corazón en la mano, Tom: lamento mucho todo lo que ha pasado.

Sanders le dio la mano.

–Gracias, Tom –dijo el abogado–. Gracias por tu paciencia. Te doy las gracias en nombre de la empresa. Ahora, siéntate y habla con Louise, y haznos saber lo que has decidido.

Blackburn se marchó.

–¿Qué demonios es esto? –preguntó Sanders.

Ella suspiró y dijo:

–Es lo que se llama una capitulación. Capitulación completa y absoluta. DigiCom se ha rendido.

Sanders miró a Blackburn alejarse por el pasillo. Estaba desconcertado. De repente le decían que todo había acabado, cuando la pelea no había hecho más que comenzar.

Mientras observaba a Blackburn, lo asaltó la imagen del lavabo de su antiguo apartamento, manchado de sangre. Ahora recordaba de quién era la sangre. Los hechos empezaban a encajar con la cronología.

Mientras tramitaba su divorcio, Blackburn se alojaba en casa de Sanders. Estaba muy nervioso y bebía mucho. Un día se hizo un corte tan profundo afeitándose que dejó el lavabo manchado de sangre. Cuando Meredith vio la sangre del lavabo y de las toallas, dijo: «¿Alguno de vosotros ha estado follando con una tía que tenía la regla?» Meredith era muy brusca. Le gustaba sobresaltar a la gente.

Un sábado por la tarde, mientras Phil estaba viendo la televisión, Meredith empezó a pasearse por el apartamento con unas medias blancas, liguero y sujetador. Sanders le dijo: «¿Por qué lo haces?» Meredith contestó: «Para animarlo un poco.» Se echó en la cama y, abriéndose de piernas, dijo: «¿Por qué no me animas tú a mí un poco?»

–¿Tom? ¿Me estás escuchando? ¿En qué piensas? –dijo Louise.

–Sí, claro que te escucho.

Pero seguía pensando en Blackburn. Ahora recordaba otra escena, ocurrida un año más tarde, poco después de que Sanders empezara a salir con Susan. Una noche, Phil salió a cenar con ellos. Susan fue un momento al lavabo. «Es fabulosa –dijo Blackburn–. Encantadora. Guapa y encantadora.» «¿Pero?» «Pero... –Blackburn se encogió de hombros– es abogada.» «¿Y qué?» «Nunca confíes en un abogado», dijo Blackburn con una risa lastimosa.

Nunca confíes en un abogado.

De pie en aquella sala de reuniones de DigiCom, Sanders vio cómo Blackburn desaparecía por una esquina. Se volvió hacia Louise.

–... verdaderamente no tenía alternativa –iba diciendo la abogada–. La situación se había vuelto insostenible. Johnson estaba organizando mucho jaleo. Y la cinta es muy peligrosa; no quieren que nadie la oiga, y temen que la prensa se haga con ella. El historial de Johnson supone un problema; no es la primera vez que acosa a un empleado, y ellos lo saben. A pesar de que ninguno de los hombres con quienes hablaste está dispuesto a declarar, uno de ellos podría hacerlo en el futuro, y ellos lo saben. Además, resulta que su consejero legal se dedica a filtrar información de la empresa a una periodista.

–¿Cómo dices? –exclamó Sanders.

–Sí, fue Blackburn el que filtró la historia a Connie Walsh. Eso supone una escandalosa violación de todas las normas de conducta de un empleado. Otro problema grave. Y la suma de todos esos ingredientes es demasiado para ellos. La empresa podría venirse abajo. Se lo han pensado y han decidido que tenían que pactar contigo.

–Entiendo –dijo Sanders–. Pero no tiene ningún sentido.

–No te lo crees, ¿verdad? Pues créetelo. Se les ha ido de las manos.

–¿Y qué trato quieren hacer?

–Están dispuestos a cumplir tus exigencias –dijo Louise consultando sus notas–. Despedirán a Johnson. Si quieres te darán su puesto. O te devolverán al que tienes ahora. O te darán otro puesto en la empresa. Te pagarán cien mil dólares en concepto de daños y perjuicios, y pagarán mis honorarios. O negociarán una liquidación, si es eso lo que quieres. En cualquier caso, te darán todas las acciones que te corresponden si se produce la escisión. Tanto si decides quedarte en la empresa como si decides irte.

–Ostras.

–Una capitulación total.

–¿Estás segura de que Blackburn hablaba en serio?

Nunca confíes en un abogado.

–Sí –contestó Fernández–. Ya era hora de que dijera algo sensato, francamente. Tenían que hacerlo, Tom. Arriesgaban demasiado.

–¿Y lo de la sesión informativa de mañana?

–Están preocupados por la fusión, tal como tú sospechabas cuando empezó todo. No quieren ponerla en peligro haciendo cambios repentinos. Así que quieren asistir a la reunión de mañana con Johnson, como si no pasara nada. Y la semana que viene Johnson se someterá al examen médico rutinario de la empresa. El examen revelará graves problemas de salud, quizá incluso cáncer. Eso, lamentablemente, los obligará a realizar un cambio.

–Entiendo.

Sanders se acercó a la ventana. El cielo se estaba despejando. Respiró hondo.

–¿Y si no participo en la reunión?

–Eso es asunto tuyo, pero yo de ti lo haría –dijo Louise–. Ahora podrías destrozar la empresa. ¿Y qué sacarías con eso?

Sanders empezaba a sentirse mejor.

–Me estás diciendo que todo se ha acabado.

–Sí. Se ha acabado, y has ganado. Lo has conseguido. Enhorabuena, Tom.

Se estrecharon la mano.

–Ostras –dijo Sanders.

La abogada se levantó y agregó:

–Voy a redactar un documento resumiendo mi conversación con Blackburn y especificando esas opciones, y voy a enviárselo para que lo firme inmediatamente. Cuando lo tenga firmado te llamaré. Mientras tanto, te recomiendo que prepares todo lo que necesites para la reunión de mañana, y que descanses un poco. Nos veremos mañana.

–De acuerdo.

Poco a poco se iba convenciendo de que aquello se había terminado. Todavía estaba desconcertado.

–Enhorabuena –dijo Fernández. Cerró su maletín y se marchó.

Volvió a su despacho sobre las seis. Cindy estaba a punto de marcharse; le preguntó si la necesitaba, y él dijo que no. Sanders se sentó a su mesa y se quedó mirando por la ventana, contemplando la puesta de sol y saboreando la conclusión del día. Había dejado la puerta abierta, y vio a la gente que se marchaba a casa. Finalmente llamó a su mujer a Phoenix para contarle las noticias, pero el teléfono comunicaba.

Llamaron a la puerta. Blackburn se asomó discretamente y preguntó:

–¿Tienes un momento?

–Claro, pasa.

–Sólo quería repetirte cuánto lo lamento. A veces, cuando una empresa tiene problemas de este tipo, se pasan por alto los valores humanos, pese a las buenas intenciones. A veces no podemos ser justos con todo el mundo, aunque lo pretendamos.

¿Y qué es una empresa, sino un grupo humano, un grupo de seres humanos? Ante todo somos personas. Como dijo Alexander Pope en una ocasión: «Todos somos humanos.» Quiero agradecerte tu amabilidad y decirte...

Sanders no le escuchaba. Estaba cansado; lo único que veía era que Phil reconocía haber metido la pata, y que ahora intentaba enmendar las cosas como hacía siempre: dando coba a la persona a la que había intentado intimidar.

Sanders lo interrumpió:

–¿Qué dice Bob? –Ahora que se había acabado, Sanders albergaba diversos sentimientos hacia Garvin. Recordó sus primeros tiempos en la empresa. Garvin había sido una especie de padre para él. Ahora quería oír lo que tenía que decir. Quería que se disculpara.

–Supongo que Bob se tomará un par de días de descanso –dijo Blackburn–. Le ha costado bastante tomar esta decisión. He tenido que insistirle mucho. Y ahora tiene que encontrar la forma de decírselo a Meredith. Ya te lo imaginas.

–Ya.

–Pero hablará contigo, estoy seguro. Mientras tanto, quisiera comentar algunos aspectos de la reunión de mañana. Como Marden asistirá, la reunión será un poco más formal que de costumbre. Iremos a la sala de reuniones principal de la planta baja. Empezaremos a las nueve y la reunión durará una hora. Meredith la presidirá, y pedirá a todos los jefes de departamento que hagan un resumen de los progresos y los problemas de su departamento. Primero Mary Anne, luego Don, Mark y tú. Tendréis tres o cuatro minutos para hablar. Cuando te llegue el turno de intervención, ponte de pie. Será mejor que lleves traje y corbata. Puedes utilizar soporte visual, pero no entres en detalles técnicos. Limítate a hacer un resumen general. En tu caso, lo que más les interesa es el Twinkle.

–Muy bien –dijo Sanders–. Pero la verdad es que no hay mucho que decir. Todavía no hemos averiguado el origen de los problemas de la unidad.

–No te preocupes. Nadie espera todavía la solución. Limítate a enfatizar el éxito de los prototipos y el hecho de que anteriormente ya hemos superado problemas de producción. Que tu intervención sea rápida y sencilla. Si quieres puedes llevar un prototipo o una maqueta.

–De acuerdo.

–Ya me entiendes: el asombroso futuro digital, los pequeños inconvenientes técnicos no se interpondrán en nuestro camino hacia el progreso.

–¿Y Meredith? ¿Está de acuerdo? –No le hacía ninguna gracia que Meredith presidiese la reunión.

–Meredith espera que vuestras intervenciones sean ágiles y que no entren en detalles técnicos. No habrá ningún problema.

–Perfecto.

–Si quieres comentarme tu intervención, llámame esta noche –dijo Blackburn–. O mañana temprano. Después de la reunión pondremos manos a la obra. La semana que viene empezaremos con los cambios.

Sanders asintió con la cabeza.

–Eres la persona que esta empresa necesita –añadió Blackburn–. Te agradezco mucho tu comprensión. Y te vuelvo a decir que lo lamento mucho, Tom.

Se marchó.

Sanders llamó al equipo de diagnóstico para saber si habían averiguado algo. Pero no contestaron. Fue al armario que había detrás de la mesa de Cindy y cogió los documentos que necesitaba: un dibujo esquemático de la unidad Twinkle y otro de la cadena de montaje de Malasia. Pensaba ponerlos en un caballete para ilustrar su intervención.

Pero entonces pensó que Blackburn tenía razón. La maqueta o el prototipo podían resultar útiles. Podía llevar una de las unidades que Arthur había enviado desde Kuala Lumpur aquella misma semana.

Recordó que tenía que llamar a Arthur. Marcó su número.

–Despacho de Mr. Kahn.

–Tom Sanders.

La secretaria pareció sorprendida.

–Mr. Kahn no se encuentra en el despacho, Mr. Sanders.

–¿A qué hora puedo encontrarlo?

–No vuelve hasta el lunes, Mr. Sanders.

–Entiendo –dijo Sanders, frunciendo el ceño. Era extraño; ahora que no estaba Mohammed Jafar, no era propio de Arthur dejar la planta sin supervisión.

–¿Quiere dejarle algún mensaje? –preguntó la secretaria.

–No, gracias.

Después de colgar, bajó al tercer piso, donde trabajaba el grupo de programación de Cherry. Introdujo la tarjeta en la ranura para abrir la puerta. La tarjeta salió despedida. Sanders había olvidado que le habían retirado sus privilegios. Entonces recordó que tenía otra tarjeta, la que se había encontrado en el suelo. La introdujo en la ranura y la puerta se abrió. Entró.

El departamento estaba vacío, lo que le sorprendió. Los programadores hacían horarios muy flexibles; prácticamente siempre había alguien, incluso a medianoche.

Entró en la sala de diagnóstico, donde estaban siendo examinadas las unidades. Había unos cuantos bancos rodeados de equipos electrónicos y pizarras. Las unidades estaban colocadas sobre los bancos, cubiertas con una tela blanca. Las luces estaban apagadas.

Oyó música procedente de una sala contigua y se dirigió hacia allí. Encontró a un joven programador trabajando en una consola. A su lado tenía una radio a todo volumen.

–¿Dónde están todos? –preguntó Sanders.

El programador levantó la vista y dijo:

–Hoy es el tercer miércoles del mes.

–¿Y?

–Hay reunión del OOPS.

–Ah. –El OOPS era una asociación de programadores de Seattle. La había creado Microsoft hacía unos años y sus reuniones eran mitad profesionales y mitad sociales.

–¿Sabes si el equipo de diagnóstico ha averiguado algo? –preguntó Sanders.

–Lo siento –contestó el joven–. Acabo de llegar.

Sanders volvió a la sala de diagnóstico. Encendió las luces y retiró cuidadosamente la tela blanca que cubría las unidades. Vio que sólo tres de las unidades CD-ROM habían sido desmontadas, dejando el interior expuesto a unas poderosas lentes de aumento y unas sondas electrónicas. Las otras siete unidades estaban amontonadas y todavía conservaban el embalaje de plástico.

Miró las pizarras. En una de ellas había una serie de ecuaciones. En otra, una lista:

A. Contr. Incompat.
   VLSI?
   pwr?
B. Disfunc. óp.? Reg. Voltaje?/ brazo?/ servo?
C. Láser R/O (a, b, c)
D. Mecánico XX
E. Gremlins

Aquello no le decía gran cosa. Volvió a las mesas, y examinó los instrumentos de análisis. Parecían normales, aunque sobre la mesa había una serie de taladros finos y varios micropaquetes forrados de plástico que parecían filtros de cámara fotográfica. También había unas fotografías Polaroid de las unidades en varias etapas de análisis; el equipo había documentado su trabajo. Había tres Polaroids colocadas en fila, como si fueran importantes, pero Sanders no logró dilucidar el motivo. Sólo señalaban los chips en unos tableros verdes de circuitos.

Examinó las unidades, procurando no cambiar nada de sitio. Una de las unidades CD-ROM que había en la mesa todavía no había sido extraída del envoltorio de plástico. La superficie del plástico presentaba varias perforaciones.

Junto a esa unidad había un bloc de notas abierto. Sanders leyó las cifras que vio anotadas:

PPU
7
11 (repetir 11)
5
2

Debajo alguien había escrito: «¡Claro, coño!» Pero Sanders no veía nada claro. Decidió llamar a Don Cherry aquella noche para que se lo explicara. Mientras tanto, cogió una de las unidades del montón, con la intención de utilizarla en la presentación de mañana. Salió de la sala de diagnóstico.

Pensó en la presentación y cayó en la cuenta de que nunca había estado en la sala de reuniones de la planta baja. Era una sala muy amplia con capacidad para treinta personas; sólo se utilizaba para ruedas de prensa y reuniones de marketing, sesiones a las que Sanders nunca asistía.

Bajó a la planta baja para echarle un vistazo. En la mesa de la recepción había un guardia de seguridad negro; estaba viendo un partido de béisbol y saludó a Sanders con un movimiento de la cabeza. Sanders se encaminó a la sala de reuniones con sigilo. El pasillo estaba en penumbra, pero en la sala de reuniones las luces estaban encendidas: las vio antes de llegar.

Al acercarse más, oyó a Meredith Johnson decir: «¿Y luego qué?» Una voz masculina contestó algo que Sanders no entendió.

Sanders se quedó en el pasillo, escuchando. Desde donde estaba no veía el interior de la sala. Hubo un silencio, y luego Meredith dijo:

–Muy bien. ¿Y Mark hablará del diseño?

–Sí, él se encarga de eso –contestó la otra voz.

–Bien –dijo Johnson–. Y qué me dices del...

Sanders no oyó el resto. Avanzó un poco, procurando no hacer ruido, y se asomó a la esquina. Seguía sin ver el interior de la sala, pero en el pasillo, fuera de la sala de reuniones, había una enorme escultura cromada cuya pulida superficie reflejaba la imagen de Meredith paseándose por la habitación. El hombre que estaba con ella era Blackburn.

–¿Y si Sanders no lo menciona?

–Lo hará –dijo Blackburn.

–¿Estás seguro de que no... que...? –No oyó el resto.

–Seguro. No... idea.

Sanders contuvo la respiración. Veía su imagen reflejada, torcida y distorsionada.

–Y cuando él... yo diré que es una... ¿Es eso lo... decir?

–Exacto –contestó Blackburn.

–¿Y si Sanders...?

Blackburn le puso una mano en el hombro y dijo:
–Sí, tienes que…
–… quieres que…
Blackburn contestó algo, pero Sanders sólo oyó las últimas palabras:
–… hacerlo pedazos.
–… podré.
–… Asegúrate de que… Contamos contigo.
Sonó un teléfono. Meredith y Johnson se llevaron la mano a sus respectivos bolsillos. Meredith contestó la llamada y los dos se encaminaron hacia la salida. Iban hacia donde estaba Sanders.
Sanders asustado, miró alrededor y vio un lavabo de caballeros a su derecha. Consiguió colarse dentro justo cuando Meredith y Blackburn llegaban al pasillo.
–No te preocupes, Meredith. Todo saldrá bien.
–No me preocupo.
–Quedará muy impersonal –dijo Blackburn–. No hay ningún motivo para tener rencores. Al fin y al cabo, los hechos están de tu parte. Ése es un incompetente.
–¿Sigue sin poder acceder a la base de datos? –preguntó Meredith.
–Sí. Le hemos retirado sus privilegios.
–¿Y no puede acceder al programa de Conley-White?
–Es imposible, Meredith.
Las voces se perdieron pasillo abajo. Sanders prestó atención, hasta que oyó una puerta que se cerraba. Salió del lavabo.
Sonó el teléfono que llevaba en el bolsillo. Sanders se sobresaltó.
–Aquí Sanders –dijo.
–Hola –dijo Louise Fernández–. He enviado el borrador de tu contrato al despacho de Blackburn, pero me lo ha vuelto a mandar con un par de añadidos que no me convencen. Creo que será mejor que nos veamos y lo discutamos.
–Dentro de una hora –sugirió Sanders.
–¿Por qué no antes?
–Tengo algo que hacer.

–Hola, Thomas. –Max Dorfman abrió la puerta de su habitación del hotel y regresó rápidamente ante el televisor–. Conque finalmente has decidido venir.

–¿Te has enterado?

–¿Enterarme? ¿De qué? Soy un anciano. Estoy fuera de juego. Ya no intereso a nadie. A nadie; ni siquiera a ti. –Apagó el televisor y sonrió.

–¿Qué has oído? –preguntó Sanders.

–Bah, sólo algunos rumores. Cotilleos. ¿Por qué no me lo cuentas tú?

–Estoy en apuros, Max.

–Claro que estás en apuros –dijo Dorfman con tono despectivo–. Llevas toda la semana en apuros. ¿Te enteras ahora?

–Me están engañando.

–¿Quién?

–Blackburn y Meredith.

–Tonterías.

–Lo digo en serio.

–¿De verdad crees que Blackburn puede engañarte? Philip Blackburn es un idiota rematado. No tiene principios ni cerebro. Hace años le dije a Garvin que lo despidiera. Blackburn no tiene ideas propias.

–Pues Meredith.

–Ah, Meredith. Sí. Es preciosa. Tiene unos pechos maravillosos.

–Por favor, Max.

–A ti también te lo parecía.

–De eso hace mucho tiempo.

–¿Tanto han cambiado las cosas? –preguntó Dorfman con una sonrisa irónica.

–¿Qué quieres decir?

–Estás pálido, Thomas.

–No entiendo nada. Estoy asustado.

–Ah, estás asustado. Un hombre fuerte como tú asustado de esa preciosa mujer con pechos maravillosos.

–Max...

–Claro. Tienes motivos para estar asustado. Te ha hecho muchas cosas terribles. Te ha engañado, te ha manipulado y ha abusado de ti, ¿no?

–Sí –contestó Sanders.

–Meredith y Garvin te han tomado como víctima propiciatoria.

–Sí.

–¿Entonces por qué me mencionaste las flores?

Sanders frunció el ceño. No sabía de qué estaba hablando Dorfman. Era tan desconcertante, pero le gustaba...

–*La flor* –dijo Dorfman irritado, golpeando con los nudillos el brazo de la silla de ruedas–. La flor de vidrio de la puerta de tu apartamento. El otro día estuvimos hablando de ella. No me digas que ya no te acuerdas.

La verdad era que lo había olvidado. Entonces recordó la imagen de la flor de vidrio que había vuelto a su mente hacía unos días.

–Tienes razón. No me acordaba.

–No te acordabas –repitió Dorfman con sarcasmo–. ¿Esperas que me lo crea?

–De verdad, Max...

–Eres desesperante. Parece mentira. No es que no te acordaras, Thomas; lo que pasa es que decidiste no enfrentarte a ella.

–¿Enfrentarme a ella?

Sanders vio la flor de la vidriera, de colores naranja, azul y amarillo intenso. A principios de aquella semana había pensado en ella constantemente, casi obsesionado, y sin embargo estos dos últimos días...

–No soporto esta farsa –dijo Dorfman–. Claro que te acuerdas de todo. Pero estás *decidido* a no pensar en ello.

Sanders, confundido, meneó la cabeza.

–Thomas. Hace diez años me lo contaste todo –prosiguió Dorfman–. Me lo confiaste entre sollozos. Estabas muy disgustado. En aquella época era lo más importante de tu vida. ¿Y ahora lo has olvidado? –Movió la cabeza–. Me dijiste que te ibas de viaje con Garvin a Japón y Corea. Y cuando volvías, ella te estaba esperando en el apartamento. Con ropa provocativa. O en posturas eróticas. Y me dijiste que a veces, cuando llegabas a casa, veías a Meredith a través de la vidriera de la puerta. ¿No es así, Thomas? ¿O me equivoco?

Se equivocaba.

De pronto lo recordó; era como si la imagen se fuera ampliando y adquiriese nitidez. Lo veía todo otra vez, como si estuviera allí: los escalones que conducían a su apartamento del segundo piso, y los ruidos que oyó mientras subían los escalones, a medida tarde; al principio no pudo identificar los ruidos, pero cuando llegó al rellano y miró a través de la vidriera se dio cuenta...

–Regresé un día antes –dijo Sanders.

–Sí, exacto. Te presentaste inesperadamente.

El vidrio de color amarillo, naranja y azul. Y a través del vidrio, su espalda desnuda, subiendo y bajando. Estaba en el sofá del salón, moviéndose arriba y abajo.

–¿Y qué hiciste? –preguntó Dorfman–. ¿Qué hiciste al verla?

–Pulsé el timbre.

–Exacto. Muy civilizado de tu parte. Muy elegante. Tocaste el timbre.

Vio cómo Meredith se daba la vuelta y miraba hacia la puerta. El cabello, desordenado, le ocultaba la cara. Se apartó el cabello de los ojos. Al ver a Sanders, su expresión cambió. Abrió los ojos de par en par.

–¿Y qué pasó después? ¿Qué hiciste? –lo aguijoneó Dorfman.

–Me marché. Volví al... Me fui al garaje y me metí en el coche. Estuve un par de horas conduciendo. Quizás más. Cuando volví ya había oscurecido.

–Estabas disgustado, claro.

Volvió a subir por la escalera y volvió a mirar a través de la vidriera. El salón estaba vacío. Abrió la puerta y entró en el apartamento. Había un cuenco de palomitas sobre el sofá. Los cojines estaban arrugados. El televisor estaba encendido, sin volumen. Apartó la vista del sofá y entró en el dormitorio, llamando a Meredith. La encontró haciendo las maletas. «¿Qué haces?», preguntó. «Me marcho –dijo ella. Lo miró. Tenía el cuerpo en tensión–. ¿No es eso lo que quieres que haga?» «No lo sé», contestó él. Entonces Meredith se echó a llorar desconsoladamente. Tuvo que coger un pañuelo de papel y sonarse la nariz, como una niña pequeña. Y al verla así, él abrió los brazos. Ella lo abrazó y le dijo que lo sentía. Lo repitió una y otra vez, hecha un mar de lágrimas. Y entonces, sin saber cómo...

Dorfman soltó una risotada:

–Encima de la maleta, ¿no? Allí mismo, encima de la ropa que ella estaba metiendo en la maleta, consumasteis vuestra reconciliación.

–Sí –reconoció Sanders.

–Ella te excitó. Volviste a desearla. Te retó. Tú querías poseerla.

–Sí...

–El amor es maravilloso –dijo Dorfman con un suspiro–. Tan puro e inocente. Hiciste las paces, ¿no?

–Sí. Pero sólo duró una temporada.

Fue muy extraño. Al principio él estaba muy enfadado con ella, pero la perdonó y pensó que podrían continuar. Hablaron de sus sentimientos, se expresaron su amor, y él hizo todo lo que pudo para continuar. Pero al final ninguno de los dos pudo aguantarlo: aquel incidente había hecho una mella fatal en su relación, había destrozado algo fundamental. No importaba cuántas veces se repitieran que lo conseguirían. Ahora todo había cambiado. Sus corazones se habían enfriado. Se peleaban más a menudo; eso era lo único que los unía ahora. Pero no duró mucho.

–Y cuando se acabó –dijo Dorfman– viniste a hablar conmigo.

–Sí.

–¿Y de qué querías hablarme? ¿O también te has «olvidado» de eso?

–No. Lo recuerdo. Quería que me dieras tu consejo.

Acudió a Dorfman porque se estaba planteando la posibilidad de irse de Cupertino. Había roto con Meredith, estaba aturdido y quería irse a otro sitio y empezar de nuevo. Se planteó trasladarse a Seattle para dirigir al Departamento de Productos Avanzados. Garvin le había ofrecido aquel puesto en una ocasión, de pasada. Quería que Dorfman le aconsejara.

–Estabas muy deprimido –dijo Dorfman–. Fue un importante fracaso sentimental.

–Sí.

–De modo que podríamos decir que Meredith Johnson es la causa de que estés en Seattle. Cambiaste tu carrera y tu vida a causa de ella. Aquí empezaste una nueva vida. Y mucha gente conocía tu pasado. Garvin. Blackburn. Por eso se preocupó de preguntarte si podrías trabajar con ella. Todo el mundo estaba preocupado por lo que podía pasar. Pero tú los tranquilizaste, ¿no, Thomas?

–Sí.

–Pero tus palabras tranquilizadoras no han servido de nada.

Sanders vaciló.

–No lo sé, Max.

–Vamos, Thomas. Lo sabes *perfectamente*. Tiene que haber sido una pesadilla. Enterarte de que aquella mujer de la que un día huiste iba a venir a Seattle, te iba a perseguir hasta aquí, y que sería tu superiora. Que te iba a quitar el puesto al que aspirabas, el puesto que creías merecer.

–No lo sé...

–¿Que no lo sabes? Yo de ti estaría furioso. Querría librarme de ella. Te hizo mucho daño en una ocasión, y no creo que quisieras que volviera a herirte. ¿Pero qué alternativa tenías? Ella había conseguido el puesto y era la protegida de Garvin. Garvin no estaba dispuesto a escuchar ni una sola palabra contra ella. ¿Cierto?

–Cierto.

–Y Garvin y tú os habíais distanciado bastante, porque en realidad él no quería que aceptaras el puesto de Seattle. Te lo había ofrecido suponiendo que lo rechazarías. A Garvin le gusta tener protegidos. Le gusta tener admiradores rendidos a sus pies. No le gusta que sus admiradores hagan las maletas y se vayan a otra ciudad. Garvin estaba molesto contigo. Las cosas nunca volvieron a ser lo mismo. Y de pronto aparece esa mujer de tu pasado, una mujer que cuenta con el apoyo de Garvin. ¿Qué alternativa tenías? ¿Qué podías hacer con tu cólera?

Sanders recordó los sucesos de aquel primer día: los rumores, la notificación de Blackburn, la primera conversación con Meredith... No recordaba haber sentido cólera. Había tenido sentimientos muy complicados aquel día, pero no cólera. De eso estaba seguro...

–Thomas, Thomas. Deja ya de soñar. No tienes tiempo.

Sanders se sentía incapaz de pensar con claridad.

–Thomas –añadió Dorfman–, *tú lo has organizado todo.* Tanto si lo admites como si no, tanto si eres consciente de ello como si no. En cierto modo, lo que ha pasado es exactamente lo que tú pretendías. y te aseguraste de que ocurriera.

Sanders pensó en Susan. ¿Qué le había dicho en el restaurante?

¿Por qué no me lo contaste? Habría podido ayudarte.

Y tenía razón, por supuesto. Era abogada; si se lo hubiera contado todo inmediatamente, ella le habría aconsejado. Le habría dicho lo que tenía que hacer. Le habría sacado de aquel lío. Pero no se lo había contado.

Ahora no podemos hacer gran cosa.

–Tú estabas buscando este enfrentamiento, Thomas.

Y Garvin: *Era tu novia y no te gustó que te abandonara. Y ahora quieres vengarte de ella.*

–Llevas toda la semana preparando este enfrentamiento.

–Max...

–Así que no me digas que eres la víctima. Tú no eres ninguna víctima. Te crees víctima porque no quieres asumir las responsabilidades de tu vida. Porque eres sentimental, perezoso e inocente. Crees que los demás tienen que cuidar de ti.

–Max, por favor.

–Niegas tu participación en esto. Finges olvidar. Finges no entender. Y ahora finges estar desconcertado.

–Max...

–No sé por qué te hago caso. ¿Cuántas horas faltan para la reunión? ¿Doce? ¿Diez? Y te dedicas a perder el tiempo hablando con un viejo loco. –Hizo girar la silla–. Yo, en tu lugar, me pondría a trabajar.

–¿A qué te refieres?

–Bueno, ya sabemos cuáles son tus intenciones, Thomas.

¿Pero cuáles son *las suyas*? Ella también está intentando resolver un problema. Tiene una intención. Dime, ¿qué problema tiene que resolver?

–No lo sé –contestó Sanders.

–Ya lo veo. ¿Y cómo puedes averiguarlo?

Sanders fue andando hasta Il Terrazzo. Louise Fernández lo esperaba fuera. Entraron juntos.

–Oh, no –dijo Sanders al entrar en el restaurante.

–Era de esperar –dijo ella.

Meredith Johnson estaba cenando con Bob Garvin en una mesa del fondo. Dos mesas más allá, estaban Phil Blackburn y su esposa, una mujer delgada y con gafas, con aire de contable. Cerca de ellos, Stephanie Kaplan cenaba con un joven de unos veinte años; debía de ser su hijo, pensó Sanders. Y a la derecha, junto a la ventana, los ejecutivos de Conley-White en plena cena de trabajo, con los maletines abiertos en el suelo y papeles esparcidos encima de la mesa. Ed Nichols estaba entre John Conley y Jim Daly. Daly tenía una grabadora en la mano y estaba dictando algo.

–¿Por qué no vamos a otro sitio? –sugirió Sanders.

–No. Ya nos han visto. Podemos sentarnos en aquel rincón.

Carmine se acercó.

–Buenas noches, Mr. Sanders –dijo con una inclinación de la cabeza.

–Nos gustaría sentarnos en un rincón, Carmine.

–Muy bien, Mr. Sanders.

Se sentaron y pidieron la carta. Louise observaba a Meredith y a Garvin:

–Podría ser su hija –comentó.

–Todo el mundo lo dice.

–Es bastante curioso.

El camarero les llevó la carta. A Sanders no le apetecía nada, pero de todos modos pidieron la cena. Ella seguía mirando a Garvin.

–Es un luchador, ¿verdad?

–¿Bob? Sí, tiene fama de duro.

–Ella sabe cómo tratarlo. –Louise extrajo unos papeles de su maletín y añadió–: Éste es el documento que me ha enviado Blackburn. Todo está en orden, salvo dos cláusulas. Primero, reivindican el derecho a despedirte si se demuestra que has cometido alguna falta.

–Entiendo. –Sanders se preguntó qué podía significar aquello.

–Y en esta otra cláusula reivindican el derecho a despedirte si tu trabajo resulta «insatisfactorio según los estándares habituales de la industria». ¿Qué significa eso?

Sanders meneó la cabeza.

–Deben de estar preparando algo. –Le contó la conversación que había oído en la sala de reuniones.

Louise no se sorprendió, como de costumbre.

–Es posible –dijo.

–¿Posible? Estoy seguro de que lo van a hacer.

–Legalmente, quiero decir. Es posible que intenten algo así. Y funcionaría.

–¿Por qué?

–Una acusación de acoso sexual pone sobre el tapete toda la actuación de un empleado. Si se descubre negligencia, aunque sea muy antigua o insignificante, puede ser utilizada para desestimar la acusación. Tuve un cliente que trabajó diez años en una empresa. Pero la compañía consiguió demostrar que el empleado había mentido en el impreso de solicitud del empleo, y el caso fue desestimado. El empleado fue despedido.

–O sea, van a investigar mi historial.

–Sí, es posible.

Sanders frunció el ceño. ¿Qué podían haber encontrado?

Ella también está intentando resolver un problema. Dime, ¿cuál es el problema que tiene que resolver?

Louise extrajo el magnetófono que llevaba en el bolsillo.

–Hay un par de cosas que me gustaría repasar –dijo–. Hay algo al principio de la cinta...

–Muy bien.

–Quiero que lo escuches.

Le entregó el magnetófono. Sanders se lo llevó al oído.

Oyó su propia voz: «... ya lo arreglaremos. Le he transmitido tus opiniones, y ahora Meredith está hablando con Bob de modo que supongo que acudiremos a la reunión con esa postura... En fin, Mark, si hay algún cambio te llamaré antes de la reunión de mañana y...»

«Deja ese teléfono», dijo la voz de Meredith, y luego se oyeron unos crujidos y una especie de siseo; después se oyó cómo el teléfono caía sobre la mesa. Ruido de interferencias.

Más crujidos. Luego, silencio.

Un gruñido. Crujidos.

Mientras escuchaba, intentó imaginar lo que ocurría en la habitación. Se habían trasladado al sofá, porque ahora las voces no se oían tan bien. Oyó su voz: «Espera un momento...» «Oh, Tom, llevo todo el día deseándote.»

Más crujidos. Una respiración profunda. No era fácil imaginarse lo que estaba pasando. Un gemido de Meredith. Más crujidos.

«Me gustas, Tom. Oh, sabes tan bien. No soporto que ese cerdo me toque. Esas ridículas gafas. ¡Oh! Estoy *tan* caliente. Hace años que no pego un polvo como Dios manda...»

Más crujidos. Interferencias. Crujidos. Más crujidos. Mientras escuchaba, Sanders contemplaba el carrete de la cinta. Pese a haber estado allí, no conseguía formarse imágenes de lo que estaba ocurriendo. Aquella cinta no podía resultar persuasiva para nadie más. En realidad sólo se oían ruidos difíciles de identificar. Con largos períodos de silencio.

«Espera, Meredith...» «No, por favor, no digas nada.» Oyó sus gemidos y su respiración entrecortada.

Luego, otro silencio.

–Ya está –dijo Louise.

Sanders dejó el magnetófono sobre la mesa y lo apagó. Meneó la cabeza y dijo:

–Esto no demuestra nada de lo que en realidad estaba pasando.

–Demuestra lo suficiente –dijo ella–. Y ahora no empieces a preocuparte por las pruebas. De eso me encargo yo. Sólo quería que escucharas las primeras frases de Meredith. –Consultó su bloc de notas–. Cuando dice «Llevo todo el día deseándote». Y luego «Oh, sabes tan bien. No soporto que ese cerdo me toque. Esas ridículas gafas. Oh, estoy *tan* caliente, hace años que no pego un polvo como Dios manda...» ¿Lo has oído?

–Sí.

–¿De quién habla?

–¿Que de quién habla?

–Sí. ¿Quién es el cerdo que la toca?

–Supongo que será su marido. Antes de que llamara a Lewyn habíamos hablado de él, y por eso no aparece en la cinta.

–¿Qué dijo de él?

–Meredith se quejó de que tenía que pagarle pensión a su marido, y luego dijo que era muy malo en la cama. Dijo: «No soporto a los hombres que no saben tratar a las mujeres.»

–¿Y crees que cuando dice «No soporto que ese cerdo me toque» se refiere a su marido?

–Sí.

–Yo no –dijo la abogada–. Se divorciaron hace meses. Fue un divorcio bastante movido. El marido la odia. Tiene una novia, y se la ha llevado a México. No creo que se refiera al marido. ¿Quién pude ser?

–No lo sé –dijo Sanders–. Supongo que podría ser cualquiera.

–Cualquiera no. Escucha otra vez. Fíjate en el tono de voz con que lo dice.

Sanders rebobinó la cinta y se llevó el magnetófono al oído. Al cabo de un rato lo dejó y dijo:

–Lo dice con mucho énfasis.

–Con resentimiento, diría yo. En medio del episodio contigo, se pone a hablar de otro hombre. «Ese cerdo.» Es como si quisiera vengarse de alguien. En ese momento estaba ajustándole las cuentas.

–No sé –dijo Sanders–. Meredith habla mucho. Recuerdo que siempre hablaba de gente. De antiguos novios. No es demasiado romántica.

Un día, recordó Sanders, estaban en la cama en su apartamento de Sunnyvale. Era domingo por la tarde. Estaban muy tranquilos y relajados; en la calle había unos niños que reían. Sanders tenía la mano posada en el muslo de ella. De pronto ella dijo: «Una vez conocí a un noruego que tenía la polla torcida. Como un sable, ¿sabes? Torcida hacia un lado, y...» «Meredith, por favor...» «¿Qué pasa? Es verdad. Lo digo en serio.» «Ahora no, por favor.» Cuando pasaba algo así, ella suspiraba, como si se viera obligada a reprimir su excesiva sensibilidad. «¿Por qué a los hombres os gusta pensar que sois los únicos?» «No lo pensamos. Sabemos muy bien que no somos los únicos. Pero ahora no, ¿vale?» Ella volvía a suspirar.

–Aunque tenga por costumbre hablar mientras tiene relaciones sexuales; aunque sea indiscreta y despegada, ¿de quién estaba hablando? –dijo la abogada.

–No lo sé, Louise.

–Y dijo que no soporta que la toque... Como si no pudiera evitarlo. Y menciona sus ridículas gafas. –Miró a Meredith, que comía en silencio, en compañía de Garvin–. ¿Será Garvin?

–No lo creo.

–¿Por qué no?

–Todo el mundo dice que no. Todo el mundo dice que Bob no se la folla.

–Podrían estar equivocados.

–Eso sería incesto –comentó Sanders.

–Sí, tienes razón.

Les llevaron la cena. Tom revolvió su plato de espaguetis *puttanesca* y se comió las aceitunas. No tenía hambre. Louise comía de buena gana. Habían pedido lo mismo.

Sanders miró a los de Conley-White. Nichols sostenía en alto una hoja de plástico con diapositivas. ¿De qué serían?, se preguntó Tom. Tenía puestas sus gafas y examinaba las diapositivas con mucha atención. A su lado, Conley consultó su reloj e hizo algún comentario sobre la hora. Los otros asintieron. Conley miró a Johnson, y luego volvió a concentrarse en sus papeles.

Daly dijo algo:

–... tienes esa cifra?

–Está aquí –dijo Conley señalando la hoja.

–Están buenísimos –dijo Fernández–. No dejes que se enfríen.

–Sí. –Sanders comió un poco. No sabía a nada. Dejó el tenedor.

Fernández se limpió la barbilla con la servilleta.

–En realidad –dijo– nunca me has dicho por qué paraste, en el último momento.

–Mi amigo Max Dorfman dice que yo lo organicé todo.

–Ya.

–¿También tú lo crees?

–No lo sé. Sólo te preguntaba lo que sentías en aquel momento, cuando decidiste retirarte.

–No quise hacerlo –dijo Sanders encogiéndose de hombros.

–Entiendo. En el último momento no te apeteció, ¿no?

–Sí, exacto. –Hizo una pausa y añadió–: ¿De verdad quieres saber lo que me pasó? Meredith tosió.

–¿Que tosió?

Sanders se imaginó a sí mismo en el despacho de Meredith, con los pantalones por las rodillas. Recordó haber pensado: «¿Qué demonios estoy haciendo?» Meredith lo tenía cogido por los hombros, y tiraba de él. «Por favor, no, no...» Entonces Meredith volvió la cabeza a un lado y tosió. Esa tos fue la que lo detuvo. Se incorporó y dijo: «Tienes razón.» Y se levantó del sofá.

–La verdad –dijo Fernández–, no lo entiendo. ¿Una simple tos?

–Sí. –Sanders apartó el plato–. En un momento así no puedes toser.

–¿Por qué? ¿Hay una regla de etiqueta que lo impida? «En los abrazos apasionados no se debe toser.»

–No, no se trata de eso. Es lo que significa.

–Lo siento, no te sigo. ¿Qué significa una tos?

Sanders vaciló un poco.

–Mira, las mujeres piensan que los hombres no nos enteramos de nada. Piensan que los hombres nunca aciertan a tocar lo que hay que tocar, que nunca encuentran lo que buscan, y esas cosas. En lo referente al sexo, nos toman por imbéciles.

–No, yo no tomo a nadie por imbécil. ¿Qué significa una tos?

–Una tos significa que no te has entregado.

Fernández levantó las cejas.

–Eso me parece un poco exagerado.

–Es un hecho.

–Lo dudo. Mi marido tiene bronquitis. Tose continuamente.

–Pero seguro que en el último momento no.

Louise se quedó pensativa, con el tenedor en el aire.

–Desde luego, pero justo después se pone a toser. Le da un acceso. Lo sé porque siempre nos reímos de eso.

–Después, de acuerdo. Es diferente. Pero te aseguro que justo antes, en el momento culminante, nadie tose.

Volvió a recordar imágenes. Mejillas encendidas. Manchas rojizas en el cuello, o en el escote. Pezones blandos. Antes estaban duros, pero se ablandan. Ojeras oscurecidas, a veces violáceas. Labios hinchados. Cambios en el ritmo de la respiración. Un súbito calor. Movimientos rítmicos de las caderas. La frente fruncida. Muecas. Mordiscos. Había muchas versiones, pero...

–Nadie tose –repitió.

De pronto sintió cierto bochorno, se acercó de nuevo al plato y comió un poco. No quería decir nada más, porque tenía la impresión de que se había pasado de la raya, de que estaba hablando de una especie de conciencia que todo el mundo fingía que no existe.

Louise Fernández lo miraba con curiosidad.

–¿Eso lo has leído en algún sitio?

Él tenía la boca llena; negó con la cabeza.

–¿Los hombres hablan de estas cosas?

Volvió a negar con la cabeza.

–Las mujeres sí.

–Ya lo sé. Pero el caso es que ella tosió, y que por eso paré. Ella no estaba entregada, y yo estaba... no sé, supongo que ofendido. Estaba allí tumbada, gimoteando, pero era puro teatro. Y me sentí...

–¿Utilizado?

–Algo así. Manipulado. A veces pienso que si ella no hubiera tosido en aquel preciso instante...

–Mira, podríamos preguntárselo –dijo ella señalando con la cabeza en dirección a la mesa de Meredith.

Sanders levantó la vista y vio que Meredith se dirigía hacia su mesa.

–Mierda –dijo.

–Tranquilo. No pasa nada –repuso la abogada.

Meredith se acercó con una amplia sonrisa:

–Hola, Louise. Hola, Tom. –Sanders iba a levantarse, pero ella se lo impidió–: No te levantes, por favor. –Le puso una mano en el hombro y le dio un pequeño apretón–. Sólo he venido a saludaros –dijo con una sonrisa radiante.

Estaba interpretando a la perfección el papel de la jefa que se acerca a saludar a un par de colegas suyos. Sanders vio que Garvin estaba pagando la cuenta. se preguntó si también vendría a saludarlo.

–Sólo quería deciros que no guardo ningún rencor –dijo Meredith–. Cada uno tiene un trabajo que realizar. Lo comprendo. Y creo que todo esto nos ha ayudado a limpiar el ambiente. Sólo espero que a partir de ahora podamos trabajar juntos.

Meredith se había colocado detrás de la silla de Sanders; él tenía que torcer la cabeza y alargar el cuello para mirarla.

–¿Por qué no te sientas? –dijo Louise Fernández.

–Bueno, pero sólo un momento.

Sanders se levantó para ir a buscar una silla. Pensó en cómo interpretarían los de Conley aquella escena. La jefa que no quiere interrumpir, y que espera a que sus colegas la inviten a sentarse con ellos. Mientras traía la silla para Meredith, aprovechó para echar un vistazo y vio que Nichols los estaba mirando por encima de sus gafas. También el joven Conley los miraba.

Meredith se sentó. Sanders, caballeroso, le acercó la silla.

–¿Quieres tomar algo? –preguntó Fernández con amabilidad.

–No, gracias.

–¿Un café?

–No, gracias. Acabo de tomarme uno.

Sanders se sentó. Meredith se inclinó hacia adelante y dijo:

–Bob me ha contado sus planes de independizar este departamento. Es muy emocionante.

Sanders la miró con asombro.

–Bob tiene una lista de nombres para la nueva empresa. A ver qué os parecen: SpeedCore, SpeedStar, PrimeCore, Talisan y Tensor. Creo que SpeedCore es una marca de accesorios para coches de carreras. SpeedStar no está mal. PrimeCore me suena a compañía de seguros. ¿Qué me decís de Talisan o Tensor?

–Tensor es la marca de una lámpara –dijo Fernández.

–Es verdad. Pero Talisan está bastante bien, ¿no?

–La empresa que ha creado Apple-IBM se llama Taligent –dijo Sanders.

–Tienes razón. Demasiado parecido. ¿Y MicroDyne? No está nada mal. O GA: Grafismos Avanzados. ¿Os gustan?

–MicroDyne suena bien.

–Sí, eso creo. Y había otro... AnoDyne.

–Eso es un analgésico –dijo Fernández.

–¿Cómo?

–El AnoDyne es un analgésico. Un narcótico.

–Ah, pues fuera. El último: SynStar.

–Me suena a marca farmacéutica.

–Sí, es verdad. Pero tenemos todo un año par encontrar otro mejor. Y MicroDyne no me parece mal, para empezar. Es una combinación de micro y dínamo. Buenas imágenes, ¿no os parece?

Retiró la silla sin darles tiempo a contestar.

–Tengo que irme –dijo–. Sólo quería conocer vuestras opiniones. Buenas noches, Louise. Hasta mañana, Tom.

Se estrecharon la mano y luego Meredith volvió con Garvin. Juntos, fueron a la mesa de los de Conley.

Sanders se quedó mirándolos.

–«Buenas imágenes», por Dios. Habla de nombres para una empresa y ni siquiera sabe a qué se dedica la empresa.

–Ha sido una actuación muy convincente.

–Desde luego –reconoció Sanders–. Es una excelente actriz. Pero no tenía nada que ver con nosotros. Se lo estaba dedicando a ellos. –Señaló con la cabeza a los ejecutivos de Conley-White, que estaban sentados en el otro extremo del restaurante. Garvin los estaba saludando mientras Meredith hablaba con Jim Daly. Daly hizo una broma, y Meredith rió echando la cabeza hacia atrás y mostrando su largo cuello.

–Ha venido a hablar con nosotros para que mañana, cuando me despidan, nadie sospeche que ella lo tenía planeado.

Fernández estaba pagando la cuenta.

–¿Nos vamos? –dijo–. Todavía tengo unas cuantas cosas que hacer.

–¿Ah, sí? ¿Por ejemplo?

–Es posible que Alan haya encontrado algo.

Meredith estaba de pie, detrás de John Conley, con las manos apoyadas en sus hombros, mientras hablaba con Daly y Ed Nichols. Éste dijo algo, mirando por encima de las gafas, y Meredith se rió; luego se inclinó para mirar por encima del hombro de Nichols la hoja que él sostenía en la mano. Sus cabezas estaban muy juntas. Ella le hablaba y señalaba las cifras de la hoja.

Te equivocas de empresa.

Sanders miraba fijamente a Meredith, que sonreía y bromeaba con los tres ejecutivos de Conley-White. ¿Qué le había dicho Phil Blackburn?

El caso, Tom, es que Meredith Johnson tiene muy buenos contactos en esta empresa. Ha impresionado a mucha gente importante.

Como Garvin.

No sólo Garvin. Meredith ha construido una base de poder en varias secciones.

¿Conley-White?

Sí, también ahí.

Fernández se puso en pie. Sanders la imitó y dijo:

–¿Sabes una cosa, Louise?

–¿Qué?

–Nos estábamos equivocando de empresa.

La abogada frunció el ceño y miró a los de Conley-White. Meredith hablaba con Ed Nichols y señalaba con una mano, mientras con la otra se apoyaba en la mesa para no perder el equilibrio. Estaba muy cerca de Ed Nichols, lo tocaba. Y él examinaba los papeles mirando por encima de la montura de las gafas.

–Esas ridículas gafas... –dijo Sanders.

No era de extrañar que Meredith no lo acusara de acoso sexual. Eso habría sido demasiado embarazoso para su relación con Ed Nichols. Y no era de extrañar que Garvin no la despidiera. Todo encajaba. A Nichols la fusión le producía mucha inquietud: su relación con Meredith debía de ser lo único que lo hacía seguir adelante.

–¿Nichols? –dijo Fernández.

–Sí. ¿Por qué no?

–Aunque sea cierto, no nos sirve de nada. Podrían argumentar muchas cosas. Ésta no sería la primera fusión que se hace en la cama. En serio: olvídalo.

–¿Me estás diciendo que no hay nada incorrecto en que tenga una aventura con uno de los ejecutivos de Conley-White, y que sea ascendida como resultado de esa relación?

–Exacto. Nada en absoluto. Por lo menos legalmente. Así que olvídalo.

–Estoy cansado –dijo Sanders.

–Me lo imagino. Como todos.

La reunión de Conley-White estaba concluyendo. Empezaron a guardar los papeles en sus maletines. Meredith y Garvin charlaban con ellos; todos se levantaron. Garvin se despidió de Carmine, que los acompañó hasta la puerta del restaurante.

De pronto se encendieron unos potentes focos en la calle. El grupo se apiñó, deslumbrado.

–¿Qué pasa? –preguntó Fernández.

Sanders se volvió, pero el grupo ya había retrocedido, y había cerrado la puerta. Hubo unos instantes de caos. Garvin exclamó «Maldita sea» y buscó a Phil Blackburn.

Blackburn se levantó, aturdido, y fue corriendo hacia Garvin. Garvin daba saltitos, cambiando el peso de una pierna a la otra. Intentaba tranquilizar a los de Conley-White y echar la bronca a Blackburn al mismo tiempo.

Sanders se acercó a Garvin:

–¿Qué ha pasado?

–La maldita prensa –dijo Garvin–. Los de KSEA-TV están ahí fuera.

–Esto es un atropello –dijo Meredith.

–Están haciendo preguntas sobre no sé qué demanda de acoso –dijo Garvin, mirando amenazadoramente a Sanders.

–Voy a hablar con ellos –dijo Blackburn–. Esto es sencillamente ridículo.

–¿Ridículo? Es un atropello –dijo Garvin, indignado.

Todos hablaban a la vez, coincidiendo en que era un atropello. Pero Sanders vio que Nichols estaba nervioso. Meredith los acompañó fuera por la puerta de atrás, que daba a la terraza. Blackburn salió por la puerta principal, donde estaban los periodistas. Levantó las manos, como si se entregara a la policía. La puerta se cerró.

–No me gusta, no me gusta –dijo Nichols.

–No te preocupes. Conozco al director de informativos de esa cadena –le dijo Garvin–. Hablaré con él.

Jim Daly hizo algún comentario sobre la presunta confidencialidad de la fusión.

–No te preocupes –dijo Garvin–. Cuando me haya encargado de esto, te aseguro que volverá a ser confidencial.

Se marcharon por la puerta de atrás. Sanders volvió a su mesa, donde Fernández estaba pagando la cuenta.

–Una nota de emoción –dijo Louise inexpresivamente.

–Una nota bastante importante –dijo Sanders.

Miró a Stephanie Kaplan, que seguía en la mesa con su hijo. El joven estaba hablando y gesticulando, pero Kaplan miraba fijamente la puerta trasera, por donde salían los ejecutivos de Conley-White. Luego se volvió y siguió hablando con su hijo.

Era una noche oscura y desapacible. Mientras volvía andando a su despacho con Fernández, Sanders se estremeció.

–¿Cómo habrá llegado la historia a la televisión?

–Seguramente gracias a Walsh –dijo la abogada–. O quizá no. Al fin y al cabo, esta ciudad no es tan grande. Pero no importa. Tienes que prepararte para la reunión de mañana.

–He estado intentando olvidarme de eso.

–Lo sé. Pero ahora tienes que prepararte.

Llegaron a Pioneer Square; en los edificios de la plaza todavía había ventanas con luz. Muchas empresas trabajaban con Japón y cerraban tarde para esperar a que abrieran las oficinas de Tokyo.

–Al verla con aquellos hombres –dijo Fernández– me he dado cuenta de lo fría que es.

–Sí. Meredith es muy fría.

–Tiene mucho control de sí misma.

–Sí.

–Entonces, ¿por qué te abordó tan descaradamente el primer día? ¿Qué prisa tenía?

¿Cuál es el problema que intenta resolver?, había preguntado Max. Ahora Fernández le estaba preguntando lo mismo. Todo el mundo parecía comprenderlo, salvo Sanders.

Tú no eres ninguna víctima.

Pues resuélvelo, pensó. Ponte a trabajar.

Recordó la conversación de Meredith y Blackburn en la sala de reuniones.

Tiene que quedar bastante impersonal. Al fin y al cabo, los hechos están de tu parte. Es un incompetente.

¿Seguro que no puede acceder a la base de datos?

No. Le hemos retirado sus privilegios.

¿Y no puede acceder al sistema de Conley-White?

Eso es imposible, Meredith.

Tenía razón. No podía entrar en el sistema. ¿Pero de qué le serviría entrar?

Soluciona el problema, le había dicho Dorfman. *Haz lo que sabes hacer.*

Soluciona el problema.

–Mierda –dijo Sanders.

Eran las nueve y media. Los empleados de la limpieza estaban trabajando en la zona central de la cuarta planta. Sanders entró en su despacho con Fernández. En realidad no sabía para qué habían ido allí. No se le ocurría nada que pudiera hacer.

–Déjame llamar a Alan –dijo la abogada–. Quizá tengo algo. –Se sentó y empezó a marcar.

Sanders se sentó en su butaca y miró el monitor. Había un mensaje:

SIGUES EQUIVOCÁNDOTE DE EMPRESA.

UN AMIGO

–No entiendo nada –dijo mirando la pantalla. Estaba nervioso. Le parecía que todo el mundo tenía respuestas, menos él.

–¿Alan? –dijo Fernández–. Soy Louise. ¿Has averiguado algo? Ya. Qué desastre. No, ahora no lo sé. Sí, por favor. ¿Cuándo vas a verla? Muy bien. Gracias, Alan. –Colgó el auricular–. Esta noche no ha habido suerte.

–Pues sólo nos queda esta noche.

–Exacto.

Sanders volvió a leer el mensaje en la pantalla. Alguien de la empresa estaba intentando ayudarlo. Le decía que no estaba indagando en la empresa correcta. Le pareció que el mensaje sugería que había una forma de indagar en la otra empresa. Y supuso que la persona que sabía lo suficiente como para enviar aquel mensaje también sabía que Sanders no podía acceder a las bases de datos. ¿Qué podía hacer? Nada.

–¿Quién crees que puede ser ese «amigo»? –preguntó Louise.

–No lo sé.

–Imagínate que tienes que adivinarlo.

–No lo sé.

–¿No se te ocurre nada?

Consideró la posibilidad de que fuera Mary Anne Hunter. Pero Mary Anne no tenía una base técnica, su especialidad era el marketing. Era improbable que pudiera enviar mensajes a través de Internet. Seguramente ni siquiera sabía lo que era Internet. No; no podía ser Mary Anne. Tampoco Mark Lewyn. Lewyn estaba furioso con Sanders. ¿Don Cherry? Sanders lo pensó. En cierto modo, aquello era típico de Cherry. Pero Sanders sólo lo había visto una vez desde que empezara todo, y Cherry se mostró muy poco amistoso. No era Cherry. ¿Quién podía ser? Aquéllas eran las únicas personas con acceso ejecutivos *sysop* de Seattle. Hunter, Lewyn, Cherry. La lista era corta. ¿Stephanie Kaplan? Improbable. Kaplan no tenía mucha imaginación. Y no sabía tanto de ordenadores como para hacer aquello. ¿Y si era alguien de fuera de la empresa? Como Gary Bosak. Seguramente Bosak se sentía culpable por haber dado la espalda a Sanders. Y Gary era muy retorcido. Sí, podía ser Gary. Pero saberlo no le ayudaba mucho.

Siempre has sido muy bueno resolviendo problemas técnicos. Ése fue siempre tu fuerte.

Cogió la unidad de CD-ROM Twinkle, que aún estaba envuelta en plástico. ¿Por qué habrían pedido que la embalaran así?

No importa. Concéntrate.

Algo pasaba con la unidad. Si lo averiguaba, tendría la respuesta. ¿Quién podía saberlo?

Embalada en plástico.

Tenía que ser algo relacionado con la cadena de montaje. Encima de la mesa estaba aquella cinta de DAT. La introdujo en la máquina.

La imagen de la pantalla apareció dividida; a un lado estaba Arthur Kahn y al otro Sanders. Detrás de Arthur, la línea de montaje, iluminada mediante lámparas fluorescentes. Kahn tosió y se frotó la barbilla.

–Hola, Tom. ¿Cómo estás?

–Muy bien, Arthur.

–Me alegro. Lamento lo de la reorganización.

Pero Sanders no escuchaba la conversación. Estaba mirando a Kahn. Se fijó en que Kahn estaba muy cerca de la cámara; tan cerca que su imagen quedaba un poco borrosa, desenfocada. Su rostro impedía ver la cadena de montaje que había detrás.

–Ya sabes lo que opino personalmente –decía Kahn.

Su cara tapaba la cadena de montaje.

Sanders estudió la imagen atentamente. Luego quitó la cinta.

–Vamos abajo –dijo.

–¿Se te ha ocurrido algo?

–Digamos que es el último intento.

Las luces se encendieron, iluminando las mesas del equipo de diagnóstico.

–¿Dónde estamos? –preguntó Louise.

–Aquí es donde analizan las unidades.

–¿Las que no funcionan?

–Exacto.

La abogada se encogió de hombros:
–Me parece que no…
–Yo tampoco. No soy técnico, lo único que hago es leer los informes que me dan los demás.
Ella miró en derredor:
–¿Y puedes interpretar esto?
–No –contestó él con un suspiro.
–¿Han terminado?
–No lo sé.
Entonces se dio cuenta. Sí, *habían terminado*. Porque de lo contrario, el equipo de diagnóstico estaría trabajando toda la noche, intentando resolver el problema antes de la reunión de mañana. Pero habían tapado las mesas y se habían ido a aquella reunión de la asociación de programadores. Habían terminado.
El problema estaba resuelto. Todos lo sabían menos él.
Por eso sólo habían abierto tres unidades. No les hizo falta abrir las otras. Y habían pedido que las embalaran en plástico… Porque… Los orificios…
–Aire –dijo Sanders.
–¿Aire?
–Creen que es el aire.
–¿Qué aire?
–El aire de la fábrica.
–¿De la fábrica de Malasia?
–Exacto.
–¿Estamos hablando del aire de Malasia?
–No. Del aire *de la fábrica.*
Volvió a mirar el bloc de notas que había sobre la mesa. «PPU», seguido de una hilera de cifras. PPU significaba «partículas por unidad». Era la medida estándar de pureza del aire de las fábricas. Y aquellas cifras, que iban de dos a once, eran muy exageradas. El máximo de partículas admitido era uno. Aquellas cifras eran inaceptables.
El aire de la fábrica era inadecuado.
Eso significaba que los componentes estaban llenos de polvo. Miró los chips que habían enganchados en el tablero.
–Ostras –dijo Sanders.

–¿Qué pasa?
–Mira.
–No veo nada.
–Los chips no están bien ajustados.
–Yo creo que están bien.
–No. No lo están.

Miró las otras unidades. En seguida comprobó que todos los chips estaban colocados de distinta forma. Unos estaban muy apretados y otros tenían un espacio de unos milímetros, y se veían los contactos metálicos.

–Esto no está bien –dijo Sanders–. No debería haber pasado. –Los chips se montaban en los tableros mediante un prensador robotizado. Todos los tableros, todos los chips, tenían que ser idénticos al salir de la cadena. Pero eran diferentes. Aquello podía producir irregularidades de voltaje, problemas de distribución de memoria... cualquier cosa. Eso era exactamente lo que estaba pasando.

Miró la pizarra y la lista que había escrita. Le llamó la atención un punto: «D. Mecánico XX.»

El equipo de diagnóstico había puesto dos marcas junto a la palabra «Mecánico». El problema de las unidades CD-ROM era mecánico. Lo cual significaba que era un problema de la cadena de producción. Y la cadena de producción era responsabilidad de Sanders. Él la había diseñado y la había montado. Había comprobado todas las especificaciones de aquella cadena, desde el principio hasta el final. Y ahora no funcionaba correctamente.

Estaba seguro de que no era culpa suya. Tenía que haber pasado algo después de que montara la cadena. Algo había cambiado, y ya no funcionaba. ¿Pero qué había pasado? Para saberlo tenía que entrar en la base de datos. Pero ya no tenía acceso. No había forma de entrar.

Inmediatamente pensó en Bosak. Bosak podría ayudarlo, y también cualquiera de los programadores de Cherry. Aquellos chicos eran unas fieras: entraban en cualquier programa en cuestión de segundos sólo para divertirse. Pero ahora no había ningún programador en el edificio. Y Sanders no sabía cuándo volverían de la reunión. Aquellos chicos eran imprevisibles.

Como el que había vomitado encima de la plataforma del Corridor. Ése era el problema. No eran más que niños; lo que les gustaba era jugar. Chicos creativos, sin preocupaciones, que se dedicaban a hacer el loco por ahí...

–Louise...

–¿Sí?

–Hay una forma de hacerlo.

–¿De hacer qué?

–De entrar en la base de datos.

Se dio la vuelta y salió presurosamente del despacho. Iba revolviendo en sus bolsillos, buscando aquella otra tarjeta electrónica.

–¿Vamos a algún sitio? –preguntó ella.

–Sí.

–¿Te importaría decirme adónde?

–A Nueva York.

Se encendieron las luces. Fernández miró a su alrededor:

–¿Qué es esto? ¿Una sala de torturas futurista? –Examinó las plataformas transportadoras circulares y los cables que colgaban del techo–. ¿Con esto piensa ir a Nueva York?

–Exacto.

Sanders se acercó a los armarios de hardware. Había unos letreros que rezaban: NO TOCAR y QUITA TUS MANOS, INÚTIL. Vaciló un poco, buscando la consola de control.

–Espero que sepas lo que haces –dijo ella. Se quedó de pie junto a una de las plataformas, observando el casco plateado–. Porque me da la impresión de que con esto podríamos electrocutarnos.

–Sí, lo sé.

Sanders destapó unos monitores. Encontró el interruptor principal y poco después las máquinas se pusieron en marcha. Una tras otra, las pantallas de los monitores se fueron iluminando.

–Sube a la plataforma.

Se acercó y la ayudó a subir a la plataforma transportadora.

Fernández movió los pies con cautela, para ver cómo rodaban las piezas. De inmediato se produjo un destello verde de láser.

–¿Qué ha sido eso?

–El escánner te ha dibujado. No te preocupes. Aquí tienes el casco. –Bajó el casco que colgaba del techo y se lo colocó.

–Un momento –dijo ella, quitándoselo de lo ojos–. ¿Qué es esto?

–El casco tiene dos pequeñas pantallas. Proyectan imágenes delante de tus ojos. Póntelo. Y ten cuidado. Estas cosas son muy caras.

–¿Cuánto valen?

–Un cuarto de millón de dólares cada una. –Le terminó de colocar el casco y ajustó los auriculares.

–No veo nada. Está muy oscuro.

–Es porque todavía no te he conectado, Louise. –Conectó los cables.

–Oh –dijo ella con sorpresa–. Ahora veo una gran pantalla azul justo delante de mí. Al pie de la pantalla hay dos letreros. En uno pone ON y en el otro OFF.

–Tú no toques nada. Deja las manos en esta barra –dijo él, colocando sus manos en la barandilla de la plataforma–. Voy a subir.

–El casco me molesta un poco.

Sanders subió a la otra plataforma y bajó el otro casco. Conectó el cable.

–Ahora voy. –Se puso el casco.

Sanders vio la pantalla azul. Miró a su izquierda y vio a Fernández, de pie a su lado. Su aspecto era absolutamente normal y llevaba su ropa habitual. El vídeo estaba grabando su aspecto y el ordenador eliminaba la plataforma y el casco.

–Te estoy viendo –dijo la abogada, sorprendida. Sonrió. La parte de su rostro cubierto por el casco estaba animada por ordenador, y se veía ligeramente irreal.

–Acércate a la pantalla.

–¿Cómo?

–Sólo tienes que caminar, Louise.

Él avanzó por la plataforma transportadora. Se acercó al botón ON y lo pulsó.

La pantalla azul se iluminó. Aparecieron unas letras enormes:

SISTEMAS DE DATOS DIGITAL COMMUNICATIONS.

Debajo había un listado de un menú. La pantalla era exactamente igual que las pantallas normales de DigiCom, como las que todos tenían en la mesa, aunque muy aumentada.

–Una terminal de ordenador gigantesca –observó Fernández–. Maravilloso. Era lo que soñaba todo el mundo.

–Pues espera y verás.

Sanders tocó el menú con la punta del dedo, seleccionando opciones. Las letras de la pantalla formaron un remolino, que se convirtió en una especie de embudo que se estiró ante sus ojos. La abogado no hizo ningún comentario.

Se ha quedado sin habla, pensó él.

El embudo azul empezó a desdibujarse. Se ensanchó y se volvió rectangular. Las letras y el color azul se desvanecieron. Surgió un suelo de mármol veteado bajo sus pies. Las paredes quedaron recubiertas de paneles de madera. El techo era blanco.

–Es un pasillo –dijo ella en voz baja.

El Corridor siguió construyéndose, añadiendo más detalles. En las paredes aparecieron cajones y armarios. Unas columnas se alinearon a lo largo de toda su extensión. Se abrieron espacios que conducían a otros pasillos. Unas enormes lámparas salieron de las paredes y se encendieron solas. Ahora las columnas proyectaban sombras sobre el suelo de mármol.

–Es como una biblioteca –dijo Fernández–. Una biblioteca antigua.

–Esta parte sí.

–¿Cuántas partes hay?

–No estoy seguro. –Sanders empezó a avanzar.

Ella lo alcanzó. A través de los auriculares, él oyó el ruido de sus pasos sobre el suelo de mármol. Era otro detalle que Cherry había añadido.

–¿Habías estado antes aquí? –preguntó Fernández.

–Sí, pero la última vez fue hace varias semanas. Antes de que lo terminaran.

–¿Adónde vamos?

–No estoy muy seguro. Pero en alguna parte tiene que haber un camino que conduce a la base de datos de Conley-White.

–¿Pero ahora dónde estamos?

–En los datos, Louise. Esto no son más que datos.

–¿Este pasillo son datos?

–No hay pasillo alguno. Lo que ves a tu alrededor son sólo números. Es la base de datos de DigiCom, la misma base de datos a que la gente accede diariamente a través de sus terminales de ordenador. Sólo que nos la presentan como si fuera un espacio.

–La decoración es muy curiosa –dijo la abogada, caminando junto a Sanders.

–Está inspirada en una biblioteca real. De Oxford, creo.

Llegaron a una intersección, donde se abrían otros pasillos. Había unos letreros colgados. CONTABILIDAD. RECURSOS HUMANOS. MARKETING.

–Ya entiendo –dijo ella–. Estamos dentro de la base de datos de tu empresa.

–Exacto.

–Es fabuloso.

–Sí, pero esto no es lo que nos interesa. Hemos de conseguir llegar a Conley-White.

–¿Cómo lo haremos?

–No lo sé –dijo él–. Necesito ayuda.

–Aquí estoy –dijo una voz. Sanders miró hacia arriba y vio un ángel blanco suspendido en el aire, cerca de sus cabezas. Sostenía una vela encendida.

–Vaya –exclamó Fernández.

–Lo siento –dijo el ángel–. ¿Es eso una orden? No identifico «Vaya».

–No –dijo Sanders rápidamente–. No es ninguna orden. –Pensó que tendría que andarse con cuidado para no estropear el sistema.

–Muy bien. Espero sus órdenes.

–Ángel, necesito ayuda.

–Aquí estoy.

–¿Cómo puedo entrar en la base de datos de Conley-White?

–No identifico «la base de datos de Conley-White».

Claro, pensó Sanders. El equipo de Cherry no había programado nada sobre Conley-White en el sistema de ayuda. Tenía que plantear la pregunta en términos más generales.

–Ángel, estoy buscando una base de datos.

–Muy bien. Las puertas de las bases de datos se abren con el panel de mandos.

–¿Dónde está el panel? –preguntó Sanders.

–Cierra el puño.

Sanders cerró el puño y un panel gris se dibujó en el aire, como si él lo estuviera sosteniendo. Lo acercó y lo examinó.

–Estupendo –dijo Fernández.

–También sé contar chistes –dijo el ángel–. ¿Quieres que te cuente uno?

–No –ordenó Sanders.

–Muy bien. Espero tus órdenes.

Sanders observó el panel. Había una larga lista de instrucciones, con flechas y botones.

–¿Qué es? –preguntó ella–. ¿El mando a distancia más complicado del mundo?

–Más o menos.

Había un botón que rezaba OTRAS BD. Podía ser aquél. Lo pulsó. Nada. Pulsó otra vez.

–La puerta se está abriendo –anunció el ángel.

–¿Dónde? No veo nada.

–La puerta se está abriendo.

Sanders esperó. Entonces se dio cuenta de que el sistema de DigiCom tenía que conectarse a otras bases de datos lejanas. La conexión estaba en marcha, y eso era la causa del retraso.

–Conexión... en marcha –dijo el ángel.

La pared del Corridor empezó a disolverse. Vieron un enorme agujero negro; detrás no había nada.

–Qué miedo –dijo Fernández.

Empezaron a aparecer unas líneas blancas que fueron formando un nuevo pasillo. Los espacios se llenaron, uno a uno, hasta crear la apariencia de figuras sólidas.

–Éste es diferente –dijo la abogada.

–Nos estamos conectando a través de una línea de datos de

alta velocidad –explicó Sanders–. Pero aun así, es mucho más lenta.

Mientras observaban, el Corridor adoptó una nueva forma. Esta vez las paredes eran grises. Estaban en un mundo en blanco y negro.

–¿Por qué no hay color?

–El sistema está intentando generar un ambiente más sencillo. El color significa más datos. Por eso lo vemos en blanco y negro.

Aparecieron luces, un techo, un suelo.

–¿Entramos? –sugirió Sanders.

–¿Quieres decir que eso es la base de datos de Conley-White?

–Exacto.

–No lo sé –dijo ella–. ¿Y eso? –preguntó señalando.

Enfrente de ellos se veía una especie de río de interferencias en blanco y negro. Fluía por el suelo y las paredes, y emitía un fuerte ruido siseante.

–Creo que no son más que interferencias de las líneas telefónicas.

–¿No nos pasará nada si lo cruzamos?

–No podemos hacer otra cosa.

Sanders avanzó. Inmediatamente se oyó un gruñido. Un perro enorme les obstaculizaba el paso. Tenía tres cabezas que miraban en todas direcciones.

–¿Qué es eso?

–Seguramente una representación de su sistema de seguridad. –Cherry y su infatigable sentido del humor, pensó Sanders.

–¿Puede atacarnos?

–Por el amor de Dios, Louise. No son más que dibujos animados.

Pero en alguna parte había un sistema de monitorización real que vigilaba la base de datos de Conley-White. Podía ser automático, o podía haber una persona que observaba a los usuarios que entraban y salían del sistema. Sin embargo, ahora era casi la una de la madrugada en Nueva York. Seguramente el perro era sólo un automatismo.

Sanders avanzó y empezó a cruzar el río de interferencias. Al verlo aproximarse, el perro soltó unos gruñidos. Era una sensación extraña. Pero no pasó nada.

–¿Vienes?

Ella avanzó cautelosamente. El ángel se quedó atrás, flotando en el aire.

–¿No vienes, ángel?

No contestó.

–Supongo que no puede cruzar las puertas –dijo Sanders–. No está programado.

Recorrieron el pasillo gris. Las paredes estaban cubiertas de cajones sin etiqueta.

–Parece un depósito de cadáveres –comentó ella.

–Bueno, por lo menos hemos llegado.

–¿Esto es su base de datos de Nueva York?

–Sí. Espero que lo encontremos.

–¿Qué es lo que quieres encontrar?

Sanders no contestó. Eligió al azar uno de los armarios archivadores y lo abrió. Echó un vistazo a los dossiers.

–Permisos de edificación –dijo–. Creo que para un almacén de Maryland.

–¿Por qué no hay etiquetas? –preguntó ella, al tiempo que Sanders vio aparecer las etiquetas lentamente.

–Sólo es cuestión de tiempo. –Sanders miró alrededor, leyendo las etiquetas–. Muy bien. Esto está mejor. Los archivos de recursos humanos están allí, en esa pared.

Se acercó a otro cajón y lo abrió.

–¡Oh! –exclamó Louise.

–¿Qué pasa?

–Viene alguien.

Una silueta gris se aproximaba por el pasillo. Todavía estaba demasiado lejos como para distinguirla bien. Pero caminaba directamente hacia ellos.

–¿Qué hacemos?

–No lo sé –dijo Sanders.

–¿Podrá vernos?

–Espero que no.

–¿Nosotros podemos verlo pero él no puede vernos a nosotros?

–No lo sé –repitió Sanders mientras intentaba averiguarlo.

Cherry había instalado otro sistema virtual en el hotel. Si había alguien utilizando aquel sistema, podría verlos a ellos. Pero Cherry había dicho que su sistema representaba también a otros usuarios, por ejemplo, alguien que accediera a la base de datos desde un ordenador. Y si alguien estaba utilizando un ordenador, no podía verlos. El usuario del ordenador no sabía quién más había en el sistema.

La figura siguió caminando. Sus movimientos eran torpes. Ya podían verle los ojos, la nariz, la boca.

–Qué miedo, de verdad –dijo Fernández.

Cada vez la veían mejor.

–Esto va en serio –dijo Sanders.

Era Ed Nichols.

Vieron que la cara de Nichols estaba representada por una fotografía en blanco y negro que envolvía torpemente una cabeza en forma de huevo, sobre un cuerpo gris que parecía de maniquí. Era una imagen generada por ordenador. Y eso significaba que Nichols no estaba en el sistema virtual. Seguramente estaría utilizando su agenda-ordenador desde la habitación del hotel. Nichols pasó por su lado sin detenerse.

–No puede vernos.

–¿Por qué tiene esa cara? –preguntó Fernández.

–Cherry me dijo que el sistema busca una fotografía del archivo para representar a los usuarios.

Nichols siguió caminando pasillo abajo, alejándose de ellos.

–¿Qué hace Nichols aquí?

–Vamos a averiguarlo.

Lo siguieron hasta que Nichols se detuvo delante de uno de los archivadores. Lo abrió y empezó a buscar. Tom y Louise se colocaron detrás de él, estirando el cuello para ver.

La imagen de Nichols hojeaba sus notas y sus mensajes de *e-mail*. Repasó los documentos de dos, tres y seis meses atrás. Luego empezó a sacar hojas de papel, que permanecían suspendidas en el aire mientras él las leía. Memorándums. Anotaciones. Documentos personales y confidenciales.

–Todo eso está relacionado con la fusión –observó Sanders.

Salieron más notas. Nichols las sacaba deprisa, una tras otra.

–Está buscando algo en concreto.

Nichols se detuvo. Había encontrado lo que buscaba. Su imagen sostuvo una hoja y la miró. Sanders la leyó por encima del hombro de Nichols y pronunció algunas frases en voz alta para que Fernández se enterara:

–Memorándum del 4 de diciembre del año pasado. «Reuniones, hoy y ayer, con Garvin y Johnson en Cupertino para hablar de la posible adquisición de DigiCom...» «Primera impresión muy positiva... Buenas bases en áreas críticas que esperamos adquirir...» «Personal muy capacitado y agresivo. Particularmente impresionado por la competencia de Ms. Johnson, pese a su juventud.» Particularmente impresionado. Ya.

Nichols se dirigió a otro cajón y lo abrió. No encontró lo que buscaba, y lo cerró. Probó en otro. Se puso a leer otra vez. Sanders leyó también, en voz alta:

–Memorándum a John Marden. «Informes financieros de la adquisición de DigiCom... Preocupación por los costes de desarrollo de la alta tecnología de la nueva empresa...» Aquí está. «Ms. Johnson se ha comprometido a aplicar sus conocimientos de finanzas en la nueva operación de Malasia... Sugiere que se puede ahorrar bastante... Ahorro previsto...» ¿Cómo demonios pensaba hacerlo?

–¿Hacer qué?

–Aplicar sus conocimientos de finanzas en la operación de Malasia. Esa operación era mía.

–Oh. No te lo vas a creer.

Sanders se volvió. Ella miraba hacia el final del pasillo. Alguien más se acercaba a ellos.

–Qué noche tan agitada –dijo Sanders.

Pero ya de lejos advirtió que esta figura era diferente. La cabeza era más real y el cuerpo estaba representado con todo detalle. La figura caminaba con naturalidad.

–Podríamos tener problemas –dijo Sanders. Lo reconoció desde lejos.

–Es John Conley –dijo Fernández.

–Sí. Y está en la plataforma.

–¿Qué significa eso?

De pronto Conley se paró en medio del pasillo.

–Que puede vernos –dijo Sanders.

–¿Vernos? ¿Cómo?

–Está en el sistema que instalamos en el hotel. Por eso su imagen es tan detallada. Está en el otro sistema virtual; por eso lo vemos y por eso él nos ve.

–Socorro –dijo la abogada.

Conley avanzó lentamente. Tenía el ceño fruncido. Miró primero a Sanders, luego a Fernández, a Nichols, y finalmente de nuevo a Sanders. Daba la impresión de que no sabía qué hacer.

Entonces se llevó un dedo a los labios: «Silencio.»

–¿Puede oírnos? –susurró ella.

–No –contestó Sanders sin bajar la voz.

–¿Podemos hablar con él?

–No.

Conley tomó una decisión. Caminó hacia Sanders y Fernández y se detuvo muy cerca de ellos. Los miró. Ellos veían su expresión perfectamente.

Entonces sonrió. Y extendió la mano.

Sanders hizo otro tanto y los dos se estrecharon la mano. No sintió nada, pero a través del casco vio una representación de su mano cogiendo la de Conley.

Luego Conley dio la mano a Fernández.

–Esto es increíble –se sorprendió la abogada.

Conley señaló hacia Nichols. Luego señaló sus propios ojos. Y luego volvió a señalar a Nichols.

Sanders asintió con la cabeza. Los tres se acercaron a Nichols, que seguía revisando archivos.

–¿Conley también ve a Nichols?

–Sí.

–Así pues, todos lo vemos.

–Sí.

–Pero Nichols no nos ve.

–Exacto.

La figura gris de Ed Nichols estaba sacando apresuradamente los dossiers de un cajón.

–¿Qué está haciendo ahora? –preguntó Sanders–. Ah. Revisando los informes de gastos. Ahora ha encontrado uno: Hotel Sunset Shores, de Carmel. Cinco y seis de diciembre. Dos días después del memorándum. Y mira qué gastos. Un desayuno de ciento diez dólares. Tengo la impresión de que nuestro amigo Ed no estaba solo.

Miró a Conley, que meneó la cabeza frunciendo el ceño.

De pronto, el informe que Nichols tenía en la mano desapareció.

–¿Qué ha pasado?

–Creo que lo ha borrado.

Nichols hojeó más documentos. Encontró otros cuatro del Sunset Shores y también los borró. Se esfumaron en el aire. Luego cerró el cajón, se dio la vuelta y se alejó.

Conley miró a Sanders e hizo el ademán de cortarse el cuello.

Sanders asintió con la cabeza.

Conley volvió a tocarse los labios con un dedo en señal de silencio.

Sanders asintió. No diría nada.

–Vámonos –dijo Sanders–. Aquí ya hemos terminado. –Se encaminó hacia el pasillo de DigiCom.

–Creo que tenemos compañía –dijo ella, que iba a su lado.

Sanders se volvió y vio que Conley los seguía.

–No importa –dijo–. Que venga.

Cruzaron la puerta, pasaron por delante del perro y llegaron a la biblioteca victoriana. La abogada suspiró y dijo:

–Qué agradable es regresar al hogar, ¿verdad?

Conley los seguía, sin mostrarse sorprendido. Él ya había estado en el Corridor. Sanders iba deprisa. El ángel los acompañaba.

–Todo esto no tiene sentido –dijo ella–. Nichols era el que se oponía a la fusión y Conley el que la defendía.

–Exacto –replicó Sanders–. Encaja perfectamente. Nichols se acuesta con Meredith y la promociona subrepticiamente. ¿Y qué hace para disimularlo? Quejarse y despotricar continuamente.

–¿Qué quieres decir? ¿Que no es más que una tapadera?

–Claro. Por eso Meredith nunca contestaba sus quejas en las reuniones. Sabía que no era una amenaza real.

–¿Y Conley?

Conley seguía caminando a su lado.

–Él defiende sinceramente la fusión. Y quiere que funcione. Conley es inteligente, y creo que sabe que Meredith no está a la altura del puesto que ocupa. Pero la considera el precio que ha de pagar para tener el apoyo de Nichols. Por eso aguanta a Meredith, al menos por ahora.

–¿Y ahora adónde vamos?

–A buscar la última pieza que falta.

–¿Qué pieza?

Sanders miró el pasillo señalado con el letrero OPERACIONES. No estaba demasiado familiarizado con aquella zona de la base de datos. Los archivos estaban ordenados alfabéticamente. Empezó a buscar.

Encontró un fichero con la etiqueta DIGICOM/MALASIA. Lo abrió y buscó la sección INICIOS. Encontró sus propios memorándums, estudios de viabilidad, informes del emplazamiento, negociaciones con el gobierno, las primeras especificaciones, memorándums de los suministradores de Singapur, más negociaciones con el gobierno. Dos largos años de trabajo.

–¿Qué buscas?

–Los planos.

Esperaba encontrar los extensos proyectos originales, pero sólo había un delgado dossier. Extrajo una hoja y una imagen tridimensional de la fábrica se desplegó en el aire. Al principio sólo era un boceto, pero se llenó rápidamente hasta adquirir un aspecto sólido. Sanders, Fernández y Conley se quedaron mirándolo. Era una especie de casa de muñecas enorme y detallada. Miraron por las ventanas.

Sanders pulsó un botón. La maqueta se volvió transparente y luego se convirtió en una sección; ahora veían la cadena de montaje. Una línea verde –la cinta transportadora– se puso en movimiento y las máquinas y los trabajadores empezaron a montar las unidades CD-ROM a medida que las piezas llegaban a la cinta.

–¿Qué buscas?

–Las revisiones. –Meneó la cabeza y añadió–: Éstos son los primeros planos.

La segunda hoja llevaba el encabezamiento «Revisiones» y la fecha. Sanders la extrajo. La maqueta de la fábrica se estremeció un momento, pero no cambió.

Nada.

La siguiente hoja era «Revisiones/2». La extrajo y pasó lo mismo: la imagen de la fábrica se estremeció brevemente, pero no cambió.

–Según estos informes, la fábrica nunca se revisó –dijo Sanders–. Pero me consta que se revisó.

–¿Qué hace? –dijo Fernández mirando a Conley.

Conley estaba hablando muy despacio, exagerando el movimiento de sus labios.

–Intenta decirnos algo –se contestó a sí misma la abogada–. ¿Lo entiendes?

–No. –La imagen del rostro de Conley no era lo suficientemente buena y resultaba imposible leer sus labios. Finalmente Sanders movió la cabeza en señal de negación.

Conley asintió y luego cogió el panel que Sanders sostenía en la mano. Pulsó el botón RELACIONADO, y una lista de bases de datos apareció en el aire. Era una lista extensa que incluía los permisos del gobierno malayo, las notas del arquitecto, los acuerdos firmados con el contratista, las inspecciones sanitarias, etcétera. En total la lista contenía unos ochenta apartados. Conley señaló uno, y Sanders se dio cuenta de que él lo habría pasado por alto:

Equipo de Inspección.

–¿Qué es eso? –preguntó Fernández.

Sanders señaló el título, y apareció otra hoja. Pulsó el botón RESUMEN y leyó en voz alta:

–«El Equipo de Inspección es un grupo creado en Cupertino por Philip Blackburn para el estudio de problemas que normalmente escapan a la competencia de la dirección de Operaciones. La misión del Equipo de Revisión era mejorar la eficacia empresarial de DigiCom. A lo largo de los años, el Equipo de

Revisión ha resuelto con éxito numerosos problemas de dirección.»

–Bien –dijo Fernández.

–«Hace nueve meses, el Equipo de Revisión, entonces encabezado por Meredith Johnson, de Operaciones, llevó a cabo un estudio a las instalaciones de Kuala Lumpur, Malasia. El estudio era consecuencia de un conflicto con el gobierno malayo acerca del porcentaje de obreros residentes que se contratarían. El Equipo de Revisión, respondiendo a las demandas del gobierno malayo, pudo aumentar el número de trabajadores a ochenta y cinco, reduciendo la robotización de la fábrica, y adecuando así las instalaciones a la economía de un país en vías de desarrollo.» –Sanders miró a Fernández y agregó–: Y lo mandaron todo a la mierda.

–¿Por qué?

Continuó leyendo:

–«Por otra parte, un estudio de la posible reducción de gastos generó importantes beneficios económicos en varias secciones. Los costes de la planta fueron reducidos sin detrimento para la calidad del producto. Se ajustaron los purificadores de aire a niveles más adecuados y se firmaron contratos con nuevos suministradores, con lo que la empresa conseguía un ahorro considerable.» Aquí está.

–No lo entiendo –repuso la abogada–. ¿Tú sí?

–Sí, perfectamente.

Pulsó el botón DETALLES para obtener más información.

–Lo siento –dijo el ángel–. No hay detalles.

–Ángel, ¿dónde están los memorándums y los documentos? –Sanders sabía que tenía que haber montañas de papeles relacionados con aquellos cambios de que hablaba el resumen. Las negociaciones con el gobierno malayo, por sí solas, debían de llenar armarios enteros.

–Lo siento. No hay más detalles disponibles –repitió el ángel.

–Ángel, enséñame los archivos.

–Muy bien.

Apareció una hoja de color rosa:

LOS ARCHIVOS DEL
EQUIPO DE INSPECCIÓN/MALASIA
HAN SIDO BORRADOS.
DOMINGO 6/6 AUTORIZACIÓN DC/C/5905.

–Mierda –exclamó Sanders.

–¿Qué significa eso?

–Alguien lo ha limpiado. Hace más de una semana. ¿Quién, hace más de una semana, sabía que todo esto iba a pasar? Ángel, enséñame todas las comunicaciones entre Malasia y DigiCom de las dos últimas semanas.

–¿Comunicaciones telefónicas o de vídeo?

–De vídeo.

–Pulsa V.

Sanders pulsó un botón y una hoja apareció en el aire:

Fecha	De	A	Duración
1/6	A. Kahn	M. Johnson	0812 - 0814
1/6	A. Kahn	M. Johnson	1343 - 1344
2/6	A. Kahn	M. Johnson	1801 - 1804
2/6	A. Kahn	T. Sanders	1822 - 1823
3/6	A. Kahn	M. Johnson	0922 - 0924
4/6	A. Kahn	M. Johnson	0902 - 0912
5/6	A. Kahn	M. Johnson	0832 - 0832
5/6	A. Kahn	M. Johnson	0904 - 0905
5/6	A. Kahn	M. Johnson	2002 - 2004
6/6	A. Kahn	M. Johnson	0902 - 0932
6/6	A. Kahn	M. Johnson	1124 - 1125
15/6	A. Kahn	T. Sanders	1134 - 1134

–Como para hacer estallar el satélite –observó Sanders–. Arthur Kahn y Meredith Johnson hablaron casi diariamente desde el seis de junio. Luego pararon. Ángel, enséñame esos vídeos.

–La única comunicación disponible es la del quince de junio.
–Era su transmisión a Kahn, de dos días atrás.

–¿Dónde están las otras?

Apareció el siguiente mensaje:

LOS ARCHIVOS DE VÍDEO DEL
EQUIPO DE INSPECCIÓN
HAN SIDO BORRADOS.
DOMINGO 6/6 AUTORIZACIÓN DC/C/5905.

Borrado. Sanders se imaginaba quién había sido, pero tenía que asegurarse.

–Ángel, ¿cómo puedo comprobar la autorización para borrar?

–Marca los datos que desees –contestó el ángel.

Sanders marcó el número de autorización. Una hoja de papel se sobrepuso a la anterior:

AUTORIZACIÓN DC/C/5905:
DIGITAL COMMUNICATIONS
CUPERTINO/OPERACIONES
PRIVILEGIOS ESPECIALES
(NO SE REQUIERE IDENTIFICACIÓN DEL OPERADOR)

–Lo borró alguien muy importante de Operaciones, en Cupertino. Hace una semana.

–¿Meredith?

–Seguramente. Y eso significa que estoy perdido.

–¿Por qué?

–Porque ahora sé lo que pasó en la fábrica de Malasia. Sé exactamente lo que pasó: Meredith cambió las especificaciones. Pero ha borrado todos los datos, hasta sus conversaciones con Kahn. Y eso significa que no puedo demostrarlo.

Sanders, de pie en el pasillo, dio un golpecito a la hoja, que se disolvió en la hoja anterior. Cerró el dossier, la devolvió al cajón y vio cómo la maqueta se disolvía y desaparecía.

Miró a Conley, que se encogió de hombros, resignado. Conley entendía lo que había pasado. Sanders le tendió la mano. Conley se la estrechó y luego se dio la vuelta.

–¿Y ahora qué? –preguntó Fernández.

–Ya podemos irnos.

El ángel empezó a cantar:

–Adiós con el corazón...

–Cállate, ángel. –El ángel obedeció–. Típico de Cherry –explicó Sanders.

–¿Quién es Cherry?

–Don Cherry es un dios viviente –contestó el ángel.

Se dirigieron hacia la entrada del Corridor y salieron de la pantalla azul.

Una vez en el laboratorio de Cherry, Sanders se quitó el casco y bajó de la plataforma. Por unos momentos se sintió desorientado. Ayudó a Fernández a quitarse el casco.

–Oh –dijo ella, mirando alrededor–. Ya hemos vuelto al mundo real.

–No estoy muy seguro de que sea real. –Colgó el casco de la abogada y la ayudó a bajar de la plataforma. Luego apagó los interruptores.

Fernández bostezó y consultó su reloj:

–Son las once. ¿Qué piensas hacer ahora?

A él sólo se le ocurría una cosa. Cogió el auricular de uno de los modems de Cherry y marcó el número de Gary Bosak. Sanders no podía conseguir ningún documento, pero quizá Bosak pudiera. Eso, si lograba hablar con él.

Un contestador automático dijo: «Hola, estás hablando con Producciones MN. Voy a pasar unos días fuera de la ciudad, pero deja tu mensaje.»

Sanders suspiró:

–Gary, son las once de la noche del miércoles. Lamento que no estés. Me voy a casa. –Colgó.

Era su última oportunidad. Y la había perdido.

Unos días fuera de la ciudad.

–Mierda.

–¿Y ahora qué? –preguntó Fernández en medio de un bostezo.

–No lo sé. El último ferry zarpa dentro de media hora. Supongo que me iré a casa e intentaré dormir un poco.

–¿Y la reunión de mañana? Dijiste que necesitabas documentación.

Sanders se encogió de hombros.

–He hecho todo lo que he podido, Louise. Sé a lo que me enfrento. Ya me las arreglaré.

–¿Nos vemos mañana, entonces?

–Sí. Hasta mañana.

En el ferry, mientras observaba las luces de la ciudad reflejadas en las oscuras aguas, su optimismo empezó a desvanecerse. Louise tenía razón: habría tenido que buscar la documentación que necesitaba. De haberlo sabido, Max lo habría criticado. Casi oía las palabras del viejo: «Ah, claro. Estás *cansado*. No es una buena excusa, Thomas.»

Se preguntó si Max estaría en la reunión de mañana. Pero ya no podía pensar en eso. No se imaginaba la reunión. Se sentía demasiado cansado para concentrarse. Los altavoces anunciaron que faltaban cinco minutos para llegar a Winslow y Sanders bajó a buscar su coche.

Se sentó al volante. Miró por el retrovisor y vio una oscura silueta en el asiento trasero.

–Hola –dijo Gary Bosak–. No te vuelvas. Me voy en seguida. Escúchame con atención. Mañana te la van a jugar. Te van a acusar de lo del fiasco de Malasia.

–Ya lo sé.

–Y si eso no funciona, te acusarán de haber contratado mis servicios. Violación de la intimidad. Es un delito. Han hablado con mi oficial de libertad condicional. Puede que lo hayas visto; es un tipo gordo con bigote.

Sanders recordó vagamente al hombre que el día antes había entrado en el centro de conciliación.

–Sí, creo que sí. Mira, Gary, necesito unos documentos...

–No digas nada. No tenemos tiempo. Han sacado del sistema todos los documentos relacionados con esa fábrica. Ya no hay nada. No puedo ayudarte, tío. –Oyeron la sirena del ferry. La gente empezó a poner en marcha los motores de los coches–.

Pero a mí no me joden con eso de la conducta delictiva. Y a ti tampoco. Coge esto. –Le entregó un sobre.

–¿Qué es?

–Un resumen de algunos trabajitos que he hecho para otro directivo de tu empresa. Garvin. Puedes mandárselos por fax mañana por la mañana.

–¿Por qué no lo haces tú?

–Esta noche voy a cruzar la frontera. Tengo un primo en BC. Me quedaré con él una temporada. Si sale bien, puedes dejarme un mensaje en el contestador.

–De acuerdo.

–No pierdas la calma, amigo. Mañana se va a armar una de cojones. Cambiarán muchas cosas.

La rampa empezaba a descender. Los encargados del tráfico dirigían los coches hacia el exterior.

–¿Me has estado espiando, Gary?

–Sí. Lo siento mucho. Me dijeron que tenía que hacerlo.

–Entonces, ¿quién es «Un amigo»?

Bosak rió. Abrió la puerta y salió del coche.

–Me sorprendes, Tom. ¿No conoces a tus amigos?

Los coches empezaban a salir. Sanders vio que las luces de freno del coche que tenía delante se encendían, y el coche empezó a avanzar.

–Gary... –dijo, girándose. Pero Bosak había desaparecido.

Puso el coche en marcha y abandonó el ferry.

Se paró para recoger el correo de su buzón. Había muchas cartas; llevaba dos días sin abrirlo. Siguió hasta la casa y aparcó el coche fuera del garaje. Abrió la puerta principal y entró. La casa estaba fría y vacía. Olía a limón. Seguramente Consuelo había ido a limpiar.

Entró en la cocina y dejó la cafetera preparada. La cocina estaba limpia y habían recogido los juguetes de los niños; sin duda Consuelo había estado allí. Miró el contestador automático.

Una cifra roja parpadeaba: 14.

Sanders escuchó las llamadas. La primera era de John Levin;

quería que lo llamara, y decía que era urgente. Luego Sally, que quería organizar una merienda para los niños. Pero en el resto de las llamadas no había mensajes. Y todas parecían idénticas: un fondo de interferencias, propio de las llamadas internacionales, y luego una brusca interrupción. Una y otra vez.

Alguien estaba intentado hablar con él.

Una de las últimas llamadas la habían efectuado mediante una operadora, porque se oía a una mujer que decía: «Lo siento, pero no contestan: ¿Quiere dejar algún mensaje?» Y una voz masculina respondía: «No.» Luego colgaban:

Sanders escuchó varias veces aquel «No».

Le resultaba familiar. Aquel hombre parecía extranjero, pero aun así su voz le resultaba familiar.

«No.»

No lograba identificar al hablante.

«No.»

Le pareció que el hombre dudaba. ¿O acaso tenía prisa? No lo sabía.

«¿Quiere dejar algún mensaje?»

«No.»

Finalmente desistió. Rebobinó la cinta y subió a su estudio. No había ningún fax. La pantalla del ordenador estaba en blanco.

Abrió el sobre de papel que Bosak le había entregado en el coche. Era una sola hoja, un memorándum dirigido a Garvin, con el resumen de un informe sobre un empleado de Cupertino cuyo nombre Bosak había borrado. También había una fotocopia de un talón a nombre de Producciones MN firmado por Garvin.

Ya era más de medianoche cuando Sanders se dirigió al cuarto de baño para ducharse. Puso el agua muy caliente; se colocó cerca del chorro para sentir la presión del agua en la cara. Con el ruido de la ducha estuvo a punto de no oír sonar el teléfono. Cogió una toalla y corrió al dormitorio.

–¿Diga?

Oyó las interferencias de la conexión intercontinental. Una voz de hombre dijo:

–¿Con Mr. Sanders, por favor?

–Soy yo.

–Buenas noches, Mr. Sanders. No sé si me recordará. Soy Mohammed Jafar.

JUEVES

El cielo estaba despejado. Sanders cogió el ferry temprano y llegó a su despacho a las ocho. Pasó por delante del mostrador de recepción de la planta baja, y vio un letrero que rezaba: «Sala de Reuniones principal, ocupada.» Por un momento creyó, horrorizado, que había vuelto a equivocarse de hora. Se asomó a la sala. Pero era Garvin, que estaba hablando con los ejecutivos de Conley-White. Hablaba con tranquilidad y los ejecutivos asentían con la cabeza mientras escuchaban. Terminada su intervención, Garvin presentó a Stephanie Kaplan, que inició un análisis financiero con diapositivas. Garvin abandonó la sala de reuniones y se encaminó a la cafetería que había al fondo del pasillo, con expresión sombría.

Cuando se disponía a entrar en el ascensor, oyó a Phil Blackburn decir:

–Creo que tengo derecho a protestar de cómo habéis manejado este asunto.

–Pues te equivocas –contestó Garvin–. No tienes ningún derecho.

Sanders continuó hacia la cafetería. Desde donde se encontraba, podía ver el interior del bar. Blackburn y Garvin estaban hablando junto a las cafeteras.

–Esto es injusto –se quejó Blackburn.

–Me importa un huevo –dijo Garvin–. Ella ha reconocido que tú eras su informador, gilipollas.

–Pero Bob, tú me dijiste…

–¿Qué te dije? –replicó Garvin con los ojos entrecerrados.

–Me dijiste que me encargara. Que presionara a Sanders.

–Exacto, Phil. Y *tú* me dijiste que te ibas a encargar.

–Pero tú ya sabías que había hablado con...

–Sabía que habías hecho algo. Pero no sabía qué. Y ahora ella ha confesado que tú eras el informador.

Blackburn bajó la cabeza y añadió:

–Lo encuentro extremadamente injusto.

–¿En serio? Pero ¿qué esperas que haga? *Tú* eres el abogado, Phil. Tú eres el que siempre se preocupa por lo que puede pasar. A ver, dime, ¿qué hago?

Blackburn vaciló y finalmente dijo:

–Le pediré a John Robinson que me represente. Él puede preparar el acta de conciliación.

–Muy bien –dijo Garvin–. Me parece estupendo.

–Sólo quiero decirte, Bob, a nivel personal, que me habéis tratado muy injustamente.

–Maldita sea, Phil. No me hables de tus sentimientos. Tus sentimientos pueden comprarse. Ahora escúchame bien: No vayas arriba. No recojas las cosas de tu despacho. Ve directamente al aeropuerto. Dentro de media hora quiero que estés en un avión. Quiero que te largues ahora mismo. ¿Queda claro?

–Creo que deberías reconocer mi contribución a la empresa.

–Ya lo hago, gilipollas –dijo Garvin, furioso–. Y ahora lárgate de aquí antes de que pierda los estribos.

Sanders se dio la vuelta y subió la escalera a toda prisa. Le costaba disimular su alegría. ¡Habían despedido a Blackburn! Pensó si debía contárselo a alguien. Quizá a Cindy.

Pero cuando llegó al cuarto piso, vio que todo el mundo estaba en los pasillos, cuchicheando. Los rumores del despido se le habían adelantado. A Sanders no le sorprendió que los empleados estuvieran en los pasillos. Aunque Blackburn no caía demasiado bien a nadie, su despido iba a causar mucha inquietud. Un cambio tan repentino que afectaba a una persona próxima a Garvin producía en todos sensación de peligro.

Llegó a la mesa de Cindy y ésta le dijo:

–No te lo vas a creer, Tom. Dicen que Garvin va a despedir a Phil.

–¿Bromeas?

–No. Va en serio. Nadie sabe por qué, pero por lo visto tiene algo que ver con lo de la televisión de anoche. Garvin ha estado abajo explicándoselo a los de Conley-White.

Oyeron a alguien gritar: «¡Hay un mensaje de *e-mail*!» De pronto los pasillos se vaciaron; todos se metieron en los despachos. Sanders se sentó a su mesa y pulsó la tecla de *e-mail*. El mensaje tardaba en llegar, seguramente porque todos los empleados del edificio estaban haciendo lo mismo que él.

Llamaron a la puerta.

–Entre –dijo Sanders. Era Louise Fernández.

–¿Es verdad lo que dicen de Blackburn? –preguntó.

–Creo que sí. Precisamente ahora va a salir en el *e-mail*.

DE: ROBERT GARVIN, PRESIDENTE Y DIRECTOR EJECUTIVO

A: LA FAMILIA DIGICOM.

TENGO QUE ANUNCIAR, CON PROFUNDO PESAR, LA DIMISIÓN DE NUESTRO VALIOSO Y FIEL CONSEJERO LEGAL PHILIP A. BLACKBURN. DURANTE QUINCE AÑOS PHIL HA SIDO UNO DE LOS EJECUTIVOS MÁS DESTACADOS DE LA COMPAÑÍA, ADEMÁS DE UN MARAVILLOSO SER HUMANO, AMIGO Y CONSEJERO. SÉ QUE, COMO YO, MUCHOS DE VOSOTROS ECHARÉIS DE MENOS SU SABIDURÍA Y SU BUEN HUMOR. Y TAMBIÉN ESTOY SEGURO DE QUE QUERRÉIS UNIROS A MÍ PARA DESEARLE MUCHA SUERTE. PHIL: GRACIAS, DE TODO CORAZÓN. Y MUCHA SUERTE.

ESTA DIMISIÓN TIENE VALIDEZ INMEDIATA. HOWARD EBERHARDT PASA A SER EL CONSEJERO LEGAL DE DIGICOM HASTA QUE HAYA UN NOMBRAMIENTO DEFINITIVO.

ROBERT GARVIN

–¿Qué dice? –preguntó la abogada.

–Dice: «Le he dado una patada en su pequeño culo de mojigato.»

–Tenía que hacerlo –dijo ella–. Él fue el que filtró la historia a Connie Walsh.

–¿Cómo lo sabes?

–Eleanor Vries.

–¿Te lo ha dicho ella?

–No. Pero Eleanor Vries es una abogada muy prudente. Todos los abogados que trabajan en los medios de comunicación lo son. La forma más segura de conservar tu empleo es no permitir que se publiquen las cosas. Cuando tienes alguna duda, descartas la publicación de la historia de Mr. Piggy, que es descaradamente difamatoria. La única razón lógica es que Vries consideró que Walsh tenía una fuente infalible dentro de la empresa, una fuente que estaba al corriente de las consecuencias legales. Una fuente que, mientras filtraba la historia, estaba diciendo: si lo publicáis no os demandaremos. Como los altos cargos de las empresas no suelen saber nada de leyes, la fuente sólo podía ser un abogado con un puesto importante.

–Phil.

–Sí.

–Vaya.

–¿Afecta eso tus planes?

–No lo creo –dijo Sanders–. Al fin y al cabo, creo que Garvin lo habría despedido tarde o temprano.

–Lo dices muy seguro.

–Sí. Ayer me llegaron refuerzos. Y hoy estoy más optimista.

Cindy entró en el despacho y dijo:

–¿Esperabas algo de Kuala Lumpur? ¿Un documento muy largo?

–Sí.

–Éste lo hemos empezado a recibir a las siete de la mañana. Debe de ser un monstruo. –Dejó una cinta de DAT sobre la mesa de Sanders. Era idéntica a la cinta en que había grabado su comunicación de vídeo con Arthur Kahn.

Fernández lo miró, intrigada.

A las ocho y media transmitió el memorándum de Bosak al fax privado de Garvin. Luego pidió a Cindy que hiciera copias de todos los faxes que Mohammed Jafar le había enviado la noche anterior. Sanders había pasado casi toda la noche en vela, leyendo el material enviado por Jafar. Y desde luego era interesante. Jafar no estaba enfermo. No lo había estado nunca. Su presunta enfermedad era una mentira que Kahn y Meredith habían preparado.

Puso la cinta de DAT en la máquina y giró la pantalla hacia Fernández.

–¿Me lo vas a explicar? –preguntó ella.

–Creo que no hará falta.

En el monitor apareció el siguiente mensaje:

5 SEGUNDOS PARA CONEXIÓN DE VÍDEO: DC/C/DC/M.
DE: A. KAHN
A: M. JOHNSON.

Sanders vio a Kahn en la fábrica y unos instantes después la pantalla se dividió y Meredith apareció en su despacho de Cupertino.

–¿Qué es eso? –preguntó Fernández.

–La grabación de una comunicación de vídeo. De la semana pasada.

–Pensaba que habían borrado todas las comunicaciones.

–Sí, las de aquí sí. Pero en Kuala Lumpur todavía había copias. Ésta me la ha enviado un amigo mío.

Arthur Kahn se aclaró la garganta y dijo:

«Estoy un poco preocupado, Meredith.»

«No tienes motivo para estarlo», repuso Meredith.

«Es que seguimos sin cumplir los requisitos. Como mínimo tendríamos que quitar los purificadores de aire y poner otros mejores.»

«Ahora no.»

«Es imprescindible, Meredith.»

«Todavía no.»

«Pero esos purificadores son inadecuados, Meredith. Pensamos que funcionarían, pero no sirven.»

«No importa.»

Kahn estaba sudando. Se frotó la barbilla, nervioso:

«Tom acabará enterándose, Meredith. Sólo es cuestión de tiempo. No es ningún estúpido.»

«Estará distraído.»

«Sí, eso dices tú.»

«Además, va a dimitir.»

Kahn se mostró sorprendido.

«¿Que va a dimitir? No creo que...»

«Confía en mí. Va a dimitir. No le va a gustar nada trabajar para mí.»

Fernández observaba la pantalla con atención. Dijo:

–Y que lo digas.

«¿Por qué no le va a gustar?», preguntó Kahn.

«Créeme, lo odiará. Tom Sanders dimitirá en cuanto yo ponga los pies en mi nuevo despacho.»

«¿Pero cómo puedes estar segura de que...?»

«No tiene alternativa. Sanders y yo tuvimos una historia. Lo sabe toda la empresa. Si surgen problemas, nadie lo creerá a él. Y él no es tonto. Sabe que si quiere seguir trabajando no le queda otro remedio que aceptar el acuerdo que le ofrezcamos y largarse.»

Kahn asintió con la cabeza y se secó el sudor de las sienes.

«Y nosotros decimos que fue Sanders el que hizo los cambios en la fábrica, ¿no? Pero él lo negará.»

«Nunca llegará a saberlo. Recuerda, Arthur, para entonces se habrá marchado.»

«¿Y si no se va?»

«Confía en mí. Se irá. Está casado y tiene hijos. Se marchará, te lo aseguro.»

«Pero ¿y si me llama y me pregunta qué ha pasado en la cadena?»

«Finge, Arthur. Hazte el loco. Estoy segura de que puedes hacerlo. A ver, ¿con qué otras personas suele hablar Sanders?»

«Con el encargado, a veces. Jafar está enterado de todo. Y es de esos tipos honrados. Me temo que pueda...»

«Que se vaya de vacaciones.»

«Acaba de volver de unas vacaciones.»

«Pues dale otras, Arthur. Sólo necesito una semana.»

«No sé, no estoy seguro de que...»

«Arthur», lo interrumpió Meredith.

«¿Sí?»

«En el futuro te recompensaré por estos favores.»

«De acuerdo, Meredith.»

«Bien.»

La imagen desapareció de la pantalla y luego ésta se oscureció.

–Bastante vulgar –comentó Fernández.

–Meredith no pensó que los cambios importaran, porque no entendía nada de producción –explicó Sanders–. Sólo pretendía rebajar los costes. Pero como sabía que al final se enterarían de que los cambios realizados en la fábrica los había hecho ella, creyó que tenía la forma de librarse de mí, de obligarme a marcharme de la empresa. En ese caso podría responsabilizarme de los cambios.

–Y Kahn la apoyó.

Sanders asintió con la cabeza.

–Y se sacaron de encima a Jafar –agregó la abogada.

–Sí. Kahn dijo a Jafar que fuera a visitar a su primo, que vive en Johore, para que yo no pudiera hablar con Jafar. Pero no se le ocurrió que Jafar pudiera llamarme. –Sanders consultó su reloj y dijo–: ¿Dónde está?

–¿Dónde está qué?

La pantalla emitió una serie de pitidos y a continuación apareció el rostro de un locutor de noticias, de piel oscura y muy atractivo; hablaba mirando a la cámara, en un idioma extranjero.

–¿Qué es esto? –preguntó Fernández.

–Las noticias del Canal Tres, del pasado mes de diciembre. –Sanders se levantó y apretó un botón. La cinta salió despedida.

–¿De qué hablan?

Cindy volvió de la fotocopiadora con los ojos desorbitados. Llevaba un enorme fajo de papeles, separados con clips.

–¿Qué vas a hacer con esto? –preguntó a Sanders.

–No te preocupes –contestó él.

–Pero esto es terrible, Tom. ¿Te das cuenta de lo que ha hecho?

–Sí, me doy cuenta.

–Corre el rumor de que la fusión se ha suspendido –añadió la secretaria.

–Ya veremos.

Con la ayuda de Cindy, Sanders empezó a ordenar los papeles y a colocarlos en dossiers.

–¿Qué piensas hacer, exactamente? –preguntó Fernández.

–El problema de Meredith es que miente –dijo Sanders–. Es muy lista, y normalmente se sale con la suya. Lleva toda la vida haciéndolo. Quiero ver si es capaz de decir una mentira monumental.

Consultó su reloj. Eran las nueve menos cuarto. Faltaban quince minutos para que empezara la reunión.

La sala de reuniones estaba abarrotada. Había quince ejecutivos de Conley-White sentados a lo largo de un lado de la mesa, con John Marden en medio; y quince ejecutivos de DigiCom a lo largo del otro lado, con Garvin en medio.

Meredith Johnson, de pie en la cabecera de la mesa, dijo:

–A continuación hablará Tom Sanders. Tom, ¿podrías ponernos al día de los avances del Twinkle, por favor?

–Por supuesto, Meredith. –Se levantó. El corazón le latía con violencia. Se dirigió a la tarima de la sala–. El Twinkle es un revolucionario reproductor de CD-ROM. –Mostró la primera lámina, y añadió–: El CD-ROM es un pequeño disco láser donde se almacenan datos. Su fabricación resulta barata y en él se puede introducir una enorme cantidad de información en cualquier forma: palabras, imágenes, sonidos, vídeo, etcétera. En un solo disco cabe el equivalente a seiscientos libros, o, gracias a nuestras investigaciones, una hora y media de vídeo. Y cualquier combinación. Por ejemplo: se puede hacer un libro de texto que contenga textos, fotografías, breves secuencias de películas, dibujos animados, etcétera. Los costes de producción son muy reducidos.

Los de Conley-White escuchaban atentamente. Garvin tenía el ceño fruncido. Meredith parecía nerviosa.

–Pero para que los CD-ROM funcionen satisfactoriamente, necesitamos dos cosas. En primer lugar, un reproductor portátil. Como éste. –Sostuvo en alto el reproductor y luego se lo pasó a los de Conley-White para que lo examinaran–. Posee una autonomía de cinco horas y una pantalla excelente. Se puede utilizar en el tren, el autobús o en un aula. En realidad, se puede utilizar en cualquier sitio donde pueda leerse un libro.

Los ejecutivos lo examinaron. Luego volvieron a mirar a Sanders.

–El otro problema de la tecnología CD-ROM –prosiguió Sanders– es que resulta lenta. Acceder a todos esos maravillosos datos es un poco trabajoso. Pero las unidades Twinkle que nosotros hemos desarrollado con éxito son dos veces más rápidas que cualquier otra unidad que se fabrique actualmente en el mundo. El Twinkle es igual de rápido que cualquier ordenador corriente. En el plazo de un año esperamos rebajar el precio de cada unidad al de un videojuego. Y actualmente estamos fabricando las unidades. Hemos tenido algunos problemas, pero ya los estamos resolviendo.

–¿Puedes profundizar un poco más en eso? –dijo Meredith–. Arthur Kahn me ha dado a entender que todavía no sabemos con exactitud por qué las unidades no funcionan correctamente.

–La verdad es que sí lo sabemos –repuso Sanders–. Los problemas no son graves. Tengo la certeza de que los solucionaremos en cuestión de días.

–¿Ah, sí? –Meredith enarcó las cejas–. ¿Conque hemos localizado el problema?

–Sí, así es.

–Es una noticia estupenda.

–Sí.

–Desde luego, estupenda –intervino Nichols–. ¿Era un problema de diseño?

–No –contestó Sanders–. No hay ningún error en el diseño que hemos realizado aquí, y tampoco hay ningún error en los prototipos. Lo que tenemos es un problema de producción relacionado con la cadena de montaje de Malasia.

–¿Qué tipo de problema?

–La fábrica no está correctamente equipada –explicó Sanders–. Tendríamos que estar utilizando robots para instalar los chips de control y los cache RAM en los tableros, pero los trabajadores malayos los están instalando manualmente. Los están metiendo a presión con el dedo pulgar. Además, la cadena de montaje está sucia, así que los *split optics* están llenos de partículas de polvo. Debería haber purificadores de aire de nivel siete, pero los que hay instalados son de nivel cinco. Asimismo, deberíamos recibir algunos componentes de un suministrador de confianza de Singapur, pero las piezas proceden de otro suministrador. Más barato y peor.

–Instalaciones inadecuadas, condiciones inadecuadas, componentes inadecuados… –Meredith meneó la cabeza–. Lo siento. Corrígeme si me equivoco, pero ¿no fuiste tú el encargado de montar la fábrica, Tom?

–Sí. El otoño pasado viajé a Kuala Lumpur y la organicé con la ayuda de Arthur Kahn y de Mohammed Jafar, el encargado.

–¿Entonces cómo explicas que tengamos tantos problemas?

–Lamentablemente, hubo una serie de errores en la puesta en marcha de la fábrica.

–Tom, todos sabemos que eres una persona muy competente. ¿Cómo pudo ocurrir? –preguntó Meredith fingiendo desconcierto.

Sanders vaciló. El momento había llegado.

–Porque se alteraron las especificaciones.

–¿Que se alteraron? ¿Cómo?

–Creo que eso es algo que te corresponde explicarnos, Meredith. Porque fuiste tú la que ordenó los cambios.

–¿Que yo los ordené?

–Exacto, Meredith.

–Me parece que te confundes, Tom –repuso ella con serenidad–. Yo nunca he tenido nada que ver con la fábrica de Malasia.

–Viajaste allí en dos ocasiones. En noviembre y en diciembre del año pasado.

–Viajé a Kuala Lumpur, sí, porque había que resolver la disputa que tú habías provocado con el gobierno malayo. Fui a Kuala Lumpur y lo resolví. Pero no intervine en el funcionamiento de la fábrica.

–Creo que te equivocas, Meredith.

–Te lo aseguro –replicó ella, tajante–. No tuve nada que ver con la fábrica, ni con esos cambios de que hablas.

–La verdad es que fuiste a la fábrica e inspeccionaste los cambios que habías ordenado.

–Lo siento, Tom. No es verdad. Ni siquiera he estado nunca en esa fábrica.

En la pantalla que había a espaldas de Meredith aparecieron las imágenes del vídeo del noticiario. El locutor, de chaqueta y corbata, miraba hacia la cámara.

–¿Dices que nunca has estado en la fábrica?

–Exacto. No sé quién te puede haber dicho tal cosa.

En la pantalla aparecieron imágenes del edificio de DigiCom de Malasia y del interior de la fábrica. La cámara mostraba las cadenas de montaje; había un grupo de personas realizando una visita de inspección. Vieron a Phil Blackburn, y a su lado estaba Meredith Johnson. La cámara la enfocó mientras ella hablaba con un obrero.

Se produjo un murmullo en la sala.

–Esto es vergonzoso –dijo Meredith–. Esto está fuera de contexto. No sé de dónde lo habrás sacado...

–Del Canal Tres de la televisión malaya. Es su versión local de la BBC. Lo siento, Meredith.

La grabación terminó y la pantalla se oscureció. Sanders hizo un gesto y Cindy empezó a recorrer la mesa, entregando a cada uno de los asistentes un dossier.

–No sé de dónde has sacado esa cinta, pero... –dijo Meredith.

–Damas y caballeros, si quieren abrir sus dossiers –continuó Sanders–, encontrarán el primero de una serie de memorándums del Equipo de Revisión de Operaciones, que en el período que nos ocupa estaba dirigido por Meredith Johnson. Fíjense en el primer memorándum, con fecha diecisiete de noviembre del año pasado. Verán que está firmado por Meredith Johnson; en él se estipula que se llevarán a cabo una serie de cambios para satisfacer las demandas laborales del gobierno malayo. Concretamente, especifica que los instaladores automáticos de chips no se incluirán y que ese trabajo será realizado manualmente. Eso satisfacía al gobierno malayo, pero significaba que no podíamos fabricar las unidades.

–Pero ¿no comprendes, Tom, que no teníamos alternativa...?

–En ese caso era preferible no construir la fábrica allí –dijo Sanders–. Porque con esas nuevas especificaciones no podíamos fabricar el producto.

–Puede que ésa sea tu opinión, pero...

–El segundo memorándum, con fecha tres de diciembre, indica que con el fin de rebajar los costes se modificaron los equipos de purificación de aire de la fábrica. Eso supone otra alteración de las especificaciones que yo había establecido. Y muy grave: en esas condiciones no es posible fabricar las unidades. En resumen, esas decisiones condenaron las unidades al fracaso.

–Mira –insistió Johnson–, si piensas que alguien va a creer que el fracaso de esas unidades es responsabilidad de otro...

–El tercer memorándum –añadió Sanders– resume la reducción de costes conseguida por el Equipo de Revisión. Verán que se atribuye una reducción del once por ciento. Ese ahorro ya ha sido superado por los retrasos de fabricación. Aunque adaptemos la cadena de montaje inmediatamente, ese ahorro del once por ciento se traduce en un aumento del coste de producción de casi el setenta por ciento. En el primer año supone un aumento del ciento noventa por ciento.

»El siguiente memorándum –prosiguió– explica por qué se adoptó el recorte de gastos. Durante las negociaciones de la fusión mantenidas entre Mr. Nichols y Ms. Johnson, el otoño pasado, Ms. Johnson indicó que demostraría que era posible reducir los gastos de desarrollo de la alta tecnología, que era una de las preocupaciones manifestadas por Mr. Nichols...

–Cielos –exclamó Nichols, leyendo el documento.

Meredith se acercó a Sanders.

–Perdona, Tom –dijo con firmeza–, pero tengo que interrumpirte. Lamento tener que decir esto, pero no vas a engañar a nadie con esta pequeña farsa. Ni con tus «pruebas». –Elevó un poco el tono de voz–. Cuando se tomaron esas decisiones tú no estabas presente. No comprendes qué fue lo que nos condujo a ellas. Y con esos documentos no vas a convencer a nadie. –Lo miró con lástima–. Son sólo papeles, Tom. Palabras vacías. No puedes basarte en eso. ¿Crees que puedes entrar aquí y poner en tela de juicio a todo el equipo directivo? Te aseguro que no.

Garvin se puso en pie y dijo:

–Meredith...

–Déjame acabar. –Estaba ruborizada, colérica–. Esto es muy importante, Bob. Esto demuestra cuál es el problema de este departamento. Sí, se tomaron ciertas decisiones que ahora pueden parecer cuestionables. Sí, pusimos en práctica procedimientos innovadores que quizá no dieron los resultados esperados. Pero eso no justifica tu comportamiento, Tom. Esta actitud calculadora por parte de una persona capaz de hacer cualquier cosa para progresar, para hacerse un nombre a expensas de los demás; una persona capaz de manchar la reputación de cualquiera que se interponga en su camino; esa conducta despiadada... No lograrás engañar a nadie, Tom. Te equivocas. Todo esto es una gran equivocación. Y vas a caer en tu propia trampa, Tom. Lo siento. No puedes entrar aquí y ponerte a hablar así. No funcionará. No ha funcionado. Nada más.

Hizo una pausa para tomar aliento y miró a los asistentes. Todos permanecían inmóviles y en silencio. Garvin seguía de pie; parecía trastornado. Lentamente, Meredith empezó a comprender que pasaba algo. Cuando volvió a hablar lo hizo con un tono de voz más suave:

–Me parece que... que he expresado la opinión de todos los presentes. Era lo único que pretendía.

Hubo otro silencio, que Garvin interrumpió:

–¿Te importa salir de la sala un momento, Meredith?

Meredith, sorprendida, miró fijamente a Garvin. Luego dijo:

–Claro que no, Bob.

–Gracias, Meredith.

Meredith se marchó, caminando muy erguida.

–Mr. Sanders –dijo John Marden–, continúe con su presentación, por favor. ¿Cuánto tiempo cree que tardará en poner la fábrica a pleno rendimiento?

Sanders estaba sentado en su despacho, con los pies apoyados encima de la mesa y mirando por la ventana. Era mediodía, y lucía un sol intenso. De pronto entró Mary Anne Hunter y dijo:

–No lo entiendo.

–¿Qué es lo que no entiendes?

–La cinta de las noticias. Meredith tenía que saberlo. Porque estaba allí mientras grababan.

–Sí, claro que lo sabía. Pero no se imaginó que yo la conseguiría. Y tampoco imaginaba que ella saldría en la grabación. Pensó que sólo saldría Phil. Ya sabes, es un país musulmán. Cuando se trata de negocios sólo les interesan los hombres.

–Ya.

–Pero el Canal Tres es un canal público –explicó Sanders–. Y de lo que hablaban aquella noche en las noticias era de que el gobierno sólo había conseguido un éxito parcial en las negociaciones con DigiCom; los empresarios extranjeros se habían mostrado intransigentes y poco cooperativos. Querían proteger la reputación de Mr. Sayad, el ministro de Economía. Por eso las cámaras la enfocaron a ella.

–Porque...

–Porque es una mujer.

–Y con las mujeres no se puede trabajar.

–Algo así. El caso es que la noticia se centraba en ella.

–Y tú conseguiste la cinta.

–Sí.

–Bueno –dijo Hunter–. A mí no me importa.

Hunter se marchó y Sanders continuó mirando por la ventana.

Al cabo de un rato entró Cindy.

–La última noticia es que la fusión se ha suspendido –anunció.

Sanders se encogió de hombros. Se sentía vacío. Nada le importaba.

–¿Tienes hambre? –preguntó Cindy–. Si quieres puedo traerte algo.

–No, no tengo hambre. ¿Qué están haciendo?

–Garvin y Marden están hablando.

–¿Todavía? Pero si llevan más de una hora hablando.

–Ahora se les ha unido Conley.

–¿Sólo Conley? ¿Nadie más?

–No. Y Nichols se ha marchado.

–¿Y Meredith?

–Hace rato que nadie la ve.

Cindy se marchó y al poco el ordenador emitió tres pitidos:

30 SEGUNDOS PARA CONEXIÓN DE VÍDEO: DC/S - DC/M.
DE: A. KAHN
A: T. SANDERS.

Era Kahn. Sanders sonrió amargamente. Cindy se asomó y dijo:

–Tienes una conexión de Arthur.

–Ya lo he visto.

15 SEGUNDOS PARA CONEXIÓN DE VÍDEO: DC/S - DC/M.

Sanders ajustó la lámpara de su mesa y se reclinó en el respaldo de la butaca. Arthur apareció en la pantalla. Estaba en la fábrica.

–Hola, Tom. Espero que no sea demasiado tarde.

–¿Demasiado tarde para qué?

–Me he enterado de que hoy hay una reunión. Tengo que decirte una cosa.

–¿De qué se trata, Arthur?

–Mira, me temo que no he sido muy franco contigo. Se trata de Meredith. Hace seis o siete meses ordenó unos cambios en la fábrica, y creo que pretende responsabilizarte de ellos. Seguramente lo hará en la reunión de hoy.

–Ya.

–Lo siento muchísimo, Tom –dijo Arthur inclinando la cabeza–. No sé qué decir.

–No hace falta que digas nada, Arthur.

Kahn esbozó una tímida sonrisa.

–Me habría gustado contártelo antes. De verdad. Pero Meredith decía que te ibas a marchar. No sabía qué hacer. Meredith me dijo que se aproximaba una batalla y que me convenía estar del lado de los vencedores.

–Pues te equivocaste de bando, Arthur. Estás despedido. –Apartó de un manotazo la cámara que lo estaba enfocando.

–¿Pero qué dices?

–Lo que oyes. Estás despedido.

–Pero no puedes hacerme esto –dijo Kahn. Su imagen se difuminó y empezó a disminuir–. No puedes...

La imagen desapareció de la pantalla.

Un cuarto de hora más tarde, Mark Lewyn pasó por el despacho de Sanders.

–Soy un imbécil –dijo.

–Sí, desde luego.

–Es que... no entendía nada.

–Tienes razón.

–¿Qué vas a hacer ahora?

–Acabo de despedir a Arthur.

–Coño. ¿Y qué más?

–No lo sé. Lo decidiré sobre la marcha.

Lewyn asintió con la cabeza y se marchó, nervioso. Sanders decidió que a Lewyn no le pasaría nada por sufrir un poco. No tardarían en recuperar su amistad. Adele y Susan eran muy buenas amigas. Y Mark era una pieza insustituible en la empresa. Pero le convenía sufrir un poco.

A la una en punto Cindy entró y dijo:

–Dicen que Max Dorfman acaba de reunirse con Garvin y Marden.

–¿Y John Conley?

–Está con los contables.

–Eso es buena señal.

–Y también dicen que han despedido a Nichols.

–¿Cómo lo saben?

–Ha cogido un avión hace una hora.

Un cuarto de hora más tarde, Sanders vio a Ed Nichols por el pasillo. Sanders se levantó y se dirigió a la mesa de Cindy:

–Tenía entendido que Nichols se había marchado a Nueva York.

–Eso se rumoreaba. Esto es una locura. ¿Sabes lo que dicen ahora de Meredith?

–¿Qué?

–Que se queda.

–No puede ser –dijo Sanders.

–Bill Everts ha dicho a la secretaria de Stephanie Kaplan que Meredith Johnson no será despedida. Que Garvin la apoya. Phil va a pagar el pato de lo de Malasia, pero Garvin sigue creyendo que Meredith es muy joven y que no hay que tenérselo en cuenta. Así que se queda.

–No puede ser.

Cindy se encogió de hombros.

–Eso es lo que dicen –insistió.

Sanders miró por la ventana. Se dijo que sería sólo un rumor. Al cabo de un rato sonó el intercomunicador.

–¿Tom? Acaba de llamar Meredith Johnson. Quiere que vayas a su despacho ahora mismo.

El sol entraba a raudales por las ventanas de la quinta planta. La secretaria de Meredith no estaba en su mesa. La puerta estaba entreabierta. Sanders llamó.

–Pasa –dijo ella.

Estaba de pie, apoyada contra el borde de la mesa, con los brazos cruzados. Esperando.

–Hola, Tom.

–Hola, Meredith.

–Entra. No voy a morderte.

Sanders pasó y dejó la puerta abierta.

–Esta vez te has superado a ti mismo, Tom. Me ha sorprendido ver cuánto has aprendido en tan poco tiempo. Y tu enfoque de la reunión ha sido muy ingenioso.

Sanders guardó silencio.

–Sí, excelente. ¿Estás orgulloso de ti mismo?

–Meredith...

–¿Crees que finalmente te has vengado de mí? Pues te diré una cosa, Tom. No tienes *ni idea* de lo que está pasando.

Meredith se apartó de la mesa y Sanders vio una caja de cartón junto al teléfono. Meredith dio la vuelta hasta llegar a su butaca y se dedicó a guardar fotografías, papeles y bolígrafos en la caja.

–Todo esto fue idea de Garvin. Garvin llevaba tres años buscando un comprador. No lo encontraba. Finalmente me envió a mí, y yo se lo encontré. Lo probé con veintisiete empresas, antes de dar con Conley-White. Les interesaba y yo los animé.

Hice todo lo necesario para que no se echaran atrás. *Todo* lo necesario. –Siguió metiendo papeles en la caja, bruscamente.

Sanders la miraba.

–Garvin estaba encantado de que yo le sirviera a Nichols en bandeja –prosiguió Johnson–. No le importaba cómo me las ingeniara. Ni siquiera le interesaba. Lo único que le interesaba era que se realizara la fusión. Me partí la crisma por él. Porque este puesto era la gran oportunidad de mi carrera. ¿Por qué no iba a conseguirlo? Hice mi trabajo. Me gané el puesto. Te vencí limpiamente.

Sanders no hizo ningún comentario.

–Y ahora, mira. Cuando las cosas se ponen feas, Garvin me da la espalda. Todo el mundo decía que era como un padre para mí. Pero en realidad me estaba utilizando. Quería hacer un negocio, como fuera. Igual que ahora. Está haciendo otro negocio y no importa a quién perjudique. Todos siguen adelante. Ahora tendré que buscarme un abogado para negociar mi indemnización. Ya no le importo a nadie.

Cerró la caja de cartón y se apoyó encima de ella.

–Pero te aseguro, Tom, que no me merezco esto. Me han hecho una gran putada.

–No, Meredith. Llevas años tirándote a tus ayudantes. Te has aprovechado cuanto has podido de tu posición. Eres perezosa, vives de tu imagen, eres una mentirosa. Y ahora te compadeces de ti misma, crees que el sistema es injusto. ¿Sabes una cosa, Meredith? El sistema no te ha hecho ninguna putada. El sistema te ha descubierto y ha demostrado que eres una víbora. –Se volvió y añadió–: Que tengas buen viaje.

Salió del despacho dando un portazo.

Cinco minutos después estaba de regreso en su despacho. Se sentía muy nervioso.

Mary Anne Hunter se asomó a la puerta, con mallas y camiseta de deporte. Al verlo, entró, se sentó y apoyó sus zapatillas de *footing* sobre la mesa de Sanders.

–¿Por qué estáis todos tan preocupados? ¿Por la rueda de prensa?

–¿Qué rueda de prensa?

–Hay una rueda de prensa a las cuatro.

–¿Quién te lo ha dicho?

–Marian, de relaciones públicas. Dice que ha hablado con Garvin personalmente. Y la secretaria de Marian ya ha empezado a llamar a los periódicos y las emisoras.

–Es demasiado pronto –repuso Sanders. Teniendo en cuenta todo lo que había pasado, la rueda de prensa tenía que haberse convocado para el día siguiente.

–Yo opino lo mismo –dijo Hunter–. Supongo que querrán anunciar que la fusión ha fracasado. ¿Has oído lo que dicen de Blackburn?

–No.

–Que Garvin le ha pagado un millón de dólares para que se vaya.

–No me lo creo.

–Eso es lo que dicen.

–Pregúntaselo a Stephanie.

–Nadie sabe dónde está. Se supone que habrá vuelto a Cupertino, para encargarse de las finanzas, ahora que la fusión ha fracasado. –Mary Anne se levantó y se acercó a la ventana–. Por lo menos hace buen tiempo.

–Sí. Por fin.

–Creo que iré a correr un poco. No soporto estas esperas.

–Yo de ti no me iría muy lejos.

–Ya. –Ella sonrió. Permaneció junto a la ventana–. ¡Mira! Tienes razón…

–¿Qué pasa?

Mary Anne señaló la calle.

–Furgonetas. Con antenas en el techo. Al parecer lo de la rueda de prensa va en serio.

La rueda de prensa se celebró a las cuatro en la sala de reuniones de la planta baja. Garvin, iluminado por unos potentes focos, estaba de pie ante un micrófono, en un extremo de la mesa.

–Siempre he creído –dijo– que las mujeres debían estar mejor representadas en el mundo empresarial. A las puertas del siglo veintiuno, las mujeres americanas son nuestro recurso peor explotado. Y no sólo en la alta tecnología, sino en muchas otras industrias. Por eso me produce tanta alegría anunciar, en el marco de nuestra fusión con Conley-White Communications, que la nueva vicepresidenta de Digital Communications Seattle es una mujer de gran talento, procedente de nuestra central de Cupertino. Forma parte del equipo de DigiCom desde hace años y ha demostrado su inteligencia y su dedicación. Es un honor presentarles a la vicepresidenta de Productos Avanzados, Ms. Stephanie Kaplan.

La gente aplaudió. Kaplan se acercó al micrófono, apartándose el cabello de la frente. Llevaba un traje chaqueta marrón oscuro, y sonreía.

–Gracias, Bob. Y gracias a todos los que habéis trabajado para hacer de éste un departamento tan estupendo. Ante todo, quiero decir que estoy deseando colaborar con los jefes de departamento: Mary Anne Hunter, Mark Lewyn, Don Cherry y, por supuesto, Tom Sanders. Ellos son el pilar central de nuestra empresa, y voy a trabajar estrechamente con ellos en el futuro. En cuanto a mí, estaré encantada de vivir en esta ciudad, donde tengo lazos personales y profesionales. Espero pasar una larga y feliz temporada en Seattle.

Sanders recibió una llamada de Louise Fernández.

–He conseguido hablar con Alan. Prepárate. Como te dije, Arthur A. Friend ha pedido un año de excedencia y está en Nepal. En su despacho sólo entran su secretaria y un par de alumnos de confianza del profesor. De hecho, sólo uno de los estudiantes ha estado allí en ausencia de Friend. Un estudiante de segundo del departamento de química. Se llama Jonathan...

–Kaplan –dijo Sanders.

–Exacto. ¿Lo conoces?

–Es el hijo de mi jefa. Acaban de nombrar a Stephanie Kaplan directora del departamento.

–Debe de ser una mujer extraordinaria.

Garvin citó a Fernández en el hotel Four Seasons. Se sentaron en el pequeño y oscuro bar, a media tarde.

–Has hecho un buen trabajo, Louise. Pero no se ha hecho justicia, te lo aseguro. Una mujer inocente ha visto su carrera arruinada por culpa de un hombre inteligente e intrigante.

–Venga, Bob. ¿Para eso me has pedido que viniera? ¿Para lamentarte?

–Créeme, Louise. Este asunto del acoso sexual se ha desbordado. Todas las empresas que conozco tienen casos como el nuestro. ¿Cuándo se va a acabar?

–No lo sé. Algún día, supongo.

–Sí, pero mientras tanto hay gente inocente que...

–A mí no me parecen tan inocentes. Por ejemplo, tengo entendido que los directivos de DigiCom sabían lo de Meredith hace un año, y no hicieron nada.

–¿Quién te lo ha dicho? Eso no es cierto.

Fernández no contestó.

–Y no habrías podido demostrarlo.

Fernández enarcó las cejas.

–¿Quién te lo ha dicho? Quiero saberlo –insistió Garvin.

–Mira, Bob, la realidad es que hoy en día nadie está dispuesto a permitir ciertos comportamientos. El jefe que le toca los genitales a un subordinado, que le acaricia los pechos en el ascensor, que invita a un ayudante a un viaje de negocios pero sólo reserva una habitación. Todo eso ha pasado a la historia. Si tienes un empleado que hace esas cosas, sea hombre o mujer, sea homosexual o heterosexual, tienes la obligación de llamarle la atención.

–De acuerdo. Pero a veces es muy difícil saber...

–Sí. Y también se da el caso opuesto. A una empleada le molesta un comentario poco gracioso y presenta una queja. Alguien la convence de que eso no es un acoso sexual. Pero para entonces, el jefe ha sido acusado y toda la empresa se ha enterado. No vuelve a trabajar con la empleada, la gente sospecha y se crea una atmósfera desagradable en la empresa. He visto muchos casos así. También es una desgracia. Mira, mi marido y yo trabajamos en la misma empresa.

–Lo sé.

–Cuando nos conocimos, me invitó a salir cinco veces. Al principio dije que no, pero finalmente accedí. Ahora somos un matrimonio feliz. Y el otro día me dijo que, según están las cosas hoy en día, seguramente no me invitaría cinco veces. Lo dejaría.

–¿Lo ves? Es lo que yo te digo.

–Ya lo sé. Pero esas situaciones se acabarán. En un par de años todo el mundo sabrá cuáles son las normas.

–Sí, pero...

–Pero el problema está en esa tercera categoría intermedia –prosiguió Fernández–. Cuando no se sabe exactamente qué ha pasado. No se sabe quién ha hecho qué a quién. Es lo que más abunda. Hasta ahora, la sociedad tendía a centrarse en los problemas de la víctima, no en los problemas del acusado. Pero el acusado también tiene problemas. La acusación de acoso sexual es un arma, Bob, y no hay buenas defensas contra ella. Cualquiera puede utilizarla y mucha gente lo hace. Creo que seguirá ocurriendo durante un tiempo.

Garvin suspiró.

–Es como ese aparato de realidad virtual que habéis creado –explicó Fernández–. Esos ambientes de apariencia real, que en la realidad no existen. Todos vivimos cada día en ambientes virtuales, definidos por nuestras ideas. Esos ambientes están cambiando. Las cosas han cambiado para las mujeres, y empezarán a cambiar para los hombres. A los hombres no les agradaron los primeros cambios, y a las mujeres no les agradarán los próximos. Y habrá gente que se aprovechará. Pero finalmente todo encajará.

–¿Cuándo? ¿Cuándo acabará todo esto?

–Cuando las mujeres ocupen el cincuenta por ciento de los puestos de trabajo –contestó la abogada.

–Sabes que yo estoy a favor de eso.

–Sí. Y tengo entendido que acabas de nombrar vicepresidenta a una mujer estupenda. Te felicito, Bob.

Mary Anne Hunter se encargó de acompañar a Meredith Johnson al aeropuerto, donde cogería el avión que la llevaría a Cupertino. Las dos mujeres estuvieron un cuarto de hora en silencio; Meredith Johnson iba mirando por la ventanilla. Cuando estaban llegando a la terminal, Johnson dijo:

–De todos modos, esta ciudad no me gustaba.

–Tiene sus cosas buenas y sus cosas malas –replicó Mary Anne, escogiendo cuidadosamente sus palabras.

Hubo otro silencio. Luego Meredith preguntó:

–¿Eres amiga de Sanders?

–Sí.

–Es buena persona –dijo Johnson–. ¿Sabías que tuvimos una historia?

–Sí.

–La verdad es que Tom no hizo nada malo. Lo único que pasó es que no supo encajar un comentario sin importancia.

–Entiendo.

–Las mujeres que trabajamos tenemos que ser perfectas, siempre. Si no, nos destrozan. Un pequeño desliz, y nos hacen pedazos.

–Ya.

–Supongo que me entiendes.

–Sí.

Hubo otro largo silencio. Meredith Johnson cambió de postura y siguió mirando por la ventanilla.

–El sistema –añadió–. Ése es el problema. A mí me ha jodido el puto sistema.

Sanders salía del edificio. Tenía que ir al aeropuerto a recoger a Susan y a los niños. Se encontró con Stephanie Kaplan y la felicitó por su nombramiento. Ella le estrechó la mano, y sin sonreír, dijo:

–Gracias por tu ayuda.

–Gracias a ti por la tuya –replicó Sanders–. Es bonito tener amigos.

–Sí –dijo ella–, la amistad es muy bonita. Y la competencia.

No voy a estar mucho tiempo en este puesto, Tom. Nichols ha dejado su puesto de director financiero de Conley y su número dos es un hombre de talento modesto. Dentro de un año aproximadamente tendrán que buscar a otra persona. Y cuando yo me vaya allí, alguien tendrá que encargarse de este departamento. Me imagino que ése serás tú.

Sanders hizo una leve inclinación de la cabeza.

–Pero eso pertenece al futuro –añadió Kaplan–. Mientras tanto, tenemos que recuperar el tiempo perdido. Este departamento está hecho un desastre. La fusión ha distraído a la gente y las cadenas de producción se han visto afectadas por la ineptitud de Cupertino. Tenemos mucho trabajo. He convocado una primera reunión de producción con todos los jefes de departamento para mañana a las siete de la mañana. Hasta entonces.

Kaplan se marchó.

Sanders esperaba en la puerta de llegadas. Los pasajeros del vuelo procedente de Phoenix estaban desembarcando. Vio a Eliza correr hacia él, y gritar «¡Papi!». Se le echó encima. Estaba muy morena.

–¿Te lo has pasado bien en Phoenix?

–¡Sí, papá! Hemos montado a caballo y hemos comido tacos. ¿Y sabes qué?

–¿Qué?

–Vi una serpiente.

–¿Una serpiente de verdad?

–Sí. Verde. Así de grande –dijo, abriendo los brazos.

–Vaya, Eliza.

–¿Pero sabes qué? Las serpientes verdes no son peligrosas.

Susan llegó con Matthew en brazos. También estaba morena. Sanders besó a su mujer y Eliza dijo:

–Le he contado a papá lo de la serpiente.

–¿Cómo estás? –preguntó Susan a su esposo.

–Bien, pero cansado.

–¿Ya ha terminado todo?

–Sí.

Fueron a recoger el equipaje. Susan tomó a Sanders por la cintura y dijo:

–He estado pensando que a lo mejor es verdad que viajo demasiado. Tendríamos que pasar más tiempo juntos.

–Sería fabuloso.

Mientras caminaba, con su hija aupada a la espalda, sintiendo sus manitas agarradas a sus hombros, Sanders vio a Meredith Johnson de pie en el mostrador de una de las puertas de embarque. Llevaba una trinchera y el cabello recogido. Meredith no lo vio a él.

–¿Has visto a algún conocido? –preguntó Susan.

–No –dijo Tom–. A nadie.

EPÍLOGO

Constance Walsh fue despedida del *Post-Intelligencer* de Seattle, y acusó al periódico de despido improcedente y discriminación sexual. El periódico firmó un acta de conciliación.

Philip Blackburn fue también nombrado consejero legal de Silicon Holographics, de Mountain View, California. Más adelante fue elegido presidente de la comisión de ética del Colegio de Abogados de San Francisco.

Edward Nichols se retiró de Conley-White Communications y se fue a vivir a Nassau Bahamas con su mujer. Allí trabajó eventualmente como consejero de varias empresas.

Elizabeth *Betsy* Ross fue contratada por Conrad Computers, de Sunnyvale, California. Poco después ingresó en Alcohólicos Anónimos.

John Conley fue nombrado vicepresidente de Planificación de Conley-White Communications. Murió en un accidente de automóvil en Patchogue, Nueva York, seis meses después.

Arthur Kahn entró a trabajar para Bull Data Systems, en Kuala Lumpur, Malasia.

Louise Fernández fue nombrada juez federal. En una conferencia pronunciada en el Colegio de Abogados de Seattle, presentó su opinión de que los juicios de acoso sexual cada vez se utilizaban más como arma para resolver conflictos empresariales. Sugirió que en el futuro quizá fuera conveniente revisar las leyes o limitar la implicación de los abogados en esas materias. Su discurso fue acogido con frialdad.

Meredith Johnson fue nombrada vicepresidenta de Operaciones y Planificación de la sucursal de IBM en París. Posteriormente se casó con el embajador de Estados Unidos en Francia, Edward Harmon, que acababa de divorciarse. Poco después se retiró de los negocios.

El episodio central de esta novela está basado en un hecho real. No pretendo negar que la gran mayoría de demandas de acoso sexual las presentan mujeres. Tampoco pretendo negar que el acoso sexual es un abuso de poder injustificable. Al contrario, la ventaja de una historia en que los papeles se invierten es que nos permite examinar aspectos que se ocultan detrás de las reacciones tradicionales y la retórica convencional. El lector es libre de interpretar esta historia como quiera, pero es importante reconocer que el comportamiento de los dos protagonistas se refleja mutuamente, como un test de Rorschach. El valor del test de Rorschach consiste en que nos habla de nosotros mismos.

También es importante señalar que esta novela es una ficción. Dado que las disputas de acoso sexual ocurridas en el lugar de trabajo implican muchos derechos legales, y dado que tales acusaciones crean un considerable riesgo no sólo para los individuos sino también para las empresas, ha sido necesario disfrazar cuidadosamente el incidente real que ha inspirado la historia. Todos los protagonistas aceptaron ser entrevistados con la condición de que su identidad permanecería en el anonimato. Les agradezco el interés que han mostrado por aclarar los complicados aspectos que envuelven las investigaciones del acoso sexual.

También estoy en deuda con varios abogados, empleados de

recursos humanos, empleados en general y empresarios que me ofrecieron sus valiosas opiniones acerca de este tema. Todas las personas con que hablé me pidieron que respetara su anonimato, lo cual demuestra la extrema precaución con que se aborda el tema del acoso sexual.

ÍNDICE

**Este libro se imprimió en los talleres
de Printer Industria Gráfica, sa
Sant Vicenç dels Horts
Barcelona**